Artur Klinaŭ

SCHALOM

Ein Schelmenroman

Aus dem Russischen von
Thomas Weiler

edition.fotoTAPETA
Berlin

Das russische Original erschien 2013 unter dem Titel *Šalom* bei Ad Marginem in Moskau. Das belarussische Original erschien 2011 unter dem Titel *Šałom* bei Lohvinaŭ in Minsk. Grundlage der vorliegenden Übersetzung ist auf Wunsch des Autors die aktuellere russische Version.

ISBN 978-3-940524-35-5

Für diese Ausgabe
© *edition*.fotoTAPETA Berlin 2015

Für den Original-Text
© Artur Klinaŭ, Minsk 2013

Foto Innenklappe hinten: © coresince84/photocase.com
Foto Innenklappe vorn: © JingleT/photocase.com

Umschlaggestaltung: Gisela Kirschberg, Berlin,
unter Verwendung einer Grafik von D-Mind, www.papercraft.com
Satz und Gestaltung: Gisela Kirschberg, Berlin
Druck: GGP Media GmbH, Pößneck
Gesetzt aus der Minion und der Frutiger

INHALT

Chilenischer Roter	7
Jägermeister	30
Finlandia	54
Krupnik	95
Schatz der Radziwills	125
Belaja Rus	142
Kryžačok	163
Der Götze ist wieder da	229

Das belarussische šałom *bezeichnet den Helm eines Kriegers.*
In den semitischen Sprachen ist schalom *der Friede.*
Zugleich ist schalom *die hebräische Grußformel.*
Der gereckte Mittelfinger wird weltweit verstanden.

CHILENISCHER ROTER

Am Morgen weckte ihn ein mörderischer Durst. Er stellte fest, dass er in seinen Kleidern geschlafen hatte, rappelte sich hoch, goss eine halbe Flasche Mineralwasser in sich hinein, zog sich aus und sank zurück ins Bett. So hätte er bis zum Abend weitergeschlafen, und die ganze Geschichte wäre womöglich nie passiert, wären da nicht die vermaledeiten Schwiegermutterstiefel gewesen.

Sie fielen ihm zwei Stunden später ein, als er abermals aufstand, um die restliche halbe Flasche zu leeren. Schmerzlich regte sich in seinem Bewusstsein der Gedanke, dass heute Samstag war, sein letzter Tag in Bonn, schon morgen ging es zurück nach Mogiljow. Aber vorher wollte noch der Shoppingauftrag erledigt sein – Geschenke besorgen für Ehefrau und Töchter und vor allem die Stiefel für die Schwiegermutter, die eigens dafür Geld herausgerückt hatte. Natürlich könnte er auch noch in Berlin einkaufen gehen, aber da würde er nur ein paar Tage bleiben. Hier hatte er in seinen drei Wochen schon alles ausgeguckt, jetzt musste er sich nur noch vom Kissen losreißen und die entsprechenden Läden abwandern.

Er kroch zurück ins Bett und glotzte auf die große weiße Kugellampe an der Decke. Mit der Einkaufstour im Hinterkopf war an entspanntes Weiterschlafen nicht mehr zu denken. *Schöne Scheiße!*, schimpfte er in Gedanken und wälzte sich auf die Seite. *Da wartest du auf die Vernissage, als ob sich damit die Tür zu einem neuen Leben auftut. Alles da: Ruhm, Geld, Ehre, schicke Autos, ein Häuschen in Frankreich. Und dann – immer nur dieselbe Kacke: Suff und Brummschädel, Fjodor Michailowitsch, die Drecksau ... besoffen ... Jetzt ein Schweppes, Limo. Und dann diese dämlichen Schwiegermutterstiefel!*

Am Vorabend hatte er an einem Festbankett anlässlich der Vernissage ihrer Freilichtskulpturenausstellung teilgenommen. Mit der Ausstellung hatte er seine Zeit hier zugebracht. Kurz vor der Eröffnung war er mit Heinrich zu Lidl gegangen, wo sie sich zwei Flaschen Wein und zwei Mal Billigwhisky für vier Euro siebzig die Pulle gekauft hatten. Seine langjährige Vernissageerfahrung hatte ihn ein ehernes Gesetz gelehrt: Bring zu jedem Bankett, auch wenn es noch so edel ist, dein eigenes Material mit. Dann ersparst du dir das Gedränge um die Tische mit dem Weinausschank. Du musst keine besorgten Blicke auf die noch verkorkten Flaschen hinter den Kellnern werfen und kannst dir gänzlich sicher sein, dass du nicht um zehn in der nächsten Tanke den übertcuerten Fusel kaufen musst, weil alle Läden im Umkreis schon geschlossen haben.

Eine Stunde vor der Eröffnung hatten sie es sich auf einer Bank hinter einer Heinrich-Skulptur gemütlich gemacht und jeder hatte eine Flasche Chilenischen geköpft. Heinrich war ein feiner Kerl, genau wie er einer der einfachen Soldaten in der großen Kunstarmee, deren namenlose Gräber sich dereinst in den endlosen Weiten von Land-Art, Pop-Art, Video- und Konzeptkunst verlieren würden. Aber mit Heinrichs Skulptur, einer Art hölzernem Datschenplumpsklo, das sich auf die zentrale Parkallee verirrt hatte, wurde er nicht so richtig warm. Frankas Installation, ein Labyrinth aus riesigen Plastikfolien, war ihm da deutlich näher. Wenn man es betrat, bauschten sich die Folien im Wind und lockten einen tiefer ins Herz seiner Verzweigungen – und dort konnte den Betrachter, so schien es, doch nur eine freudige erotische Überraschung erwarten.

Die Arbeit gefiel ihm, noch besser gefiel ihm aber Franka. Als sie zum ersten Mal ins Atelier gekommen war, hatten ihn ihre schönen traurigen Kulleraugen angerührt. Sie hatten ihm sofort verraten, dass Franka eine dieser durchgeknallten Kunstsoldatinnen war, die ihr Leben für die Sache ließen und als Gegenleistung nur Einsamkeit und einen Stapel Kataloge von Freilichtausstellungen und anderen sinnlosen Events bekamen. Aus Sympathie, vielleicht auch aus Mitleid bot er ihr sogleich Bier, Wein oder Whisky zur freien Wahl an. Sie ließ sich auf einen Whisky ein, war aber nach nicht einmal einem halben Glas schon wieder verschwunden und ließ nur einen Hauch Chanel № 5 im Atelier zurück.

Von da an kam Franka häufig auf ein halbes Glas Whisky bei ihm vorbei, redete von ihren Projekten und sprach seinen Namen französisch aus: André. Normalerweise nannten ihn seine Freunde beim Nachnamen oder einfach Andrej, seine Frau sagte manchmal Andrejka, aber André hatte einen besonderen Klang. Nicht das alltägliche Andrej, nicht das plumpe Andrejka – in André schwang etwas mit, das ihn auf den Montmartre erhob, in romantische Luftschlösser, das ihn unweigerlich in eine Reihe stellte mit Modigliani, Rodin und Picasso.

André mochte Frankas traurige Augen. Er erkannte die Muse in ihr. Schon ihrem Namen haftete das Wunderbare an. Franka … La France … Das sagenumwobene Land, das ihn seit seiner Jugend anzog. Die Pariser Cafés, Eiffelturm, Moulin Rouge, Place Pigalle. Van Gogh, Degas, Lautrec. Andrejka dagegen schwebte etwas Schlichteres vor. Er wollte Franka einfach im Bett haben. Aber die war noch vor Einbruch der Dunkelheit in die Stadt gefahren, wo sie bei einer androgynen Freundin mit Kurzhaarschnitt übernachten wollte. Die letzte Chance, sie zu verführen, bot noch die Vernissage, bei der niemand in Eile sein würde und sich irgendwelche Grüppchen beschwipst und berauscht zusammenfinden würden mit der Aussicht auf eine lange Nacht.

Nach einer satten Portion Komplimente für Heinrichs „Plumpsklo" und einem ordentlichen Zug aus der Whiskyflasche machten sie sich auf zur Eröffnung. Es hatte sich schon allerlei Publikum eingefunden. Außer André und sieben Deutschen waren noch ein paar Franzosen, ein Italiener, ein Schweizer und ein Finne vertreten.

Alle außer ihm kamen aus dem guten alten Europa, und sie zogen von Ausstellung zu Ausstellung, als wäre das so alltäglich wie der morgendliche Gang zum Bäcker. André repräsentierte jedoch ein kleines, gottvergessenes Land irgendwo hinter dem europäischen Zaun. Diesseits des Zaunes hielten es alle für das finstere Tolkien-Land Mordor, in dem die herrschenden Orks die armen Hobbits zur Schnecke machten und ihre Rechte beschnitten, wo sie nur konnten.

Zur Unterstützung der Hobbits lud Mütterchen Europa sie von Zeit zu Zeit zu Seminaren ein, um zu ergründen, wie man die Orks bei Wahlen besiegen und Mordor in eine Hobbit-Demokratie verwandeln könnte. Es gab auch Einladungen zu Literaturfestivals, wo man ihrer sonderbaren, archaischen Sprache lauschte oder eben zu Kunstausstellungen, wo man sich davon überzeugen wollte, dass die Hobbits noch nicht ausgestorben waren und sogar Kunstwerke hervorzubringen vermochten.

Viele Hobbits wollten aber nicht auf eine Einladung warten, sie zwängten sich auf die eine oder andere Weise durch die Lücken im Lattenzaun und zerstreuten sich in den weitläufigen Vorhöfen von Mütterchen Europa, um dann ihre winzigen, harmlosen und unauffälligen Kolonien in Berlin, Brüssel, Amsterdam oder Warschau zu begründen. Der kleinen Berliner Hobbitkolonie wollte André einige Tage nach der Vernissage einen Besuch abstatten. Doch zunächst war da noch ein angefangenes Projekt zu vollenden – die Eroberung Frankas.

Seine Augen fanden sie auf Anhieb. Er war gerade beschwingt mit Heinrich in den Pavillon mit den reich bestückten Büffettischen geplatzt. Die Gäste, meist Kunstliebhaber aus Bonn und Köln, flanierten mit Rotweingläsern durch den Saal.

„Na, was ist? Einen kleinen Roten obendrauf?" André angelte sich ein Glas von einem vorbeischwimmenden Tablett. „Wusstest du, dass sie bei uns Wein aus Kartoffeln machen? Der ist dann halt grün und heißt *Kryžačok*, nach so einem slawischen Tanz. Das Wichtigste ist, nach dem Trinken die Gurgel dicht zu kriegen, dass er dir nicht wieder hochkommt. Mit

Süßkram oder Brot ist da nichts zu wollen. Am besten sind Salzgurken oder rohe Zwiebeln, dann bleibt er vielleicht drin."

„Ja, der Kasatschok", wiederholte Heinrich versonnen.

Inzwischen war das allgemeine Palaver verstummt, jetzt traten die wichtigen, die geladenen Gäste aufs Podium. Sie erzählten, wie wunderbar das Projekt gelungen sei und welch wichtigen Beitrag zur Völkerverständigung es leiste.

André überließ Heinrich den Reden über die Völkerfreundschaft und arbeitete sich still und heimlich zu Franka vor. Er drängte sich durch das Publikum, bis er direkt hinter ihr stand und liebkoste sie mit seinen Blicken. Als hätte sie es gespürt, wandte sie sich plötzlich um und flüsterte ihm ins Ohr: „Hallo!"

„Du fährst doch heute noch nicht? Lass uns zu mir gehen, wenn das hier rum ist."

„Mal sehen." Klang wie vage Zustimmung.

Er überließ Franka wieder den Reden über die hohe Meisterschaft der hier versammelten Künstler und eilte zu Heinrich zurück, um das freudige Ereignis mit einem weiteren ordentlichen Schluck aus der Whiskyflasche zu begießen.

Alles hatte so vielversprechend begonnen und hätte wohl auch so zu Ende gehen können, hätte nicht nach dem zweiten Schluck Whisky Andrejka die Bühne übernommen. Seine dummdreiste Visage mit den schmierigen, lüsternen Äuglein brach durch das edle Antlitz Andrés, kaum dass Heinrich und er im Unterholz des Parks in die Flasche geschaut und sich eine Zigarette angesteckt hatten.

Der weitere Fortgang des Abends folgte dem üblichen Andrejka-Drehbuch. Hätte er nur getrunken und sich trotzdem auf Franka konzentriert, wäre wahrscheinlich alles nach Plan gelaufen. Aber kaum hatte er gesehen, wie viele hübsche junge Damen nach Beendigung des offiziellen Teils aus dem Pavillon strömten, füllten sich seine von der Abstinenz zermürbten Katzenäuglein mit Baldrianöl und er begrüßte, bewirtete und beflirtete eifrig jede, die ihm in die Krallen kam.

Die meisten Installationen standen außerhalb des Pavillons,

verteilt über das weitläufige Gelände der historischen Parkanlage. Andrejka machte sich auf zu seinem Erzeugnis und bereitete sich auf die Damenbesuche vor, die früher oder später auch bei diesem Meisterwerk aufkreuzen mussten. Zumal das „Meisterwerk" sofort ins Auge sprang.

Andrejka hatte zwei monumentale Strohskulpturen geschaffen. Die eine zeigte eine nackte Venus, die andere war die Kopie einer antiken Apollostatue. Sie standen vis-à-vis auf Podesten an einer Seitenallee des Parks und sahen aus wie zwei überlebensgroße Zottelbären. Der Venusbär war an den fehlenden Armen und den üppigen Strohbrüsten zu erkennen, die ungelenk in dreierlei Himmelsrichtungen zugleich piksten. Apollo stand da mit erhobenem Arm und einem aus unerfindlichen Gründen nicht weniger mächtigen struppigen Glied, das zu Venus hinüberäugte wie der Schießprügel eines russischen Panzers gen Preußenland.

Als die ersten Gäste eintrafen, setzte ihnen Andrejka mal mehr, mal weniger inspiriert auseinander, was er mit diesem Kunstwerk eigentlich hatte sagen wollen. Bei Kritikern und ältlichen Ehepaaren fiel sein Vortrag kurz und bündig aus. Er sprach dann von den neuen Möglichkeiten, die ein Material wie Stroh dem Künstler eröffne, von Traditionslinien, von einer Neuinterpretation der Klassik, und er reagierte mit gekünstelten Seufzern und wortloser Zustimmung, wenn das Elend der Hobbits in seinem unglückseligen Land zur Sprache kam.

Doch sobald eine hübsche junge Dame aufkreuzte, saß er stramm im Sattel, zückte einen Plastikbecher und bot Whisky an, nahm selbst einen ordentlichen Schluck aus der Pulle und ließ sich mitreißen in die enthemmten Gefilde der Fantasie. Er erzählte von der genialischen Doppeldeutigkeit seines Materials. Dass das Stroh im Sonnenlicht glänze wie pures Gold, bei genauerer Betrachtung jedoch jedes Strohobjekt ein Musterbeispiel für den Zerfall der Materie sei, letztlich für den Mulm alles Irdischen. Das gelte insbesondere für die Strohpuppen, die ihn an die halbverwesten Untoten aus Horrorfilmen erinnerten. Dann kam er auf die Besonderheiten von Strohpuppensex zu sprechen. Wie absolut ökologisch und nachhaltig er sei. Wie Strohapollo und Strohvenus korrekt miteinander verkehren könnten und was zu beachten sei, damit die beiden sich beim Geschlechtsakt nicht auflösen. Die Damen lauschten ihm belustigt und nicht ohne Interesse, tranken einen Whisky, waren aber allen Versuchen Andrejkas zum Trotz alsbald wieder verschwunden.

Mittlerweile war es dunkel geworden. Der Besucherstrom ebbte ab. Da fiel ihm Franka wieder ein, und er musste mit Schrecken feststellen, dass der Whisky bereits zur Neige ging. Zuallererst galt es nun Heinrich zu finden, der müsste ja noch eine Flasche haben, danach würde er sich auf die Suche nach Franka begeben.

Er stöberte Heinrich in einem lauschigen Winkel des Parks auf, in einer kleinen aber lustigen Runde. Heinrich hatte schon gut getankt, der Rest in seiner Whiskyflasche reichte höchstens noch für ein Glas. Andrejka sicherte sich diesen Rest mit einem beherzten Griff, tat einen gewaltigen Schluck und konnte sich später nur noch bruchstückhaft an den weiteren Verlauf des Abends erinnern.

In wechselnder Besetzung tranken sie aus diversen Flaschen. Andrejka versuchte unverdrossen, irgendwelche Jungfrauen zu bezirzen, hatte aber schon so viel Promille intus, dass er nicht recht in Schwung kam und das Ganze eher schäbig-schlüpfrig wirkte. Ein paar Mal schwirrte Franka an ihm vorbei, aber immer im Schlepptau eines ihm unbekannten Playboys. Dann waren Heinrich und er zur Tanke unterwegs, um Nachschub zu besorgen. Später sang er irgendwelchen Damen russische Romanzen vor, unterhielt sich im Gebüsch mit jemandem über die Rolle der künftigen belarussischen Revolution, intonierte mit irrlichterndem Bass *Stolz zieh'n wir in die Schlacht* und lud alle nach Mogiljow ein. In einem anderen Gebüsch schwadronierte er von Moskau als dem neuen Mekka der internationalen Kunst, sang mit inzwischen gänzlich ruiniertem Bass *Gott, sei des Zaren Schutz*, machte sich in Anwesenheit ihres Mackers dreist an Franka heran und schleppte sich gegen vier Uhr früh mit Müh und Not in sein Zimmer, wo ihm im ungemachten Bett auf der Stelle die Lichter ausgingen.

Maria Prokopjewna, der alte Drachen! Geht mir sogar hier noch mit ihren Stöckelabsätzen auf die Nerven! Auch egal, dachte er und wälzte sich auf die andere Seite. *Ihr könnt mich alle mal, geh' ich halt shoppen! Und am Mittag, wenn ich genug rumgerannt bin, trinke ich in der Stadt ein paar Bier.* Der Gedanke an das Bier stimmte ihn milder. Im Gegensatz zu den meisten seiner Freunde versuchte André nicht, seinen Kater zu bekämpfen. Er war ein Verfechter der Fjodor-Michailowitsch-Methode. Diese Anti-Kater-Strategie hatte er selbst entwickelt und sie nach Dostojewski benannt, dem Lieblingsschriftsteller seiner Jugendjahre.

Die Methode war denkbar einfach: Hast du am Abend gesoffen wie ein Loch, darfst du am nächsten Tag zum Zeichen deiner Sühne bis Sonnenuntergang nichts als Wasser trinken. Du sollst mit physischen Schmerzen am eigenen Leib für deine Schuld bezahlen, die Versuchung durchleiden, mit groben, rostigen Nägeln ans Kreuz des eigenen Katzenjammers geschlagen werden.

André hatte bis zur Entdeckung der Methode einen weiten Weg zurückgelegt. In jugendlichem Leichtsinn hatte er früher wie die meisten seiner Altersgenossen gleich am Morgen den Kater begossen. Aber dann hatte er mittags weitergetrunken und abends auch, so dass er nachts wieder sternhagelvoll war. Am Morgen darauf wurde der Kater von Neuem begossen und alles begann von vorn. Das konnte mehrere Tage so gehen, eine Woche oder sogar noch länger. Irgendwann ging ihm auf, dass der Hund im ersten Glas begraben lag, genauer gesagt in der Tageszeit, zu der es geleert wurde. Wenn das erst am Abend geschah, nach Sonnenuntergang gewissermaßen, ging das Risiko, sich im Alkohol zu verlieren, gegen Null.

Fasziniert von der genialen Schlichtheit seiner Entdeckung, sorgte André für das theoretische Unterfutter, reicherte es mit Verweisen auf die Klassiker und die Heilige Schrift an und predigte die Lehre nun bei jeder Gelegenheit.

Mit der Zeit ging er selbst so sehr im Glauben an „Fjodor Michailowitsch" und seine „Vervollkommnung durch Leiden" auf, dass er sogar ein masochistisches Wohlgefühl daraus schöpfen konnte. Mitunter strebte er, nach einem kräftigen Besäufnis am Vorabend, leidend und in kaltem Schweiß gebadet, der Vollkommenheit entgegen und sehnte den Sonnenuntergang herbei. Aber in dieses Leiden mischte sich immer auch eine süße Vorfreude, die mit jeder Minute anschwoll. André malte sich aus, wie es Sechs schlug, er das liebliche Glas mit dem kalten Bier ansetzte und es sich als Inbegriff der Vollkommenheit in seinen verdorrten, ausgezehrten Leib ergoss – ein göttlicher, sonnengleicher Heiltrunk.

Normalerweise terminierte er den Sonnenuntergang auf achtzehn Uhr. Doch angesichts des besonders ausgeprägten Katzenjammers und der verfluchten Schwiegermutterstiefel beschloss er, ihn heute etwas vorzuziehen, auf vierzehn oder fünfzehn Uhr.

Er quälte sich aus dem Bett, duschte kalt, würgte einen Becher Himbeerjoghurt hinunter und trat auf die samstäglich leeren Straßen von Bonn.

André mochte die Stadt. Sie erschien ihm wie ein großes, stilles Sanatorium, das man hin und wieder gerne aufsucht, um sein von *Kryžačok* und der Mühsal des Lebens jenseits von Gut und Böse geplagtes Nervensystem zu kurieren. Eigentlich kamen André sämtliche deutsche Städte mit Ausnahme von Berlin wie Sanatorien vor. Bei seinen seltenen Deutschlandaufenthalten fühlte er sich wie ein Frontsoldat auf Heimatbesuch im Hinterland, der verschnaufen und zu Kräften kommen durfte, bevor ihn der letzte Nachtzug zurück nach Osten fuhr, in die stinkenden, dreckigen Schützengräben, zu Flöhen und Läusen, in den Kugelhagel, an die vorderste Front.

Aber für immer hierbleiben wollte er auch nicht. André konnte sich kaum vorstellen, den Rest seiner Tage im Sanatorium zu verbringen, in der Stille dieser großen, historischen Schmuckkästchen. Endlos zwischen diesen schmucken Spielzeughäusern herumzuspazieren und über ihrer Schönheit allmählich den Verstand zu verlieren. *Nein*, sagte er sich und legte einen Schritt zu, *ich kaufe die Stiefel, trinke mein Bierchen, und dann ab nach Hause, nach Mogiljow. Unsere Kästchen sind zwar nicht so schmuck, sie sind eigentlich überhaupt keine Schmuckkästchen, eher Aktenkoffer oder Schuhschachteln, aber ich fühle mich wohl da drin und heimisch.*

Was weiter geschah, hätte auch nicht geschehen können, und Andrés Leben hätte sich um keinen Deut geändert. Er wäre in seine stinkenden Schützengräben irgendwo hinter Mogiljow zurückgekehrt und hätte dort die Läuse gefüttert, bis sie ihn eines Tages aus Altersgründen oder wegen seiner von den Frontgetränken hoffnungslos zerrütteten körperlichen Verfassung demobilisiert hätten.

Vielleicht hätte ihn auch ein Querschläger erledigt oder eine Senfgasvergiftung, vielleicht hätte ihn versehentlich ein Panzer oder ein „Belarus"-Traktor überrollt, eine leere Splitterflasche *Sowjetskoje* ihn erwischt, eine Gabel im Café *Vernissage* ihn erstochen oder seine Fjodor-Michailowitsch-Adepten hätten ihn, enttäuscht von der wahren Lehre, zerfleischt. Vielleicht hätte ihn auch seine Lieblingsskulptur erschlagen, seine neue Muse Franka, La France, in langen Winternächten liebevoll aus Marmor modelliert, oder schlimmer noch, ungehaltene Leichen hätten sich aus ihren Gräbern erhoben und ihn zur Strafe für die Stümpereien, die er auf ihre Gräber gestellt hatte, durch ganz Mogiljow geschleift.

Aber die Vorsehung schickte André nicht schnurstracks in das große Schuhgeschäft, wo Schwiegermutters Stiefel warteten, sondern mit einem Umweg. So geriet er auf den samstäglichen Flohmarkt, für den Händler aus dem Bonner Umland allen erdenklichen antiquarischen Krempel zusammentrugen.

Er hatte diesen Weg bewusst gewählt, kramte er doch gerne in alten Dingen. Geld hatte er keines übrig, er sah sich die Sachen einfach gerne an und erkundigte sich hier und da für alle Fälle nach dem Preis – vielleicht fand sich ja doch ein günstiges Schätzchen.

Als André auf dem Flohmarkt ankam, drängten sich schon die Besucher um Stände mit bronzenen Uhren, Porzellanfiguren, Folianten, verschnörkelten Kerzenständern und dergleichen exquisitem Plunder. André war mit diesem Bonner Flohmarkt nicht recht glücklich. Er mochte die billigeren, demokratischeren Berliner Märkte lieber. Da gab es neben teuren Antiquitäten auch zerfledderte Pornoheftchen für einen Euro, alte Videorekorder, Teddybären mit Schleifchen, Schirmmützen französischer Polizisten, Teller mit Hakenkreuz, schwere, alte Grünglasflaschen und allerlei andere Köstlichkeiten, die ihm deutlich näher lagen. Und doch verfiel er beim Betreten des Platzes gleich in eine gemächlichere Gangart und registrierte beiläufig die dargebotene Ware.

Er bemerkte das Ding nicht sofort. Das heißt, er bemerkte es wohl, er schenkte ihm bloß zunächst keine Beachtung und ging einfach weiter. Doch dann blieb er unvermittelt stehen, wandte sich um und sah richtig hin.

Auf einem Tischtuch, hingebreitet auf dem nackten Boden, stand zwischen allem möglichen Plunder, den er gar nicht mehr wahrnahm, eine Pickelhaube – der auf Hochglanz polierte, im gleißenden Sonnenlicht funkelnde Helm eines preußisch-kaiserlichen Soldaten, der seinen spitz zulaufenden Pickel in den Himmel reckte. Etwas zerknirschte in Andrés Kopf. Sein Mund wurde trocken. In seiner Brust setzte ein rasendes Hämmern ein, als prügle ein brutaler Boxer mit riesigen Lederfäustlingen von innen auf ihn ein.

Wie versteinert zwischen den hin und her schiebenden Flohmarktbesuchern starrte André auf den Helm. Er hätte wohl noch lange so gebannt dagestanden, wäre er nicht angerempelt worden.

„Przepraszam, äh, bitte …". Ihm waren gerade sämtliche Sprachen abhanden gekommen, also sagte er automatisch, was ihm als erstes über die Lippen kam.

Schließlich trat er entschieden zwei Schritte vor, deutete auf den Helm und fragte:

„Wie viel?"

„Fünfhundert Euro." Der Händler, ein feister, ergrauter Mittfünfziger, musterte André gelangweilt.

„Danke." André nickte, wandte sich um und tappte enttäuscht davon in Richtung Schuhgeschäft.

Nach vielleicht dreißig Metern blieb er plötzlich stehen. In seinem Kopf brach ein grotesker Aufstand aus.

Nein! Vergiss es! Die Schwiegerin macht dich alle! Das ist ihr Geld. – Schlappschwanz, kneifst du vor der Schwiegermutter, oder was? Scheiß drauf! Sie kann dich eh nicht leiden! – Drauf scheißen? Und dein Atelier? Sie ist doch die Prorektorin. Hat sogar Boris Fadejitsch unter ihrer Fuchtel! – Nee, du bist und bleibst eine Gurke! Hörst du? Du bleibst in Ewigkeit eine Gurke, wenn du den jetzt nicht kaufst! Das ist deine Chance! Schlag zu, fang ein neues Leben an! – Chance? Kannst du dir vorstellen, was passiert, wenn du mit dem Ding in Mogiljow aufläufst? Die ganze Stadt wird sich über deine Kinder lustig machen und ihren Vater einen Hornochsen nennen! – Wissen doch eh schon alle, dass du die Hörner auf hast! Glaubst du, dass sonst niemand weiß, dass deine Swetka was mit Eduard laufen hat? Glaubst du, dass sonst niemand weiß, was hinter der Tür ohne Schild im ersten Stock abgeht? – Und du? Bist mir auch so ein Heiliger! – Swetka setzt dich vor die Tür und brät dir mit der Gusseisernen noch eins über! – Ha ha ha! Zu komisch! Dafür hast du ja den Helm auf! Außerdem geht es morgen an die Front, und du weißt doch: Im Feld nie ohne Helm! Idiot. – Dir wird das Lachen noch vergehen. Du verschreckst auch noch deine letzten Kunden. Deine Krüppelfiguren will doch jetzt schon keiner haben. Und dann auch noch dieser Helm! Bei einem Spinner mit Pickelhaube gibt kein Mensch einen Grabstein in

Auftrag! – Was schert dich deine Kundschaft? Sollen sie sich ihre Grabsteine selber meißeln! Hast du davon geträumt, als du Bildhauer werden wolltest? Ein Michelangelo wolltest du sein, Großes, Zeitloses schaffen! Und was ist aus dir geworden? Ein Arschloch, das nur Pfusch abliefert! Eines Tages werden sich die Toten zusammenrotten und dir in einem stillen Winkel des Friedhofs die Fresse polieren! – Jeder Bulle wird dich anhalten und nach deinem Pass fragen! – Na und? Machst du dir eben einen neuen mit Pickelhauben-Foto! – Sie werden dich im Fernsehen in Die geheimen Mächte der Politik *zeigen und dich als Freimaurer und Führer der belarussischen Opposition hinstellen. – Und wenn! Dann hat die belarussische Opposition endlich mal einen Führer. Du wirst berühmt! Fjodor Michailowitsch wird sehr zufrieden mit dir sein! Was glaubst du, wie der sich im Himmel freut, wenn er dich mit Pickelhaube sieht. – Ach hör auf! Deine Adepten werden glauben, du bist durchgeknallt, und sie werden schon vor Sonnenuntergang anfangen zu trinken. Willst du, dass Witek an den Suff kommt? Hat er nicht schon genug Ärger mit den Bullen? – Quatsch! Mit dem Hund hat es doch auch funktioniert. Wenn du jetzt zuschlägst, funktioniert es auch bei dir. Du wirst berühmter als der Hund-Mensch! Die Dumpfbacken von Kuratoren werden dich endlich zu den wirklich heißen Ausstellungen einladen. Überleg mal! Ruhm! Kohle! Häuschen in Frankreich! Kulik ist doch schon der Hund. Aber wer bist du? Der Pickelsperling? Was hast du denn zu verlieren? Nur die Gülle, in der du schon ewig schwimmst! – Du hast doch die fünfhundert Euro überhaupt nicht! – Und was ist mit dem Geld von Maria Prokopjewna für die Stiefel, für die Frau-und-Tochter-Geschenke? Und für die Rückfahrkarte? Und die Rücklagen vom Tagegeld, weil bei LIDL der Sprit so billig war? – Und wie willst du dann nach Hause kommen? – Pipifax! Per Anhalter bis Berlin! Dort strecken dir die Hobbits was vor. Stoß die Tür zu deinem neuen Leben auf, du Depp! Das ist deine Chance, du Versager! – Denk nicht mal dran. – Du musst ihn kaufen! – Nein! – Du willst es doch selbst!*

„SCHNAU-ZE!!!"

Mit einem Mal war alles still. André bemerkte, dass alle Umstehenden ihn leicht befremdet musterten. *Also gut, jetzt reicht es aber wirklich!*, sagte er sich und ging schnurstracks in das Schuhgeschäft, in dem Schwiegermamas Stiefel warteten. Zielstrebig stieg er die Treppe ins Obergeschoss hinauf und näherte sich mit raumgreifenden, soldatisch festen Schritten und rudernden Armen der Auslage. Vor einem schwarzen Paar mit hohen Stöckeln blieb er stehen, betrachtete es hasserfüllt, überlegte kurz, machte auf dem Absatz kehrt und ging so entschlossen wieder raus, wie er gekommen war.

„Was kostet der?", fragte er noch einmal, da er plötzlich wieder vor dem grauhaarigen Händler stand.

„Fünfhundert Euro."

„Vierhundert!"

„Vierhundertneunzig!"

„Vierhundertzwanzig!"

„Vierhundertfünfundachtzig!"

„Vierhundertfünfzig!"

„Vierhundertfünfundachtzig!"

„Vierhundertsechzig!"

„Vierhundertachtzig!"

„Vierhundertsiebzig!"

„Vierhundertachtzig!"

„Vierhundertfünfundsiebzig!"

„Vierhundertachtzig!"

„Ach, scheiß drauf. Vierhundertachtzig."

André kramte umständlich die eisernen Reserven aus den diversen Geheimverstecken seiner Taschen. Er zählte vierhundertachtzig Euro ab, drückte sie dem Grauhaarigen in die Hand, hob vorsichtig den Helm vom Tischtuch und setzte ihn sich, dem Stiefelbezwinger, auf den Kopf!

Sein Herz blies sich zur Größe eines stattlichen Vogels auf und flatterte wie wild. Als hätte er die Fesseln abgeworfen, die ihn so lange gepackt hielten. Es surrte, pochte und ratterte nur so in seinem Kopf. Herausfordernd blickte er den Leuten, die ihn mit unverhohlener Neugier begafften, ins Gesicht.

„Ausgezeichnet! Den Sonnenuntergang hatten wir für fünfzehn Uhr angesetzt! Also ist es jetzt an der Zeit, den Kater zu ersäufen", sagte er sich und steuerte zielstrebig auf eine Bar am anderen Ende des Platzes zu.

„He, Big Ben! Was bist denn du für ein Regiment?"

André wandte sich um und sah am Nebentisch einen angetrunkenen, schmuddeligen Typen, der ihn dreist aus großen, braunen Augen anstarrte.

„Wieso zum Henker läufst du mit diesem Helm durch die Gegend?", fragte er weiter, ohne eine Antwort abzuwarten. „Ist wieder Krieg, oder was?"

„Morgen frühe ziehe ich los an die Ostfront. Dorthin, wo der Krieg nie zu Ende geht", entgegnete André zu seiner eigenen Überraschung.

Der Typ nahm einen Schluck von seinem Bier und sah André wieder an.

„Filzstiefel nicht vergessen. Die Winter sollen streng sein da in Sibirien."

Draußen wurde es langsam dunkel. Die Luft in der Bar war von herbem Hopfengeruch, war Zigarettenrauch gemischt mit dem Gewaber unzähliger Stimmen, die wie ein Bienenschwarm um die goldenen Bierblüten summten. Hin und wieder nahm er einen flüchtigen, neugierigen Blick wahr. Vielleicht erinnerte er jetzt wirklich an Big Ben, wie er da einsam in den Schwaden der verrauchten Bar thronte und die vergoldete Spitze in den Himmel bohrte. Er saß jetzt schon zwei Stunden hier. Auf weitere Konversation mit dem Schmuddeltypen hatte er keine Lust. André lief zum Tresen und bezahlte, warf sich den Rucksack über und ging. Draußen dämmerte es und wurde kühl. September.

Zurück in seiner Unterkunft steuerte er unmittelbar den großen Spiegel im Bad an. Weil er kein Schönling war, kostete ihn jede Eroberung unsägliche Mühen. Er musste alles an Verstand und Charme aufbieten, mitunter sogar Revolutionslieder und entsprechende Reden. Sein Gesicht hatte etwas Spatzenhaftes: kleine, stumpfe, sumpfgrüne Augen, eine unbedeutende Hakennase und hohle Wangen ohne eine Spur lebensbejahender Röte. Mit einem kantigen Kinn hätte daraus vielleicht noch eine runde Sache werden können. Aber er hatte eben auch ein Spatzenkinn, sogar noch leicht eingefallen, fast etwas degeneriert. In seiner ganzen Erscheinung glich er einem Pilz, dem man den Hut abgenommen hatte und der jetzt als einsamer, unansehnlicher Stiel schief und krumm in der Landschaft stak. André selbst hielt sich zwar nicht für ausgesprochen hässlich, aber doch für einen Menschen, der dem Schöpfer gleichgültig sein musste: Seine Erschaffung konnte ihn nicht allzu viel Schweiß gekostet haben.

Doch nun schien sein Gesicht seine Vollendung gefunden zu haben, den fehlenden Akzent. Der Helm saß wie angegossen, wie für seinen Kopf gemacht. Mittig über dem Scheitel ragte der vertikale goldene Pickel. Entfernt erinnerte er sogar an den Stöckel von Schwiegermamas Stiefel, nur dass er sich nicht in die Erde bohrte, sondern keck gen Himmel strebte. André maß ihn mit zwei Fingerlängen, er brachte es gut und gerne auf zwölf Zentimeter.

Der Helm war blitzeblank poliert. Für den Flohmarkttag hatte sich der grauhaarige Händler richtig ins Zeug gelegt. André trat näher an den Spiegel, um die Reliefzeichnung in der Kokarde genauer zu begutachten. Auf der eindrucksvollen Frontseite des Helms warfen sich zwei goldene Löwen in die Brust. Sie hielten einen goldenen Schild in ihren Pranken, vielleicht versuchten sie auch, sich ihn gegenseitig zu entreißen. Offensichtlich betrieben sie Geopolitik, zankten sie sich doch um einen auf dem Schild ausgebreiteten Fisch. André hob eben die Hände, um den Helm abzusetzen und ihn besser betrachten zu können, als er plötzlich in der Bewegung erstarrte:

Halt!!! Auf keinen Fall absetzen! Wenn du ihn absetzt, bricht das ganze Konzept zusammen! Du darfst ihn nicht einmal absetzen, wenn dich keiner sieht! Das ist doch der Sinn der Sache! – Was denn für ein Sinn? Ein Schwachsinn ist das! – Schwachsinn? Das ganze Leben ist eine latente Form von Schwachsinn. Aber wo verläuft die Grenze zwischen Schwachsinn und Sinn? Da erklärt jemand der Welt: „Ich bin ein Hund!", zieht sich aus und rennt nackig durch die Straßen, bellt die Leute an und beißt ihnen in die Waden. Alle sagen: „So ein Schwachsinn. Der benimmt sich wie ein Idiot." Aber wenn dieser Jemand ein Künstler ist, dann ist das plötzlich ein Manifest! Dann sind die, die den Sinn nicht sehen, die Idioten! Dein Leben lang hast du als braver Soldat in der großen Kunstarmee gedient. Deine besten Jahre hast du im Schützengraben verpulvert, auf Märschen, unter Beschuss, in Scheiße, Schlamm und Schuld, auf der Suche nach Sinn und Schönheit. Und was ist der Lohn? Wo sind Ruhm und Anerkennung? Wo sind Titel und Orden? Was hat dir dein Dienst gebracht? Geld hast du nicht. Eine anständige Familie auch nicht. Deine Frau und deine Schwiegermutter verachten dich. Deine genialen Projekte hängen in der Luft. Du bist nämlich am falschen Ort geboren, hinterm Zaun, am Arsch. Und die einsame Stimme aus dem Arsch ist auch bloß ein Furz. Vielleicht hören ihn die ganzen kleinbürgerlichen Säcke sogar, aber das werden sie sich schon aus Anstandsgründen nicht anmerken lassen. Du bist ein mieses, kleine Nulpe! Aber hier ist deine Chance! Wenn du ihn jetzt absetzt, dann bist du wirklich ein Idiot. Du bist ein Künstler! Erkläre der Welt dein Manifest! Mach den Helm zu Projekt! Aufstand! Revolution! Der Helm-Mensch! Darauf ist noch niemand gekommen!

André stand immer noch mit den Händen am Helm vor dem Spiegel. Bei diesem Gedankenzwist war er zu keiner klaren Entscheidung fähig. Einen Moment lang glaubte er sogar, die beiden Löwen auf seinem Helm wären die Streithähne.

Lass dir bloß nicht einfallen, ihn abzusetzen!, schien schon wieder einer zu brüllen. *Mach lieber die Flasche Wein auf, die du hinter dem Schrank versteckt hast!*

André riss sich vom Spiegel los, ging zurück in sein Zimmer, holte die Flasche hervor und schenkte sich ein Gläschen ein.

Mit zwanzig eine Nulpe zu sein, ist keine Schande. Aber mit vierzig hast du kaum noch Chancen auf eine Erfolgsheirat. Mit viel Glück nimmt dich irgendein alter Sack im Turban als Nr. 28 in seinen Harem auf. Aber auch das nur, weil seine Sammlung unvollständig ist. Der letzte Depp hat noch gefehlt! Was hast du denn zu verlieren? Schau dir die stolzen Löwen auf deinem Helm an! Du bist nicht mehr der Sperling, sondern der Löwe! Der letzte Löwe in einem unbekannten Krieg! – Der Löwe? Höchstens ein Löwe mit Brett vor dem Kopf, auf dem steht: „Ich bin ein Idiot! Bitte sehr! Seht her! Zeigt mit dem Finger auf mich! Ich bin schwachsinnig! Und stolz drauf!" – Egal! Lass die doch die Idioten sein, die den Sinn nicht erkennen! Bitte, dann setz ihn eben ab und geh zurück nach Mogiljow. Dann laden sie dich noch drei Mal zu ihren Freilichtausstellungen ein. Und? Was weiter? Mach den Sack zu! Stoß die Tür zu deinem neuen Leben auf! Das ist deine letzte Chance!

„Neues Leben! Löwe ... Nulpe ...", murmelte André vor sich hin und tigerte durch das Zimmer. *Das ist deine Chance! Konzeptuelles Projekt! Nicht mehr der Sperling ... Der Hund ... Bei ihm hat es funktioniert ... Zeigt mit dem Finger auf mich ... Stolz, ich bin stolz drauf ... Einsame Stimme aus dem Arsch ... Neues Leben ... Die Chance ... Der Mann mit Helm ... Stoß die Tür auf ... Und wie soll ich mir die Haare waschen?! – Pipifax! Das findet sich ...*

„Schluss jetzt! Ende der Diskussion!", sagte er schließlich entschieden. „Morgen ist ein langer Tag!"

Er hob das Glas, leerte es in einem Zug und ging schlafen.

André schlief schlecht in dieser Nacht. Der Helm war ungewohnt und noch dazu ziemlich unbequem. Obwohl er todmüde war, schreckte er immer wieder hoch und versuchte im Traum, die bruchstückhaften Alarmsignale zu erhaschen, die unbarmherzig auf seinen Kopf einströmten. Auf der Suche nach einer annehmbaren Schlafposition warf er sich von einer Seite auf die andere. Doch der Helm stieß immer irgendwo an.

Dann war er plötzlich auf der Wassiljewski-Insel gelandet, an einer Säuferecke unweit der Zweiten Linie. Er drückte einem südländisch aussehenden Burschen zehn Rubel in die Hand.

„Zweimal trocken, wenn du was hast, Roten", sagte er und wartete.

Neben ihm tauchte ein kleines altes Weib aus dem Dunkel auf und bettelte ihn an. André gab ihr fünfzig Kopeken. Ein Taxi fuhr vor. Zwei junge Frauen stiegen aus, offenbar Nutten. Sie bestellten zwei Flaschen Wodka.

„Kommt sofort", antwortete der Kurier und verzog sich ins Dunkel der Toreinfahrt. Kurz darauf war er zurück und gab den Frauen ihre Flaschen. Die sprangen ins Auto und rauschten ab.

Fünf Minuten später war auch Andrés Bursche wieder da und nahm ihn beiseite.

„Hier." Er sah sich nach allen Seiten um und zog dann einen Filzstiefel unterm Hemd hervor.

„Wieso nur einer?"

„Sind alle", sagte der Bursche und gab ihm fünf Rubel zurück. „Du gehst dort hin, sagst, du kommst von Sewa." Er streckte mir einen gefalteten Fetzen Papier hin. „Da müsste es noch was geben. Ist gleich um die Ecke. Hier kommst auf den Sredni-Prospekt, dann nach links, bis zur Vierten, da nach rechts und dann der zweite Hofeingang links."

André erwischte auf Anhieb den richtigen Eingang. Im trüben Laternenschein versuchte er, die Wohnungsnummer zu entziffern. Der Hofeingang war dunkel, feucht und stank nach Katze. Er fand das passende Treppenhaus und stieg die schmale, steile Hintertreppe hoch. Im zweiten Stockwerk angekommen, blieb er stehen: „Das müsste es sein." Er kramte ein Feuerzeug aus seinen Taschen hervor. Das schwache Flämmchen erhellte nur einen kleinen Ausschnitt der alten, abgewetzten Tür. André hob die Hand und fand die Wohnungsnummer. „Fünfundzwanzig. Ja, hier." Er klingelte.

Es dauerte, bis jemand öffnete. Nach einiger Zeit war drinnen ein Kratzen zu hören. Jemand hakte die Kette aus. Dann klackte das Schloss. Auch im fahlen Schein seines Feuerzeugs erkannte André den schmuddeligen Kerl mit dem dreisten Blick aus der Bar auf Anhieb. Allerdings trug er nun einen schwarzen Chassidenhut, unter dem lange, grau melierte Schläfenlocken hervorlugten. Der Mann schien ihn ebenfalls wiederzuerkennen. Jedenfalls sagte er gleich: „Schalom! Komm rein!" und führte ihn durch einen langen, von einer einzigen trüben Glühbirne beleuchteten Flur, vorbei an verschlossenen Türen. Vor einer der Türen machten sie Halt, und er bat ihn hinein.

„Ich brauche noch einen Filzstiefel", sagte André und streckte dem Mann seinen zerknautschten Fünfrubelschein hin.

„Warte hier", erwiderte der und verschwand hinter einer schweren Portiere, die den Zugang zum Nebenzimmer verdeckte.

André sah sich um. Das Zimmer war geräumig, zwei hohe Fenster gingen zur Straße hinaus. An der Decke hing ein massiver Bronzelüster. Die Wände waren mit alten Holzschränken zugestellt. Die Schränke standen sogar übereinander und auch noch im Raum, alles das wirkte sehr beengt. Genau in der Mitte, unter dem Lüster, befand sich ein großer, runder Tisch, daneben ein Metallbett mit Spiralfederauflage. Auf dem Bett saß das alte Weiblein, dem er vorhin fünfzig Kopeken gegeben hatte und löffelte Kefir aus einem Halbliter-Einmachglas. Sie aß ganz langsam, gemessen, ohne André zu beachten – als wäre er überhaupt nicht da. Er folgte mit seinen Blicken ihren Bewegungen. Deren streng rhythmischer Ablauf entfaltete eine eigentümliche, hypnotische Kraft, wie ein großes Uhrpendel, das die Stunden zählte: tick-tack, tick-tack, tick-tack.

„Gesicht zur Wand! Hände an den Hinterkopf!", hörte er plötzlich ein leises, aber unmissverständliches Kommando hinter sich.

André spürte, wie ihm ein kleiner, harter Gegenstand ins Kreuz gedrückt wurde. Langsam hob er die Arme und drehte sich um. Eine unsichtbare Hand schob ihn vor sich her, bis er mit dem Kopf gegen einen der großen Schränke stieß. Direkt vor seinen Augen die hölzerne, braun gestrichene Oberfläche, rau, kleine Risse, abgeblätterte Farbpartikel. An seinem Hals das angenehme Kitzeln von Filz. Es war der Stiefel, den er bei dem Burschen gekauft und die ganze Zeit in der Hand gehalten hatte.

„Setz den Helm ab!", befahl der Unbekannte hinter ihm.

„Ich muss abhauen!", schoss es André durch den Kopf, und er schleuderte seinen Filzstiefel, mit aller Kraft, die er in dieser verzwickten Lage aufbieten konnte, in Richtung des Unbekannten. Mit derselben Bewegung wollte er sich umdrehen und zur Tür stürzen, doch … Teufel auch! Er hing im Schrank fest! Der Pickel seines Helms hatte sich in den Schrank gebohrt und steckte fest wie ein Nagel darin. André wollte sich losreißen, er packte den Helm mit beiden Händen und zerrte daran, aber der Helm war wie angewachsen an die Schranktür. Mit Entsetzen wurde ihm klar, dass er sich nicht einmal umdrehen und dem Unbekannten ins Gesicht sehen könnte. Der fing an, ihm den Filzstiefel um die Ohren zu hauen, dann packte er ihn an der Gurgel und riss ihn mit roher Gewalt zu sich heran …

„Teufel auch! Was für ein Alptraum!", rief André, als er die Augen aufgeschlug und sich in seinem Bett wiederfand.

Er wollte sich auf die andere Seite drehen, aber das ging nicht – der Helm hatte sich in die Holzwand am Bett gebohrt und steckte dort fest. André zog ihn heraus, setzte sich auf und rückte das Kissen ein Stück vom Kopfende ab. Jetzt war das Bett am Fußende zu kurz. Also stand er auf, warf die Matratze auf den Boden und legte sich vor dem Bett hin.

Den Rest der Nacht verbrachte André nicht mehr auf der Wassiljewski-Insel. Er träumte zwar noch etwas, hatte es aber am Morgen schon wieder vergessen.

Tag Eins des neuen Lebens wartete mit einem warmen, sonnigen Morgen auf. André erwachte leicht gerädert, war aber insgesamt bester Laune. Aus dem Traum fielen ihm Petersburg und die Wassiljewski-Insel wieder ein. Als er jung war, hatte er längere Zeit dort gelebt und die Nächte im Atelier eines Freundes in einem Keller auf der Sjesdowskaja-Linie zugebracht. Kaum ein Zufall, dieser Traum ausgerechnet in dieser Nacht.

Die Insel war immer früh erwacht, und André hatte ihr Erwachen in seine morgendlichen Träumen eingebaut. Vor den kleinen, halbrunden Kellerfenstern waren die leeren Straßenbahnen losgerumpelt, die immer als erste wach wurden. Ihnen folgte durch die halbgeöffnete Fensterluke das Absatzklappern eiliger Fußgänger, vorüberhastende Beine auf dem Weg zur Frühschicht, sie warfen noch Schatten auf die Tüllvorhänge des Ateliers. Später kamen durch die Fenster Reifenrauschen, Bremsenquietschen und Hupengeschrei dazu, Stimmen, Gelächter, Husten und Flüche. Immer ging André nach dem Aufstehen, zerzaust wie er war, gleich vor die Tür und nahm einen kräftigen Schluck des neuen Tages. Die Sonne schien, der Himmel war hoch und blau, unendlich blau. Die Straße mündete in die Tutschkow-Brücke, die in der Ferne aufragte, und sie schien direkt in den Himmel seines zukünftigen Lebens zu führen, und der war natürlich wunderbar klar und lachte ihm entgegen. Mit verheißungsvoll ausgebreiteten Armen, versteht sich.

Vorfreude durchströmte seinen ganzen Körper. *Es ist soweit!*, sagte er sich und ging ins Bad. Die Zweifel waren verflogen. Er duschte im Helm, trocknete ihn mit ab und schaute wieder in den Spiegel.

Die Löwen in der Kokarde waren absolut identisch, als wären sie die symmetrische Kopie des jeweils anderen. André überlegte sogar, dass es eigentlich nur ein Löwe war, der keinen Schild in seinen Pranken hielt, sondern einen Spiegel, in dem er sein Abbild sah. Aber der Fisch im Zentrum zerstörte die Symmetrie. Er hätte vertikal platziert sein müssen, was ja auch symbolträchtiger gewesen wäre: Er entgleitet wie ein Gedanke und entwischt durch den goldenen Pickel ins Nichts.

Nach einem weiteren Blick auf sein Spiegelbild befand André, dass er nicht den Helm eines Soldaten trug, sondern den eines Generals. Wer sollte denn im Schützengraben diesen Kopfputz tragen, der noch in hundert Werst Entfernung funkelt und nur darauf wartet, irgendeinem Idioten aus dem Graben gegenüber ins Fernglas zu fallen.

Für einen kurzen Augenblick stellte er sich vor, wie ein unbekannter Idiot, ähnlich dem, der ihn letzte Nacht am Schlafittchen hatte, ihn lange durch sein Periskop betrachtete und schließlich das Kommando brüllte:

„Batterie! Haubitzen laden! Feuer!!!"

Und schon steuerte ein eimergroßes Geschoss aus dem Dunkel jenseits des Spiegels auf seinen Kopf zu.

„Nein!" wischte André den Flugkörper beiseite. „Mit diesem Helm begrüßt man das Heer auf dem weißen Paradehengst!"

Er aß einen Happen und zählte das verbliebene Geld: fünfzehn Euro und ein paar zerquetschte. Dann packte er den Rucksack und überlegte sich, was er zurücklassen könnte, um nicht sinnloses Zeug schleppen zu müssen. Als erstes sonderte er die schweren Kataloge aus, die ihm die Kunstsoldaten während der Ausstellung geschenkt hatten. Auch Frankas Album landete schließlich auf dem Stapel, nachdem er es noch einmal wehmütig durchgeblättert hatte.

Von ihnen werden wenigstens die Kataloge bleiben, philosophierte André, *von uns nicht einmal das.* Und er warf energisch alles fort, was ihm für sein neues Leben unnütz erschien. Er setzte sich noch einmal kurz hin nach alter Sitte, wartete einen Moment und trat dann mit einem *Gott mit mir* auf die Straße.

JÄGERMEISTER

Bonn verabschiedete André mit strahlender Morgensonne in sein neues Leben. Es war Sonntag, die Straßen waren leer, und so sah kein Mensch, wie ein Sonderling mit goldener Pickelhaube und Rucksack munter in Richtung Stadtrand ausschritt.

Leb wohl, Bonn! Leb wohl, Vater Rhein!, grüßte André in Gedanken diesen Tag, den ersten Tag seines neuen Lebens.

Es marschierte sich heiter und beschwingt. Freude erfasste sein Herz, vermengte sich mit der kühlen Herbstluft und erfüllte noch die Lungen mit einem vergessen geglaubten Gefühl von Jugendlichkeit: Das Geheimnis des Lebens eilte vor ihm her, verschwand hinter einer Kurve, dem Horizont, der nächsten Ecke und lockte ihn. Unwiderstehlich. Auf eine Reise ins Unbekannte. Bester Stimmung erreichte André die Außenbezirke von Bonn. Er versuchte, den wenigen Autos Zeichen zu geben, aber sie rauschten vorbei. Nach über einer Stunde hielt endlich ein weißer Peugeot neben ihm. Das Seitenfenster fuhr herunter und zwei neugierige Augen musterten ihn.

„Wo willst du hin?"

„Ich muss nach Berlin."

„Bis Hamm kannst du mit. Das ist auf halbem Weg nach Hannover."

„Okay! Immer Richtung Osten!"

André wollte es sich auf dem Beifahrersitz bequem machen, sah sich aber unvermutet mit einem Problem konfrontiert. Mit Helm passte er nicht ins Auto, jedenfalls konnte er sich nicht normal hinsetzen. Der Helm stieß an den Dachhimmel, deshalb musste er entweder seinen Kopf auf die Schulter des Fahrers legen oder den Pickel aus dem Fenster hängen.

„Warum setzt du ihn nicht ab?", fragte der junge Mann am Steuer leicht genervt.

„Das geht nicht!"

„Bist du etwa Punk?" In der Stimme des Fahrers machte sich schon Bedauern breit, dass ihn die Neugierde getrieben hatte, für diesen Typen anzuhalten.

„Nein, ich bin Künstler!"

„Aha, Künstler! Okay, dann leg dich ab!" Er kippte die Lehne zurück, bis sein seltsamer Mitfahrer halb zu liegen kam, dann fuhren sie los.

André fühlte sich genötigt, den Fahrer mit Geschichten über sich zu unterhalten: wer er war, woher er kam und wie er nach Bonn gekommen war. Er erzählte, der Geist eines preußischen Kriegers habe von ihm Besitz ergriffen, und er müsse jetzt nach Osten wandern, um sein armes, in den Jahrhunderten verirrtes Volk ins gelobte Land zu führen. Er habe feierlich geschworen, den Helm nicht eher abzusetzen, bis er seinen Stamm aus dem Sumpf froh und frei an den Ufern von Vater Rhein sähe. Das sei freilich keine leichte Mission. Es gebe da nämlich auch noch seinen Antipoden mit dem Helm des Befreiungskriegers, der seine Leute an die Ufer von Mutter Wolga locken wolle. Und zum finalen Duell, das über die Zukunft seines Volkes entscheiden werde, sei er nun unterwegs.

Als André bedeutungsvoll verstummte, um dem Fahrer zu verstehen zu geben, dass keine weiteren Geschichten folgen würden, sah dieser ihn verständnislos an und drehte die Musik lauter.

„Cocktails, Kartelle, Erdölbordelle, dumz, dumz, dumz", dröhnte globalisierungskritischer Rap aus den Lautsprechern.

Komisch, überlegte André, *früher habe ich mich stolz einen Künstler genannt. Jetzt habe ich Bauchschmerzen dabei. Als wäre das was Unanständiges.*

Als Kind wollte er Pilot werden, wie alle Jungs. Und sein Leben wäre wohl anders verlaufen, wäre nicht Onkel Wanja darin aufgetaucht, der Lokalavantgardist und enge Freund seiner Mutter. Iwan Pantelejewitsch war eine außergewöhnliche Erscheinung, und er verfolgte im Gegensatz zur Mehrzahl der Künstler in Mogiljow, die Grau allen anderen Farben vorzogen, ein gewagtes künstlerisches Experiment: Er komponierte sein eigenes Grau aus unzähligen Farbschattierungen. Betrachtete man seine Bilder aus der Nähe, begeisterten sie einen mit ihrem schier unendlichen Farbspektrum, das auf jedem Quadratzentimeter der Leinwand zu finden war. Doch kaum hatte man sich drei Meter entfernt, erstrahlte das Bild in makellosem Grau.

Für André war Onkel Wanja wenn nicht gottgleich, so doch ein Kultusdiener und Priester in Diensten einer göttlichen Macht. Schon in seinem Äußeren erinnerte er an das ikonentypische Bild des Schöpfers: langes Haar, Bart und, nicht zu vergessen, Heiligenschein. Der war allerdings schon ein bisschen fadenscheinig. Geschneidert aus weichem Velours, gesprenkelt mit Farb- und Rotweinflecken, prangte er aber noch als edles, schwarzes Barett auf Iwan Pantelejewitschs Haupt.

Nachdem André beschlossen hatte, seinerseits Avantgardist zu werden und sein Leben der Extraktion des Grau aus der Farbenvielfalt der Welt zu widmen, besuchte er eifrig die Kurse Onkel Wanjas im Kulturpalast des ortsansässigen Gleisbaukombinats. Vielleicht hätte ihn das Schicksal ebenfalls dazu ausersehen, die farblosen Nebel von Mogiljow zu besingen, wäre nicht plötzlich, als er gerade erwachsen wurde, Sildermann wie aus dem Nichts aufgetaucht. Er qualifizierte das Schaffen Iwan Pantelejewitschs als grauen Muff und Sumpfimpressionismus, behauptete, er sei der einzige Avantgardist in der Stadt, weihte André ein in die Manifeste der Suprematisten, Numismatokubisten, Synchroroyalisten, Hypertraditionalisten und Espressomanualisten und karrte ihn dann nach Petersburg.

Sildermann schleppte den Neophyten durch die Petersburger Ateliers, durch die *Saigons* und die anderen wichtigen Orte und lehrte ihn anschließend, Wein zu trinken, beim Eindrehen der Belomor-Papirossi manierlich auszuspucken und seinen langen Schal besonders elegant zu knoten. Als André nach Mogiljow zurückkam, war er zum gnadenlosen Avantgardisten gereift. Es gab kein Zurück mehr, nur noch die Suche nach dem eigenen Weg in der Kunst. Er verabschiedete sich vom Sumpfimpressionismus und erfand einen Namen für seinen eigenen Stil – den nekroromantischen Turboabstraktionismus.

André fing an mit verschiedenen Materialien zu experimentieren, er versuchte sich als Bildhauer und schuf die erste Installation aus leeren Spirituosenkartons in ganz Mogiljow. Es folgten die Kunstfachschule in Minsk, eine abgelehnte Bewerbung für die Kunsthochschule, quälende Selbstfindungsphasen, Suff, Ausmusterung, Attacken gegen Petersburg, der Bruch mit Sildermann und schließlich die ersten Ausstellungen mit echten Avantgardisten.

Damals haderte André sehr damit, in Mogiljow geboren zu sein und nicht zweihundert Kilometer weiter in Witebsk. Witebsk galt als die wahre Hauptstadt der revolutionären Kunst. Dort hatte der Guru aller echten Avantgardisten Kasimir Malewitsch gewirkt, dort war die Gruppe UNOWIS entstanden, dort hatte Marc Chagall gelebt. Mogiljow dagegen war das Provinznest, das nicht einen einzigen Kunstrevolutionär hervorgebracht hatte.

Sogar Minsk stand besser da – unweit der Stadt ist Chaim Soutine geboren. Aus der Gegend um Brest stammt die Familie Fjodor Dostojewskis, für André die unangefochtene literarische Autorität aller Zeiten und Nationen. Wenn überhaupt ein echter Avantgardist aus dem Großraum Mogiljow stammte, dann Otto Juljewitsch Schmidt oder der Usurpator Pseudodmitri II. Aber anders als Pseudodmitri I. war er auch nur ein kleines Licht, dessen Versuch, Moskau einzunehmen, grandios gescheitert war.

André unternahm mehrere Versuche, in Petersburg Fuß zu fassen. In Mogiljow interessierte sich kaum jemand für seine turboabstrakte Nekroromantik. Aber auch in Petersburg konnte er nie richtig landen. Seine ideologischen Widersacher, expressionistisch angehauchte Nekrorealisten, ließen ihn nicht gelten, die „Wilden" fanden ihn manieriert, die „Mitki" dekadent. Deshalb kehrte André, nachdem er durch die besetzten Häuser gewandert, im *Saigon* oder gegenüber im Restaurant des Verbandes der Theaterschaffenden mit den Dichtern gesoffen hatte, immer wieder nach Hause zurück. Lob hatte nur der Hund-Mensch für ihn übrig, der ihm bei einem kurzen Mogiljow-Besuch das Ohr geleckt und ihn einen wahren Künstler genannt hatte. Der Hund hauste zwar in Moskau und André konnte ihn nicht leiden, aber seither galt ihm der Hund-Mensch als die führende Autorität in der zeitgenössischen Kunst.

Ende der 1980er Jahre, die Grenzen wurden durchlässiger, lud man ihn zu Ausstellungen nach Westeuropa ein. Für André brachen goldene Zeiten an. Plötzlich war er interessant. Überall kochten Revolutionen hoch, alle rissen sich um Künstler aus dem Ostblock, Bilder aller Stilrichtungen, sogar die -ismen aus der Provinz, gingen weg wie nichts, wenn es auch nicht viel dafür gab. Da war es doch, das neue Leben, berauschend in seinen tausend Möglichkeiten. Das Leben, in dem alles locker, leicht und luftig lief, in dem nicht einmal die Besäufnisse finster endeten, sondern in einem lichten Frühlingskarneval. Karneval ... Karneval ... Kar ... ne ... val ...

Im stillen Rauschen der Autobahn versank André allmählich in süßem Schlummer. Aus den fernen Fluren seines Bewusstseins drangen noch globalisierungskritische Rapfetzen zu ihm durch. Die Straße sang ihn mit wispernden Reifen, mit dem Grummeln der wenigen großen Laster und dem dumpfen Grollen der Mercedesse und BMWs, die mit Höchstgeschwindigkeit nach Osten rasten, in den Schlaf.

Ach, Scheiß auf die Kunst ... Sildermann hatte recht, ist rechtzeitig abgehauen ... vertickt jetzt CDs in Brighton ... und Onkel Wanja ist immer noch ... Idiot ... Scheiß auf die Barette ... Scheiß auf die Heiligenscheine ... der Helm ... Helm ... Hee-llll-mmmm ...

„Hey! Aufwachen! Wir sind da! Gleich kommt meine Ausfahrt!"

Noch etwas verschlafen zurück auf der Straße sah sich André orientierungslos um. Er versuchte, noch ein Auto anzuhalten, aber alle rauschten vorbei. Also lief er zu einem großen Verkehrsschild mit irgendwelchen Ortsnamen. Ein Blick auf die Karte sagte ihm, dass er keine 200 Kilometer mehr von Hannover entfernt war.

André beschloss, die Autobahn für einen kleinen Abstecher zu verlassen, bog auf eine Landstraße ein und marschierte in die aufziehenden Dämmerung hinein. Es war still.

Recht hat der Hund-Mensch, dachte sich André. *Der Künstler streunt heute ziellos umher wie ein herrenloser Hund, streift durch die Hinterhöfe der Zivilisation, sieht mit traurigen Augen der Menschheitskolonne nach und wartet darauf, dass einer ihn mitnimmt oder ihm einen Knochen hinwirft. Und jeder Hund-Mensch will ihn nur beschimpfen, den Prügel schwingen und ihm eins überziehen. Es wird schon dunkel.*

Dabei hat der Künstler früher die Kolonne angeführt. Er war das, was Anubis für die alten Ägypter war, der Gott mit dem Hundekopf. Wer sich vor seinem Tod verewigen lassen wollte, kam zu ihm. Nur er beherrschte die Kunst der Abbildung. Nur er konnte den Menschen zeigen, wie Gott aussah, der Teufel oder das Paradies. Jetzt hat die Technik ihn ersetzt. Die Menschheit ist auf dem Kriegspfad, ihr nach folgt ein ganzer Tross von Computern, Maschinen und Fotoapparaten. Um sich verewigen zu lassen, rennt man in den Planwagen, knips, 35 x 45 mm, biometrisch, macht drei Dollar. Dem Künstler bleibt da nur noch dekoratives Gekleckse.

Und so rennt er der Kolonne hinterher und winselt kläglich: „Gute Frau, kaufen Sie doch ein Bild, sehr günstig. Eine Zierde für Ihren Bunker!" Und sie antwortet: „Was soll ich in meinem Bunker mit deinem Scheißbild? Kauf ich mir lieber einen Abzug im GUM!"

Sicher, es gibt auch ein paar Dekorative, die leben wie die

Made im Speck und bekommen regelmäßig Lohn und Brot. Wenn man den ganzen Glamourkram als Kunst bezeichnen will, sieht es nicht gar so finster aus. Manche Kleckselbilder sind sogar richtig teuer. Vor kurzem hat irgend so ein fetter Kater Picassos Junge mit Pfeife für 104 Millionen Dollar gekauft!

Ach, Schwamm drüber ... Alles Blödsinn! Vom Halbgott zum Schoßhündchen! Und wer nicht mitspielen will, muss eben einem in die Waden beißen. Und wenn es nur der nächste Fußgänger ist.

Die Landstraße führte ihn immer tiefer in den Abend hinein. Bald traf André auf ein großes Feld mit frischen Strohballen. Er richtete sich ein Nachtlager her und holte seine mageren Vorräte aus dem Rucksack. Nachdem er einen Happen gegessen hatte, machte er es sich in seiner goldenen Bettstatt bequem, streckte die Arme von sich und sah in den Himmel. Der Duft frischen Strohs benebelte ihn mit Kindheitserinnerungen.

Na logisch!, durchfuhr es André plötzlich. *Das ist das ideale Versteck für Oberkommandierende im goldenen Helm, die dem Idioten aus dem Schützengraben gegenüber nicht vor die Linse kommen wollen. Stroh. Nur Stroh macht dich unsichtbar, unscheinbar, unangreifbar. Ja, der Stab muss unbedingt in einem Strohhaufen untergebracht werden.*

Zu schade, dass nicht gerade eine Revolution läuft, bei der man mitmachen könnte. Einfach nach Mexiko fahren zu Villa und Zapata, an der Seite von Garibaldi kämpfen oder vielleicht mit Robespierre. Ob der Helm wohl ein Problem für die Guillotine wäre? Wenn der Kopf nicht mehr wegkullert wie der Kohl vom Strunk, sondern senkrecht fällt und sich mit dem Pickel in den hölzernen Boden des Schafotts bohrt. Angerichtet wie ein Dessert in der funkelnden, goldenen Schale.

... Nein ... lieber anno 17 in Petersburg die Weinkeller entern und dann das Winterpalais gestürmt ... Das wäre ein glanzvolles Bild – die Pickelhaube zwischen den Matrosen erklettert das gusseiserne Zarentor mit den goldenen Adlern ...

... Das hätte den Bolschewiki nicht gefallen. Die hätten mich als kaiserlichen Diversanten verleumdet ...

... Man könnte die Budjonny-Mütze über den Helm stülpen ... hat ja dieselbe Form ... und losziehen, eine neue Welt zu errichten für ... die Sumpfmenschen ...

... ja, der Stab gehört unbedingt in den Strohhaufen ...

... ja ... schade ... die einzige Revolution läuft gerade bei den Burka-Kanaillen ... widerlich ... schicken wieder einen Schwung unschuldiger Zivilisten ins Fegefeuer und dann auch noch live im Fernsehen ... Schweine ... gepäppelt mit Öldollars .... Scheiß-OPEC ... und dann noch erpressen ... Förderquote senken und so ...

... wieso kriegen irgendwelche Arschlöcher alle Reichtümer dieser Erde und wir nur Sumpf, Birken und Kiefern ... dumz, dumz ... Partisanenschwestern ... dumz, dumz ... Sumpf und Modder ...

... gelbe Uniformen bräuchte es noch ... sonst sieht man das ja im Stroh ...

... und gelbe Schulterklappen ... dumz, dumz ...

... und Stiefel ... dumz, dumz ... Immer noch wummerte das Echo des globalisierungskritischen Raps durch seine Gedanken.

... und diese ... Globalisierungsgegner ... dumz, dumz ... sind auch alle Idioten ... dumz, dumz ... können auch nur Schaufenster einwerfen ... dumz, dumz ... spielen ein bisschen Krieg ... und setzen sich dann doch ... dumz, dumz ... auf Papas Sessel ..., dumz ...

... die ... Summmpf ... dumz, dumz ... mennnschen ... be .... frein ... dumz ...

... daaas ... Pee ... riskooop ... aaaauch... gelbbb ... dummmz ... zzzz ...

Über seinen revolutionären Gedanken schlummerte André auf dem Strohlager schließlich ein. Im Hintergrund rauschte die Autobahn. Tausende Autos rasten dort den großen, gelben

Städten entgegen. Hinter der Wolkendecke zogen Flugzeuge ihre Bahn und blinzelten rot. Und über ihnen schwebten die Spionagesatelliten und beobachteten die gelben Städte, die Autobahnen und die blinzelnden Flugzeuge. Irgendwo ganz weit oben, noch über den Satelliten, flogen die Kometen, begannen andere Welten, wurden neue Sterne geboren. Und ganz oben gähnten die schwarzen Löcher, die diese Kometen, Sterne und die anderen Welten mit ihren Autobahnen, Flugzeugen und Städten verschluckten.

Während André schlief, rasten tausende Autos weiter den großen Städten entgegen, zogen Flugzeuge ihre Bahn, beobachteten Satelliten das alles, und der gelbe Stern mit Namen Sonne schob sich langsam über den Horizont, um sie alle dem neuen Tag zuzuführen.

Gegen Abend stieg André aus einem Auto und fand sich in der Nähe des Hannoveraner Hauptbahnhofes wieder. Das Wetter war inzwischen komplett umgeschlagen. Schon am Morgen waren Wolken aufgezogen, um klarzustellen, dass der Sommer vorbei war. Nun lag ein schwerer, aufgequollener Himmel über Hannover, der seine Last, die er nicht länger halten wollte, in Gestalt von Dauernieselregen der Erde überantwortete. Um keine Regennacht unter freiem Himmel zu riskieren, wandte sich André dem monumentalen Bahnhofsgebäude zu.

Wie jeder größere Bahnhof führte auch der hannoversche ein Eigenleben, das sich in vielerlei Hinsicht vom Leben in den umliegenden Stadtvierteln unterschied. Dank seiner zentralen Lage fuhren unablässig Züge durch die Stadt, so dass er auch über Nacht nicht zur Ruhe kam wie kleinere Bahnhöfe, sondern rund um die Uhr lärmte, manchen Willkommen hieß und andere verabschiedete. Das riesige Gelände beherbergte eine Vielzahl nützlicher Einrichtungen mit verlängerten Öffnungszeiten: Geschäfte, Cafés, Kioske und Imbissbuden, die, wie gern in größeren Bahnhöfen, einen besonderen Typ Mensch anzog, der überhaupt nicht Bahn fahren wollte.

Manch einer hatte längst Tag und Nacht vertauscht und wachte erst auf, wenn die meisten Menschen schon schliefen. Andere hätten vielleicht gerne geschlafen, hatten aber keine Bleibe. Wieder andere gingen hier ihrer Arbeit nach und wickelten nachts auf dem Bahnhof ihre Geschäfte ab. Und manchen war einfach nur langweilig, weshalb sie hier nach jemandem suchten, dem sie bei einem Fläschchen Korn von ihrer Langeweile erzählen konnten.

Kaum hatte er das Gebäude betreten, spürte André die neugierigen Blicke dieser besonderen Bahnhofsbewohner. Die Leute, die jemanden abholten oder wegbrachten oder die selbst verreisen wollten, beobachteten ihn zwar ebenfalls mit Interesse, aber für sie war er nicht mehr als eine ausgefallene Kategorie von Punker. Die Punks selbst, die Bettler, Alkis und Flaschensammler erkannten in ihm sofort einen Menschen, der wie sie selbst nicht auf einen Zug wartete, sondern hier die Zeit totschlagen wollte. André verschaffte sich einen Eindruck von der Größe des Bahnhofs, schlenderte ziellos umher und begab sich schließlich zum Ausgang, um eine zu rauchen.

„Hallo! Hast du mal 'ne Zigarette für mich?", sprach ihn jemand von hinten an.

Als er sich umdrehte, erblickte er eine junge Person mit schwarzer Nietenjacke und zahllosen Piercings im Gesicht. In einer Phase, da die Zigaretten zur Neige gingen und kaum noch Geld übrig war, nervten ihn solche Fragen, aber er zückte dennoch seine Schachtel und bot eine an.

„Leg noch 50 Cent für ein Bier drauf." Die Person ließ nicht locker, offenbar war sie an einer Fortsetzung des Gesprächs interessiert.

„Ich wollte selber 50 Cent für ein Bier schnorren", erwiderte André mürrisch.

„Woher kommst du?", fragte das Mädchen, das ihn an seinem Akzent als Ausländer identifiziert hatte.

„Aus Belarus."

„Wo ist das denn?"

„Im Osten. Gleich hinter Polen."

„Russland?"

„Dazwischen. Auf der Frontlinie."

„Aaa! Tschernobyl!" Sie hatte verstanden und musterte André jetzt mit noch größerer Neugierde.

Und er sah ebenfalls aufmerksamer hin. Ihrem Äußeren nach war sie vielleicht Mitte zwanzig. Ihre kostümartige Kluft ließ auf ein spleeniges Wesen schließen, bei dem man auf alles gefasst sein musste. *Bestimmt ein richtiges Luder, für jedes Extrem zu haben*, dachte André und hielt ihr das Feuerzeug vors Gesicht.

„Und wo willst du hin?"

„Ich fahre nach Mogiljow, zum Bierfestival. Ihr habt in Bayern euer Oktoberfest, wir haben auch so was im Herbst, es heißt Dažynki." André ertappte sich bei dem Gedanken, dass sie eigentlich gar nicht so übel war. Vielleicht keine Schönheit, aber dafür ein markantes Gesicht mit Charakter. Die brachte die Kerle im Handumdrehen auf Touren. Wenn sie sich noch die peinliche schwarze Lady-Macbeth-Schminke abwaschen würde, könnte man sie sich gut ansehen. Also fragte er frech:

„Kommst du mit?"

„Doschinki", wiederholte sie.

„Nicht *do žinky*. *Dažynki*, mit hartem ž. *Do žinky* ist ukrainisch und heißt ‚zu meiner Frau'."

„Mann! Ich war noch nie im Osten! Einmal sind wir nach Poznań gefahren, weiter bin ich noch nicht gekommen."

„Poznań ist doch noch kein Osten! Da kannst du ja gleich nach Bonn fahren!"

André wurde langsam munter. Offenbar war der tief in seinem Inneren schlummernde Andrejka aus dem samstäglichen Katzenjammer erwacht und streckte nun seine verpennte Visage in den verregneten Hannoveraner Abend.

„Du musst dir mal den richtigen Osten ansehen! Zu uns fahren ist wie nach Indien fahren! Wusstest du, dass Belarus das heilige Land der arischen Götter ist? Während der Okkupation wollte Gauleiter Kube sogar Asgard bei uns in den Sümpfen wieder aufbauen lassen. Hat er aber nicht mehr geschafft. Der Russe hat ihm eine Bombe unter die Matratze gejubelt. Wie heißt du eigentlich? Ich bin Andrej, aber hier in Deutschland sagen alle André zu mir."

„Ingrid."

„Ingrid! Klasse Name! Wie die germanische Göttin! Na, was ist, kommst du mit?"

„Warum nicht? Hast du was zu trinken mit für unterwegs?" Ingrid grinste das Grinsen eines Menschen, der natürlich mitnichten vorhatte, zu irgendwelchen Bierfestivals in Mogiljow zu fahren, sich aber durchaus vorstellen konnte, einen lustigen Abend mit diesem Pickelhauben-Freak zu verbringen.

André hatte noch fünfzehn Euro in der Tasche, die gut eingeteilt sein wollten, damit sie bis Berlin reichten. *Aber eine Flasche* Jägermeister *wäre schon was Feines an so einem Schmuddelabend*, überlegte sich Andrej. *Ach, drauf geschissen! Bis Berlin sind es vielleicht noch 250 Kilometer. Wenn ich morgen früh losfahre, kann ich mir schon nach Sonnenuntergang bei den Hobbits im Tacheles mit Grappa die Birne weichsaufen.* Deshalb fragte er kurz entschlossen:

„Kennst du einen LIDL oder so was hier in der Nähe?"

Ein waches Augenpaar verfolgte interessiert, wie André versuchte, Ingrid die Reize des Bierfestivals in Mogiljow schmackhaft zu machen. Als sie dann zum nächsten Billigsupermarkt aufbrachen, sprach einer, der Ingrid offenbar gut kennen musste, sie an, erkundigte sich, wo sie hin wollten und fragte vorsichtig, ob er sich nicht anschließen könne.

Daraufhin maß André die extravagante Frisur des potentiellen Dritten im Bunde mit einem kurzen Blick, drückte das Kreuz durch und sagte:

„Weißt du, Amigo, ich bin auf dem Rückweg von der Front nach Hause und mache hier nur kurz Rast. Nächstes Mal, wenn ich in Hannover bin, schmeiße ich auf jeden Fall eine

Runde für den ganzen Bahnhof, aber heute reicht der *Jägermeister* leider nur für zwei."

Auf ihrem Weg zum Supermarkt durch die in Regen und Dämmerlicht aufgelösten Straßen musterte André Ingrid interessiert. *Ja, alles wo es hingehört. Die würde ich mitnehmen ins heilige Land der germanischen Götter!* Er mochte diese Teenie-Dämchen mit kleinen Brüsten und entsprechendem Hintern.

Bereits als Jugendlicher hatte André als Gegenbild zu den „jungen Damen à la Turgenjew" für sich das „Fassbinder-Engelchen" entworfen. An den turgenjewschen Damen hatte ihn neben der Tatsache, dass die Pflichtlektüre an der Schule sie ihnen mit Macht in die unreifen Gehirne zu prügeln versuchte, besonders der Mangel an Dramatik genervt, die kaum vorhandenen Brüche in ihrem Seelenleben. Er hatte sie sich immer als naive Püppchen mit großen blauen Augen vorgestellt, als Plüschhäschen auf dem gepolsterten Sofa. In ihrer Gesellschaft fühlte er sich, noch ohne zur Tat geschritten zu sein, allein durch seine Gedanken als Schuft, Weiberheld, Blaubart und Schwerenöter.

Das Gegenbild, das er aus diversen Fassbinderfilmen destilliert hatte, war kubistisch angelegt, vielfach gebrochen, mit zahlreichen Licht-Schatten-Wechseln. Ein früher Picasso, kein samtig-pastelliger Renoir. Der Fassbinder-Engel war eine Frau mit innerer Dramatik, mit einem harten Schicksal, vielleicht eine ausgemachte Schlampe, aber André fühlte sich in ihrer Gesellschaft gewissermaßen unter seinesgleichen: Wenn er ein Schuft war, war sie immer noch ein Engel, aber ein gefallener.

In Ingrid erkannte er nun das Engelchen in seiner klassischen Ausprägung, mit theatralisch geschminkten Augen, Piercings, provokanter Frisur, schwarzem Schmuck und jeder Menge Grillen und Flausen im Kopf.

Im Supermarkt kaufte er die Flasche *Jägermeister*, sechs Dosen Bier auf Ingrids Wunsch und für alle Fälle noch eine Packung Billigwein. Zurück in der Dunkelheit, schraubte er sogleich die Flasche auf und sie nahmen beide einen Schluck – auf die Bekanntschaft.

„Was machst du denn noch so außer Bierfestivals?" fragte der Fassbinder-Engel.

„Ich suche das neue Leben. Aber eigentlich bin ich im weltlichen Leben Künstler."

„Cool! Ich male auch. Aber nur so für mich. Was malst du denn so?"

„Ach, fürn Arsch! Ich male nicht mehr. Ich stelle Denkmäler auf, in Mogiljow. Auf Friedhöfen. Früher hab ich natürlich gemalt, wollte ein großer Künstler werden, mit langen Haaren, Bart und Barett, wie Gauguin. Dann hab ich kapiert, dass es zu viele große Künstler und zu wenige Käufer gibt. Und dann noch der Kapitalismus: Da musst du allen möglichen Scheiß für die Salons malen oder die Toten verewigen. Überhaupt wird man kein großer Künstler mehr, man wird von einer guten Fee im schwarzen Kostüm dazu gemacht. Aber wenn es in deiner Stadt solche Feen nicht gibt …"

André nahm einen weiteren Schluck.

„Bei euch hier genau dieselbe Kacke. Künstler sind wie Hundehaufen, die braucht kein Mensch. Kriegen ab und zu einen Brosamen von der Herren Tische ab, dass sie nicht verhungern oder um Gottes Willen keinen Aufstand machen wie der Schicklgruber."

„Wer?"

„Der Adolf hieß früher mal Schicklgruber. Er wollte auch erst ein großer Künstler werden, hatte aber nichts zu beißen, hat einen Aufstand gemacht, und wie das Ganze geendet hat, weißt du ja selber."

Da fiel André ein, dass auch er schon ewig nichts mehr gegessen hatte. *Auch egal*, sagte er sich. *Der* Jägermeister *haut eh besser rein.* Auf nüchternen Magen ging der *Jägermeister* tatsächlich ganz gut ab, und André spürte ihn schon nach wenigen Schlucken. Er kam immer mehr in Fahrt und fuhr nach einem weiteren Schluck fort:

„Glaubst du, es hat irgendwas zu bedeuten, wenn sie in den Nachrichten erzählen, jemand hätte hundert Millionen Dollar für ein Bild hingelegt? Quatsch! Hundekacke! Das hat überhaupt nichts mit dem Künstler zu tun. Alles Showbiz! Wie soll ich dir das erklären? Stell dir vor, du hast zwei Stapel Spielkarten. Jede Karte ist ein Name. Im einen Stapel sind hundert Namen. Im anderen eine Million. Wenn du in den ersten Stapel gekommen bist, wirst du überall rumgereicht: Museen, Fernsehen, Titelseiten, Sotheby's! Und die hundert reichsten Pinguine setzen auf dich. Zahlen einen Haufen Kohle für deine Arbeiten, kaufen, verkaufen weiter, pumpen kräftig Luft rein. Was ist denn ein Bild? Leinwand und hundert Gramm Farbe, der Rest ist Luft, Geist, Leere. Und wie bewertet man diese Luft? Was kann daran hundert Millionen wert sein? Wenn du aber im zweiten Stapel steckst, wenn sie dich nicht ins große Spiel holen, dann kannst du noch so genial sein …"

„Geiler Helm! Du bist mir auf dem Bahnhof gleich aufgefallen, als du so in die Würstchenbude geglotzt hast." Ingrid fiel ihm einfach ins Wort, trat auf ihn zu und legte ihre Hände an den Helm.

André konnte auf einmal ihre Wärme spüren, die im Nieselregen durch den stacheligen Pullover drang und sich irgendwo weiter unten zu einem angenehm weichen Wölkchen verdichtete. Ingrids Gesicht war ihm jetzt ganz nah. Er nahm ihren Atem wahr, sah die Regentropfen auf ihren Wangen, den zarten Flaum auf ihrer Oberlippe. Er spürte die elementare Kraft, die ihn zu diesem exzentrischen Ledernietenengel hinzog. André legte seine Hände auf Ingrids Taille und ließ sie dann behutsam abwärts wandern.

„Gehen wir zu mir, ich zeig dir meine Bilder. Ich wohne hier um die Ecke mit meinem Freund. Er ist natürlich voll debil, aber er hat grad Probe. Er kommt sicher nicht so bald zurück." Ohne ihren Blick von seinem zu lösen, nahm sie noch einen Schluck aus der Flasche.

Ingrids Wohnung war tatsächlich gleich um die Ecke. Zwei Karrees weiter betraten sie ein unscheinbares, graues Haus und stiegen in den zweiten Stock hinauf. In der Wohnung herrschte, wie zu erwarten, kreatives Chaos. Sie gab in ihrem ganzen Erscheinungsbild deutlich zu erkennen, dass hier Menschen hausten, die einem gemütlichen Heim zumindest im Moment keinen besonderen Wert beimaßen. Die Bude verfügte über eine Miniküche, einen größeren Raum und ein winziges Schlafzimmer. Etwas belebt wurde die versiffte Einrichtung durch eine schwarz gestrichene Wand im großen Zimmer, auf der mittig ein umkreistes großes „A" prangte. Eine weitere Wand war in Rot gehalten. Überall hingen, ohne ersichtliche Ordnung, reichlich naive Zeichnungen auf Karton.

„Immerhin keine Punks", dachte sich André, als er das Zimmer betrat. Er hatte im Grunde nichts gegen Punks, aber jedes Mal, wenn er an sie dachte, stellte ihm seine Fantasie das Bild eines Menschen vor Augen, der Hundekacke von der Straße frisst.

Ingrid platzierte André auf dem Sofa und führte ihm die Mappen mit ihren Arbeiten vor. Sie verrieten alle die Hand eines Künstlers, der offensichtlich nicht die klassische Schule durchlaufen hatte. Gleichzeitig sprach aus ihnen eine gewisse Aufrichtigkeit. Der Künstler schien ein großes Mitteilungsbedürfnis zu haben, blieb aber befangen in seiner Unfähigkeit, den Widerstand des Materials zu überwinden, es sich Untertan zu machen und zum Reden zu bringen. Deshalb blieb die Aussage unvollständig und kam über Wortfetzen nicht hinaus.

Da er aus eigener Erfahrung um die Verletzlichkeit der Künstlerseele, zumal der jungen, im Moment der öffentlichen Entblößung wusste, suchte André in Ingrids Arbeiten nach gelungenen Momenten und ermunterte sie nach Kräften. Schwachstellen gab es zwar zur Genüge, aber er beschloss, diese lieber einem anderem zu überlassen. Ingrid rutschte auf den Knien über den Fußboden des Wohnzimmers und breitete immer neue Bilder vor ihm aus. Dabei verrenkte sie sich bisweilen zu so exquisiten Posen, dass André das Blut in die Schläfen stieg und ihn in immer üppigeren Lobpreisungen schwelgen ließ, die größtenteils nicht mehr von den Arbeiten selbst inspiriert waren, sondern von deren Autorin, von ihrem Hüftschwung, ihrer Schulterpartie und weiteren Verlockungen ihres Körpers.

Schließlich holte Ingrid eine kleine Mappe mit Kleinformatigem hervor und setzte sich mit aufs Sofa. Wieder kam sie ihm ganz nah. André spürte ihren warmen Schenkel eng an seinen gepresst. Sie blätterte noch ein paar Bilder durch, wandte sich ihm auf einmal zu und blickte ihm unverwandt in die Augen. Wieder legte er vorsichtig seine Hand auf ihre Taille und beugte sich vor. Ingrid zuckte leicht zurück, tauchte mit ihrer Hand ab und knipste die Stehlampe neben dem Sofa aus.

Nach dem Einbruch dieser Dunkelheit schlüpfte Andrés Hand unter ihren Pullover. Sie spürte warme Haut. Auf Ingrids samtigen Bauch ertastete sie die Kühle eines Ringleins im Nabel. Zwei weitere Ringlein fand sie weiter oben in den Nippeln der kleinen, geschmeidigen Brüste. Noch während er Ingrid vorsichtig den Pullover auszog, machte er sich mit der Zungenspitze daran, die ihm noch unbekannten Piercings zu erkunden.

„Vielleicht nimmst du den Helm ab?" flüsterte Ingrid. „Sonst bohrst du mir noch ein Auge aus."

„Das geht nicht."

„Wieso nicht?" stöhnte sie leise.

„Ohne ihn kann ich nicht", schnurrte André auf dem Weg zum süßesten Piercing von allen.

„Leg einfach die Hände um den Pickel, dann wirst du schon sehen."

Ihr Freund war tatsächlich voll debil. Als er nachts um eins nach Hause kam, saßen André und Ingrid beim Bier in der Küche. Der *Jägermeister* war da freilich schon ausgegangen und sie unterhielten sich einfach leise, um einander besser kennenzulernen.

Als der Freund in die Küche kam, fixierte er den ungebetenen Gast und fragte unwirsch, als wäre André überhaupt nicht da:

„Wer ist das?"

„Mein Freund. Er schläft heute bei uns", antwortete Ingrid sanft und entschieden, als gäbe es da nichts mehr zu diskutieren.

Der Freund bewegte sich mühsam auf den überraschend aufgetauchten Schlafgast zu und fragte, sich in das Unausweichliche fügend:

„Und was ist das für eine Scheiße auf deinem Kopf?"

„Ein Helm."

„Bist du Soldat oder was?"

Ja, du Arschloch, dachte André und sagte nach einer Pause:

„Bin ich gewesen, jetzt bin ich General."

„Pah! Und wo ist deine Armee?"

„Überall. Ich bin Künstler." Mit diesen Worten zog André die Literpackung Wein aus dem Rucksack, die er in weiser Voraussicht als Notvorrat mitgenommen hatte.

Die Miene des finsteren Freundes hellte sich ein wenig auf, er nahm Ingrid die Bierdose aus der Hand, trank einen Schluck und stellte sich vor:

„Ich bin Max."

Max war nicht das Arschloch, als das er zunächst erschienen war. Dass er leicht debil war, stand außer Frage, aber jeder kreative Geist – und Max war Gitarrist in einer unbekannten Nachwuchsband – muss leicht debil sein, sonst ist er fehl am Platze.

Max erzählte gleich von seiner Band und ihrem neuen Album, dann legte er eine CD ein und spielte ihnen die jüngsten Werke vor. Obwohl André laute Musik nicht leiden konnte, schon gar nicht, wenn alle Instrumente gleichzeitig lärmten und einander übertönen wollten, hörte er anstandshalber aufmerksam zu, unterbrochen von einigen Seitenblicken auf Ingrid, an deren Bein er unterm Küchentisch seine Schuhspitze rieb.

Anschließend zog Max eine elegante Tabakdose aus der Tasche und schlug vor, eine zu rauchen. André erwiderte, das sei nicht sein Fall und lehnte höflich ab. Daraufhin starrte ihn Max völlig entgeistert an, als wäre er soeben dem einzigen Menschen im gesamten Universum begegnet, der bei Marihuana Nein sagen konnte. Also musste der Gast erklären, dass er zwar mehrfach versucht habe, seinen Organismus an den Marihuana-Konsum zu gewöhnen, aber nie etwas Brauchbares dabei herausgekommen sei. Dass er vielleicht tatsächlich dieses Unikat sei, das von Gras nicht high wurde, sondern down. Deshalb wäre es unsinnig, den guten Stoff sinnlos zu verpulvern, er halte sich lieber an den Wein.

Max konnte immer noch nicht recht an das Wunder der Natur glauben, durch das Gras nicht high machen sollte, aber er baute eine Tüte für Ingrid und sich. Während die beiden kifften, trank André weiter seinen Wein und versprach, er werde Max nach dem Sieg unbedingt auf dem Seeweg einen Container Belomor-Papirossi zukommen lassen, damit er sich nicht weiter mit seinen Selbstgedrehten abquälen musste. Außerdem würde er ihnen einen Kasten *Kryžačok* nach Hannover schicken, ein Gebräu schärfer als Absinth, nicht auf Kräuterbasis, sondern aus echten halluzinogenen Sumpfpilzen.

Alles hatte sich ganz günstig gefügt, und der zweite Tag seines neuen Lebens schien anders als der erste ein Happyend nehmen zu wollen, hätte nicht der verfluchte Bahnhof sich noch einmal zu Wort gemeldet. Leider lag Ingrids Wohnung ihm gefährlich nahe, was André zu spüren bekam, als sich allerlei verdrossene Gestalten einfanden, die mittlerweile selbst der Bahnhofslangeweile überdrüssig geworden waren.

Den Anfang machten zwei Punks. Sie hatten schon ordentlich getankt, vor allem wurde es aber in der Küche sofort laut, eng und ungemütlich. André erkannte, dass der Abend für ihn gelaufen war, und er ließ sich seinen Schlafplatz zeigen. Ingrid begleitete ihn ins Wohnzimmer, holte eine Steppdecke und erklärte, er könne hier auf dem Sofa schlafen, Max und sie würden normalerweise das kleine Zimmer nebenan nehmen.

„Und, kommst du nun mit nach Mogiljow?" André drückte Ingrid an sich, um noch einmal ihre sämtliche Piercings am eigenen Leib zu spüren.

Aus der Küche dröhnten schon wieder die Klänge von Max und seiner gnadenlosen Truppe.

„Du bist ja auch debil", antwortete Ingrid und entwand sich kokett seiner Umarmung. „Ich muss zurück. Weck mich morgen früh."

Wie zu erwarten war, konnte in dieser Wohnung von Schlaf keine Rede sein. Nach den ersten beiden Punks stellten sich bald noch weitere Gäste ein, jemand ging, ein anderer kam, aus der Küche drangen weiter Musik, Lachen und das Klirren umfallender Flaschen. Schließlich verirrte sich André doch noch kurz in einen seichten, fragilen Schlaf.

Er erwachte von dem Gefühl, der Helm rutsche ihm vom Kopf. Aus dem Augenwinkel sah er im Dunkel über sich eine ihm unbekannte Gestalt, die versuchte, ihm mit ausgestreckten Armen vorsichtig den Helm abzuziehen. Im Nu war der letzte Schlaf verflogen:

„Du miese Ratte!!!" André krallte sich im Gesicht des Unbekannten fest und stieß ihn dann von sich.

Der fiel vom Sofa, rappelte sich wieder auf und stürzte zur Tür. André bekam einen Stiefel in die Finger und warf ihn dem Fliehenden nach, dann stand er auf, knipste das Licht an und tigerte nervös durch das Zimmer.

„Beschissenes Assipack!" Er war völlig außer sich.

Aus der Küche drang lautes Lachen. Offenbar hatte dort niemand etwas mitbekommen. André warf einen Blick in das kleine Zimmer nebenan – dort schlief Ingrid seelenruhig. Er rüttelte sie wach und fragte sie, kaum dass sie die Augen aufschlug:

„Hast du Scotch?"

„Was für Scotch? Whisky?"

„Nein, Klebeband!"

„Idiot! Geh schlafen!" Sie drehte sich zur Wand.

André ging zurück ins Wohnzimmer und durchwühlte sämtliche Kartons auf der Suche nach Klebeband. Als er endlich eine Rolle fand, klebte er sich unter beschwörendem Gemurmel – Beschissenes Assipack! Beschissene Versager! – den Helm am Kopf fest. Zu guter Letzt knotete er noch einen herumliegenden Schal darüber.

„Das habt ihr davon, ihr Schweine! Jetzt könnt ihr lange dran ziehen!"

André knipste das Licht wieder aus, krabbelte aufs Sofa und schlief in der festen Überzeugung ein, nun bis zum Morgen seine Ruhe zu haben.

André erwachte spät. Als er die Augen aufschlug, fühlte sich sein Schädel an, als sei er über Nacht verholzt. Das Klebeband hatte die Blutzufuhr unterbunden, sein Gesicht war gerötet und aufgequollen. Er setzte sich auf und entdeckte einen weiteren Schläfer im Zimmer – in einer Ecke schnarchte ein Fettwanst auf einer Matratze. In der Küche herrschte jetzt Stille.

André ging ins Bad, befreite seinen Kopf vom Klebeband und hielt ihn unters kalte Wasser. Dann ließ er eine Schüssel volllaufen, zog sich aus und verpasste sich eine Dusche. Bei einem Blick in den Spiegel musste er zu seinem Ärger feststellen, dass der eine Löwe auf seinem Helm in altem Goldglanz erstrahlte, während der zweite ganz unter gelblichen Kleberesten begraben lag. Er saß wie ein Clochard im Pappkarton, knurrte, fletschte die Zähne und gab deutlich zu erkennen, dass diese Art Nachtlager in keiner Weise seiner königlichen Hoheit entsprach. André rubbelte mit dem Schwamm die Klebereste vom Helm und murmelte dabei vor sich hin:

„Entschuldige, Leo, entschuldige bitte, wer konnte denn ahnen, dass das so ein Billigkleber ist. Leo links ... Lew aus Mogiljow ... Ihr braucht einen Namen. Wasja. Wassili, Wassilisk. Nein. Klingt irgendwie nach Katze. Wladimir, Swjatoslaw, Swjatogor, Swjatodyr, Moidodyr, Bartholomäus, Awwakum, Grimislaw, Swjatopolk. Ja! Das ist gut. Swjatopolk! Swjatopolk und ... Siegfried. Nein, Siegfried passt nicht. Leopold. Balthasar. Gratian, Güldenstern, Gerschenson, Wallenrod. Warum nicht, Wallenrod. Ein guter Name. Swjatopolk und Wallenrod!"

Als er den Löwen lange genug geschrubbt hatte, trat André erneut vor den Spiegel. Wallenrod glänzte golden wie eh und je, aber Swjatopolk sah etwas mitgenommen aus – immer noch hafteten Klebefitzelchen an ihm. Leicht verstimmt zog André sich an und ging in die Küche.

Sein Schädel brummte – vom Klebeband, vom Wein, von Bier und *Jägermeister* oder wahrscheinlich von allem zusammen. Die Küche wies deutliche Spuren des nächtlichen Gelages auf. Leere Bierdosen lagen herum, kalter Rauch stand in der Luft.

Auf geht's, die Straße ruft, sagte sich André und schlich ins Schlafzimmer. Max schlief langgestreckt mit dem Gesicht zur Wand. Ingrid lag glücklicherweise auf der zugänglichen Bettseite. Er fuhr mit der Hand unter die Decke und ließ seine Hand über ihre Rundungen wandern, wie ein Bildhauer über sein Material.

„Steh auf, wir müssen los", flüsterte er ihr zärtlich ins Ohr.

Ingrid schlug die Augen auf und starrte André stumm an.

„Wir müssen los", sagte er noch einmal.

„Wohin los?"

„Wohin wohl, nach Berlin!"

„Du spinnst." Sie schloss die Augen wieder, sah dann André doch noch einmal an und ergänzte: „Warte in der Küche."

Als Ingrid in der Küche erschien, konnte er sich davon überzeugen, dass er gestern richtig gelegen hatte mit seiner Vermutung, die schwarze Schminke sei überflüssig und verleihe ihrem Gesicht etwas Vulgäres. Ihre Augen funkelten derart, dass sie keiner Kosmetik bedurften, na, allenfalls einer Winzigkeit.

„Ich hab Kopfweh, verdammt!" Sie setzte sich an den unter leeren Bierdosen begrabenen Küchentisch in der vagen Hoffnung, doch noch eine volle zu entdecken.

„Idioten, hätten sie wenigstens eine für den nächsten Morgen übrig gelassen!"

André zelebrierte die Pause, bevor er aus seinem Rucksack die Bierdose hervorholte, die er in weiser Voraussicht noch am Abend dort versteckt hatte.

„Das gibt einen Verweis von Fjodor Michailowitsch!" Er stellte sich vor, wie sich die Brauen in Kramskois Dostojewski-Porträt zusammenzogen und der Zeigefinger kaum wahrnehmbar tadelnd ausschlug. Dafür hellten sich Ingrids Augen auf, das Funkeln wurde noch stärker.

„Wer ist dieser Pfjodor Michailowitz?" fragte sie und öffnete die Dose.

„Ach, bloß ein Bekannter, Dostojewski. Der nervt mich jeden Morgen. Kommt vorbei, setzt sich auf die Bettkante und guckt einen mit traurigen Augen an."

„Du auch einen Schluck?"

„Später. Wenn wir im Tacheles sind."

Ja, ich muss sie mit Fjodor Michailowitsch bekannt machen, überlegte André, als er zusah, mit welcher Lust Ingrid die ersten Züge trank.

„Was ist Tacheles?" fragte sie und zündete sich eine Zigarette an.

„Eine Künstlerkolonie in Berlin. Wird dir gefallen. Lass uns fahren!"

„Du spinnst!"

„Niemand zwingt dich. Dann sitz halt in deiner versifften Küche zwischen Kippen und leeren Bierdosen. Ich muss wieder raus auf die Straße." André stand auf und ging demonstrativ zur Wohnungstür.

„Warte!" Ingrid blickte ihm fest in die Augen. Mehrere Sekunden lang schaute sie ohne zu blinzeln, als empfange sie einen Funkspruch. Dann brauchte sie ein paar weitere Sekunden, um ihn zu dechiffrieren, zu analysieren, nachzudenken und zu entscheiden, bis sie schließlich sagte:

„Okay. Ich schreibe Max noch kurz, dass ich ein paar Tage in Berlin bin. Fahren wir!"

FINLANDIA

André kam gerne in die Stadt zurück. Das erste Mal war er wenige Jahre nach dem Mauerfall in Berlin gewesen, an einem nasskalten Märzmorgen am Bahnhof Zoo auf den Bahnsteig getreten und hatte zum ersten Mal diese Luft geatmet – eine erstaunliche Mischung, einen Aufguss aus dem Duft des letzten Schnees, aus Kohlenqualm und dem Kaffeeduft aus den Imbissbuden. Am Bahnhof hatte ihn sein alter Künstlerfreund Wadim in Empfang genommen, der sich schon vor einigen Jahren hier eingerichtet hatte und der damals in einer kleinen Butze in der Oranienburger Straße zur Miete wohnte.

Den ersten bleibenden Eindruck auf dem Weg vom Bahnhof zu Wadims Wohnung hinterließ bei André die Säule mit dem goldenen Engel, dem Engel vom *Himmel über Berlin*. Es kam ihm so merkwürdig vor – sie stand da ganz real und handfest mitten im Grünen, schien aber gleichzeitig die Realität deiner eigenen Anwesenheit hier in Frage zu stellen. Als wäre sie nur ein Traum, eine Illusion, die Fortsetzung des Films, in den du aus unerfindlichen Gründen hineingeraten bist.

Überrascht hatte ihn auch, wie ähnlich Berlin Petersburg war. Als er die schrundigen Fassaden sah, die nach Katze riechenden Hofeingänge, die vergilbten Tapeten, die Cafés, die ihn an das *Saigon* erinnerten und selbst die Kakerlaken, die er nirgends sonst in Deutschland angetroffen hatte, fühlte er sich sofort wohl und heimisch, wie zurückversetzt in die geliebte Stadt seiner jungen Jahre.

Als er später allein durch Berlin spazierte, beeindruckte ihn die Stadt durch schlichte Größe. Sie erschien ihm endlos, gigantisch. So wie eine echte Stadt seiner Vorstellung nach zu sein hatte – du läufst mittags im Zentrum los, irgendwohin, durch immer neue Straßen, kommst aber bis Sonnenuntergang nicht an den Stadtrand.

Der erste Abend hielt für André eine weitere Entdeckung bereit. Der März hatte gerade erst begonnen, und die Stadt versank noch recht früh in den Halbtönen der Abenddämmerung. Erschöpft kehrte er durch die endlosen Straßen in die Innenstadt zurück. Zur Stärkung hatte er sich eine Flasche *Jägermeister* genehmigt, aus der er sich auf dem Weg zum verabredeten Treffpunkt zwischen den Brücken am Eingang zum Bode-Museum ab und zu einen Schluck genehmigte.

An der Museumsinsel angekommen, erstarrte André angesichts all der Herrlichkeit. Dabei beeindruckte ihn nicht einmal die erhabene, grandiose Architektur, sondern vor allem die Atmosphäre, die in dieser Gegend herrschte. Die Quintessenz preußischen Geistes – und des Deutschlandbildes, wie seine jugendliche Fantasie es gezeichnet hatte, als er Schiller, E. T. A. Hoffmann und Kleist verschlungen und sich sogar an Kants *Kritik der reinen Vernunft* versucht hatte.

André kannte sich in der deutschen Literatur ganz gut aus. Als junger Mann hatte er in einem Anflug von Bildungswahn einmal angefangen, die Hauptwerke großer Denker der Menschheitsgeschichte in chronologischer Reihenfolge zu lesen. Von den alten Griechen hatte er sich, bisweilen qualvoll und entnervt, durch die Jahrhunderte weiter vor gearbeitet. In der Neuzeit angekommen, nahm er sich nach der mäßig interessanten Lektüre von Petrarca und Dante die Deutschen zur Brust. Und hier sollte André etwas für sich entdecken, das sein Bewusstsein auf den Kopf stellte. Er holte sich Kants gesammelte Werke aus der Bibliothek und setzte sich an die *Kritik der reinen Vernunft*. Leicht fiel es ihm nicht, auf den verschlungenen Pfaden der kantischen Gedankenlabyrinthe zu wandeln. Er verstand auch nicht viel, aber er las den Band zu Ende und erfasste doch den Hauptgedanken, dass nur er mit Sicherheit existiere, um ihn herum jedoch nur Leere sei, beziehungsweise nur die Dinge an sich, die zu durchdringen ihm unmöglich war.

André stellte sich vor, jedes Ding – das Buch, der Tisch, auf dem es liegt, das Glas Schwarztee – sei ein verschlossenes schwarzes Kästchen oder Schränkchen, das durch den bodenlos schwarzen Raum schwebt. Seine Fantasie zeichnete ihm das Ding an sich aus irgendeinem Grund als in der Finsternis schwebenden schwarzen Schrank. Einen Blick hinter die Schranktüren zu werfen, war unmöglich, und selbst wenn sie sich plötzlich aufgetan hätten, wäre darin auch nur dieselbe gähnende, schwarze Leere gewesen.

Im Grunde war die ganze Welt um ihn herum zu einem großen unbekannten Objekt geworden. So sehr er sich auch bemühen würde, in sie vorzudringen, sie abzulecken oder ein Stückchen herauszubeißen, sie würde doch nur ein Abbild in seinem Bewusstsein bleiben und damit schemenhaft, flüchtig und illusorisch. Er musste nur die Augen schließen, die Hände vom Tisch nehmen, das Bewusstsein ausknipsen und schließlich sterben und alles würde mit ihm verschwinden in der unerforschlichen, bodenlosen Leere.

Dieser Gedanke erschütterte André dermaßen, dass er sogar in eine kleinere Depression geriet, die übergangslos in eine Phase überhöhten Alkoholkonsums einmündete. Glücklicherweise griff er aber schon bald zu Nietzsche, der sein verkantetes und verschnapstes Nervensystem wieder einigermaßen in den Griff bekam.

An seinem ersten Berliner Abend schaute der Genius des deutschen Geistes, jedenfalls seine Architektur gewordene Philosophie, von den Mauern des Pergamonmuseums, das in seiner ganzen Monumentalität in den schwarzen Fluten der Spree versank, André in die Augen. Seit jenem Tag liebte er die Stadt. Endgültig und uneingeschränkt.

Sie waren erstaunlich früh in Berlin – die Sonne stand noch hoch am Himmel, als er mit Ingrid in Potsdam eintraf. Mit der

S-Bahn fuhren sie in die Innenstadt, stiegen am Hackeschen Markt aus und machten sich auf in Richtung Oranienburger Straße.

Die Straße war Andrés unangefochtener Favorit in Berlin. Sein Berliner Leben spielte sich jedes Mal in der Oranienburger Straße oder ein paar Ecken weiter ab. Hier hatte Wadim einst in einem Karree neben der Synagoge gewohnt. Hier gab es nach Sonnenuntergang eine ganz eigene Art von Nachtleben – Touristen, Berliner, Künstler und Dichter in Bars, beim Inder und in den Cafés, und auf den Bürgersteigen die Nutten, als wären sie den glänzenden Titelseiten von Pornoheftchen entstiegen. Mit einer Flasche Whisky in der Tasche flanierte André gern an ihnen vorbei wie an schicken Kunstobjekten im Museum.

In der Oranienburger Straße lag auch das Tacheles – Zufluchtsort für die kleine Hobbitgemeinde und schon seit Jahren zentraler Anziehungspunkt für alle, die sich in Berlin niedergelassen hatten und damit auch für alle Durchreisenden. Wann immer André in die Stadt kam, sein erster Weg führte ihn hierher. Hier durfte er nicht nur auf einen herzlichen Empfang zählen, sondern auch auf Leute, die er daheim seit Jahren nicht mehr gesehen hatte.

Das Tacheles genoss freilich in der Stadt einen zweifelhaften Ruf. Angefangen hatte es als besetztes Haus noch vor dem Fall der Mauer, und im Grunde war es das auch geblieben, nur besiedelten es jetzt Künstler von den fernen Rändern Europas. Um den Ort ein wenig aufzuwerten, gab es später Ausstellungen, Lesungen und kleine Konzerte, die die alternative Szene aus der ganzen Stadt herlockten.

Respektablere Künstler stellten allerdings im Tacheles nicht aus, weil es ihnen zu trashig war und für die große Kunst zu verkommen. Die Kunstgeneräle ignorierten es schlichtweg. Und die einfachen Soldaten, die es bis zum General bringen wollten, mieden es ebenfalls, um sich ihr Dienstbuch nicht zu versauen. Nur die anarchistisch angehauchten Kunstpartisanen fühlten sich hier heimisch, scherten sich einen Dreck um die Meinung von Generälen, Fähnrichen oder Majoren und feierten stattdessen das urig Kreative, dass es eine Art hatte.

Viele Berliner hätten das Tacheles, diese Brutstätte von Suff, Hurerei und sonstigem Schweinkram, lieber heute als morgen dichtgemacht. Aber es hatte inzwischen Kultstatus erlangt, und die Touristen pilgerten in Scharen zu der Chaosinsel inmitten der auf Hochglanz sanierten Fassaden Ostberlins. Um also nicht unnötig Staub aufzuwirbeln, ließ man es fürs Erste bestehen als Berliner Attraktion für die weniger Zimperlichen und die Neugierigen mit den Sonykameras.

Der finstere Tacheles-Bau thronte wie ein riesiges gammeliges Kastenbrot am Ende der Straße. Es erinnerte an eines jener Berliner Häuser, die nach Kriegsende nicht restauriert worden waren, sondern immer noch Schusswunden, Altersflecken, bröckelnden Putz und die gekritzelten Aufschriften der Sieger zur Schau trugen.

André und Ingrid nahmen den Haupteingang und stiegen durch das bemalte Treppenhaus in den dritten Stock. Hier befand schon seit Jahren das Atelier, in dem Fjodor wohnte, ein alter Freund aus Minsk.

Sie blieben vor einer Tür mit angeklebtem Zettel stehen, auf dem in nachlässiger Handschrift „Fjodors Atelier" geschrieben stand, und André klopfte an. Hinter der Tür war kein Laut zu hören, erst als er ein paar Mal kräftig gegen die Tür pochte, wurden drinnen schlurfende Schritte laut.

„Ohoooo. Was sehen meine Augen?" Auf der Schwelle stand Fjodor, in Unterwäsche, das Haar zerzaust. Er sah verschlafen und zerknautscht aus, aber das breite Lächeln verpasste seinem Gesicht eine charmante, ja sogar liebenswürdige Note.

„Andrjucha, was führt dich her?" Fjodor wollte André nach alter Hobbitmanier umarmen, aber als er hinter ihm Ingrid entdeckte, stieg er verlegen in seine Hose.

„Das ist Ingrid."

„Fjodor." Damit streckte er Ingrid seine Hand entgegen und musterte sie mit Interesse. „Wir hatten hier gestern ... Na, du weißt schon, wir haben uns grade erst schlafen gelegt."

Fjodor war einer der Alteingesessenen hier. Vor allem aber war er ein lupenreiner Soldat der Kunstarmee ohne irgendwelchen Firlefanz. Einer, für den Märsche, die Mühen des Lebens im Schützengraben, Preußischblau-Flecken auf der Hose, nach Verdünnung stinkende Kissen, Kunst-Beschuss, Bombardements, Attacken auf Galerien und Gratisbuffets zugleich Alltags- und Lieblingsgeschäft waren. Er konnte sich kein anderes Leben vorstellen, kannte keines und wollte auch keines kennenlernen. Fjodor stellte sich ganz in den Dienst der Sache, er war bereit, selbstlos das Kreuz zu tragen, ohne dafür Rang, Namen oder postume Ehren zu verlangen.

Er war sogar mehr als ein einfacher Soldat, eher ein Hauptfeldwebel, ein Kosakenhauptmann oder Leutnant. Hätte er in einer anderen Armee gedient, der französischen oder der deutschen etwa, er hätte schon längst die Schulterklappen eines Generals getragen, zumindest aber eines Obersten oder Majors. Aber in Mordor gab es keine Kunstgeneräle, bzw. nur eine Handvoll, die von höherer Stelle ernannt wurden. Doch die Armee, die keine eigentliche Armee war, sondern eher eine Volkswehr mit Partisaneneinheiten, die über die Wälder verstreut waren, erkannte diese Generäle nicht an.

Für den Nachwuchs war Fjodor eine Institution. Er war eine unbestrittene Autorität, und eigentlich gebührte der Helm ihm, Fjodor. Sein Kopf war prädestiniert für dieses vergoldete Sinnbild von Heldenmut, Macht und militärischen Ehren. Aber der Helm zierte nun Andrés Kopf, und endlich fiel er auch Fjodor ins Auge.

„Schönes Stück! Wo hast du das wieder aufgetrieben?"

„Ach, erzähl ich dir später. Fjodor, wir steigen für ein paar Tage bei dir ab, was?"

„Klar! Keine Frage! Sucht euch im Flur eine Matratze und schlaft euch hier eins, so lange ihr wollt. Kommt rein, kommt rein." Er warf irgendwelche Lappen von einem Stuhl und bot ihn Ingrid an. „Das freut mich jetzt. Wir haben uns ewig nicht gesehen. Weinchen?" fragte Fjodor der Form halber und hatte schon eine Literpackung Weißwein unter dem Tisch hervorgezaubert.

Leichte Getränke in Glasflaschen ließ er nicht gelten, er kaufte immer nur Tetrapak. Das machte sich besser als Marschgepäck: weniger Gewicht, kleinerer Preis und ein Viertel mehr Inhalt.

„Jetzt erzähl schon, was treibt dich her?"

„Ingrid und ich sind grad auf Hochzeitsreise. In Berlin fangen wir an, dann geht es nach Prag, von dort nach Wien, kurz nach Venedig und dann an die Côte d'Azur. Übrigens will ich mir von dir ein bisschen Fahrgeld borgen, ich hab nur noch anderthalb Euro in der Tasche."

„Du weißt doch, dass ich hier kein Geld rumliegen habe. An Barem habe ich bloß einen Zwanziger hier."

„Was sagt er?" fragte Ingrid, die der Hobbitsprache nicht mächtig war, ihrem kryptischen Singsang aber mit sichtlichem Interesse folgte.

„Er sagt, er möchte uns einen Whisky anbieten. Ach so, Fjodor, der Plus macht in einer dreiviertel Stunde zu. Sollten wir uns nicht langsam auf die Socken machen?"

In diesem Augenblick setzte in der hintersten Ecke des Ateliers ein Rascheln ein, eine Steppdecke geriet in Bewegung, und darunter kam die verschlafene Visage des Dichters Bujan zum Vorschein. Eigentlich nannte nur André ihn so, weil ihm der Name exakt zu dieser Ausnahmeerscheinung zu passen schien, die so viele verschiedene Talente in sich vereinigte.

Zum einen war Bujan tatsächlich ein Dichter. Wenn er im angetrunkenen Zustand seine Gedichte vortrug, klang das einfach zauberhaft. Da war die nächtliche Brandung vor dem aufziehenden Sturm zu hören, eine Akkordeonmelodie in den tiefen Bässen, die Rufe eines Schamanen im schwarzen Vorgewitterhimmel. Wenn er aber richtig betrunken war, wurde er unerträglich: Er fing an zu fluchen, rückte den Weibern auf die Pelle, beschimpfte alle, die ihm in die Quere kamen und hätte sich wohl auch geprügelt. Aber weil er von eher zarter Statur war, ging es über die große Klappe meist nicht hinaus.

Ihn in diesem Zustand wieder in den Griff zu bekommen, war eine echte Herausforderung. Aber seine engsten Freunde kannten das Geheimrezept – ein Glas Portwein. Unbedingt Port, kein Wodka, kein Weißwein, kein Bier. Sondern süß und kräftig. Portwein wirkte auf Bujan in etwa wie der Stoß des Matadors zwischen die Augen des Stiers. Er riss sofort die Hufe hoch und schlief in dieser Stellung dort ein, wo er das Glas geleert hatte. Und er schlief sehr lange so, bis ihn, falls seine Freunde ihn nicht weggetragen hatten, am Morgen die Putzfrau oder eine Polizeipatrouille auflas.

Zum anderen war Bujan Künstler, er malte schon seit Jahren Insekten in Öl, bevorzugt Filzläuse. Da gab es große Schlachtenbilder, Sportfeste, Porträts, Familienszenen und erotische Akte. Aber immer waren die Protagonisten kugelrunde Filzläuse auf dürren Beinchen. Manchmal streute Bujan zur Abwechslung noch längliche Krabbelkäfer ein, Tuberkelbazillen mit riesigen Glotzaugen. Wie es seinem Image entsprach, malte er wild und expressiv, ohne an Leinwand und grellen, giftigen Farben zu sparen.

Als er nun den Kopf unter der Decke hervorstreckte, richtete er sein schroffes Wesen zunächst gegen den Tisch, dann gegen die Menschen an diesem Tisch, um schließlich erstaunt hervorzubringen:

„Sperling? Was hast du in meinem Büro zu suchen? Ksch, pack dich!" Dann verzog sich sein Gesicht zu einem breiten Grinsen. „War ein Witz. Ha ha!"

In voller Montur krabbelte er aus seiner Höhle, setzte sich an den Tisch und grinste Ingrid blöde an.

„Mach mich mit der Dame bekannt!"

„Ingrid, meine Braut."

„Aaa, gratuliere! Seid ihr schon lang zusammen?"

„Ja, schon bald vierundzwanzig Stunden."

„Ha ha! Und deine Frau?"

„Was ist mit meiner Frau? Ein neues Leben beginnst du nicht mit deiner Frau, sondern mit einer jungen Braut."

„Klar, damit sie dir mit einem feuchten Lappen den Staub von den Hörnern wischt, wenn du dann ein alter Sack bist. Ha ha! Ha! Sag mal, was ist denn das für ein Horn auf deinem Kopf?" Endlich hatte auch Bujan den Helm bemerkt.

„Der Helm eines Mediums!"

„So was! Lass mal aufsetzen!" knurrte Bujan und wollte nach dem Helm greifen.

„Von wegen! Finger weg! Ich hab grad alles eingepegelt!"

„Was sagt er?" fragte Ingrid noch einmal, da sie der Hobbitsprache noch immer nicht mächtig war.

„Er sagt, er braucht auch so einen Helm, um ein Filzlauspoem verfassen zu können."

„Ein was?"

„Ein Filzlauspoem. So eine Riesengeschichte, wie die Filzläuse losziehen, Rom zu erobern. Ein Schlachtenbild eben."

„So, genug gelabert!" unterbrach ihn Fjodor. „In zwanzig Minuten macht der Plus zu. Wenn wir jetzt nicht losgehen, müssen wir rüber in die Friedrichstraße oder zu den Arabern."

Da niemand teuer bei den Arabern einkaufen wollte, brach allgemeine Hektik aus. André und Fjodor warfen sich die Mäntel über und rannten zum Plus, Bujan und Ingrid begaben sich zu dem stattlichen Schrotthaufen am Ende des Flurs auf Matratzensuche.

Sieben Minuten vor Ladenschluss stürmten sie in den Plus, Fjodor warf zwei Flaschen Whisky für 5,30 das Stück in den Wagen, für die Damen vier Literpackungen Wein für je 79 Cent und nach kurzem Zögern noch acht Dosen Bier. Nach kurzer Beratung entschieden sie sich noch für eine Flasche Billig-Port für Bujan, die ebenfalls in den Wagen wanderte. Schon an der Kasse fiel André wieder ein, dass er seit zwei Tagen praktisch nichts gegessen hatte. Wieder erschien ihm das Bild des hungernden Schicklgruber. *Nach drei Tagen wird es brenzlig für die Welt*, überlegte er und bat Fjodor, noch ein Brot, ein paar Dosen Bohnen, ein Stück Schinken und eine Tube Mayonnaise mitzunehmen.

Zurück auf der Straße kehrten sie in die erste Hofeinfahrt ein und tranken einen Schluck auf das Wiedersehen. Die Straßenlampen gingen an. Es regnete zwar nicht mehr, aber der Herbst kroch dennoch kalt und kratzig unter die Kleider. Den wärmenden Trunk immer in Reichweite erzählte André dem Kosakenhauptmann, was ihm in den vergangenen Tagen widerfahren war, von der Ausstellung in Bonn, von den Schwiegermutterstiefeln, wie er sich den Helm gekauft und Ingrid kennengelernt hatte. Fjodor hörte hingerissen zu, unterbrochen von gelegentlichen Ausbrüchen homerischen Gelächters. Als André seine Erzählung beendet hatte, wurde die Miene des Hauptmanns plötzlich ernst.

„Und du willst ihn wirklich nie mehr absetzen? Wie wäschst du dir dann die Haare?"

„Gar nicht. Hab ich noch nicht probiert."

„Dann kommst du auch nicht mehr in die Staaten. Die Deppen am Flughafen lassen dich nicht durch den Metalldetektor!"

„Ich scheiß auf Amerika, ich hab doch die ganze Welt auf dem Kopf. *Schalom* heißt *mir*. Und *mir* ist die Welt oder der Frieden."

„Moment! Bei uns steht der *šałom* eher für Krieg! Du hast dir nicht den Weltfrieden aufgesetzt, sondern den Krieg!"

„Der Krieg ist da draußen! Innen herrscht Frieden, im Kopf!"

„Denk dran, dass am Ende des Friedens der Krieg steht!"

„Aber der *šałom*-Helm ist über jeden Krieg erhaben!"

„Und du glaubst wirklich, du hältst das durch?"

„Weißt du, Fjodor", André sah dem Hauptmann in die Augen, „stell dir mal einen Künstler vor, den es so richtig angeschissen hat. Weil er eine Niete ist, seine Frau eine dämliche

Schlampe, seine Schwiegermutter ein sadistisches Arschloch, keine Kohle und auch keine in Aussicht, kein Schwein braucht seine Kunst, keiner nimmt ihn wahr, und es bleibt kaum noch Zeit, was zu reißen. Was tun? Er hat zwei Möglichkeiten. Entweder in Mogiljow still vor sich hinsaufen oder sich was einfallen lassen, was alle umhaut. Ein Manifest schreiben und es so in die Welt hinausschreien, dass es nicht nur die Nachbarn in deinem zugekackten Treppenhaus hören, sondern alle, noch in der nächsten Straße, in der ganzen Stadt, in den Scheiß-Staaten, denen unsere Manifeste am Arsch vorbei gehen. Aber das ist genau der Haken, weil es schon so viele Manifeste gibt und du dir nicht mal eben ein neues ausdenkst. Wenn du die Kohle hättest, könntest du dir sonst was erlauben. Hast du aber nicht, das ist es ja. Und was haben wir? Nur unseren Körper! Und alles, was dieser Künstler noch tun kann, kann er bloß mit seinem Körper tun. Er sagt sich zum Beispiel: Na wartet, ihr Schweine, euch werd ich's zeigen, ich nähe mir einen dritten Arm an. Das ist mein Manifest! Ha ha! Witzig, nicht? Der Dreiarmer! Gibt nur ein Problem. Die Operation kostet, fehlt wieder die Kohle. Und wozu ein dritter Arm? Hängt auch bloß rum wie ein zweiter Schwanz. Und wenn man ihn an den Kopf annähen würde? Einen Metallarm? Oder keinen ganzen Arm, nicht mal die Hand, nur einen Finger? Nur einen Mittelfinger, den Fuckfinger? Verstehst du, Fjodor? Ich hab mir quasi einen Finger auf den Kopf genäht! Nur einen, aber was für einen! Das ist mein Manifest! Nur vier Buchstaben, kurz aber inhaltsschwer!"

André verstummte. Fjodor blickte ihn irgendwie traurig an, als verabschiede er den Freund auf eine Reise ohne Wiederkehr, nahm einen kräftigen Schluck Whisky und sagte:

„Neun Uhr. Gehen wir. Mit dem Geld lassen wir uns was einfallen. Ich habe nichts, das weißt du ja. Und Bujan erst recht nicht. Lass mich ein bisschen rumhirnen, vielleicht kommt mir noch was."

Bei ihrer Rückkehr ins Tacheles erwartete sie eine fast pastorale Szene: Ingrid, Wein trinkend, die Füße keck auf dem Tisch, Bujan, seltsam erregt, um sie herumflatternd. Er schleppte aus allen Winkeln seine taufrischen Notturni, Präludien und Fugen in Öl herbei und stieg mit seinem simpelsten, kaum zwanzig Vokabeln umfassenden Englisch in deren gedankliche Tiefen hinab.

Während André und der Hauptmann unterwegs gewesen waren, hatten sie auf dem Müllhaufen eine Matratze organisiert, aus der Ingrid sogar ein gemütliches Schlafnest hatte zaubern können. Anschließend wollte Bujan die junge Braut unterhalten. Da er zwar zahlreiche Fremdsprachen beherrschte, aber in jeder nur zwanzig Vokabeln, glich seine Rede einem erlesenen sonntäglichen Feinschmeckerdessert, bei dem französische, deutsche, englische und polnische Ausdrücke als süßliche, leicht bizarre Cocktails gereicht wurden.

Als die Menge der ihm bekannten Wortverbindungen endgültig ausgeschöpft war, zog Bujan ein schmales Bändchen hervor und brachte Ingrid seine Gedichte zu Gehör. Sie waren auf Belarussisch verfasst, aber das brachte keine besonderen Verständnisschwierigkeiten mit sich. Er war als Dichter wahrlich nicht unbegabt, vor allem aber gelang ihm beim mündlichen Vortrag eine solche Vielfalt von Lautfolgen, ein solches Spektrum an Gewisper, Geschrei, Gestöhn und Gekreisch, dass sich der Sinn des Werkes auch ohne Worte erschloss. Bujan gab sich so selbstvergessen der Rezitation seiner Knittelverse hin, dass sie ihre Wirkung auf junge Damen kaum je verfehlten.

Ingrid, der das zerzauste Schreckgespenst aus der Deckenhöhle anfangs überhaupt nicht gefallen hatte, betrachtete ihn inzwischen zwar immer noch mit leichter Irritation, die aber schon in Begeisterung umschlagen wollte. Bujan wiederum überließ sich ganz der Ekstase, schnurrte, gurrte, krümmte sich zusammen, fuhr heulend hoch, versank in Stille, brauste wieder auf, landete, verbiss sich ins Wort und kam abermals auf Touren. Die Propeller rotierten schneller, schneller, immer schneller. Der Turbo schaltete zu, er schoss über die Startbahn, hob ab und ... flog, flog, flog, RUMS!!! – plötzlich lag er vor ihr auf den Knien, brannte sich mit dem Blick aus seinen flackernden Augen in ihre! *Er hat schon was*, dachte Ingrid und konnte bereits mehr Sympathie aufbringen für seine üppige, zerstrubbelte Mähne, die dichten Brauen und die vollen sexy Lippen.

Als Bujan registrierte, dass sein Auftritt die erwünschte Wirkung entfaltete, wollte er weiteren Boden gutmachen. Er griff beherzt nach Ingrids schlanken Händen und bedeckte sie mit zartfeuchten Küssen, sprang wieder auf, stürzte in eine Ecke, polterte dort herum und stellte schließlich ein grell rosafarbenes Bild vor ihr auf. Dann holte er noch eins und immer noch eins.

Es handelte sich um Arbeiten aus Bujans aktueller Rosa-Periode. Sämtliche Bilder aus diesem Zyklus hatten einen unangenehmen rötlich-pastelligen, leicht menstrualen Stich. Das erste Bild zeigte eine sieben bis acht Mann starke Gruppe Filzläuse in Sporthosen, die Hand in Hand fröhlich einen gelben Weg zwischen rosa Feldern vor blauem Himmel entlang hüpften.

Die Serie musste ohne Zweifel zum lyrischen Schaffen in Bujans Gesamtwerk gezählt werden. Im Unterschied zu anderen Perioden waren die Insekten hier nicht aggressiv, sondern lieb und nett. Ihr trauter, gleichgerichteter Tanz verriet eine positive Lebenshaltung, stand für gemeinschaftliche Bestrebungen, die Freuden der Arbeit im Kollektiv, die Möglichkeit zur Überwindung aller Widrigkeiten durch Geschlossenheit, die aufbauende Erregung durch gemeinsames Tun, die Schönheit des Sportfestes in der freien Natur und für jede Menge anderer schöner Sachen.

Beeindruckt von Bujans erotischen Tänzen, wandte sich Ingrid mit Interesse den rosa Krabbeltieren zu. Gerade als sie eine dermaßen verführerische Pose eingenommen hatte, dass der sabbernde Bujan ihr gewissermaßen als Höhepunkt und

Schlussakkord das rosafarbenste seiner rosafarbenen Bilder darbringen wollte, kamen André und der Hauptmann zurück und ließen seinen Höhenflug jäh abbrechen.

„Wo wart ihr denn so lange?" fragte Ingrid und nahm die Füße vom Tisch.

„Reden", erwiderte André finster und ließ seine Blicke durch das Atelier schweifen, das jetzt mehr einer Kunstmarktbude glich, in der alle Bilder dem Käufer zugewandt waren.

Fjodor trat an den Tisch und baute schweigend die gesamte Batterie ihrer Flüssiggeschosse auf. In ihrem ganzen Ausmaß sagten sie unmissverständlich: Das wird kein einfacher Kampf heute, sondern eine harte, zermürbende, langwierige Schlacht. Und es war keineswegs ausgemacht, dass auch nur einer von ihnen bis zum nächsten Morgen durchhalten würde. Listenreich und stark war der unsichtbare Feind. Sie klirrten mit den Verschlüssen ihrer MGs, ließen Granaten und randvoll befüllte Kanonen glucksen und starrten bedrohlich durch ihre Schießluken.

Schweigend versammelten sie sich um den Tisch. Merklich angespannt angesichts des bevorstehenden Kampfes schenkte Fjodor die erste Runde aus, atmete durch und sagte:

„So, es geht los! Auf die Heimat! Feuer!"

Den Anfang machte wie üblich die schwere Artillerie. Als erfahrene Soldaten wussten sie, dass der Feind zunächst mit einem Artillerieüberfall überzogen werden musste. Den Feind durch dessen Schützengräben jagen, dass er, den Arsch auf Grundeis, von Unterstand zu Unterstand rennt, während ihm donnernd Erdbatzen, Stuck, Dreck und die ganze Kacke um die Ohren fliegen. Whisky eignete sich dafür am besten. Wodka wäre natürlich auch eine Option, aber in Berlin gab es da ein Problem. Er war zu teuer, und auf die ganze Armee gerechnet, ließ sich da mit Whisky ordentlich etwas einsparen.

Die ersten Einschläge hallten dumpf von ferne wieder. Noch ließ sich nur mutmaßen, welche Panik und welches Chaos nun in Feindesland losbrechen mochten. Aber die Antwort des Feindes ließ nicht lange auf sich warten. Schon feuerte er zurück. Nun hoben auch hier Geschrei und Tumult an. Die Infanterie trat in die Schlacht ein, mit dem hellen Gluckern des Weins in den Gläsern und dem dunkleren Klatschen des Dosenbiers. Alle wurden laut und schnatterten durcheinander, in allen Sprachen zugleich – ein erbittertes Feuergefecht.

Fjodor stand unerschütterlich bei den Geschützen. Er lud die nächste Portion Feuerwasser nach und brüllte, noch ehe der Boden des Geschützes im Stutzen verschwand:

„Auf den Sieg!"
„Auf unser Treffen!"
„Auf die schöne Frau!"
„Auf die Kunst!"
„Auf das Tacheles!"
„Auf Euphrosyne von Polozk!"
„Auf Maria Iwanowna!"
„Wieso denn Maria Iwanowna?"
„Keine Ahnung! Passte nur so schön!"
„Auf Berlin!"
„Auf uns!"
„Auf den Feind!"
„Auf dass alle!"
„Bravo!"
„Prosit Neujahr!"
„Das ist doch noch ewig hin!"
„Macht nichts! Darauf haben wir noch nicht getrunken!"
„Auf!"
„Uff!"
„Umpf!"
„Aaaaaa!"

Ja, da hatte sich ein hübsches Gemetzel entwickelt! Der Feind ballerte an allen Fronten! Aber unser kleiner Trupp hielt dem Ansturm wacker stand. Ingrid ließ unermüdlich das Maschinengewehr tuckern. Gleichzeitig schlüpfte sie in die Rolle der barmherzigen Schwester. Als sie spürte, dass der vor

Hunger völlig entkräftete André vorzeitig im Schützengraben auf Grund zu laufen drohte, sprang sie ihm auf den Schoß und ließ ihm, fest an seine Lippen gesaugt, künstliche Beatmung zuteil werden. Anschließend nahm sie ihn bei der Hand und zog ihn durch den langen Tacheles-Flur hinter sich her. In einem lauschigen Winkel drückte sie ihn eng an sich, öffnete seinen Reißverschluss und fuhr mit der Hand in die Hose. Gleich spürte André, wie ihm neue Kräfte zuwuchsen – er bekam die zweite Luft, platzierte die kleine MG-Schützin auf einem Stapel Holzkisten und genoss mit ihr in heidnischem Frohlocken die Quintessenz allen Sinns.

Zurück im Atelier konnten sie sich über Verstärkung freuen. Während ihrer Abwesenheit hatte ein Nachbar, aufgeschreckt von Geschützdonner, Gepolter, Gläserklirren und der vollen Balkan-Bregović-Dröhnung, bei Fjodor vorbeigeschaut. Beim Anblick der Gefechtshölle war er sogleich in seine Wohnung zurück gerannt und hatte keuchend eine zusätzliche Geschützbatterie herbeigeschleift. Gerade noch rechtzeitig, der Whisky war eben zur Neige gegangen. Nur Weinpatronen und Bierhülsen standen noch auf dem Tisch, so dass Fjodor für seine schweren Haubitzen keine passende Munition mehr hatte.

Wie zu befürchten war, ging es in diesem Kampf nicht ohne Opfer ab. Als erster starb der Dichter Bujan den Heldentod. Eine fehlgeleitete Sprengladung war dicht neben ihm explodiert, hatte ihn André in die Arme geworfen, in dessen Schultern er sich schwer verwundet krallte und stöhnte:

„Aaaaa ... aaaaa ... Du Schuft! Gib den Helm her!"

„Du kannst mich mal!"

Sofort schwenkte er um zu Ingrid, die neben André saß und lud sie in derben, soldatischen Worten dazu ein, auf der Matratze mit ihm den Geschlechtsakt zu vollziehen. André warf Fjodor einen Seitenblick zu, der zu fragen schien: *Ist es nicht langsam Zeit für unsere geheime Bujanabwehrrakete?* Aber dieser unterhielt sich angeregt mit dem Mexikaner von nebenan, dem mit der zusätzlichen Geschützbatterie, und bekam ansonsten nicht mehr viel mit. Er hatte sogar das Kommando über die Artillerie aufgegeben, schenkte nur noch sich selbst nach und schoss inzwischen ohne Toasts.

Aus der Schlacht wurde ein zähes Ringen. Beide Lager hatten schwere Verluste zu beklagen, waren aber ungefähr gleich stark, weshalb keines das Kampfgeschehen entscheidend zu seinen Gunsten zu lenken vermochte. Die Artillerie donnerte nicht mehr so laut wie ehedem. Kleinere Truppeneinheiten lieferten sich lustlose MG-Scharmützel. Und wenngleich Fjodor noch ab und an die Haubitze lud, schoss er doch ohne zu zielen in der Hoffnung auf einen Glückstreffer.

Irgendwann gingen die schweren Geschütze erneut zur Neige. Aber der Mexikaner erwies sich als wahrer Amigo. Noch einmal lief er in sein Atelier und kehrte mit einer Flasche panzerbrechenden Rums zurück.

Bujan hatte, schwer verwundet wie er war, das Schlachtfeld noch immer nicht geräumt. Er kroch zwischen André, Ingrid, dem Hauptmann und dem mexikanischen Amigo hin und her, umarmte, umhalste hier und da und schwadronierte von seinem Genie. Er lud Ingrid immer wieder zum Matratzensex ein, versuchte ein Schinkenbrot auf die Pickelhaube zu spießen und mit dem Mexikaner Zungenküsse zu tauschen. Fjodor sah dem Treiben gelassen zu, bis Bujan den Amigo plötzlich einen Schwarzarschaffen schimpfte.

Der Hauptmann war ein ordentlicher Mensch mit Prinzipien, er duldete keinerlei rassistische Ausfälle. Wortlos zog er die unter der Brustwehr versteckte Portwein-Panzerfaust hervor, schenkte ein und drückte Bujan das Glas in die Hand. Der kippte es gedankenlos in sich hinein, wollte dem Mexikaner noch etwas an den Kopf werfen, erstarrte aber plötzlich und sank dann wie ein lecker Luftballon auf dem vorsorglich untergeschobenen Stuhl in sich zusammen.

Damit war der erste Krieger in ihren Reihen gefallen. Der Mexikaner folgte kurz darauf. Offenbar hatte er aus einer bösen

Vorahnung heraus den Standort wechseln und sich an eine geschütztere, weniger umkämpfte Stelle zurückziehen wollen, aber kaum hatte er sich vom Tisch erhoben, wurde er von einem Querschläger gnadenlos niedergestreckt. Kalt erwischt wich ihm die Farbe aus dem Gesicht, einen Moment lang hing er noch in der Luft, bevor er wie ein flügelschlagender Reiher auf einem Bein mit ausgebreiteten Armen rückwärts in das rosa Erdbeerfeld segelte.

Die Filzläuse in ihren Sporthosen ergriffen in Panik die Flucht. Ihr kollektiver, gleichgerichteter Lauf, ihre positive Lebenshaltung, die Freude am Gemeinschaftswerk, die aufbauende Erregung durch gemeinsames Tun, die Schönheit des Sportfestes in der freien Natur und jede Menge anderer schöner Sachen wurden durch den jähen Einfall des schicksalhaften Krieges brüsk unterbrochen. Er war in Gestalt des massigen, verschwitzten Körpers eines betrunkenen Mexikaners aus heiterem Himmel über sie gekommen, hatte schwarze Krater in die rosafarbenen Felder gerissen und sie mit Panzerhöckern aus zersplitterten Keilrahmen durchfurcht.

Und dann senkten sich auch noch – Horror sondergleichen – zwei grausige Fratzen aus dem Himmel auf sie herab: das geschwärzte, von Runzeln durchgerbte Gesicht eines ergrauten Mannes. Und ein nicht minder entsetzlicher Kopf im goldenen Bismarckhelm, der Kriegsgeist höchstselbst. Zwei furchterregende Löwenrachen ließen ihre Zähne blitzen, Swjatopolk und Wallenrod brüllten die Filzläuse nieder, die kopflos über die bluttriefenden Felder rasten.

André und Fjodor neigten die Häupter über dem Gesicht des gefallenen Freundes. Ihre kummervollen Blicke schienen zu sagen: *Ruhe sanft, teurer Kamerad. Du warst ein treuer Gefährte, Mitstreiter und Freund. Wir werden dich rächen!*

Eine unglückselige Filzlaus, der der schwergewichtige Mexikaner das Bein gebrochen hatte, versuchte jaulend, sich unter ihm hervorzuwinden.

„Ja ... Ofenauskas in der uliza Bauskas! So viele Keilrahmen platt gemacht! Bujan bringt ihn um!" sagte Fjodor. „Nimm du die Füße, wir schleppen den Amigo in sein Atelier!"

Als sie zurückkamen, war Ingrid schon eingeschlafen. Bujan saß, eingerollt wie eine Schnecke, noch immer auf seinem Stuhl. Fjodor goss noch zwei Kurze ein. Der Rum war widerlich, er kam in Schüben und wollte als Abpraller wieder zurück. Es gab nichts mehr zu reden, zumal der Schlaf den Kopf mit zentnerschweren Gewichten zu Boden drückte. Zeit, die Waffen niederzulegen. André zog sich aus und kroch zu Ingrid unter die Decke. Der Hauptmann tappte noch eine Weile durchs Zimmer, löschte dann das Licht und legte sich ebenfalls hin.

Die vierte Nacht seines neuen Lebens verlief unruhig. Eigentlich hatte er reichlich getrunken und hätte ruhig schlafen können, bis ihn am Morgen der Durst zum Wasserglas treiben würde, aber er kam nicht recht zur Ruhe. Die seit Tagen nicht mehr gewaschene Kopfhaut juckte, und André hatte das ständige Bedürfnis, am Helm zu drehen und sich zu kratzen. Die Matratze war schmal, Ingrid an seiner Seite versengte ihn wie ein überdrehter Heizkörper. André erwachte, wälzte sich, schlief wieder ein.

Gegen Morgen fand er sich in einem Hof wieder. Die niedrigen Häuser dort mit ihren abschüssigen Ziegeldächern ließen ihn vermuten, er sei irgendwo im Süden Europas gelandet. Es tagte, aber letzte Fetzen der Nacht hingen noch in den Blättern der Kletterpflanzen, die die Hauswände überwucherten. In der Mitte des Hofes stand ein ausladender Nussbaum. Er war so groß, dass seine Krone hoch oben im milchigen Frühnebel verschwand. Unter dem Baum lag ein weiter, ockerfarbener Teppich von Walnüssen ausgebreitet.

Seltsam. Ich hätte nicht gedacht, dass Walnüsse an so großen Bäumen wachsen. André hob zwei Nüsse auf. Er knackte sie in der Hand. Kostete. Die Nusskerne schmeckten süß. *Wie gut! Wie friedlich! Wie angenehm sich diese noch nachtfeuchte Frühluft atmet!*

André ging auf den Baum zu. Unter seinen Füßen knirschten sanft die Walnüsse. Bei genauerem Hinsehen fiel ihm auf, dass der Stamm des Nussbaums gänzlich von grünen Schlingpflanzen bewachsen war. Sie rankten sich von der Erde den Stamm hinauf bis über die Äste und Zweige. Da der Baum fast keine Blätter trug, wirkte er wie ein riesiger, flauschiger Handschuh, der seine zahlreichen grünen Finger gen Himmel reckte.

So was! Wir haben noch Herbst, aber der Nussbaum trägt schon Handschuhe! André legte den Kopf in den Nacken und betrachtete die Astspitzen. Reglos ragten sie in den weißlichen Nebelleib. *Wie still es ist! Fast totenstill.*

Hoch oben im Nebel hing ein winziger, kaum wahrnehmbarer Punkt. André nahm ihn genauer in den Blick. Da glaubte er zu sehen, wie dieser Punkt erzitterte, sich verschob und ein wenig größer wurde. Er spürte einen schmerzhaften Stich in der Brust. Als er ein paar Schritte beiseite trat, machte der Punkt die Bewegung mit. André verkrampfte. Er erkannte, dass der Punkt auf ihn zusteuerte. Kurz darauf war auch ein leises Pfeifgeräusch zu vernehmen. André wurde immer unruhiger. Es gab keinen Zweifel mehr – da sauste etwas vom Himmel auf ihn herab.

Kopflos rannte er über den Hof auf der Suche nach einem Versteck, aber da waren nur efeubewachsene, zottige Mauern. André merkte, dass er in der Falle saß, stürzte zurück zu dem Baum und stolperte hilflos um ihn herum. Knirschend spritzten die Walnüsse unter seinen Füßen auf. Da spürte er, dass er einsank, immer tiefer rutschte er dahin zwischen den Nüssen. An Rennen war nicht mehr zu denken, der Nusssumpf zog ihn hinab, er sank und sank und würde knirschend untergehen. Schon steckte er bis zum Bauchnabel in den süßen Sümpfen, und er sank immer tiefer.

„Das ist das Ende!" durchzuckte es ihn, als ihm die Nüsse bis zur Brust reichten. Als sie ihm bis zum Hals standen, reckte er verzweifelt das Kinn und starrte entsetzt auf das nahende

Objekt. Es raste zielstrebig auf ihn zu! Gleich würde es durch den Nebel stoßen! Das Pfeifen, das unerträglich hohe Pfeifen, schoss direkt auf seinen Kopf zu! Noch eine Sekunde! Den Bruchteil einer Sekunde! Und ...

„Aaaaaaaa!!! Scheiße!" Aus dem Nebel brach ein roter Stiefel, der ihm im nächsten Augenblick in die Fresse treten würde, aber ...

„Heilandsack!" Gerettet. André saß kerzengerade auf seiner Matratze. Er schaute sich um und seufzte erleichtert. Ingrid schlief friedlich neben ihm. In einer Ecke schnarchte der Hauptmann. Bujan war von seinem Stuhl verschwunden. Vages Frühlicht drang durch das Fenster und breitete sich als sanftes, bläuliches Wölkchen auf dem Dielenboden rund um den Tisch aus.

Er legte sich wieder hin, musste aber schon bald einsehen, dass er nicht mehr einschlafen würde. In seinem Kopf kreisten finsterste Gedanken. Sie schienen sich ebenfalls ruhelos hin- und herzuwälzen und ihn aus kratzigen Wolldecken heraus mit heiserer Stimme zu piesacken.

Geschieht dir recht! Ja, ja, mit freundlichen Grüßen von der Schwiegermama aus Mogiljow! Die Stiefel verzeiht sie dir nie! Wenn du sie einfach versoffen hättest. Aber du musstest dir ja auch noch den Krieg aufs Haupt laden und jetzt mit ihm gen Osten marschieren, Kryžačok, verfluchter!

Weißt du eigentlich, was Kryžačok bedeutet? Kryžak ist der Kreuzritter, čok macht es beim Anstoßen oder wenn eine Schüssel springt. Ein Kreuzritter mit Sprung in der Schüssel, das bist du. Und du nimmst den Weg, den der Krieg seit jeher genommen hat. Aber du weißt doch, wie diese Märsche geendet haben. Mogiljow heißt nicht umsonst Mogiljow. Auch damals haben die Löwen auf den Helmen Rabatz gemacht. Und wo sind die Löwen jetzt? In Mogiljow – im Löwengrab! Dann hast gar nicht du ihnen den Krieg erklärt. Sie werden ihn dir erklären! Glaubst du, Maria Prokopjewna wird diese Schande auf sich sitzen lassen?

Sie ist Prorektorin der Universität, eine Respektsperson der Nomenklatura. Und ihr Schwiegersohn marschiert mit Pickelhaube durch die Stadt? Die bringt dich mitsamt deinen Löwen in Mogiljow unter die Erde!

Quatsch! Deine Schwiegermutter hat dich doch immer schon unterm Pantoffel gehabt und dir auf die Nuss gegeben und dich in Grund und Boden gestöckelt! Ob du nun mit Krieg oder Frieden nach Hause kommst, ändert auch nichts mehr. Der Kriegsstöckel auf dem Kopf ist genau richtig. Endlich mal eine angemessene Reaktion auf diesen ganzen Scheiß!

Kein Wunder, mag sie dich nicht! Du hast das Leben ihrer einzigen Tochter ruiniert!

Ihr Leben ruiniert? Das ruiniert sich jeder hübsch selbst! Wer da nach Schuldigen suchen will, kann gleich wieder schreien, die Juden hätten das ganze Hahnenwasser weggetrunken, und überhaupt sitzen wir wegen der Freimaurer so in der Scheiße! Swetka hätte mal weniger fernsehen sollen! Ständig sieht sie dieses Fernsehparadies und will es auch haben. Dabei ist das Leben grausam! Nichts als zerfallende Materie! Eben noch ein strammer Hintern, jetzt blüht schon Orangenhaut!

Swetka hätte auch einfach einen anständigen Mann heiraten können. Kusmitsch, der um sie geworben hat, ist inzwischen Banker. Und Wasja? Hat sich eine Wahnsinnshütte im Speckgürtel von Mogiljow hingestellt! Du Penner kannst ihr kein Auto kaufen, geschweige denn ein Haus bauen. Hast ihr Kinder gemacht und hast jetzt keine Kohle, sie im Sommer an die See zu fahren. Dabei hat Marija Prokopjewna von Anfang an gesagt: „Andrjuscha, Kunst ist was für Bekloppte! Such dir eine ordentliche Arbeit. Stell dir ein Kiosk an die Haltestelle und verkauf etwas. Ich geb dir auch Geld und Kontakte." Aber du hast stattdessen deine Strohbären gebastelt. Und deine unsäglichen Bilder gemalt – zwei besoffene Pioniere mit roten Halstüchern, die einander auf dem Schulhof Gabeln in den Hintern jagen.

Besser Pionieren Gabeln in den Hintern jagen, als sein Leben lang an der Haltestelle Bier und Zigaretten verkaufen!

Wie kann man nur so dumm und verantwortungslos sein! Wer so denkt, gehört nach Sibirien!

Du bist doch derjenige, der aus purer Dummheit lauter versponnene Gedanken ausbrütet!

Und du bist ständig besoffen! Die krümmste Windung überhaupt in seinem Hirn!

Swetka wusste doch genau, wen sie da heiratet!

Du hattest ihr erzählt, du wirst ein großer Künstler und würdest im Geld schwimmen. Und dann hieß es immer nur: „Noch ein bisschen durchhalten. Dieses Jahr wird noch hart, aber danach geht es aufwärts." Und das seit fünfzehn Jahren! Und jetzt kommst du ihr mit diesen lumpigen Katzen auf dem Kopf! Wie fies die schon dreinschauen! Und wie sie das Maul aufreißen. Gleich fressen sie noch das arme Fischlein auf dem Teller!

Halt du mal selber das Maul, mit deinen krummen Beinen!, brüllte Swjatopolk und heimste dafür einen warmen Blick Wallenrods ein.

André wollte sich den Tanz nicht länger antun, er stand auf und schenkte sich am Tisch aus dem angebrochenen Tetrapak ein halbes Glas Wein ein.

Der Frühnebel vor dem Fenster fügte sich allmählich zu Konturen von Dächern und schartigen Hauswänden auf der gegenüberliegenden Seite des großen Tacheleshofes. Drinnen war alles still. Nur das leise Schnarchen des Hauptmanns störte die morgendliche Ruhe. Andrés Kopf surrte und juckte. Es fühlte sich an, als hätten die Gedanken ihre kratzigen Wolldecken fortgestrampelt, die sich nun unangenehm unter seinem Helm knäulten.

André ging durch den Kopf, dass eigentlich sowohl Maria Prokopjewna und Sweta, seine Frau, als auch er selbst auf ihre Weise recht hatten. Nur zusammen vertrugen sie sich nicht so richtig, deshalb gingen sie einander auf die Nerven. *Ist ja auch egal*, sagte er sich schließlich. *In meinem neuen Leben kommen sie ohnehin nicht mehr vor.* Er kippte das Fenster, nahm einen

Schnapper feuchter Berliner Morgenluft und kroch zurück unter die Decke zu Ingrid.

Als er erwachte, hatte der Tag seine Mitte schon längst hinter sich. Ingrid lag nicht mehr an seiner Seite. Dafür blieb sein Blick an Bujan hängen, der mit finsterer Miene am Tisch saß und Bier aus der Dose trank. Der Tag vor dem Fenster war das glatte Gegenteil seiner trüben Stimmung. Er funkelte cadmiumgelb, ließ die Straße unten lärmen und machte in seinem gesamten Erscheinungsbild deutlich, dass nur ein hoffnungsloser Melancholiker und Misanthrop, der vergeblich diese frische, von Kohlenqualm und Kaffeeduft erfüllte Berliner Luft atmete, sich an diesem Jauchzen und Frohlocken nicht erfreuen konnte. Selbst die hingemeuchelten Filzläuse schienen im Sonnenschein dieses Tages ihren Seelenfrieden wiedergefunden zu haben. Ein strahlend blauer Bujan-Himmel gab ihnen das letzte Geleit mit einem Feuerwerk aus reinstem Preußischblau.

„Welche Ratte war das? Sich volllaufen lassen und sich dann in meinen Bildern wälzen!" grollte Bujan und wies mit dem Kinn auf das Sportfest, das der Mexikaner hatte platzen lassen.

„Du kannst dich noch bedanken! Weißt du, wie viele Filzläuse Fjodor aus dem Kugelhagel gerettet hat? Und dabei waren die Bilder noch so frisch, dass er sich beim Schlammkriechen einen rosa Bauch geholt hat."

Da näherten sich von draußen Schritte, und Fjodor trat bestens gelaunt ins Zimmer.

„Da! Das ist es!" Mit diesen Worten stellte er ein altes Wägelchen auf Holzrädern vor André hin.

„Was ist das?" fragte André blöde dreinschauend und wechselte einen verständnislosen Blick mit Bujan.

„Erklär ich euch gleich! Andrjucha, das ist genial! Ich habe heute Morgen wie üblich eine Runde um das Tacheles gedreht. Du weißt doch, dass ich gern in den Schrotthaufen im Hof herumkrame. Da findet sich immer mal wieder was Brauchbares für eine neue Arbeit. Irgendein Bumsdings mit Wasserhahn für eine Installation, eine Puppe, ein alter Rahmen. Und heute gerate ich an dieses Wägelchen! Ich schau es mir an und plötzlich, zack! Ein Geistesblitz!"

„Ja, und?"

„Was, ja und? Weißt du, ich hatte die ganze Zeit überlegt, wie wir zu Geld kommen. Als ich das Wägelchen gesehen habe, wusste ich sofort, das ist es!"

„Was denn?"

„Du hast aber auch eine lange Leitung! Hier!" Er wühlte sich durchs Bücherregal und zog schließlich einen speckigen Otto-Dix-Bildband heraus. Dix zählte zu Fjodors Lieblingskünstlern. Er konnte stundenlang in dem alten Otto-Katalog herumblättern und die von Krüppeln aller Couleur bevölkerten Bilder betrachten – mit Armen und ohne, Einbeiner und Beinlose, Einäugige und Augenlose mit Kopfverbänden, Krücken, Uniformen, Mützen und Helmen, wie sie durch die Straßen Berlins marschierten, liefen, humpelten oder auf Wägelchen rollten.

„Hier!" Fjodor blätterte, fand das gesuchte Bild und stieß begeistert seinen grün beklecksten Zeigefinger hinein.

Das Bild zeigte einen Soldaten aus dem Ersten Weltkrieg. Beine hatte er nicht mehr. Dafür war sein Rumpf auf einem hölzernen Wägelchen befestigt. Auch ein Arm fehlte dem Mann. Ihn ersetzte ein Brett mit aufgezeichneten Spiralfedern. Dass dem Soldaten auch ein Auge abhanden gekommen war, versteht sich von selbst. An seiner Stelle prangte eine schwarze Augenklappe. Auf Details wie Zähne oder Kiefer muss hier nicht eingegangen werden. Viel wichtiger ist das Folgende: Den Kopf des Stumpfmenschen krönte ein Helm mit himmelwärts ragendem Pickel, wie André ihn gerade trug. Stolz und boshaft stieß er sich mit seinen Krücken vom Berliner Pflaster ab und bettelte die Passanten an, die vor ihm zurückwichen wie vor einem Aussätzigen.

„Na, hast du es jetzt kapiert?" fragte Fjodor triumphierend.

„Mhm, jaaa, gruselig."

„Genau! Großartig ist das! Helm und Wägelchen haben wir, das ist die Hauptsache! Jetzt müssen wir nur noch den Holzarm anflicken und das Ganze ein bisschen ausstaffieren."

„Ich könnte ihm die Zähne ausschlagen. Dann sind wir quitt wegen gestern! Ha ha ha!", gab Bujan seinen Senf dazu.

„Du kannst mich mal!"

„Na? Hast du es jetzt kapiert? Ist doch genial, oder?"

„Mhm, jaaa." Fjodors Optimismus wollte nicht auf André überspringen. Irgendetwas in ihm sträubte und sperrte sich gegen diese Idee. Er fühlte sich zwar manchmal wie ein Bettler, aber auf den Gedanken, um Almosen zu betteln, und dann auch noch auf den Straßen von Berlin, war er noch nie verfallen. Sein neues Leben im Helm ausgerechnet als Bittsteller zu beginnen, erschien ihm denn doch als blanker Hohn.

„Weißt du, Fjodor, das klingt sehr verlockend, aber dein Vorschlag will wohl bedacht sein", antwortete André diplomatisch.

„Was gibt es da zu bedenken? Das ist großes Theater! Das hat die Welt noch nicht gesehen! Diese ganzen Berliner Bettelbrüder haben überhaupt nicht die Fantasie, sich so etwas auszudenken. Das höchste der Gefühle ist bei denen schon, sich silbern anzumalen und als Mozart oder Pierrot zu gehen. Aber jetzt stell dir mal den Stumpfmenschen vor! Den Soldaten aus dem Ersten Weltkrieg! Mit Pickelhaube! Am Brandenburger Tor! Das ist doch super!"

„Ja, ja, mir gefällt die Idee auch", schaltete sich Bujan wieder ein, dem endlich das ganze Ausmaß von Fjodors Einfall aufgegangen war.

„Schau dir das Geschäft mal von einer anderen Seite an, Andrjucha. Das ist keine Bettelei. Das ist Theater, Spiel, Performance. Und als Künstler hast du dir für deinen Auftritt ein Honorar verdient."

André musste sich wohl oder übel mit dem Gedanken anfreunden, in diesem seltsamen Stück die Primaballerina zu geben. An der Grundidee hatte er ja auch gar nichts auszusetzen. Sie hatte tatsächlich etwas Genialisches. Ihm passte bloß nicht, dass man ihm die Hauptrolle zugedacht hatte.

Andererseits, überlegte er, *einfach nur dumm auf der Straße zu sitzen und zu betteln ist mies, sogar noch viel mieser, als an der Bushaltestelle Bier und Zigaretten zu verkaufen. Aber wenn du ein Stumpfmensch bist, ein Soldat, der sein Blut für den Kaiser vergossen hat, ein Kriegsversehrter, der seinen Kopf dafür hingehalten hat, dass dieses miese Kleinbürgertum jetzt gemütlich durch die Straßen Berlins flanieren kann, Eis in sich hineinfressen und vor dir zurückschrecken wie vor einem Pestkranken, weil sie alle normal sind und du aussätzig ... Wenn du ein Soldat der Kunstarmee bist und dein Krieg nie zu Ende geht ... Weil der Feind eben jene miese, unzuverlässige Welt ist, die aus dem Nichts kommt, um dich zu unterwerfen, dich zu frisieren und rundzulutschen, dir deine Welt vom Kopf zu reißen, den Helm, deinen Helm, ihn zu präparieren, in hübsches Papier einzuwickeln und ihn in der Auslage feilzubieten, deshalb bittest du sie nicht um eine milde Gabe, sondern forderst wie der Dix-Soldat stolz ein, was dir zusteht! Du willst, dass diese Welt ihre Ohnmacht vor dir eingesteht, ihre Niederlage. Um sich zu retten, um die Chance auf ein Weiterleben in rosa Vanillegelee zu haben, muss sie Kontributionszahlungen leisten, dich mit Geschenken, Mätressen und Goldbarren begütigen und dir Gebiet abtreten!*

André sah Fjodor in die Augen, dann Bujan. Beide blickten ihn mit Verschwörermiene an, als hätten sie ihn eben zum Mitputschen eingeladen und warteten nun auf Antwort. André kostete die Pause aus, seufzte dann und sagte:

„Na gut. Meinetwegen. Morgen ist Premiere. Aber wir nennen es Ballett!"

„Yes!!!"

„Hiermit erkläre ich die Gastspielsaison der Ballets Biélorusses in Berlin für eröffnet! Fjodor, hängt Plakate in der Stadt aus! Premiere ist morgen auf dem Alexanderplatz. Gegeben wird der Einakter *Des Übermenschen einsamer Gesang*!"

Als Ingrid am Abend ins Tacheles zurückkam, traf sie eine frischgebackene Balettruppe bei ihrem wunderlichen Treiben an. André saß wie beim Zahnarzt mit weit aufgerissenem Mund am Tisch, während Fjodor, über ihn gebeugt, versuchte, einige der prominenten Zähne schwarz anzumalen. Sein rechtes Auge war hinter eine Binde verschwunden, und überhaupt sah er aus, als wäre sein Kopf während ihrer Abwesenheit mit einem schweren Artilleriegeschütz in Berührung gekommen.

Fjodor, ganz Künstler, trat immer wieder etwas zurück, kniff das rechte Auge zu, erfreute sich an seinem Werk und murmelte zufrieden:

„Nicht übel, wirklich nicht übel! Das wird besser als ich dachte!"

Bujan befestigte unterdessen ein neckisches, mit allerlei Hieroglyphen versehenes Brett an Andrés linkem Arm.

Ingrid erfuhr schließlich, an der Aufführung, auf die man sich vorbereite, sei auch sie beteiligt. Da die Truppe klein sei und niemand abkömmlich, käme ihr die kleine, dabei aber wichtige und verantwortungsvolle Aufgabe zu, André von Zeit zu Zeit die Erlöse abzunehmen, sie Fjodor weiterzureichen und dann wieder in der Nähe Schmiere zu stehen. Fjodor wollte als inszenierender Regisseur und Oberballettmeister die Kontakte zu Pressevertretern, Theaterimpresarios, Polizei und Mafia sowie Scharmützel mit konkurrierenden Truppen übernehmen.

Als die Zahnpflege erfolgreich abgeschlossen war, setzten die Kollegen die Prima aufs Wägelchen und quietschten, schnatterten und grunzten zufrieden drauflos.

„Wahnsinn! Das ist ja besser als Dix!" rief Fjodor begeistert.

„Ja, so einem Alptraum würde sogar ich noch einen halben Cent spenden!"

André wirkte sehr überzeugend. Seine Beine verschwanden unter einem langen Ledermantel. Anstelle der Frontzähne gähnten schwarze Löcher, so dass er lächelnd ausgesucht bösartig aussah. Bujan hatte sich besonders fantasievoll gezeigt und eine stattliche Spiralfeder an den Scharnierarm geschraubt, die nun aus Andrés hölzerner Schulter ragte. Außerdem hatte er allerlei Glöckchen, Haken und Riegel an der Prothese befestigt, weshalb der Stumpfmensch bei jeder Armbewegung klirrte und schepperte wie ein Schrotthaufen.

„Na, da fehlen doch nur noch Libretto und Partitur", freute sich Fjodor, als er sich an seinem Kunstwerk satt gesehen hatte.

„Ja, musikalische Untermalung wäre kein Schaden", pflichtete Bujan ihm bei. „Wir könnten ihm doch eine Mundharmonika zwischen die Zähne klemmen."

„Nein, das ist zu sentimental, außerdem kriegen wir so schnell keine her. Aber ..." Fjodor kroch in einen Winkel seines Ateliers, polterte mit irgendwelchem Plunder herum und kam schließlich stolz mit einer alten Pionierfanfare wieder hervor.

„Hier! So was brauchen wir! Blas mal rein!"

„Brrr! Chrrrrr! Öööchrrrrrrr!"

„Nichts als heiße Luft! Egal, das lernst du noch! Du sollst ja auch nicht Brahms darauf spielen. Du furzt einfach ein paar Mal rein, wenn das Publikum dich nicht beachtet, und dann kommt gleich dein Rezitativ."

„Was denn für ein Rezitativ?"

„Siehst du, Andrjucha, dafür brauchen wir das Libretto. Das haben wir gleich."

„Was braucht er denn ein Rezitativ?" warf Bujan ein. „Denkt an Peer Gynt! Ist doch ein Ballett! Ein paar Fanfarenfürze ohne Worte und gut!"

„Du Bauer! Ein Ballett mit Rezitativ bringt doch viel mehr! Außerdem machen wir modernes Ballett, Avantgarde sogar, mit Opernelementen. Wenn da zum Beispiel eine Gruppe Touristen auf dich zusteuert, singst du sie an: ‚Bühürger, eine Spende für ein Ticket nach Mogiljohow!'"

„Was redest du denn da? Wieso Ticket nach Mogiljow? Das ist ein preußischer Soldat! Der hat für den Kaiser gekämpft!" schäumte Bujan.

„Du kapierst aber auch gar nichts! Was bedeutet denn Mogiljow? *Mogila* ist das Grab, und *ljow* kommt von *lew*, Leu, der Löwe. Mogiljow – das Löwengrab! Und er? Er ist der Löwe. Der letzte Löwe aus dem letzten Krieg. Guck dir bloß seine goldene Mähne an! Und er will heim in sein Grab, damit seine sterblichen Überreste dort die letzte Ruhe finden, beziehungsweise die Reste der Überreste, sein Rumpf, der eine Arm und der Kopf mit dem einen Auge. Mogiljow ist für ihn die letzte Ruhestätte, die Stadt des ewigen Friedens! Klar?"

„Ja, hast du sauber hinbekommen! Aber dann müssen wir es auch schön Deutsch aussprechen, Mógileff oder so. Wenn wir Mogiljow sagen, kapiert das der Auslandsreisende nicht."

„Also, du erzählst ihnen, du wärst der Leu aus dem letzten Krieg, sein Geist gewissermaßen, ein Gespenst. Und du irrst seit Jahren in der Welt herum und findest keine Ruhe, weil das nur in einer einzigen Stadt der Welt möglich ist, in Mogiljow. Aber da kommst du nicht hin, weil du kein Geld für die Fahrkarte hast. Deshalb sollen die Herrschaften Auslandsreisenden schon in ihrem eigenen Interesse, damit sie wieder ruhig schlafen können, in ihre Spendierhosen greifen und zusammenlegen für dein Fahrgeld. Dann lächelst du dein unwiderstehliches Zahnloslächeln und furzt noch ein paar Mal in die Fanfare, bis es auch bei den Letzten geklingelt hat."

Wer an diesem Herbsttag zur Mittagszeit zufällig in der Oranienburger Straße unterwegs war, konnte Zeuge eines vergnüglichen Schauspiels werden. Ein Grüppchen bunt kostümierter Gestalten schob ein Wägelchen mit einem sonderbaren Krüppel über den Gehweg. Angeführt wurde die Prozession von einem hochgewachsenen, ergrauten Mann in Stiefelhosen und einem blau-weiß-gestreiften Matrosenhemd, das unter einem schwarzen, unmöglich geschnittenen Jackett hervorschaute. Sein greises Haupt zierte ein Barett mit Kokarde, das ihn als Angehörigen der ukrainischen Luftstreitkräfte auswies. Alles in allem erinnerte er eher an einen Machno-Kämpfer, den es in den Revolutions- und Bürgerkriegswirren nach Berlin verschlagen hatte.

Die zweite Figur, die das Wägelchen anschob, war jung, ein Lockenkopf, schwarze Augen, schwarze Brauen, schmucke Erscheinung, aber kaum ausstaffiert. Nur die grüne sowjetische Schirmmütze und ein braunes Lederportepee ließen erkennen, dass auch er zur Armee gehörte. Die einzige Dame war noch sehr jung, ganz in schwarz gekleidet und mit provozierend greller Kriegsbemalung, die eher für den Einsatz in den Tropen geeignet schien.

Das größte Aufsehen erregte aber ohne jeden Zweifel der Kriegsversehrte, der auf dem Wägelchen saß. Er hatte keine Beine, nur noch ein Auge und einen Arm und eine Holzatrappe mit angeschraubter Pionierfanfare anstelle des zweiten. Den Verlust zahlreicher praktischer Körperteile kompensierte er durch eine prächtige Pickelhaube, die auf seinem Kopf im Sonnenlicht den goldenen Glanz einstiger imperialer Größe verbreitete.

Dabei sah der Krüppel unter seiner imperialen Größe nicht einmal besonders unglücklich aus. Stolz wie ein Kaiser, den seine treuen Diener auf den Straßen Roms spazieren fahren, thronte er auf seinem Gefährt. Von Zeit zu Zeit reckte er den Arm zum Himmel, um die gaffenden Städter in den Torbögen zu grüßen und ihnen sein komisches zahnloses, Unheil verkündendes Lächeln zu schenken.

Als die Prozession an einem Straßencafé mit voll besetztem Freisitz vorbeikam, setzte der Kaiser die Fanfare an die Lippen, brachte ein paar schrill-obszöne Geräusche hervor, und brüllte etwas von einem Mogiljow, einem Löwenfriedhof, von Gespenstern und einer Fahrkarte, kurz, irgendwelchen Nonsens, dem niemand folgen konnte, zumal das Wägelchen schon längst weitergerollt war und die seltsamen Phrasen nur noch als fernes Echo erklangen.

Am Alexanderplatz angekommen, warf der nass geschwitzte Fjodor André das Zugseil hin und krächzte:

„So, das reicht! Und morgen kannst du laufen, ich zieh dich jedenfalls nicht mehr. Jetzt kommt dein Solo! Du peilst die Lage, und dann legst du los. Wir bleiben in der Nähe, für alle Fälle."

André schaute sich um. Als erstes fiel ihm natürlich der Fernsehturm ins Auge, seit Kindertagen kannte er den, noch von den Schwarz-Weiß-Sendungen aus Ostberlin. Jetzt wusste er, weshalb er intuitiv den Alexanderplatz für die Premiere ausgewählt hatte. Sie glichen einander wie ein Ei dem anderen. Riesenhaft der eine, der andere ein Zwerg, aber beide im Prunkhelm mit aufgerichtetem Pickel.

André kramte zwei Türklinken aus seinem Sack, stieß sich mit ihnen vom Asphalt ab und rollte sich so zur Mitte des Platzes. Für den Anfang wollte er sich dort die höhere Touristendichte zunutze machen. Er steuerte auf den pompösen Springbrunnen mit der Skulpturengruppe halbnackter Schönheiten zu, über denen Neptun thronte oder jemand, der ihm ähnlich sah.

Glücklich am Zielort angekommen, stellte André fest, dass er die richtige Wahl getroffen hatte: *Vor dieser barocken Üppigkeit komme ich erst richtig zur Geltung, das ist die perfekte Kulisse für mein Einakt-Ballett!*

Das um den Springbrunnen versammelte Publikum schenkte ihm neugierige Blicke, wenngleich möglichst unauffällig, um den unglückseligen Halbmenschen nicht durch Gafferei zusätzlich zu verletzen.

„Auf in den Kampf. Ich werde euch die Komplexe schon austreiben. Aber eine wichtige Kleinigkeit fehlt noch", murmelte André und zog einen grünen Filzhut aus dem Sack. Er legte ihn vor sich auf den Boden, stieß zweimal in die Fanfare und brüllte los:

„Meine Damen und Herren! Das Gastspiel der Balletttruppe der Bezirksphilharmonie Mogiljow ist hiermit eröffnet! Freuen Sie sich auf den Einakter *Des Übermenschen einsamer Gesang*!"

Wieder durfte die Fanfare zweimal krächzen.

„Meine Herrschaften! Seien Sie unbesorgt, dass Ihre Blicke einen unglückseligen Krüppel beleidigen könnten. Nicht Blicke beleidigen ihn, sondern Hartherzigkeit gegenüber seinen Bedürfnissen! Schaut mich an! Schaut so viel ihr wollt, aber werft jeder zwei Euro in diesen wunderhübschen grünen Hut!"

Fanfare: Trö-tö-tö, trö-tö-tö-tö!

„Ihr Geld für einen guten Zweck! Sie helfen den armen Hobbits im furchtbaren Mordor, gleich hinter dem europäischen Zaun. Einem Ort des Grauens! Sehen Sie nur, wie ich von dort zurückgekehrt bin! Ohne Beine, ohne Arme, ohne Augen, ohne Zähne!

He Sie, ja, die Dame mit der Kamera, gehen Sie nicht vorbei! Das ist die Gelegenheit, sich mit einem echten Verdun-Veteranen vor dem Berliner Rathaus verewigen zu lassen, für nur zwei Euro!

Teuer? Na gut, für Studenten und Veteranen der Arbeit gibt es heute 50 Prozent Ermäßigung! Sie mit der Brille! Fotografieren Sie uns! Aber sehen Sie zu, dass das Rathaus auch mit drauf ist!

Danke, danke! Vergelt's Gott!

Danke ebenfalls!

Ihnen auch.

Oh! Allah wird Ihre Großzügigkeit belohnen!

Trö-tö-tö-tö-tö-tö, trö-tö-tö-tö-tö-tö!

Meine Damen und Herren! Schauen Sie! Schauen Sie, was Tschernobyl mit mir angerichtet hat! Glauben Sie, die Beine hat es mir im Krieg weggerissen? Nein! So bin ich geboren – ohne Beine, ohne Augen, mit Holzarm! Wenn Sie wüssten, wie viele solcher elenden Missgeburten es in meinem Land noch gibt! Sie können ihnen helfen! Herrschaften! Nicht so hartleibig! Füllt den grünen Klingelhut!

Merci!

Danke schön!

Was? Ein Foto mit Helm? Nein, der Helm wird nicht abgesetzt! Machen Sie doch ein Gruppenbild mit mir! Keine Chance! Um keinen Preis!

Kaufen? Hundert Euro? Soll das ein Witz sein? Auch nicht für tausend! Der ist unverkäuflich! Der Helm ist das Einzige, was noch von mir übrig ist!

Sehen Sie sich diese Zähne an, meine Herrschaften! Sie können sie nicht mehr sehen, weil ein Artilleriegeschütz sie mir bei Austerlitz ausgeschlagen hat, als wir Europa vor dem bösen Tyrannen gerettet haben. Sie werden doch ein paar Euro für einen Veteranen übrig haben, der bei Waterloo und Montecassino gekämpft hat!

Danke!

Oh! Scheine nehmen wir natürlich auch!

Danke, danke!

Trö-tö-tö-tö-tö-tö, trö-tö-tö-tö-tö-tö!

Oh! Russo turisto! Obliko morale! Ein paar Kopeken für einen ehemaligen Duma-Abgeordneten!

Was soll ich mit deinen Kopeken?

Selber Schwachkopf! Scheiß Imperialist! Ach, ich soll der Imperialist sein? Ach, ein deutscher auch noch? Verzieh dich, sonst rufe ich Fjodor her!

He, ihr, Jungvolk! Wollt ihr glücklich und reich werden? Dann legt eure Hände an meinen Helm! Er bringt Glück! Für nur einen Euro pro Nase!

Danke schön!

Merci!

Danke!

Meine Herrschaften! Gebt einem einsamen Löwen Geld für eine Fahrkarte nach Mogiljow! Wo das ist? In Belarus. Dort befindet sich der weltgrößte Löwenfriedhof. Und da würde ich gern hin, auf Verwandtenbesuch.

Danke! Oh, Kumpanstwo iz Polski!

Ech, Panowie! Wir hätten auch ein Imperium werden können! Aber Demokratie und Suff waren unser Verhängnis!

Während wir im Sejm unser Bier gepichelt haben, ist der preußische Soldat gekommen und hat sich die Kuh geholt! Dann ist der russische Soldat gekommen und hat sich alles geholt, sogar die leeren Bierflaschen! Panowie! Spendet ein paar Złoty für die Sektion Anonymer Alkoholiker der Patrioten im Nordwestgebiet!

Danke, dziękuję! Jeszcze Polska nie zginęła!

Merci, unsere Gewerkschaft wird sie zum Ehrenmäzen ernennen!

Madame, Monsieur! Sehen Sie sich diesen Stumpf an! Sie denken, das sei ein Halbmensch? Nein! Das ist der letzte Übermensch auf Erden! Für eine Handvoll Euros dürfen Sie sich an seinem Anblick weiden! Stillen Sie Ihre Eitelkeit! Sagen Sie: ‚So geht es zu Ende mit den Übermenschen! Einäugig, verlassen, im Rollstuhl!' Aber ich lache euch ins Gesicht! Und ich sage: Zahlt! Genießt! Und fahrt zur Hölle, Nichtswürdige! Oh Zarathustra! Oh ihr Götter! Ich, Hamlet, der Dänenprinz, bin unterwegs zu euch!"

Ehm, e-hem, wo kommt denn auf einmal dieses Pathos her?

Die letzte Szene war ihm besonders nachdrücklich, pathetisch und klangvoll geraten, wie jedem durchschnittlichen Hamlet auf einer Provinzbühne. Vor lauter Geschrei und Deklamation hatte André einen ganz trockenen Hals bekommen, deshalb zückte er jetzt eine kleine Whiskyflasche und gönnte sich ein paar Schlucke. Erst jetzt, da er für einen kurzen Moment bei sich war, spürte er, dass seine Beine stocktaub waren. Hart und steif wie zwei Holzscheite. *Teufel noch mal, wenn ich nicht bald aufstehen und die Beine ausstrecken kann, werde ich hier wirklich noch zum Krüppel. Zeit, die Pause einzuläuten!* Da entdeckte er Ingrid. Bevor er auf sie zurollte, rief er zum Abschied noch:

„Meine Damen und Herren! Letzte Runde! Ihre Einsätze, bitte! In einer Minute bricht unser Ensemble auf in Richtung Osten! Noch können Sie auf den letzten Waggon aufspringen! Lösen Sie Ihre Karten für den Zug ins Land des Glücks! Nur zwei Euro! Zaudern Sie nicht! Lumpige zwei Euro! So billig ist das Glück zu haben! Es steht einiges für Sie auf dem Spiel! Tubionottubi!

Danke!

Danke! Sie Glücklicher!

Danke schön! Wir nehmen Sie mit ins Land des Glücks!

Merci! Sie sind gerettet!

Dziękuję! Auch Sie werden glücklich!

Trö-tö-tö-tö-tö-tö, trö-tö-tö-tö-tö-tö!

Hurra! Der Zug vom Alexanderplatz ins Land des Glücks fährt jetzt ab!"

Mit diesen Worten griff er nach dem grünen Filzhut, warf ihn in den Sack, nahm wieder die Türklinken zur Hand und rollte mit tuff-tuff-tuff auf Ingrid zu.

„Trö-tö, trö-tö-tö, trö-tö-tö-tö-tö!

Jeszcze Polska nie zginęła, póki my ... "

An diesem Abend wurde gefeiert in dem Atelier im dritten Stock des verrußten, gammeligen Gebäudes in der Oranienburger Straße. Die gedeckte Tafel glich einer kulinarischen Parade. Sie wurde standesgemäß von einem Marschall abgenommen, einer großen Kristallkaraffe, die Fjodor zur Feier des Tages aus den entlegeneren Depots seines Ateliers zu Tage befördert hatte. Der Marschall erfreute das Auge nicht etwa mit billigem Soldatenwhisky, sondern mit echtem, eiskaltem *Finlandia*-Wodka. Neben dem Marschall stand nicht die sowjetische, sondern die wahre französische First Lady in Gestalt einer stattlichen Flasche teuren Champagners.

Ihnen nach marschierten in Reih und Glied aromatische Roqueforts, edle Forellen, Schinken, es rollten motorisierte Sushi-rolls, Ananas in leichten Panzerwagen, Katjuschas mit rotem Kaviar, schwere Hummerkanonen, das Salvenfeuersystem Sacher mit Marillenfüllung, dahinter im Gleichschritt Datteln, Avocados und Feijoa, die Fjodor auf einem Türkenmarkt erstanden hatte.

Die Premiere wurde im kleinen Kreis begangen. Nachdem André vor ausverkauftem Haus seinen Auftritt am Brunnen absolviert und die eingeschlafenen Beine ausgestreckt hatte, war er zur nächsten Show gerollt, diesmal näher an der Turmnadel. Welchen Standort er auch wählte, er stieß überall auf einhellige Begeisterung. Als sie am Abend das eingespielte Geld zählten, wurde klar, dass sie auf ganzer Linie gesiegt hatten! Der Filzhut hatte über zweihundert Euro eingenommen.

Fjodor hatte sich von der Festtafel erhoben, schnurrte in stiller Vorfreude wie ein Kater vor sich hin, während er über den ersten Toast nachsann, umfasste dann behutsam den schlanken Hals des Marschalls, nahm ihm den kristallenen Helm ab und sagte, während er einschenkte:

„Trinken wir! Hurra!" Er stürzte den ersten Kurzen hinunter, drückte André an sich, küsste ihn auf den Helm und fuhr fort: „Noch sind die Übermenschen nicht ausgestorben!"

Nachdem er ein paar Samurais eingeworfen hatte, bemerkte er gerührt:

„Oho! Interessante Kombination! Schnaps mit Lachs, ha-ha, oder eher Schnaps mit Japs, das muss ich mir merken!" Dann wandte er sich André zu: „Andrjucha, an dir ist ein großer Schauspieler verlorengegangen! Diese Monologe! Am besten hat mir das mit dem Usurpator Pseudodmitri III., dem Popen Gapon und dem Schatz des Kasimir gefallen!"

Er versuchte, einen Hummer mit seiner Gabel zu erwischen und fuhr fort:

„Weißt du, Andrjucha, wenn das so weiterläuft, brauchst du überhaupt kein Ticket nach Mogiljow. Was willst du damit? Was hast du dort verloren? Geld und Ruhm bestimmt nicht. Da bist du nicht mal ein Löwe. Klar, du kannst dir einreden, du wärst einer, aber für alle anderen bist du bloß der Müllkater! Der Prinz bist du hier. Aber kannst du dir vorstellen, wie dich das Vaterland und deine Getreuen empfangen, wenn du mit dieser Krone in Mogiljow einläufst? Komm, Bujan, gieß ein!"

„Ich sehe das Schauspiel schon vor mir", kicherte Bujan.

„Kommt der Prinz in die Spirituosenabteilung und will sich eine Zugabe kaufen. Und den Schnapsnasen, die in der Schlange stehen, klappt der Reihe nach die Kinnlade runter."

„Und wenn sie hören, dass du auch noch Belarussisch sprichst, kommst du nicht mehr aus dem Laden raus. Die rufen die Wache. Die Bullen brechen dir dann am Ausgang die Arme und sagen, der Suffkopp hat sich volllaufen lassen und dann im Museum des Großen Vaterländischen eine Pickelhaube geklaut! Und wenn sie dich in die Zelle sperren, reißen sie dir den Helm sowieso ab, da sind sperrige und scharfkantige Gegenstände nämlich verboten! Dann kannst du dir dein Konzept in die Haare schmieren!"

Fjodor erhob das Glas:

„Schalom! Möge der Helm dir Frieden und Ruhm bringen und nicht Krieg und Verderben!"

Bujan ergänzte schmatzend, ein ordentliches Stück Ananas im Mund: „Du könntest ihn doch wenigstens ab und zu mal absetzen. Und an Feiertagen wieder auf: Tag des Sieges, 23. Februar, 1. Mai, Ostern. Und an Schwiegermutters Geburtstag natürlich. Aber du gleich: Ich setz ihn nicht ab, ich setz ihn nicht ab!"

„Dann ist es kein Manifest mehr, sondern bloß noch ein Witz. Also, was schlägst du vor?" André sah den Hauptmann erwartungsvoll an.

„Ich schlage vor, wir schenken noch mal ein!" Fjodor belebte sich zusehends. „Andrjucha, den dritten Toast will ich deinem Mädchen widmen!" Er schaute Ingrid an. „Du kannst sie doch hier nicht alleine sitzenlassen!"

„Der Soldat fährt an die Front, und die Braut wartet. Das ist der Klassiker, Fjodor!"

„Scheiß auf die Klassik! Was willst du mit dieser Front? Überleg dir doch mal, was du mit deinem Helm in Mogiljow anfangen willst? Für die Schnapsnasen ist der Fall klar: absetzen! Was hältst du ihnen entgegen? Zum Teufel mit euch, ihr Nichtswürdigen? Oh, Zarathustra! Ich bin der letzte Übermensch? Du weißt doch, dass man bei uns Übermenschen, zumal mit solchen Helmen, nie sonderlich verehrt hat!"

„Ach, Fjodor, was faselst du denn da? Erzähl schon, was du dir überlegt hast!"

„Warte, pass auf! Erinnere dich nur mal, wie viele Ausstellungen du dort in den letzten zehn Jahren hattest. Na, siehst du? Weil hier das Leben ist und dort der Friedhof. Friedhöfe werden immer ganz am Rand angelegt. Da auch. Der Krieg hat dauernd die Toten aus ganz Europa dort abgeladen. Deshalb ist das so eine üble Gegend. Nur als Werwolf lässt es sich dort aushalten. Ich wundere mich bloß, wieso Graf Dracula sich in Transsylvanien niedergelassen hat. Bei uns hätte er es viel bequemer! Das mit Tschernobyl dort war auch kein Zufall!" Fjodor hatte sich richtig ereifert, hektisch neigte er den Marschall über sein Glas, goss ein und stürzte es ohne Toast hinunter.

Angespannte Stille hing über der Tafel.

„Mein Plan sieht so aus", fuhr Fjodor nach drei weiteren Samurais fort: „Wir verwerfen das ursprüngliche Libretto und ziehen das Ganze ein paar Nummern größer auf! Morgen durchkämmen wir die Trödelmärkte und stöbern einen zweiten Helm auf. Er muss ja nicht so schick sein wie deiner, eine Attrappe tut es auch. Dann motzen wir ein zweites Wägelchen für Bujan auf und geben parallel zwei Vorführungen auf verschiedenen Plätzen. Dann nehmen wir noch den Mexikaner dazu und weiten das Geschäft aus. Überleg mal, was dabei rumkommen kann! Des Kaisers Kriegsversehrte, kostümierte Menscheninstallationen mit Pickelhaube auf den Straßen Berlins! Wenn wir fünf oder sechs Streitwagen zusammen bekommen und jeder wenigstens hundertfünfzig Euro am Tag raushaut, dann haben wir in einem Monat einen Haufen Kohle zusammen!

„Das ist der Hammer! Hauptmann, Hut ab!" Bujan war von dieser unerwarteten Wendung so überrascht, dass seine Hand mit einem Stück Salvenfeuersystem auf halbem Weg zum Mund hängen blieb. Mit aufgerissenen Augen rechnete er fieberhaft vor sich hin, um endlich herauszuplatzen: „Heilandsack! Siebenundzwanzigtausend Euro im Monat!"

„Abzüglich Wochenenden, krankheits- und alkoholbedingten Ausfällen und Mafiaabgaben kann man mit sechs Wagen um die zwanzigtausend holen."

Fjodor schob Bujans Hand mit dem Stückchen Sacher in dessen vor Staunen weit geöffneten Mund.

„Die Leute brauchen wahre Kunst! Das allerneueste!!! Brandaktuelle Kunst!!! Nicht irgendwelche konzeptualistische Videoartscheiße, die nur die Kuratoren interessiert! Schenk ein, Bujan!"

Bujan kaute hektisch, griff nach der Karaffe und schenkte hastig die nächste Runde aus.

„Überleg mal, hier kannst du dir auch ein Bein an den Kopf nähen, und es geht allen am Arsch vorbei! Hier interessiert sich kein Mensch für den anderen. Mach mit deinem dritten Bein, was du willst, solange du mich nicht trittst! Bei uns gibt es diese Gleichgültigkeit nicht! Deshalb erwartet dich Krieg hinter dem Bug! Dumpfer, sinnloser Krieg! Was willst du denn erkämpfen in der Kolchose? Ha! Arbeitseinheiten und Misthaufen? Umpf!"

Fjodor trank, schoss roten Katjuschakaviar hinterher und fuhr fort:

„Wenn du wenigstens für eine Idee kämpfen würdest. Aber was gibt es denn noch für Ideen? Dafür kämpfen heute nur noch die Burkas – murksen im Namen Allahs alle anderen und dann sich selbst ab. Deine Idee ist denkbar einfach: den Frieden erkämpfen, dass alle dich lieben, für Ruhm, Geld und Respekt. Aber dafür musst du nicht hinter den Bug ziehen. Wenn sie dein Manifest hören sollen, musst du hier bleiben! Hier sind die Galerien, Kuratoren und Kritiker! Hier sind Kohle und Fernsehkameras! Wer hört denn dort dein Manifest? Klar, da gibt es auch Kuratoren, nur sind die von der Staatssicherheit! Die hören es ganz bestimmt, führen sauber Protokoll und heften es im Ordner ab!"

„Alles schön und gut, Fjodor. Aber mein Visum läuft nächste Woche aus. Wir sind doch Jenseits-Parias. Europa will uns nicht aus unserem Friedhof herauslassen. Was sag ich denn dem Polizisten, der mich während der Vorstellung nach meinen Papieren fragt? Dass ich ein dem Grabe entstiegenes Kriegsgespenst bin?"

„Beantrag doch Asyl!"

„Auf welcher Grundlage denn? Als Kriegsgespenst, was!? Weil ich Pickelhaube trage? Oder soll ich ihnen sagen: Sehen Sie, meine Herren, wir Übermenschen werden hinter dem Bug in unseren Rechten eingeschränkt. Da antworten die mir doch: Guter Mann, wir hier in Europa haben längst die Gleichheit vor dem Gesetz und die Demokratie. Bei euch können die Übermenschen tun und lassen, was sie wollen!"

KRUPNIK

Weg hier! Weg! Bloß weg! Nichts wie los, Richtung Osten! Nach Hause! Schnell, fahr doch los! Was stehen wir denn noch? Wir sollten doch schon vor einer Minute abgefahren sein! Wo bleibt die deutsche Pünktlichkeit? Sodom und Gomorrha auf der Schiene! Los, ab nach Hause! Nach Osten! Weg hier! Weg! Los, los!

Na endlich, das wurde aber auch Zeit! Komm, gib Stoff! Bring Zylinder, Kolben und Räder auf Trab! Tempo! Mach hin! Bloß weg hier, ab nach Osten! Wir fahren. Jetzt fahren wir! Jetzt kriegen sie mich nicht mehr! Verdammt, ich bin ja paranoid! Die reine Paranoia! Eine Panikattacke. Schweine, Arschlöcher, Dreckskerle! Paranoia. Ruhig Blut! Sie kriegen dich nicht mehr! Du bist in Sicherheit! Du fährst schon. Aber da kommt noch die Grenze! Da könnten sie auch noch warten! Frankfurt/Oder. Und dann? Verflucht! Burka zu früh ausgezogen! Idiot! Wie konnte ich das übersehen! Warum bin ich grad aufs Klo gegangen und hab mir die Burka ausgezogen? Jetzt steckt sie im Rucksack. Und wenn ich sie wieder anziehe? Nein. Nicht hier. Die Leute gucken ja. Zurück ins Klo? Und dann in der Burka wiederkommen? Schwachsinn! Was hast du sie auch ausgezogen? Aber nachher kommt die Grenze. Passkontrolle. Wie erkläre ich dann den Grenzern, dass ich Burkaträger bin? Soll ich sagen, ich bin Araber? Moslem? Schwuler Moslem? Passiver schwuler Moslem? Muslimischer Homo? Mit belarussischem Pass. Und Pickelhaube! Schwachkopf! Idiot!

Der Zug, der vor einer Minute Berlin-Ostbahnhof verlassen hatte, nahm nun Fahrt auf in Richtung Warschau. Nie zuvor hatte André die Stadt in einem derartigen Gefühlschaos verlassen. Wie kleine, rechteckige Stempel prasselten die Gedanken auf sein Hirn nieder. Ein grauer Tag zog vor dem Zugfenster vorbei. Berlin verabschiedete ihn mit diesiger Unbestimmtheit. Trister Dauerregen war als nächstes zu erwarten.

Nein, die Burka geht gar nicht! Viel zu verdächtig. Bloß keine Aufmerksamkeit erregen. Ich muss unsichtbar sein. Wie kann man unsichtbar sein mit so einem Helm? Vielleicht doch absetzen? Schnauze! Schnell, schnell nach Osten! Los. Los!

Das Leben ist schon eine Drecksau. Gestern hast du große Pläne geschmiedet, plötzlich, zack, ist alles anders, und du rennst nur noch, rennst fort ins Ungewisse. Am Morgen war dein Leben noch geordnet und schien auf Jahre hinaus absehbar, und am Mittag fällt alles in sich zusammen. Und du kapierst nicht, wieso es dir ohne Vorwarnung einfach den Hocker unterm Hintern wegkickt. Da hängst du nun mit deinen Plänen am seidenen Faden der Ungewissheit und deine Füße baumeln in der Luft.

Verdammt, was schauen mich diese beiden Polen so komisch an? Na klar, die denken, ich bin verrückt. Die haben gesehen, dass ich mit der Burka ins Abteil gekommen bin und dann ohne vom Klo zurück. Aber vielleicht bin ich ja jemand anders. Und der erste hatte sich einfach im Abteil geirrt. Sie hatten ja das Gesicht nicht gesehen, da war ja das Gitter davor. Aber den Helm haben sie gesehen. Der Pickel hat aus der schwarzen Kutte herausgeragt. Ja, die beiden wissen genau, dass ich es bin. Und wenn schon! Darauf kommt's jetzt auch nicht mehr an. Die können mir nicht gefährlich werden. Hauptsache, die anderen erkennen mich nicht. Mann, ist das eine Riesenstadt. Wir fahren, fahren, fahren und kommen einfach nicht raus.

Komm, mach hin! Auf geht's! Nach Hause! Nach Osten! Und wenn sie zur Polizei gegangen sind? Dann ist es aus! Feierabend! Sie warten schon in Frankfurt. Ein Foto haben sie nicht von mir. Aber ein unveränderliches Kennzeichen. Den Helm. An meinem Helm werden sie mich erkennen! Verdammt! Was tun? Ihn absetzen? Nein, sie waren bestimmt nicht bei der Polizei. Die haben was gegen die Polizei. Die regeln so was selbst. Sonst hätte mich die Polizei schon längst. Schweine, sind ja selbst Schuld. Idioten! Hauptsache, ich komme über die Grenze. Hinter der Oder bin ich in Sicherheit. Wann kommt denn die Grenze? Knapp eine Stunde. Paranoia, sag ich nur, Paranoia.

Ja, die Polen gucken schon so kritisch. Die denken, ich bin gefährlich. Ruhig Blut. Mein Gesicht ist ganz verkrampft. Lächeln! Zeigen, dass ich positiv gestimmt bin. Kein Gespenst des Krieges. Na bitte. Noch ein bisschen freundlicher lächeln. O Gott, jetzt sind sie noch mehr erschrocken. Die Zähne! Klar, die Zähne. Ich muss diese blöde Farbe abwaschen. Sofort aufstehen, aufs Klo gehen und sie abwaschen. Dann zurückkommen und sie noch mal anlächeln. Ich muss mit ihnen reden. Stress abbauen. Was könnte ich denn sagen?

„Schalom! Sie fahren nach Warschau, Panowie?"

„Ja. Und Sie?"

„Auch Warszawa."

Verdammt. Jetzt stockt es schon wieder. Schon wieder Stress im Abteil. Ich muss sofort ins Klo und die Farbe abwaschen. Bald kommt die Oder. Den Grenzern werden meine Zähne auch nicht gefallen. Der Zahnlose mit der Pickelhaube. Sehr verdächtig. Dann kontrollieren sie mich und wühlen in meinem Rucksack herum. Finden die Burka und den Stiefel. Und denken, ich wäre islamistischer Terrorist. Sie holen mich aus dem Zug, bis das geklärt ist. Ich muss die Burka loswerden. Aus dem Fenster werfen? Und den Stiefel gleich mit? Und wenn ich sie noch mal brauche? Wenn sie in Warschau auch ihre Leute sitzen haben? Wäre auch schade drum. Die Burka ist ja von Ingrid. Mein einziges Andenken an sie. Und den Stiefel können sie mir nicht anhängen. Aber der zweite fehlt eben. Schon wieder verdächtig. Egal. Sie werden höchstens den Stöckel abschrauben und nachsehen, ob ich da was versteckt habe. Schade, dass ich Ingrid kaum wiedersehen werde. Nicht mal mehr zum Zug bringen konnte sie mich. Wäre zu riskant gewesen. Zusammen hätten sie uns erkennen können. Diese letzte Umarmung im Tacheles-Treppenhaus. Kuss, dann das schwarze Gitter und: „Mach es gut!"

André schulterte den Rucksack und verließ das Abteil. Er schaute sich misstrauisch um und ging dann zum Klo. Die Farbe hielt sich hartnäckig. Fjodor hatte die Zähne mit Nitro-Email angemalt, deshalb hätte André Lösungsmittel gebraucht. Er versuchte, die Farbschicht mit einer 10-Cent-Münze abzukratzen. Das gelang nur stellenweise – das Ergebnis sah aus wie eine sonderbare Mischung aus Mundfäule und Parodontose.

Am einfachsten wäre, sie weiß anzumalen. Besten Dank auch, Fjodor. Hättest mir ruhig eine Tube Deckweiß einpacken können. Egal, das mach ich in Warschau, solange wird eine ernste Miene aufgesetzt. An der Grenze versuche ich, möglichst nicht die Zähne zu zeigen.

André kehrte zurück in sein Abteil. Die Mitreisenden lasen schweigend Zeitung. André griff sich eine herumliegende Zeitschrift und tat so, als lese er ebenfalls.

Ja, das ist es! Dass ich nicht gleich darauf gekommen bin! Im Film verstecken sich die Spione immer hinter einer Zeitung. Das mache ich an der Grenze auch und tue so, als wäre mir alles wurscht. Ich muss sie nur hoch genug halten, dass der Pickel nicht rausschaut. Zwei Gucklöcher wären noch praktisch, dann könnte ich sehen, was sonst so im Abteil passiert. Guter Plan!

Er holte die Schere aus dem Rucksack, schnitt zwei Löcher in die Zeitschrift und hielt sie sich wieder vors Gesicht. Durch die Gucklöcher konnte André sehen, wie sich die beiden Herren gegenüber entgeisterte Blicke zuwarfen und dann besorgt zu ihm schauten. „Mist, sie haben es gemerkt", ärgerte sich André und fragte unvermittelt:

„Panowie, Sie haben nicht zufällig Deckweiß dabei? Meine Zähne schälen sich, ich müsste mal nachweißen."

Die denken, ich bin voll durchgeknallt. Sollen sie mal, da spiel ich doch glatt mit. Ist sogar noch besser für meine Tarnung.

Die Herren wechselten erneut einen wortlosen Blick, schüttelten die Köpfe und vertieften sich wieder in ihre Zeitungen.

Gleich sind wir da. Das ist schon Frankfurt. Gleich kommt der Bahnhof und dann die Passkontrolle. Und wenn sie doch bei der Polizei waren? Die Grenzer werden sich schön freuen, mich zu sehen. Die rufen die Polizei und dann ade, du mein lieb

Heimatland. Für länger. Und wenn sie nicht bei der Polizei waren, sondern selbst am Bahnsteig warten? Dann steigen sie ein und durchsuchen die Waggons. Schauen ins Abteil und ... Oh, wen haben wir denn da! Da bist du ja, Freundchen! Wir warten hier schon alle auf dich. Haben uns die Beine in den Bauch gestanden! Okay, und was machen sie dann? Schlagen sie mich gleich hier im Zug zusammen? Vor Zeugen? Die beiden Polen werden einen schönen Schreck bekommen. Nein, wahrscheinlich werden sie mich aus dem Zug holen. Ich muss die beiden Herren darauf vorbereiten, dass sie dann sofort die Polizei rufen. Dann lieber doch die Polizei. Wie soll ich ihnen das erklären? Die denken doch sowieso, ich spinne. Ist ja auch gesponnen, paranoide Spinnerei! Paranoia, sag ich nur, Paranoia! Ruhig Blut! Zeitung lesen!

„Przepraszam, würden Sie wohl, wenn man mich aus dem Waggon verschleppt, die Polizei rufen?"

„Werden Sie bedroht?"

„Nicht doch, wie kommen Sie darauf? Ich meine nur, für den Fall der Fälle. Ich sichere mich gerne gegen alle Eventualitäten ab."

„Geht in Ordnung, wir rufen dann die Polizei."

Da ist ja schon der Bahnsteig. Der Zug bremst schon. Wir halten. Noch ist alles ruhig. Die Leute auf dem Bahnsteig sehen nicht nach ihnen aus. Ein älteres Ehepaar. Studenten. Vielleicht stehen sie am anderen Ende. Nein, die hätten ihre Leute überall. Dann waren sie doch bei der Polizei? Da, die Grenzer. Sie kommen in den Waggon. Jetzt sind sie im ersten Abteil. Sie kommen. Zu unserem. Herr, lass ihn vorübergehen!

Mit einem Rums flog die Tür auf:

„Passkontrolle! Ihre Papiere bitte!"

André legte die Zeitschrift beiseite und hielt seinen Pass hin. Der junge Grenzer war kurz irritiert, nahm dann den Pass und studierte ihn ausführlich. Lange blätterte er darin herum, sah sich das Visum an, kontrollierte die Stempel und schaute immer wieder neugierig den Passinhaber an. André spürte, wie seine Schläfenadern unter dem Helm anschwollen und sich Schweißtröpfchen bildeten, die ihm gleich übers Gesicht laufen würden.

Komm schon, Schätzchen. Mach hin. Lass gut sein. Auf. Hm? Ah! Geht doch! Geschafft, ich bin durch!

Der Grenzer knallte geräuschvoll seinen Ausreisestempel in den Pass.

„Bitte!"

Na, halleluja! Dann waren sie doch nicht bei der Polizei. Noch ein paar Minuten, und ich bin in Sicherheit. Hauptsache, die kommen jetzt nicht doch noch. Na los! Abfahrt! Wie lange willst du hier noch stehen? Nichts zu sehen auf dem Bahnsteig. Die Leute da draußen sind alle harmlos. Na los! Auf geht's! Die Uhr ist doch schon so weit. Also echt! Drunter und drüber geht es in Deutschland! Na endlich!!! Wir fahren!!! Jetzt kommen noch die Polen. Aber denen ist das egal. Hurra. Jeszcze Polska nie zginęła!

Der Zug nahm Fahrt auf und flog in Richtung Osten. Vor den Fenstern zogen Frankfurter Außenbezirke vorbei, jetzt die Stahlkonstruktion der Oderbrücke, wieder gemütliche, kleine Häuser, Felder mit säuberlich gehäufelten Strohzylindern, Wege, Bahnübergänge, Schlagbäume. Erst jetzt spürte André, wie viel Kraft ihn der letzte Tag gekostet hatte. Kaum war die Anspannung von ihm abgefallen, begann er wegzudämmern. Er warf die nutzlos gewordene Spionagezeitschrift fort, kauerte sich in eine Ecke und schlummerte ein. Im Halbschlaf passierte er die Grenze, wurde noch einmal um seinen Pass gebeten, antwortete etwas, ohne die Augen richtig zu öffnen und sank dann endgültig in den Schlaf ...

Eine zuschlagende Tür weckte ihn auf. Vor dem Fenster erkannte er den Bahnsteig eines größeren Bahnhofs und ein Schild mit der Aufschrift: „Poznań". Neben ihm saß eine ältere Dame, die offenbar eben erst zugestiegen war. Die anderen beiden Herren schlummerten sanft, jeder in seiner Ecke. André war jetzt nicht mehr in ständiger Alarmbereitschaft, er erinnerte sich an seinen letzten friedlichen Abend in Berlin, als er sich mit dem Hauptmann angeregt über Krieg und Frieden, über Fjodor Michailowitsch, Raskolnikow und die alte Wucherin unterhalten hatte. Fjodors Idee war einfach zu genial, um sie so mir nichts dir nichts verpuffen zu lassen. Sie waren zu dem Schluss gekommen, André sollte nach Mogiljow zurückkehren und nach einiger Zeit mit einem neuen Visum wieder nach Berlin kommen. Im Frühjahr würde es dann die nächste Gastspielserie geben. Bis dahin wollte Fjodor eine neue Truppe zusammenstellen, die passende Ausstattung auftreiben, die benötigte Anzahl Helme besorgen und die sonstigen Fragen klären.

Tags darauf hatten sie eine Vorstellung vor den Toren des Pergamonmuseums gegeben. Wieder war alles ganz gut gelaufen. Das Publikum hatte mit Interesse Andrés Erzählungen über die listenreiche Verschwörung der Entente, über bestechliche Versorgungsoffiziere in den rückwärtigen Diensten, über die Ratten, die sich in den Stabsquartieren eingenistet hatten, über die Untoten aus dem Sumpf und die historische Niederlage ihres Truppenteils bei Pskow gelauscht, die nun am 23. Februar begangen wird. Er hatte beteuert, Ophelias Tod nicht verschuldet und Polonius nicht absichtlich getötet zu haben, er sei ihm einfach unverhofft in die Finger geraten. Noch einmal hatte er über Austerlitz, Napoleon und Waterloo schwadroniert, hatte erzählt, er sei mit zahlreichen Revolutionären persönlich bekannt, habe Lenin in Rasliw gesehen und sei geheimer Verbindungsmann zwischen dem deutschen Stab und den Bolschewiki gewesen.

Ein paar Mal war die Polizei gekommen, wusste aber nicht, was sie mit ihm anfangen sollte. Dann war immer Fjodor aufgetaucht, um zu erklären, sie seien Künstler und dies wäre ihre Straßenperformance in Berlin auf der Durchreise zu einem Theaterfestival in Avignon. Nur einmal, als André auf den Stufen des Doms den Touristen eine flammende Predigt über das Jüngste Gericht gehalten hatte, bei dem sie sich für Gier und Habsucht verantworten müssten, hatte ein Polizist ihn gebeten, seinen Hintern von diesem noblen Kirchenvorbau zu entfernen und einen schlichteren Ort für ihn zu suchen.

Der nächste Tag war ein Samstag gewesen. Da wollte André schon um fünfzehn Uhr Schluss machen und anschließend doch noch die verfluchten Stiefel für seine Schwiegermutter kaufen. Nach der Vorstellung hatte er Fjodor Wägelchen und Holzarm überlassen und war mit Ingrid durch die Läden gezogen.

Teufel auch, dachte er. *Schon ein verrücktes Ding, dieses Leben. Da sitzt du am Abend in trauter Runde am Tisch und philosophierst über Raskolnikow und die alte Wucherin, die du glücklicherweise nicht umbringen musst, um dich selbst zu verwirklichen, und schon hetzt dir das Schicksal tags darauf genau diese Alte auf den Hals, die von selber ins Beil rennt. Du weichst ihr aus, willst keine Gewalt, aber sie stellt sich dir stur in den Weg, krallt sich dir in die Beine, klatscht dir auf die Backen, klammert sich an deinen Arm, will, dass du nach dem Holz greifst und ihr das schwere Beil über den Schädel ziehst!*

Die Alte hatte sich aus dem Dunkel gelöst, als André bester Laune, den Karton mit den soeben erstandenen teuren Stiefeln unterm Arm, mit Ingrid aus einem Schuhgeschäft kam. Als sie einen Platz irgendwo zwischen Museumsinsel und Oranienburger Straße überquerten, hörte er plötzlich, wie jemand ihn anrief:

„He, Meister! Moment mal!"

Er wandte sich um und sah sie: die dämliche, unvermeidliche Alte. Ihrem Aussehen nach mochte sie achtzehn sein, hochgewachsen, Bürstenschnitt, schwerer Ledermantel. Neben ihr stand noch ein altes Weiblein – nicht ganz so groß, deutlich korpulenter, in Flecktarnhosen und Springerstiefeln. Ihr Schädel war kahl rasiert, nur auf dem Hinterkopf stand noch ein Kurzhaar-Inselchen in Hakenkreuzform.

Ach du Scheiße! Diese Arschlöcher haben mir gerade noch gefehlt. André hatte sie sofort erkannt. Tags zuvor war ihm eine

Gruppe Faschos aufgefallen, die seine Vorstellung aufmerksam verfolgt hatten. Diese beiden waren nun noch einmal gekommen. *Bah, widerlich das Hakenkreuz bei dem Dicken*, schoss es ihm durch den Kopf. *Sieht aus wie Schuppenflechte oder ein großer, von grauem Moos überwucherter Leberfleck.*

Irgendetwas schien den beiden nicht zu passen, und ihr stechender Blick verhieß nichts Gutes.

„Trinkgeld ist fällig!", sagte die eine schließlich durch die Nase.

André überlegte kurz, langte dann in die Tasche und kramte ein paar Euro hervor. Er hoffte noch, mit einem kleinen Almosen die bucklige, lahme Alte loszuwerden. Aber so billig sollte er hier nicht davonkommen.

„Warum so geizig? Da geht noch was! Ich hab doch gesehen, wie du gestern am Dom einen auf große Fresse gemacht hast."

André riss allmählich der Geduldsfaden.

„Am Sabbat gebe ich nie mehr als zwei Euro Trinkgeld!"

„Ha! Sabbat! Ein Jude bist du also auch noch! Ha ha! Hast du gehört, was das für ein witziger Jude ist, Tobi? Gibt am Sabbat nicht mehr als zwei Euro Trinkgeld!"

„Selber Jude! Verzieh dich!", schaltete sich Ingrid plötzlich in das Gespräch ein.

„Wer ist ein Jude? Ich? Ein Jude? Auf, Tobi, hau der Fotze eine rein!"

„Jungs, Jungs! Kommt mal wieder runter!" André stellte sich dem dicken Tobi in den Weg, der schon mit den Fäusten auf Ingrid losgehen wollte.

„Wozu mit denen reden? Die musste plattmachen!" quiekte der Dicke und glotzte André aus seinen nationalsozialistischen Schweinsäuglein an.

„Setz die Pickelhaube ab!", zischte der Lange böse. „Pfoten weg von unseren Heiligtümern, du Jude!"

André war nun klar, dass kein Weg an einer Schlägerei vorbeiführen würde, deshalb trat er einen Schritt zurück und sagte:

„Könntest du mich vielleicht am Arsch lecken?"

Was dann kam, war abzusehen: Die beiden Alten stürzten sich auf André wie zwei geifernde Kampfhunde. Die eine krallte sich in seinen Helm, die andere traktierte ihn mit den Fäusten. André ließ den Schuhkarton fallen und versuchte, mit einem Arm die Angreifer abzuwehren und mit dem anderen den Helm zu fixieren, der ihm jeden Moment vom Kopf zu springen drohte. Ingrid schnappte sich einen Stiefel, der aus dem Karton gerutscht war und polierte damit den Alten die Visagen. Ohne ihre Unterstützung hätte der Helm sich wohl von Andrés Kopf getrennt. So aber mussten sich die Angreifer auch noch mit dem Schwiegermutterstiefel herumschlagen, was sie in ihrem eigentlichen Bestreben deutlich zurückwarf. Endlich hatten sie André am Boden und konnten auf ihn eintreten.

Da knallte Ingrid dem Dicken den Stiefelabsatz mit voller Wucht aufs Auge. Der jaulte auf und ging nun auf sie los. André packte die Gelegenheit beim Schopfe und sprang blitzschnell auf. Aber der Lange hatte sich gerade über ihn gebeugt, und André spürte im nächsten Augenblick den Pickel seines Helms in etwas Weiches eindringen, wie das steife Glied in den weiblichen Körper.

Als er sich gänzlich aufgerichtet hatte, sah er den Langen am Boden liegen und Blut spucken, die Hände an der Gurgel. Die Spitze musste ihm direkt in den Mund gefahren sein, wo sie offenbar einigen Schaden angerichtet hatte. Der Dicke rannte hin und brüllte mit irrem Blick:

„Er ist tot!!!"

André, dem noch gar nicht recht bewusst war, was sich gerade abgespielt hatte, stürzte sich auf den Dicken: „Jetzt bist du dran, du Ratte!" Der machte in Panik einen Satz zurück, und schon war der Hinterkopf mit dem flauschigen Hakenkreuz in der Finsternis verschwunden.

„Oh Mann! Auch das noch!" André warf den Stiefel in den Karton und rannte mit Ingrid in Richtung Hackescher Markt.

Ingrid bat einen Fußgänger um sein Telefon und rief einen Krankenwagen an den Ort des Geschehens.

Am Hackeschen Markt angekommen, hasteten sie die Treppen hinauf und stiegen in die erstbeste S-Bahn. An der Friedrichstraße stiegen sie wieder aus und liefen in Richtung Unter den Linden. Schließlich ließen sie sich auf eine Bank fallen, um bei einer Zigarette überhaupt erst mal zu kapieren, was passiert war. Als André wieder bei Puste war, öffnete er den Karton.

„Mist! Das fehlte noch!"

Da lag nur ein Stiefel.

„Die haben doch angefangen. Auch wenn er stirbt, werden sie dich freisprechen", sagte Ingrid und steckte sich an der halb aufgerauchten Zigarette gleich die nächste an.

Dass er vielleicht einen Menschen getötet hatte, und sei es nur eine alte Wucherin mit Hakenkreuz auf der Stirn, wollte André nicht in den Kopf. Das alles erschien ihm wie ein unglaubliches Missverständnis, ein unwirklicher Alptraum, den sonst wer durchleben mochte, aber nicht er. Als wäre er in eine andere Wirklichkeit eingebrochen, in ein anderes Leben. Als wäre er mit dem Zug in die richtige Richtung gefahren, hätte aber aus unerfindlichen Gründen ganz plötzlich einen zufälligen anderen Zug genommen, der ihn an einen Ort bringen würde, wo er gar nicht hinwollte.

Nun, da er mitten auf dem Boulevard in dieser lärmenden, teilnahmslosen Menschenmenge saß, wünschte er sich nichts sehnlicher, als sofort wieder in den richtigen Zug umzusteigen. Doch ob dieser Zug je wiederkommen würde, hing jetzt von einem einzigen Menschen ab. Demjenigen, den der Krankenwagen in diesen Minuten mit durchdringendem Sirenengeheul durch die Straßen Berlins zu dem schon für ihn vorbereiteten Operationstisch unter die große Neonlampe chauffierte. Zu dem Tisch, an dem ihn ein altbekannter Gevatter genüsslich verspeisen wird, falls er nicht doch noch etwas warten und seinen Hunger einstweilen an einem anderen stillen muss.

„Wir müssen die Krankenhäuser abtelefonieren und rausfinden, was mit ihm ist", sagte André schließlich und fügte zerknirscht hinzu: „Schöne Scheiße!"

Er nahm den Stiefel aus dem Karton, legte den zusammen und stopfte ihn in den Mülleimer neben der Bank. Er wollte auch den Stiefel darin versenken, überlegte es sich aber anders und packte ihn in den Rucksack.

„Was willst du mit einem einzigen Stiefel?"

„Weiß nicht. Das Beweisstück liegt übrigens noch am Tatort."

„Idiot! Das wichtigste Beweisstück hast du auf dem Kopf! Vielleicht nimmst du das Ding mal ab?", fragte Ingrid genervt.

„Auf ins Tacheles!"

Die Welt vor dem Fenster verlor zusehends an Glanz. Felder, Häuser und Strohzylinder wurden eins mit der Nacht. Nur die Lichter kleiner Dörfer und Bahnstationen flogen einem noch entgegen und verschwanden dann gen Westen. Sein Spiegelbild betrachtete ihn aus der dunklen Fensterscheibe. Auch die Löwen auf seinem Helm waren irgendwie verblasst. Nervös klammerten sie sich an den Schild und sahen einander besorgt in die Augen, als spürten sie schon das Nahen dieses sonderbaren Landes mit seinen wilden Seen, endlosen Wäldern und Sümpfen mit ihren Untoten.

André wandte sich ab und sah die ältere Dame auf dem Sitz neben ihm an. Sie erhaschte seinen Blick und nutzte die Gunst der Stunde, um endlich ihre Neugierde zu befriedigen:

„Kommen Sie aus Deutschland?", wollte sie wissen.

„Nein, ich komme aus Belarus."

„O, z Białorusi!", wechselte sie plötzlich ins Polnische. „Und ich hatte gedacht, sie wären Deutscher. Der Helm, wissen Sie. Mein Großvater stammte auch aus Belarus. Im Ersten Weltkrieg verlief die Frontlinie neben seinem Dorf, da ist er mit der Familie vor dem Krieg nach Westen geflohen. Wie ist es denn jetzt so, da bei Ihnen? Es heißt, Sie sind wieder mit Russland zusammen. Was sind Sie doch für ein seltsames Völkchen, warum wollen Sie nicht zurück nach Europa?"

André hatte über die Jahre die Nase dermaßen voll von den Absonderlichkeiten seines gebeutelten Volkes, dass er jedes Mal, wenn er auf Reisen darauf angesprochen wurde, mit einem Gleichnis zu antworten versuchte. So antwortete er auch jetzt:

„Wissen Sie, bei uns erzählt man sich folgenden Witz: Fängt ein Mann einen goldenen Fisch. Sagt der Fisch zu ihm: ‚Wirf mich zurück ins Wasser, und ich erfülle dir drei Wünsche.' Der Mann überlegt, kratzt sich am Nischel und sagt: ‚Von mir aus. Kannst du machen, dass ich ein Glasauge habe und eine große Narbe quer übers ganze Gesicht?' ‚Na klar, kein Ding!', antwortet der Fisch. ‚Bitte sehr, da hast du dein Glasauge.' Ein Schlag mit der Schwanzflosse und, schwups, hat der Mann anstelle des Auges eine scheußliche weiße Glaskugel und eine fette Narbe von der Stirn bis übers Kinn. ‚Ist ja ein Ding! Guck mal einer an! Großartig!', ruft der Mann. ‚Und jetzt mach noch, dass ein Bein aus Metall ist. Aus rostfreiem Stahl, mit Titanscharnieren.' ‚Gut. Sollst du haben, dein Stahlbein', sagt der goldene Fisch. Und, schwups, hat der Mann eine Stahlprothese anstelle des Beins. ‚Wunderbar! Lass dich umarmen, goldener Fisch! Fein gemacht! Da freut sich der alte Herr!' ‚So, jetzt noch der dritte und letzte Wunsch. Du kannst dir wünschen, was du willst.' Der Mann dachte nach, was er sich noch wünschen könnte. Das Glasauge hatte er schon, das Stahlbein auch. Doch! Da war noch was! ‚Jetzt mach noch, dass mir ein Lederportepee über die Schulter hängt, mit einer Mauser drin. Dass alle Angst vor mir haben, wenn ich durchs Dorf gehe.' ‚Bitte, da hast du deine Mauser.' Und, schwups, war dem Mann ein Portepee mit Mauser gewachsen. Er wirft den Fisch ins Wasser zurück, sitzt am Ufer und freut sich. Er öffnet das Portepee, zieht die Mauser heraus, betrachtet sie mit seinem Glasauge und klopft mit ihr gegen sein Stahlbein – die reine Seligkeit! Nach ein paar Minuten taucht der Fisch wieder auf und fragt:

‚Sag mal, ich hab ja in meinem langen Leben schon jede Menge Idioten erlebt, aber so einer wie du ist mir noch nicht untergekommen. Warum hast du dir nicht ein Häuschen in Frankreich, ein teures Auto, eine Million Dollar oder eine langbeinige Schöne gewünscht wie alle anderen?' Der Mann starrt ihn mit seinem verbliebenen Auge verdutzt an und sagt: ‚Ach! Das wär auch gegangen?'"

Nun, da er die alte Dame so charmant unterhalten hatte, konnte er sich wieder in die Ereignisse des vergangenen Tages versenken …

… da hatten sie sich schließlich eine Stunde lang auf Umwegen zurück ins Tacheles geschlichen, wo sie Fjodor berichteten, was vorgefallen war. Die Neuigkeiten verstimmten den Hauptmann dermaßen, dass er sich wortlos ein halbes Glas Wodka einschenkte, es runterstürzte und anschließend schweigend anstarrte. Die für den nächsten Tag geplante Vorstellung musste abgeblasen werden, so viel stand fest. Auch die Perspektive ihrer großartigen Geschäftsidee war auf einmal völlig unklar. Selbst wenn alles gut gehen sollte und André im Frühjahr nach Berlin zurückkehren könnte, sah es finster aus für ein neuerliches Gastspiel, wenn man ein so hirnverbranntes Publikum wie die lokalen Faschos zum Feind hatte.

„Wenn er überlebt", erwachte Fjodor endlich aus seiner Erstarrung, „versuchen wir, uns mit einer Abfindung rauszukaufen. Wir können ja schlecht einen antifaschistischen Schutzwall hochziehen. Du musst jetzt jedenfalls so schnell wie möglich raus aus Berlin! Außerdem wäre es nicht verkehrt, den Helm wenigstens für einen Tag abzusetzen."

Doch so sehr Fjodor auch auf ihn einredete, André weigerte sich strikt. Entnervt von den fruchtlosen Überredungsversuchen gab es der Hauptmann schließlich auf:

„Also gut, wir kaufen dir eine Fahrkarte, aber wie zum Teufel willst du zum Bahnhof kommen? Die Faschos und die Bullen können dich doch an jeder Haltestelle hopsnehmen!"

„Mit einem großen Koffer vielleicht. Wir fahren ihn zum Bahnhof, tragen ihn ins Abteil, machen ihn auf und verschwinden", schlug Bujan vor.

„Puh, starkes Zeug!" Fjodor hatte noch ein halbes Glas geleert. „Nichts da, Koffer und Kisten mit Luftlöchern kommen nicht in Frage!"

„Dann lasst uns einen Sarg kaufen." Bujan hatte offenbar als einziger in der Runde seinen unverwüstlichen Optimismus noch nicht verloren. „Wenn er zum Friedhof fahren will, geben wir ihm das letzte Geleit, wie sich das gehört. Wir bestellen einen Katafalk, tragen den Sarg zum Zug, klappen den Deckel auf, setzen den Toten ins Abteil, hängen ihm einen Kranz um und dann Drang nach Osten oder wie man so sagt!"

„Hör auf damit! Für Witze ist jetzt nicht die Zeit! Schlag lieber etwas Brauchbares vor!" Fjodor hatte ganz offensichtlich keine Lust mehr herumzualbern.

„Gut, wie wäre es damit: Wenn er den Helm nicht abnehmen will, müssen wir ihn tarnen. Wir könnten einen Kreuzritter aus ihm machen. Ritterrüstung, Schild mit Kreuz und ein paar Straußenfedern an den Helm gesteckt. Da wird kein Mensch misstrauisch. Ein Teutone halt, der nach Osten fährt. Hat vermutlich dort zu tun. Will vielleicht die Gräber seiner Vorfahren besuchen."

„Idiot!"

„Gut, dann noch ein Vorschlag: Wir machen einen indischen Fakir aus ihm und wickeln den Helm in Handtücher. Oder einen Popen mit schwarzem Kapuzenumhang und so einem großen Zipfel obendran."

„Ja, ja, ja! Wir kommen der Sache schon näher!" Fjodor wurde wieder lebhaft. „Der Pope könnte gehen."

„Das hab ich mal zu Ostern im Fernsehen gesehen. Da war so ein Pope und auf dem Kopf so ein goldenes Dingsbums, wie eine Glocke!"

„Das kenne ich. Aber so was kriegst du in Berlin nicht, vergiss es. Es muss doch auch einfacher gehen ..." Fjodor stand auf, trat vor das Bücherregal und zog schließlich ein altes Fotoalbum hervor. Nach einigem Blättern hatte er die gewünschte Seite gefunden: „Hier, der Pope passt, mit zylindrischer Haube, so eine bekommen wir auch selber hin."

Und er fuhr fort: „Vor allem ist es authentisch, nicht so schrill, kein Kreuzritter und kein Fakir, einfach ein Pope, der durch Berlin fährt. Das ist die beste Tarnung. Aber wir haben wenig Zeit. Eigentlich musst du schon morgen raus sein aus der Stadt. Da können wir keine großen Kulissen mehr bauen."

André hörte schweigend zu, er konnte den Fluchtplänen nicht recht folgen. Ihn beschäftigte die ganze Zeit nur die Frage, ob dieser verdammte Idiot noch am Leben war.

„Du solltest gar nicht mehr im Tacheles übernachten." Fjodor ging zur Tür und klemmte einen Keilrahmen unter die Klinke. „In der Oranienburger kennt dich inzwischen jedes Kind, die können dich jederzeit ausfindig machen. Sie könnten jeden Augenblick hier sein."

Nach einer kurzen Pause fuhr er fort:

„Ich klär das mit dem Mexikaner, dass ihr heute bei ihm schlaft. Und wir", sagte er zu Bujan, „verrammeln die Tür mit dem Schrank, wenn sie raus sind. Die ist morsch und muss verstärkt werden."

Zu André gewandt, sagte er: „Wenn du in der Nacht Geräusche hörst, trommelst du das ganze Tacheles zusammen. Du rennst durch die Ateliers und brüllst: Die Faschos greifen an! Schnappt euch Schläger, Prügel, Ketten und kommt hierher! Gemeinsam halten wir die Schweine irgendwie in Schach!"

Er schenkte allen ein, erhob sich, fuhr nach Husarenart den Ellbogen aus und seufzte:

„Na dann! Auf den Sieg!"

Fjodor nahm eine Nase voll vertrocknetes Sushi, schwieg einen Augenblick und sagte dann nachdenklich, den Blick in unsichtbare Weiten gerichtet:

„Ich werde kämpfen bis zuletzt gegen die Bastarde. Ich habe da noch eine Überraschung für sie in der Hinterhand."

Er verschwand in einer zugerümpelten Ecke seines Ateliers, schepperte dort herum und zog schließlich ein längliches Etwas aus einem Geheimversteck hervor. Er legte es auf den Tisch, wickelte es aus und sagte:

„Hier. Hab ich mal auf dem Flohmarkt gekauft. Mit einem siebenarmigen Leuchter. Für alle Fälle."

Auf einer Schicht zerknitterten, vergilbten Zeitungspapiers lag eine alte deutsche Antipersonenmine. Bujan verschluckte sich vor Schreck. Er hatte erst jetzt begriffen, dass die Sache ernst war. Jederzeit konnte ein Krieg ausbrechen, diesmal ein echter. Vielleicht stürmte schon ein kahlgeschorener Aggressor mit Hakenkreuzen in den Pupillen die Treppen des Tacheles hinauf, hierher in den dritten Stock. Er sah zur Tür und sagte mit belegter Stimme:

„Brrr, so was auch. Vielleicht verrammeln wir die Tür besser gleich!"

„Keine Panik! So schnell finden die uns nicht. Also, noch mal fünfzig Gramm für jeden und dann machen wir uns an die Popenkutte." Fjodor drapierte die vier Gläser um die Mine herum und nahm die schwere *Finlandia* zur Hand.

„Oder vielleicht drei?", fragte Bujan.

„Drei was? Trinkst du etwa nicht mit?"

„Drei Popenkutten!" Bujan wurde zusehends panischer. „Den siebenarmigen Leuchter sollten wir auch noch abräumen. Der wird ihnen bestimmt nicht gefallen!"

„Ha ha!", lachte Fjodor. „Das gibt eine schöne Schlagzeile im Tagesspiegel: Bandenkrieg – Drei Popen sterben den Heldentod bei einer Neonazi-Schießerei in der Oranienburger Straße! Nicht den Schwanz einziehen. Und der Leuchter bleibt hier, der ist ein Kampfgerät. Wenn du wüsstest, wie wunderbar man den in eine Nazifresse hauen kann!"

Fjodor tauchte wieder in seinen Schatzkammern ab.

„Irgendwo hatte ich noch ein schööönes Stück schwarzen Stoff ... Und du brauchst auch noch einen Bart zu deiner Soutane. Bärte hab ich keine hier, die müssten wir morgen, wenn wir das noch erleben sollten, ha ha ha", er zwinkerte Bujan zu, „noch irgendwo besorgen. Einen ordentlichen Bart kriegst du zwar in ganz Berlin nicht, aber einen Nikolauswattebart mit Gummizug ganz bestimmt."

„Warte", unterbrach ihn André, „wir brauchen gar keine Soutane zu schneidern, wir nehmen einfach eine Burka."

„Ooo! Genial!!! Dass ich da nicht selbst drauf gekommen bin! Wozu dieser Obskurantismus? Die Kirche steht gerade nicht so hoch im Kurs. Aber eine Burka ist elegant, modern und *en vogue*!"

„Ich hätte aber doch gern drei Burkas, für alle Fälle!"

„Krieg dich wieder ein, Bujan! André verschwindet gen Osten und wir beide hampeln in Burkas wie zwei Schwuchteln durch Berlin, oder was? Ich habe jedenfalls keine Angst vor diesen Arschlöchern! Sollen die sich lieber vor mir unter der Burka verkriechen! Komm, Bujan, gieß ein! Mach dir nicht ins Hemd, wir wissen uns schon zu verteidigen!"

Vor dem Fenster waren die Außenbezirke von Warschau zu sehen. Andrés Mitreisende im Abteil packten geschäftig Sprudelflaschen und halb gelesene Zeitschriften ein. Hangars, Bahnstationen und Lagerhallen zogen vorbei, die Trabantenviertel der ungeschlachten, großen Stadt, die André trotz allem am Herzen lag.

Früher war er häufiger nach Warschau gereist. Hier hatte er seine ersten Ausstellungen im Ausland. Manchmal war er wochenlang in den Ateliers befreundeter Künstler untergeschlüpft, hatte mit ihnen *Wyborowa* getrunken und sich sogar ohne größere Schwierigkeiten die polnische Sprache angeeignet. Wenn er in der richtigen Stimmung war, sprach er fast akzentfrei, sogar mit dem affektierten Warschauer Zungenschlag.

Der Zug fuhr in einen Tunnel ein, und ein paar Minuten später tauchte der unterirdische Bahnsteig von *Warszawa Centralna* aus der Dunkelheit auf. Der Abendzug nach Minsk war schon weg, er musste sich Gedanken um ein Nachtquartier machen. Er überlegte, beim wem er zu dieser späten Stunde ohne Vorwarnung aufschlagen könnte und entschied sich für Jacek, einen alten Freund, den er noch von seinen ersten Warschauer Ausstellungen her kannte. Sie hatten sich seit Jahren nicht gesehen, aber André wusste, dass Jacek inzwischen ein erfolgreicher Künstler war, viel unterwegs in der Weltgeschichte und in prestigeträchtige Projekte involviert. Wenn Jacek in Warschau Station machte, war er fast immer in seinem Atelier unweit des Bahnhofs in der Aleja Jana Pawła II anzutreffen.

Auf dem Weg raus aus dem Bahnhof steckte André sich eine Zigarette an. Vor ihm erhob sich der pompöse Kulturpalast, wie sein Ebenbild, ein Zyklop von einem Bauwerk mit seiner hohen Turmspitze, das Stalin der Stadt nach dem Krieg beschert hatte.

Grüß dich, Bruder, nickte ihm André im Geiste zu. *Da bin ich also fast schon zu Hause!* Als er sich umsah, musste er feststellen, dass ihn mehrere Bettler interessiert beobachteten. *Na prima. Teufel auch! Was glotzen die mich denn so an? Mit den Bahnhöfen ist es doch überall dasselbe. Gleich kommt der Bucklige an und will Trinkgeld von mir.*

„Nie, nie mogę!" antwortete André vorbeugend, noch ehe der Obdachlose den Mund aufmachen konnte.

Der vom Leben sichtbar gezeichnete Mann, der offenkundig darauf spekuliert hatte, hier ein paar Groschen schnorren zu können, wandte sich ab, brummelte etwas von wegen Drecksfaschist und trollte sich. Über die Jahre hatte André tiefere Einblicke in das Wesen der Warschauer Bahnhofspenner gewonnen. Früher hatte er ihnen, herzensgut wie er war, noch etwas gegeben. Wenn aber einer etwas bekommen hatte, kam eine Minute später der nächste an, nach ihm ein Dritter, und so wurde man in einer halben Stunde schnell mal zehn Złoty los. Weil er das verschwenderisch fand, gab er nur noch den beiden ersten etwas. Später, nach nochmaligem Nachdenken und aus Rücksicht auf die Gerechtigkeit und die soziale Ausgewogenheit, gab er gar nichts mehr. Wenn jetzt jemand auf ihn zusteuerte, kam er ihm meist schon zuvor mit seinem Nein.

Mistkerle! Machen mir die ganze Inszenierung kaputt! Lassen mich nach der langen Trennung nicht einmal in Ruhe die gute Rzeczpospolita-Luft atmen, dachte André und ärgerte sich. *Da kommt schon wieder einer!*

„Idź do dupy!"

„Vielleicht wenigstens..."

„Nein!"

„Eine Zigarette?"

„Na gut, eine kann ich verkraften." Er streckte dem Bettler eine Zigarette hin. *Jetzt aber nichts wie weg hier. Die Penner denken wohl, ich wär der Preußenprinz. Auf Warschaubesuch, um mir im Königsschloss die Schätze meiner Ahnen anzuschauen.* Er schnippte seine Kippe in einen Mülleimer, warf sich den Rucksack über und steuerte auf die nächste Straßenbahnhaltestelle zu.

Die Gegensprechanlage reagierte prompt. Oben hatte jemand aufs Knöpfchen gedrückt, ohne zu fragen, wer herein wollte. *Das ist gut*, dachte André, *der Herr ist im Hause.* Er stieg die Treppe hoch bis zur Mansardenwohnung und klingelte dort noch einmal. Musik und Stimmengewirr drangen aus dem Atelier. Kurz darauf erschien eine junge, nett anzusehende Dame, die über sein Erscheinen nicht überrascht schien und sagte:

„Klingeln bringt nichts, hier ist offen. Kommen Sie rein!"

„Guten Abend! Ist Jacek da?"

„Ja. Er hat Gäste. Ich sag ihm Bescheid."

André betrat die geräumige Diele, in der sich riesige Gemälde und nicht weniger ausladende, aber noch unbespannte Keilrahmen stapelten. Jacek hatte seit jeher eine Vorliebe für das Monumentale. André mochte seine verrückten, expressiven Bilder. Aus ihnen sprachen Kraft, Leidenschaft und Energie, die die dekadenten Filzläuse Bujans so schmerzlich vermissen ließen. In den letzten Jahren allerdings hatte sich Jacek dem

Diktat der Mode gemäß ganz dem erotischen Fach verschrieben – nackte Weiber, fickende Kerls, Sex in der Straßenbahn, Sex im Wald, Sex am Strand. Aber es wirkte nie schäbig. Seine Fickfiguren waren aus Fleisch und Blut. In ihrer ekstatischen Verschmelzung provozierten sie den Betrachter und riefen ihm zu: „Du willst Sex in der Kunst? Da hast du! Weide dich an den verschlungenen Körpern, den euphorischen Farben, dem Koitus von Linie, Farbe und Form! Wir wissen ja, dass der Künstler den wahren Orgasmus erlebt, wenn du ein knisterndes Bündel grüner Scheine auf dieses Schränkchen legst!"

„O, Andrej! Ich weiß zwar nicht, was dich hierher verschlagen hat, aber du kommst genau richtig!" begrüßte der Hausherr ihn.

„Ich bin auf der Durchreise, nur für eine Nacht. Kann ich heute bei dir schlafen?"

„Na sicher! Leg deinen Mantel ab und komm rein!" Nach einem Seitenblick auf den Helm fügte er noch hinzu: „Den Hut kannst du auch abnehmen. Du wirst dir schon nicht die Ohrwascheln abfrieren. Hier wird ordentlich geheizt."

„Dieser Hut wird nur mit dem Kopf abgenommen."

„Wie du meinst. Aber spieß mir nichts auf! Meine Bilder sind teuer geworden", witzelte Jacek und schleppte seinen Gast in die gute Stube.

„Du glaubst gar nicht, was ich heute für wichtige Gäste habe", fuhr er fort. „Eine superkrasse Kuratorin. Fährt kreuz und quer durch Europa und wählt Künstler für die nächste Manifesta aus. Sie hat noch zwei Damen dabei, aber kleineres Kaliber. Ich schmeiße den Abend hier nur für sie. Die musst du unbedingt kennenlernen!"

Jaceks Atelier war eigentlich ziemlich groß, wirkte aber durch die vielen Menschen jetzt etwas beengt.

„Was trinkst du?" Der Hausherr führte André zu einem Tisch mit Flaschen in allen erdenklichen Formen, Größen, Farben und Etikettierungen.

„Hast du Krupnik?"

„Du stellst Fragen! Die gute alte Tante steht immer in meiner Bar! Also dann, vergnüg dich! Gönn dir ein Gläschen, ich muss nach den Gästen sehen!"

André fand die vertraute quadratische Flasche und goss sich ein halbes Glas ein. Altlitauischer Krupnik, kräftig und herb, Wodka auf Honigbasis, dermaleinst ein beliebtes Getränk in Belarus, im Osten der Rzeczcpospolita. Später war die Rezeptur dort in Vergessenheit geraten, jetzt fand man ihn nur noch in Polen. Wann immer André in die Ländereien der Krone zurückkehrte, war der Krupnik seine erste Wahl. Jeder Schluck kam ihm vor wie ein Gruß aus jener herben Zeit, als ihr Land sich noch von Meer zu Meer erstreckte und in seinen Städten, Schlössern und Ortschaften noch das honigsüßgoldene Zeitalter der sarmatischen Kultur blühte.

Nachdem André dem Pferd mit zwei kräftigen Schlucken Sarmatenkultur die Sporen gegeben hatte, ließ er seinen Blick durchs Zimmer wandern und begutachtete die Gäste. Ein paar Leute kamen ihm sehr bekannt vor. Sie mussten sich irgendwo in der Szene über den Weg gelaufen sein. Auch die wichtigen Tanten erkannte er auf Anhieb.

Warum stehen nur sämtliche Kuratorinnen so auf Schwarz?, fragte sich André leicht verstimmt. *Wenn ich die typische Kuratorin beschreiben müsste, sähe sie so aus: mittelgroß, hager, kleiner, geiler Arsch, oft mit Brille und unbedingt ganz in Schwarz. Auch die hier erkennt jeder Blinde – Kommissarinnen mit der Mauser im Kopf, schwarze Feldkaplane, die den Künstlern das Patent aufs ewige Leben verleihen.*

Die entspannte Atmosphäre im Atelier ließ darauf schließen, dass die Gäste schon seit ein paar Stunden um den Flaschentisch kreisten, so dass die Ersten schon eingeschlafen waren. Ein hünenhafter, kahlköpfiger Dickwanst schlief im Sitzen, den Kopf im Nacken, auf dem Sofa. Um die schwarzen Kaplane tummelten sich gleich mehrere Menschen. Sie weihten sie in ihre Konzepte ein und blätterten in ihren Portfolios.

Das sind dann wohl die Künstler. Landser! Wie sie sich auf-

blasen, dass sie auch ja nicht übersehen werden. Sind offensichtlich alle scharf auf eine Einladung zu diesem Riesenevent. Mit jedem Honigschluck trug das Sarmatenpferd André weiter hinaus in die rebellische Steppe. *Warum zeigen sich die schwarzen Feen eigentlich nie bei uns?*, überlegte er verärgert. *Als ob wir ein Reservat für Halbfertige wären, zu schade für ihre kostbare Zeit und Aufmerksamkeit! Immer wenn sie am Bug angekommen sind, springen sie auf ihre Kuratorenbesen und fliegen schnurstracks nach Moskau. Hexenpack! Ich könnte mich nicht erinnern, dass sie auch mal einen von uns zu einer wirklich wichtigen Ausstellung eingeladen hätten. Schöner Mist! Sobald ich so etwas denke, fängt der Kopf wie verrückt an zu jucken! Ich muss heute noch versuchen, mit die Haare zu waschen.*

„Komm, ich mache euch bekannt!", riss ihn der plötzlich wieder aufgetauchte Jacek aus seinen Grübeleien. „Versuch ihr zu gefallen! Wenn sie will, kann sie dich aus der Scheiße ziehen!" Er goss sich noch einen Rotwein ein und schleifte André hinter sich her zur schwarzen Fee.

„Darf ich vorstellen, das ist Andrej, ein Freund aus Belarus. Ein wunderbarer Künstler! Einer der besten! Und das ..." Er nannte die Namen der drei Feen, die André sich sowieso nicht merken konnte – Bastinda, Brunhilda und Laura oder etwas in der Art.

Alle drei Feen klebten mit ihren Blicken an seinem Helm. Schließlich sagte die Oberfee, die offenbar einen Sprachwechsel für angezeigt hielt, in gebrochenem Deutsch:

„Aus Belarus! Sehr interessant! Da waren wir leider noch nie. Ist sicher nicht einfach bei Ihnen gerade, Diktatur ..."

„Ja! Ja! Überhaupt nicht einfach! Diktatur! Ein Unglücksland! Ein armes Volk!", fiel André ihr ungeniert ins Wort. „Männer mit Revolvern und Glasaugen! Und die neuesten Nachrichten: Alle Bären aus Moskau sind zu uns übergesiedelt! Die ziehen jetzt durch die Straßen! Stellen Sie sich mal vor! Da komme ich an einem kalten Winterabend auf den Oktoberplatz zum Palast der Republik (das ist so ein zentraler

Ort in Minsk, wo immer zu Weihnachten eine Eislaufbahn eingerichtet wird) und traue meinen Augen nicht! Da laufen Bären Schlittschuh! Echte Zottelbären laufen Schlittschuh vor dem Palast der Republik und halten Bierdosen in der Hand, also der Tatze! Und dann klettern die beiden größten aufs Dach des Gewerkschaftspalastes und fangen dort vor aller Augen an zu ficken. Stellen Sie sich das mal vor, machen die Beine breit und ficken!"

André verstummte. Die schwarzen Feen starrten ihn mit offenen Mündern an und blickten immer wieder zu seinem Helm. Jacek, der angesichts dieses überraschenden Ausbruchs ebenfalls kurzzeitig erstarrt war, beendete schließlich das Schweigen:

„Andrej macht sehr interessante Arbeiten aus Stroh! Riesige Installationen! Eine der letzten habe ich in Deutschland gesehen. Ein ganzer Strohaltar! Das müssen Sie sich mal vorstellen, ein riesenhoher Barockaltar! Mit Kruzifix, Säulen, Skulpturen, Putten. Und alles, alles ganz aus Stroh!"

Nun kam wieder etwas Leben in die schwarzen Feen. Die jüngste der drei zwitscherte mit einer dünnen Piepsstimme:

„Ein Altar aus Stroh! Sehr interessant!"

Doch schon schaltete sich André wieder ein, offenbar wild entschlossen, bei der Pique Fee einen unvergesslichen Eindruck zu hinterlassen. Swjatopolk brüllte auf seinem Kopf: „Die Alte hat doch gesagt: Drei, Sieben, Ass!", und André fuhr finster fort:

„Es war ein scheußlicher Anblick! Nur weil das Christentum tot ist, kann es jetzt so menschlich sein! Die Inquisition hätte mich schon längst ans Kreuz genagelt! Der Altar sah aus wie ein verwesender Leichnam. Als bestehe er aus unzähligen kleinen, gelben Würmern, die im Kruzifix herumwimmelten und nur fraßen, fraßen, fraßen, den Körper des Mannes fraßen, der dort hing! Sie waren überall, sie wanden ihre goldglänzenden Leiber um Putten, Säulen und Barockfriese! Ein widerwärtiges Schauspiel! Um dieses Bild des Zerfalls perfekt zu machen, fehlte nur noch ein Schwarm schwarzer Fliegen über der ganzen Komposition."

André wurde selbst schon übel. Deshalb nahm er einen kräftigen Schluck der Quintessenz sarmatischer Kultur und nahm dann die Oberfee aufs Korn. Diese betrachtete ihn inzwischen mit unverhohlener Neugierde.

„Und was haben Sie aktuell in Arbeit?"

„Nichts!"

„Ich meine, welche Projekte stehen bei Ihnen an?"

„Keine! Ich mach bei diesem Beschiss nicht mehr mit! Die moderne Kunst ist eine Geldpyramide, und Dividenden bekommen nur die an der Spitze. Ich habe keine Lust mehr, ewig an der Basis zu dienen ohne jede Aufstiegsperspektive. Ich kann noch fünf neue Strohaltäre oder sonst etwas fabrizieren – es wird nichts ändern. Weil es in diesem Spiel keine Regeln gibt. Am Ende entscheidet ihr, die Mafia, die Krake. Auch wenn ich die drei Erfolgskarten kenne – Talent, Arbeit, Glück – kommt doch im letzten Augenblick statt des Glücks immer ihr, die Pique Fee. Und dann liegt es an euch, ob mein Spieleinsatz steigt. Und da kommen eure eigenen Interessen ins Spiel: Politik, Börse, Verpflichtungen gegenüber dem Pool etc. Welche Seifenblase könnte die höchsten Gewinne abwerfen, das überlegt ihr euch. Das ist doch euer Business – Leere verkaufen! Was kann an einem Stück künstlerisch bedeutsamer Scheiße eine Million Dollar Wert sein? Nichts! Aber ihr blast sie auf und verkauft die pure Fiktion für ein Schweinegeld! Für Leute wie mich interessiert ihr euch doch überhaupt nicht! Weil wir am falschen Ort geboren sind! Dieser Ort existiert auf eurer Karte überhaupt nicht! Ihr schlagt immer einen weiten Bogen darum, als wäre dort eine Pest- und Leprakolonie!"

Die schwarzen Feen blickten den Redner mit der Pickelhaube leicht verängstigt an und schwiegen betreten. Auch das Publikum ringsum war verstummt und begann sich für die Worte des Tribuns zu interessieren, der dort in einer für die meisten unverständlichen Sprache seine flammende Predigt hielt. André war sichtlich in Form. Er spornte sein Pferd noch einmal mit zwei Schlucken süßer Erinnerung an das Goldene Zeitalter der Rzeczpospolita an und galoppierte über die Gehirne des versammelten Publikums hinweg:

„Jahrelang bin ich als einfacher Soldat der großen Kunstarmee in den Schützengräben am Fuße der Pyramide vor mich hin verrottet. Aber ich habe die Schnauze voll! Ich will nicht mehr namenlos im Schützengraben vergehen! Und die Mission, fragt ihr? Der Dienst? Der Dienst an der großen Sache, am Ewigen? Von wegen! Ich scheiße auf eure Kunst! Wenn ich während der Renaissance leben und einen wirklichen Altar erschaffen würde, könnte ich mich mit meinem Schicksal abfinden. Ich würde mir sagen: Ja, ich bin ein unbekannter Soldat, aber ich schaffe etwas Ewiges, das die Menschen auch nach meinem Tod noch begeistern wird. Mit meinem Werk würde auch ich selbst in die Ewigkeit eingehen. Aber der Strohaltar überlebt mich nicht. Er ist eine Fiktion, von der nur eine Dokumentation bleibt, ein Foto, ein Text, eine Datei. Sicher, er kann verewigt werden! Aber das hängt allein von euch ab! Ihr seid heute die Inquisition, die die Ablassbriefe verteilt! Ihr erteilt das Patent aufs ewige Leben! Wenn ihr ihn zum großen Kunstwerk erklärt, wird er bleiben! Aber ich will nicht, dass eure Launen über die Ewigkeit bestimmen! Ich habe die Schnauze voll! Ich meutere! Aufstand! Ihr wollt wissen, was mein neues Projekt ist? Schalom! Die Pickelhaube! Hier, auf meinem Kopf! Ich, der unbekannte Soldat, ernenne mich zum General! Zum Marschall! Zum Kaiser! Ja, schimpft mich einen Usurpator! Aber ich, der selbsternannte Kaiser, setze mich an die Spitze, ohne auf eure Einladung zu warten! Dieser Pickel wird die Pyramide krönen! Das Kunstprojekt bin ich selbst!"

André stoppte sein Pferd jäh vor dem Abgrund der Stille, die sich im Raum ausgebreitet hatte. Die versammelten Gäste, Jacek und die Damen in Schwarz hatten dem irren Reiter fassungslos gelauscht. Selbst der Dicke auf dem Sofa hat bei Meuterei und Aufstand kurz die Augen aufgeschlagen, gegrunzt, er sei auch ein Helm, und war dann mit einem kurzen Kopfschütteln wieder ins süße Vergessen abgedriftet. André merkte, dass seine Rede Eindruck hinterlassen hatte, aber um den Feen noch besser zu gefallen, gab er dem Pferd noch einmal die Sporen und stürzte sich in die Leere:

„Stellt euch vor, irgendein unbekannter Soldat kapiert plötzlich, dass er sein Leben verkackt hat. Alles, woran er bislang widerspruchslos geglaubt hat, der Dienst am Ewigen, ist pure Fiktion. Und er hat sich voll und ganz drangegeben, hat sich ganz dieser Fiktion geopfert! *Le jeu est fait!* Aber die Croupiers sind Halunken! Die Versorgungsoffiziere sind Diebe, die Generäle korrupt, im Stabsquartier haben sich die Ratten eingenistet! Nicht das Ass kommt, sondern die schwarze Dame. Er kapiert, dass ihm nur eine letzte Chance bleibt – der Joker! Den Tisch der Falschspieler umstürzen und zum Aufstand blasen. Ja! Ja! Die Rebellion ist seine einzige Hoffnung! Ihr bereitet die Manifesta vor? Da habt ihr mein Manifest! Schalom! Ich habe mir den Frieden aufgesetzt! Ich habe mir den Krieg aufgesetzt! Ich erkläre dem Frieden den Krieg! Ich bin der Mann im Helm! Der Helmmensch!"

„Nie ma! Nix da! Ich muss selber betteln! Zum Kotzen ist das! King Lear oder was?" André stellte den Mantelkragen auf, als könnte ihn das besser gegen die Kälte schützen. Seit über zwei Stunden saß er nun schon auf einer unbequemen Bank in der leeren, lausig kalten Wartehalle von *Warszawa Centralna*. Der Zug nach Terespol ging erst um sechs Uhr zehn. Aber die Uhr auf der großen elektronischen Anzeigetafel sagte, es wäre erst drei, also stünden ihm noch einhundertundachtzig quälende Minuten bevor.

Idiot! Schwachkopf! Trottel! Was sollte denn diese Manifesta bei Jacek? Auf die Weiber losgehen, die überhaupt nichts dafür können! Kuratorinnen eben, wollten dich kennenlernen, von deinen Projekten hören. Und du gleich: Aufstand! Meuterei! Rebellion! Ich bin der Mann im Helm! Schwachkopf! Na, egal.

Wobei, die pfeifen doch auf dich! Du warst doch nur eine Zufallsbegegnung. Konnten sie sich mal einen Sumpfmenschen begucken. Große Attraktion, ein sprechender Affe. Ha ha ha, aber der Affe konnte nicht nur sprechen, der konnte sogar schreien und war überhaupt ganz verrückt. Mit Pickelhaube und Aufrufen und Herumgefuchtel! Schwachkopf! Idiot! Du hättest im Warmen sitzen können! Jetzt frier dir halt eins ab bei den Bahnhofspennern! Mann, sind das viele. Kommen aus allen Ritzen gekrochen, um sich den Kaiser im Exil anzusehen, der sich vor Kälte krümmt auf dieser beschissenen Bank. Und wie sie sich abgesprochen haben! Alle drei Minuten kommt irgendein anderes Arschloch und bettelt dich an!

Du bist halt doch ein Idiot! Okay, du hast den Weibsen erzählt, was du von der modernen Kunst hältst. Fein! Ist dein gutes Recht. Hättest du ihnen mal deine Nummer gegeben, Anschrift, ein freundliches Lächeln, gesagt, es hätte dich gefreut und auf Wiedersehen bei irgendeinem Bankett im Fegefeuer oder so einen Quatsch; hättest du mal deinen Krupnik ausgetrunken und dich neben den Dicken aufs Sofa gehauen. Aber nein! Du musstest ganz in deiner Rolle aufgehen, du Schwachkopf! Richtig auf die Kacke hauen! Dein Manifest vortragen, kehrt und stolz hinausmarschiert in die Warschauer Nacht. Wenn du wenigstens einfach gegangen wärst. Was musstest du auch noch den Tisch umwerfen? Hast du noch ein Finale gebraucht? Für die Optik? Den Schlusspunkt im Manifest? Als wär das der Spieltisch, an dem dich die Croupier-Halunken abgezogen haben! Und wieder einer!

„Verpiss dich! Ich hab kein Geld! Die spinnen wohl! Ist das hier ein Armenhaus, oder was?"

Der Typ auf dem Sofa war dann ja wieder putzmunter. Hat den ganzen Whisky und Wein und Likör samt Flaschen abbekommen! Was der blitzschnell auf den Beinen war! Der Rausch bestimmt wie weggeblasen! Die anderen Gäste waren auch platt! Standen da wie vom Donner gerührt! Elektroschock! Idiot! Was konnte Jacek denn dafür? Er hat dich eingeladen als seinen

Freund! Wollte dir helfen und dich mit den hippen Kuratorinnen bekannt machen! Hat noch gesagt, mach Eindruck, sie können dich aus der Scheiße holen! Ja, einen schönen Eindruck hast du hinterlassen! Das vergessen die nie! Nie im Leben! Jetzt sitz also hier und frier dir einen! Geschieht dir recht. Mann, ist das kalt. Ist halt nicht mehr Sommer. Oktober. Der wievielte? Dabei hättest du ausschlafen können wie ein anständiger Mensch. Dir am Morgen die Haare waschen. Und abends gepflegt mit dem Direktzug nach Minsk. Jetzt kannst du mit den blöden Vorortzügen rumgondeln. Drei Uhr siebenunddreißig. Vielleicht gehst du Geld umtauschen und kaufst dir was zum Aufwärmen?

André stand von der Bank auf und ging an der Wechselstube vorbei durch das zu dieser Stunde menschenleere unterirdische Labyrinth des Warschauer Bahnhofs zum Nachtladen. In dem kleinen Raum, der bis unter die Decke mit Spirituosen vollgestapelt war, wandte er sich an den gelangweilt auf seinem Stuhl lümmelnden Verkäufer:

„Eine Flasche Krupnik und eine Schachtel Marlboro."

Der gab ihm das Gewünschte, ohne sich von seinem Stuhl zu erheben und fragte André mit einem gleichmütigen Seitenblick:

„Sie sind wohl aus Deutschland?"

„Nein, aus Belarus."

„Ach, na dann …", meinte er rätselhaft.

„Was, na dann?"

„Wenn Sie aus Deutschland gewesen wären, hätte ich Ihnen geraten, um diese Zeit nicht in diesem Aufzug in Bahnhofsnähe herumzuspazieren."

André bedankte sich für den Tipp und machte sich auf den Rückweg durch das leere Labyrinth. Zu seiner Bank wollte er nicht wieder zurück, deshalb ging er nach draußen, eine rauchen. Wieder stand sein Zwillingsbruder vor ihm, diesmal jedoch ohne die schmucke Abendbeleuchtung. Wie eine düstere gotische Kathedrale hing er über dem Bahnhof, Einhörner, Greifen, Nattern und Basilisken in Stalins Zuckerbäckerstil warfen ihm von Streben, Pfeilern und Fialen düstere Blicke zu.

Die Luft, die aus der Heimat heranwehte, hatte sich über Nacht deutlich abgekühlt. Sie war immer noch leicht und frisch, aber André konnte jetzt spüren, wie sich mit jedem Atemzug kleine, scharfe Eiskristalle in seine Lungenflügel ritzten. Er drehte die Flasche auf und nahm einen Schluck. Ein süßer Honigstrom brannte sich durch seine Adern und ließ die Eisklumpen dahinschmelzen, die sich in den vergangenen Stunden in seinem Körper gebildet hatten.

Wegen Jacek tut es mir leid. Das war es mit der Freundschaft. Wobei – er wird sauer sein, stinksauer und dann verzeihen. Ist ja auch Expressionist. Er weiß, dass ein Künstler sich manchmal aussprechen muss. Jacek ist schwer in Ordnung. So viel gemeinsam gebecherter Krupnik! Ich weiß noch in Stettin, morgens früh, es wird gerade hell, wir kommen aus dem Nachtladen und setzen uns auf eine Bank unter die Magnolien. Ach, war das eine Magnolienblüte! Frühling! Und er heult mir die Hucke voll. Solche Riesentränen kullern ihm aus den Augen wie Äpfel vom Baum! Ach, was war das schön! Und diese Weiber – drauf geschissen! Die wollten mich sowieso nicht aus dem Sumpf ziehen! Wer bin ich denn? Die haben ganz andere Debet-Kredit-Geschichten laufen, darin kommen wir gar nicht vor!

„Przepraszam bardzo, hätten Sie vielleicht einen Fünfziger für einen Tee? Es ist hundekalt!"

André wollte den Bettler schon nach alter Gewohnheit in die Wüste schicken, hielt aber doch inne und antwortete:

„Geld hab ich keins, aber fünfzig Gramm kann ich dir spendieren. Aber nur in dein eigenes Glas! Ich kenn euch doch! Sonst hol ich mir hier noch die Syphilis!"

Der Bettler hatte schon einen Plastikbecher aus der Tasche gezogen und wollte offenbar noch ein wenig bleiben. Aber André sagte mit einem Blick auf den Turm, dessen Uhr gerade sechzehn nach vier anzeigte:

„Verzieh dich, Opa! Trauern will ich alleine!"

SCHATZ DER RADZIWILLS

„Wir sind gleich da! Die Grenze!"

André schreckte aus seinem Kurzschlaf hoch. Die Nacht ohne Obdach hatte ihn zermürbt, deshalb war sein Bewusstsein, kaum hatte er sich im x-ten Waggon auf der Bank niedergelassen, unverzüglich ins Leere gekippt und hatte ihn zum Rattern der Räder in ein flüchtiges Vergessensgelee befördert. Nun kam Bewegung in die fliegenden Händler im Vorortzug, der vor zwanzig Minuten in Terespol losgefahren war, sie knisterten mit ihren prall gefüllten Vietnamesentaschen und drängten zur Tür.

Draußen strömte der Bug vorbei, der Grenzstreifen mit seinen Stacheldrahtsperren, Soldatenbaracken und verblichenen Leberblümchen, und in der Ferne zeigte sich der Stadtrand von Brest. Zu den Klängen des heimatlichen Begrüßungsliedes rollte der Zug auf dem Warschauer Gleis des Bahnhofs ein und kam majestätisch zum Stehen. Die gestreiften Taschen fest im Griff, drängten die Leute aus dem Zug zu der großen, massiven Tür der Zollabfertigung, hinter der sie den neugierigen Bediensteten in ihren Uniformen gleich beweisen mussten, dass sie keine Schmuggler waren, sondern brave Bürger, die mit den mitgeführten fünf Kilogramm Wurst und drei paar Hosen nicht die Grundfesten des hiesigen Wirtschaftssystems ins Wanken bringen würden. Auch André erhob sich von seiner Bank und ging in Richtung Zollraum, wo er sich in eine lange, teilnahmslose Schlange einreihte.

André hasste Grenzen. Schon allein die Prozedur des Grenzübertritts hatte in seinen Augen etwas Menschenverachtendes. Alles in ihm sträubte sich, wann immer ein Kerl im Beamtenrock ihn eifrig unter die Lupe nahm als potentiell gefährliche Filzlaus, an deren Pfoten Spuren verbotener Substanzen kleben mochten, die ihr blühendes Staatswesen ins Verderben stürzen könnten.

Besonders verhasst waren ihm die Beamtenröcke diesseits des Bugs. Ihnen galt er nicht nur als schadbringendes Insekt, sondern als Insekt niederster Rasse, als Sumpffilzlaus, die in ihre perfekte Welt eindringen wollte aus einem Land, das auf dem Weg der Evolution bewusst eine Rolle rückwärts vollzog, von den Primaten zu den Pantoffeltierchen. Er hatte bemerkt, dass sich das Gesicht der Grenzer eine Winzigkeit veränderte, sobald sie einen belarussischen Pass in die Hand nahmen. Ein Anflug von Geringschätzung stellte sich ein, ein kaum wahrnehmbarer, aber nicht zu leugnender Ausdruck der eigenen Überlegenheit.

Mit den Grenzern jenseits des Bugs war er nachsichtiger. Da ärgerte ihn vor allem das dumpf soldatische Gehabe und die noch aus Sowjetzeiten stammende Unart, in jeder Tasche einen kleinen, versteckten chinesischen Agenten ausfindig machen zu wollen. Wann immer er mit dem Nachtzug die Grenze passierte, warfen sie ihn aus dem Bett und schauten unter seine Matratze; sie vermuteten den chinesischen Agenten offenbar genau dort.

Langsam bewegte sich die Schlange vorwärts, und schließlich stand André vor dem Kabuff mit einem sumpfgrün uniformierten jungen Burschen hinter dem Fenster. Er blätterte im Pass, stierte den Helm an und sagte trocken:

„Nehmen Sie die Kopfbedeckung ab!"

„Wieso Kopfbedeckung?" André wurde von dieser Aufforderung völlig überrumpelt.

Doch auch der Grenzer stolperte über Andrés Frage, blickte erstaunt auf und erklärte streng:

„Bürger, das ist die Grenze! Ich habe das Recht, Sie ohne Kopfbedeckung zu identifizieren!"

„Also hören Sie mal, Sie sehen doch, dass das ich bin, da auf dem Passbild!"

„Ja, das sehe ich!"

„Und warum dann absetzen?"

„Bürger Sperling! Ich wiederhole es noch einmal! Nehmen Sie die Kopfbedeckung ab!"

André rückte ganz dicht an das Fenster heran und sagte leise in schmeichelndem Tonfall:

„Sehen Sie, ich kann ihn nicht absetzen. Das ist keine Kopfbedeckung. Das ist ..." Er verstummte für einen Moment auf der Suche nach dem geeigneten Ausdruck. „Das ist ein Glied, also ein Arm, beziehungsweise ein Finger. Ihn absetzen, hieße, den Finger auszureißen. Können Sie sich vorstellen, was dann passiert? Ich bitte sie inständig! Nicht absetzen!"

Der Bursche in seinem Kabuff blickte André mit großen Augen an.

„Was denn für ein Finger?"

„Ein Mittelfinger. So einer." André ballte die Hand zur Faust und demonstrierte, welchen Finger er meinte.

Da hellte sich die Miene des Grenzers auf. Das Unverständnis in seinen Augen wich der Einsicht, dass er es hier mit einem nicht ganz adäquaten Gegenüber zu tun hatte. Er wälzte noch kurz einen Gedanken, dann sagte er verständnisvoll wie ein Psychiater zum Geisteskranken:

„So, ein Finger ... Verstehe. Dann schieben Sie ihn in den Nacken."

Er maß André mit einem letzten Blick, knallte seinen Stempel in den Pass und fügte belustigt hinzu:

„Gehen Sie durch!"

Verdammt! Das wäre beinah ins Auge gegangen! André schnaufte tief durch und ließ das Fenster hinter sich. *Wie unerwartet, wie lächerlich hätte alles zu Ende gehen können! Idiot! Hättest du mal den Direktzug Warszawa-Minsk genommen. Dann wäre das nicht passiert. Die hätten einfach wie immer unter die Matratze geschaut, um den bösen Chinesen zu finden, deinen Helm hätten sie gar nicht bemerkt. Schwachkopf! Und wenn doch? Vielleicht versteckt der Chinese sich ja in deinem*

Kopf! Also unterm Helm! Ja, ja, ja! Teufel auch! Wie konnte ich das vergessen! Die sind so gedrillt, dass sie den fiesen, kleinen Chinesen mit seiner billigen chinesischen Wegwerfbombe auch noch unterm Helm suchen würden! Ja, Zugfahren war riskant! Aber was waren die Alternativen? Bus? Flugzeug? Und der Metalldetektor? Der einzig sichere Weg wäre der durch den Bug. Illegal! Ha, ha! Und wenn sie dich schnappen? Das wäre ein Fest! Nicht so ein kleines Schlitzauge, sondern ein waschechter, ausgewachsener preußischer Agent! Der Hammer! So ein schöner Skandal! Europa beschuldigen, immer noch Spione über den Zaun, über den Kordon, auf unser Staatsgebiet zu werfen! Sie zeigen dich im Fernsehen in Großaufnahme mit Helm! Mit den entsprechenden Kommentaren, versteht sich. Schaut es euch an, dieses Europa! Wie weit es die Spionagekunst getrieben hat! Täuschend echter Pass! Nicht zu unterscheiden! Spricht fließend und akzentfrei lupenreines Belarussisch! Und haben ihn so zurechtgeschminkt, dass ihn die eigene Frau nicht von dem in Deutschland vor über einem Monat spurlos verschwundenen Andrej Nikolajewitsch Sperling unterscheiden kann.

André trat in den anschließenden Raum, in den auch die Leute mit den gestreiften Taschen nach der Passkontrolle eingetröpfelt waren. Hinter mehreren Tischen verrichteten wissbegierige Herren in Uniform eifrig ihre Arbeit. Sie nahmen Einsicht ins Gepäck, tasteten verschiedentlich, wechselten ein paar Sätze mit dem kontrollierten Bürger und riefen den nächsten zu sich. Leidlich erholt von dem kurzen Schock reihte sich André ans Ende einer der Schlangen ein und wartete.

Scheiße!, durchzuckte es ihn plötzlich. *Es ist ja noch gar nicht ausgestanden! Was, wenn sie mich jetzt den Helm absetzen lassen? Vielleicht habe ich ja ein Kilo Heroin darunter deponiert! Ach was! Schwachsinn! Auf so was kommen die gar nicht! Wer wäre denn so blöd, Heroin auf seinem Kopf zu schmuggeln, in einem so auffälligen Versteck! Na gut. Vielleicht kein Heroin, aber ein überzähliges Kilo Wurst. Wie viel darf man einführen, fünf? Und wenn ich nun das sechste unterm Helm trage?*

Quatsch, sei doch nicht so dämlich! Jeder normale Mensch würde sich das überzählige Kilo in die Unterhose stopfen. Ist doch auch wurscht wohin! Vielleicht wollen sie ja einfach nachsehen, was ich im Kopf habe!

„Melden Sie das an?"

„Was?" André stand vor einem leeren Tisch. Auf der anderen Seite stand ein Zöllner, der Andrés Helm nun seinerseits interessiert begutachtete.

„Den Gegenstand, der sich auf Ihrem Kopf befindet."

„Moment, da ist überhaupt kein Gegenstand! Schauen Sie mal." André öffnete seinen Rucksack. „Nicht ein einziges Kilo Wurst! Warum sollte ich dann dort etwas verstecken?"

„Na, und dieser Helm? Der muss doch einiges wert sein."

„Ach, der Helm! Muss ich den etwa anmelden?"

„Das weiß ich auch nicht genau. So ein Fall ist mir in meiner ganzen Dienstzeit noch nicht untergekommen. Aber ich würde Ihnen empfehlen, ihn für alle Fälle anzumelden. Ist ja doch ein exklusives Stück. Oder warten Sie, geben Sie ihn mal her. Dann frage ich unseren Schichtleiter."

„Verzeihung, aber ich kann ihn Ihnen nicht geben." Wieder spürte André, wie ihm unterm Helm der klebrige Schweiß aus den zusammengequetschten Gedanken auf die Schläfen trat.

„Wieso denn nicht?"

„Sehen Sie … Wie soll ich das erklären? Aus religiösen Gründen." André gab einfach die erstbeste Antwort, die ihm gerade durch den Kopf geschossen kam, sah sich etwas verlegen nach allen Seiten um und flüsterte dann gedämpft, dass es die umstehenden Vietnamesen nicht mitbekamen: „Heute ist Montag, aber wir dürfen den Helm nur samstags absetzen. An allen anderen Tagen müssen wir ihn auf dem Kopf tragen. Sie haben doch sicher von diesen totalitären Sekten gehört oder in der Zeitung gelesen. In unserer Sekte sind die Regeln sehr streng. Ich bitte Sie, könnten Sie nicht Ihren Schichtleiter hierher rufen?"

Der blau gekleidete Bursche bedachte André mit einem

mitleidigen Blick, brummelte etwas von wegen, jeder werde nach seiner Façon verrückt, und trollte sich zu seinem Vorgesetzten.

„Hier, Semjon Iwanowitsch, sehen Sie." Nur eine Minute später standen zwei Herren in Zöllneruniform vor André und betrachteten vieräugig den Helm. „Dieser Bürger ist in einer totalitären Sekte. Und er trägt einen Kultgegenstand auf dem Kopf. Den darf er nur samstags abnehmen. Nun würde der Bürger gerne wissen, ob er ihn anmelden muss."

„Pst, nicht so laut! Was schreien Sie denn so, dass es der ganze Bahnhof mitbekommt? Das ist keine totalitäre Sekte, sondern die Kirche der Auferstehung am sechsten Tage. Nur im Fernsehen wird sie als totalitär verunglimpft. Dabei ist sie das gar nicht."

André sah sich um. Die Beamten an den Nachbartischen hatte die Durchsuchung der gestreiften Bündel eingestellt, sie äugten neugierig zu ihm herüber. Auch die fliegenden Händler mit den Vietnamesentaschen nutzten die unverhoffte Pause, um die Ohren weit aufzusperren und dem Gespräch zu folgen.

„Wir glauben an den einen Gott in uns und beten für die Errettung der Welt vor der bevorstehenden Leere. Es wird geschehen am sechsten Tage. Aber am Samstag werden die Gerechten auferstehen! Wenn Sie Buße tun, sich auch so einen Helm aufsetzen und sich uns anschließen, sind Sie gerettet!"

„Ist ja schon gut, fangen Sie hier mal nicht an zu predigen", fiel ihm Semjon Iwanowitsch ins Wort. „Sagen Sie lieber, ob Sie schon lange dieser totalitären Sechstagessekte oder wie auch immer angehören."

„Nein, erst kurz. Wieso?"

„Sicher im Westen angeworben, wie?"

„Also, hören Sie mal! Ich möchte doch darum bitten, mir keine Etiketten anzuheften!"

„Regen Sie sich nicht auf, Bürger, ich will Ihnen nur helfen!"

„Ja, nehmen wir einmal an, dass es im Westen war. Wer würde Ihnen in Belarus schon so einen Helm geben?"

„Natürlich, hab ich es doch gewusst! Aller Schweinkram kommt aus dem Westen!"

„Also wirklich! Ich bin immer noch Bürger …"

„Moment mal, Bürger", unterbrach ihn Semjon Iwanowitsch, „verraten Sie mir lieber, ob Sie erstmals mit diesem Helm in das Staatsgebiet der Republik Belarus einreisen."

„Im Grunde ja. Wieso?"

„Wusste ich es doch, frisch angeworben. Es wird nämlich das erste und letzte Mal sein! Mit diesem Helm können Sie das Staatsgebiet der Republik Belarus nicht mehr verlassen!"

„Wieso soll ich mit diesem Helm das Staatsgebiet der Republik Belarus nicht mehr verlassen können?" André wurde langsam ungehalten.

„Weil laut Gesetz Kunstgegenstände und Antiquitäten aus der Zeit vor 1949 nicht über die Grenzen der Republik Belarus ins Ausland ausgeführt werden dürfen! Und dieser Kultgegenstand stammt, wie mit bloßem Auge unschwer zu erkennen ist, aus der Zeit vor 1949. Die Löwen sind antiquarisch, das sieht man gleich. Deswegen ist er zwar Ihr Privatbesitz, zugleich aber auch Staatseigentum. Sie selbst können natürlich ausreisen, den Helm müssen Sie aber zu Hause lassen. Mit dem Helm lassen wir Sie nicht mehr raus!"

Auf einmal herrschte Grabesstille. André versuchte fieberhaft zu begreifen, was er da gerade gehört hatte.

„Augenblick mal, mein Lieber! Habe ich Sie richtig verstanden? Ich reise jetzt ins Land ein und kann es dann nie mehr verlassen?"

„Wieso denn nie mehr? Sie lassen den Helm hier und fahren zu Ihrem Sektentreffen! Und sonst sollen die anderen halt hierher zu Ihnen kommen! Ha ha ha! Die lassen wir dann zwar auch nicht mehr mit ihren Helmen raus, aber die können sie ja auch bei Ihnen im Schrank zwischenlagern bis zum nächsten Besuch."

Semjon Iwanowitsch war sichtlich zufrieden mit seiner Antwort. Er hatte nicht jeden Tag das Glück, einem dreisten Sektenanhänger, der quasi auf dem hohen Ross und im Teutonenharnisch über die Grenze sprengen will, zeigen zu können, wo der Hammer hängt. Als er jedoch das schiere Entsetzen in Andrés Zügen wahrnahm, fügte er fast versöhnlich hinzu:

„Ich würde Ihnen trotz allem empfehlen, eine Zollerklärung für den Kultgegenstand auszufüllen. Wer weiß, wann und wo sie noch einmal von Nutzen sein wird. Vielleicht hält Sie ja ein Polizist auf der Straße an, weil er denkt, Sie hätten den Helm aus dem Museum gestohlen."

Semjon Iwanowitsch wandte sich mit großer Geste um und wollte schon abtreten, da fiel ihm noch etwas ein. Er schaute André noch einmal an und sagte plötzlich:

„Dann wollen wir doch mal sehen, was dieser Kultusdiener noch so alles mit sich führt!"

André, der durch die unangenehme Wendung wie vor den Kopf gestoßen war, fing umstandslos an, seinen Rucksack leerzuräumen.

„Was haben wir denn da?" Semjon Iwanowitsch hielt die Burka hoch.

„Ach das? Ist eine Burka für meine Frau."

„Ist die Moslem, oder was?"

„Nein, nein! Ich habe Ihnen doch schon gesagt, dass in unserer Sekte sehr strenge Regeln gelten. Verheiratete Frauen dürfen samstags nur mit Burka auf die Straße gehen!"

„Und sie, also Ihre Frau, weiß die schon davon?"

„Bis jetzt noch nicht so richtig. Ich konnte ihr noch nicht mitteilen, dass ich das Ritual vollzogen habe."

„Ha ha ha!", erheiterte sich Semjon Iwanowitsch. „Da wird sie sich aber freuen! Na, eigentlich gebe ich Ihrer Sekte in diesem Punkt recht. Jawohl! Die Weiber lassen sich sowieso schon viel zu sehr gehen! Besonders am Wochenende! Schwirren einem den ganzen Tag vor den Augen herum und nerven und nerven! Wenn sie eine Burka anhätten, würde man sie wenigstens nicht sehen! Und was ist das?" betrachtete erstaunt den Schwiegermutterstiefel.

„Was das ist? Das sehen Sie doch! Ein Stiefel!"

„Und wo ist der zweite?"

„Was brauch ich einen zweiten? Meine Schwiegermutter hat eh bloß ein Bein! Sie ist vor ein paar Jahren unter die Straßenbahn gekommen."

„Autsch, die Ärmste! Warum kann nicht auch mal meine Schwiegermutter von einer, Pardon, beschissenen Straßenbahn überfahren werden? Und wie haben Sie es angestellt, einen einzigen Stiefel zu kaufen?"

„Na, das ist doch elementar! Ich habe in Berlin eine symmetrische Alte ausfindig gemacht und ihr vorgeschlagen, das Paar Stiefel zu zweit zu kaufen. Da spart man enorm, wissen Sie?"

„Ja, unter den Schuhkäufern ist der Einbeinige König. Na gut. Dann packen Sie mal Ihre Siebensachen wieder ein, gute Reise! Ja! Und die Zollerklärung nicht vergessen! Grüße an die Frau Gemahlin! Sagen Sie ihr, Semjon Iwanowitsch billigt Zucht und Ordnung!"

André verließ die Zollabfertigung und fand sich auf der Minsker Seite des Bahnhofs wieder. Sein Organismus rebellierte und forderte unverzüglich eine übermenschliche Dosis Nikotin. Er steckte sich eine Zigarette an, inhalierte ein paar Mal tief, ganz tief, und schlenderte in Gedanken versunken über den Bahnsteig. Am einen Ende angekommen, drehte er sich um. Vor ihm ragte ein weiterer Zwillingsbruder auf – das pompöse, im imperialen Stil gehaltene Bahnhofsgebäude von Brest, gekrönt von einer langen Turmnadel mit fünfzackigem Stern. Allerdings war dieser Zwilling verglichen mit seinen Vorgängern eher klein von Wuchs. Oder aber es ragte nur noch sein plattgequetschter Kopf über den Asphalt, während der restliche Körper ins Erdreich getrampelt worden war.

Na, Vaterland, ich danke! André wandte sich von seinem Zwilling ab und sah wehmütig den im Westen verschwindenden Gleisen nach. *Du gefällst mir! Immer für gute Neuigkeiten zu haben! Fjodor hatte recht! Schweinebande! Was soll denn das? Der Gegenstand ist zwar Ihr Privatbesitz, zugleich aber auch Staatseigentum! So ein Schwachsinn! Soll ich jetzt für den*

Rest meines Lebens in den Sümpfen vor mich hin rotten? Da muss es doch einen Ausweg geben! Egal, ich kaufe mir eine Karte, und dann ab nach Minsk!

André schnippte die Kippe weg und marschierte zu dem Kopf mit dem bestirnten Helm. Am Eingang stieß er mit dem jungen Zollbeamten zusammen, der ihn zuerst abgefertigt hatte.

„Warten Sie, mein Bester! Ich bin wirklich sehr beunruhigt wegen meiner Situation! Sagen Sie, es muss doch irgendeinen Ausweg geben!"

„Machen Sie sich keine Gedanken, Bürger!" Der junge Mann sah André freundlich an, zog eine Schachtel Marlboro aus der Tasche und zündete sich eine Zigarette an. „Sie dürfen den Helm doch samstags absetzen, also werden Sie einfach an einem Samstag das Staatsgebiet der Republik Belarus verlassen."

„Und am Sonntag?"

„Am Sonntag? Geht Ihnen ohne Helm etwa die Sonne nicht auf?"

„Nein, ich meine bloß …"

„Ach so! Na, am Sonntag setzen Sie einen anderen Helm auf. Sie brauchen zwei. Einen hier und einen dort, hinter dem Kordon!"

„Gibt es nicht vielleicht noch eine andere Lösung?"

„Was wollen Sie damit andeuten?" Der Zöllner blickte sich verstohlen um.

„Nein, nein! Das meinte ich nicht! Ganz offiziell!"

„Aaa. Doch, die gibt es. Wenden Sie sich ans Ministerium für Religionsfragen und ans Ministerium für Kultur. Wenn die Ihnen eine Bescheinigung ausstellen, dass der Kultgegenstand zeitweise außer Landes gebracht werden darf, dann lassen wir Sie raus. Aber ich würde Ihnen empfehlen, aus dieser Sekte auszutreten. Suchen Sie sich doch etwas Einfacheres. Kirche des sechsten Tages, also wirklich. Schreiben Sie sich doch bei den Siebenten-Tags-Adventisten ein!"

„Ja, ja, ich denke darüber nach. Vielen Dank, Sie haben mich etwas beruhigen können!"

André verabschiedete sich und ging zu den Fahrkartenschaltern, um dort festzustellen, dass der Minsk-Zug gerade abgefahren war und der nächste erst in drei Stunden ging. Er kaufte sich eine Fahrkarte, befand, es wäre nicht verkehrt, einen Happen zu essen, und machte sich auf in die Stadt.

Nach kurzer Zeit stolperte er über eine Art Kellerlokal, das der Straße ein simples Schild mit der Aufschrift *Pelmennaja* darbot. In der Eingangstür wäre er beinah mit zwei weidlich durchgekauten, angesäuselten Pelmeni kollidiert, die aus dem Keller getorkelt kamen und sich schwankend und schimpfend die Treppe hinaufarbeiteten.

Im Inneren erwies sich das Lokal als denkbar bescheidene Schenke. Pelmeni bekam man dort allerdings nicht. Dafür lagen auf dem Tresen geröstete Schwarzbrotkanten zum Bier, Schnittchen mit welken Forellen, hart gekochte Eier und dergleichen mehr.

Gäste gab es um diese Tageszeit kaum. In dem kleinen, schummrigen Schankraum standen hohe, bierverklebte Tische. Auf jedem waren ein leerer Serviettenständer und ein Tellerchen mit grauem, grob gemahlenem Salz zu erkennen. Hinterm Tresen lehnte gelangweilt eine junge Frau im weißen Kittel. Die zweite, ältere Barfrau, die hier offensichtlich das Sagen hatte, kam von Zeit zu Zeit aus dem Nebenzimmer. Sie hatte imposante Maße vorzuweisen, so dass sie nur mit leichter Seitwärtsdrehung durch die Türöffnung passte.

André nahm einen Plastikbecher Bier, ein paar Eier und zwei heiße Würstchen und richtete sich an einem der Tischchen ein. Als der Becher zur Hälfte geleert war, fühlte er sich gleich bedeutend besser. Die schweren Gedanken verzogen sich, und als das erste Würstchen gegessen war, sah alles gar nicht mehr so finster aus. Bestimmt würde er irgendwie an diese Ministeriumsbescheinigung kommen, und seine Zeit in der Verbannung würde ein Ende nehmen. Er trank noch einen Schluck und sah sich um.

Zwei Tische weiter standen zwei Männer. Der eine, ein ausgemergelter, langer Kerl, der sein Bierglas mit beiden Händen umklammert hielt, stierte mit einem dümmlichen Grinsen unablässig auf den Helm. Sein Nebenmann war schon so besoffen, dass er niemanden mehr ansehen konnte. Den Kopf über den Plastikbecher vor sich geneigt, bohrte er seinen Blick hinein und ließ dabei seinen Hals monoton teleskopartig ein- und ausfahren, als versuchte er eine Fliege in seinem Bier zu fokussieren. Die beiden Schankfrauen schielten ebenfalls nach dem Helm. Die Dicke streckte, um sich nicht jedes Mal durch die Tür zwängen zu müssen, nur noch den Kopf hinaus, warf einen kurzen Blick auf ihn und verschwand wieder.

Gegenüber dem Tresen stand eine noch recht junge und offenbar ehemals gut aussehende Dame mit einem prächtigen Veilchen um das rechte Auge. Sie mochte fünfunddreißig sein, vielleicht sogar noch jünger, aber das Laster zeitigte seine Wirkung, deshalb war ihr tatsächliches Alter kaum auszumachen. Seit André das Lokal betreten hatte, ruhte ihr veilchenblauer Blick auf ihm, offenbar war sie fest entschlossen, diesen ungewöhnlichen Gast in ein Gespräch zu verwickeln. Die übrigen Anwesenden mussten ihr bestens vertraut sein und damit nicht mehr interessant.

„Gestatten Sie, dass ich ein Gespräch mit Ihnen anknüpfe, junger Mann", brach es endlich aus ihr heraus. „Nicht doch, nicht doch, wo denken Sie hin, ich frage nur mit den besten, mit den lautersten Absichten. Ich erkenne in Ihnen einen Menschen aus meinen Sphären, intelligent und gewiss nicht von hier. Sie sind, scheint mir, auf der Durchreise in unserer Stadt."

„Ich warte auf meinen Zug." André wunderte sich über die gestelzte Ausdrucksweise der Dame. Und obgleich er nicht auf Unterhaltung aus war, ließ er sie doch weiter reden.

„Haben der Herr noch eine weite Reise? Sie gestatten doch." Sie griff sich ihre halbleere Flasche billigen Rotweins und wechselte an Andrés Tischchen. „Mit diesen Halbmenschen ist ja kein Gespräch möglich. Da, sehen Sie nur, wie dieses dürre Elend sie angrient. Mit einem Wort: ein Idiot! Oder die beiden Hühner da hinter ihrem Tresen!"

„Halt die Luft an!" Die dicke Barfrau streckte ihren Kopf durch den Türrahmen. „Schau dich doch selber an, du Hexe!"

„Ich fahre nach Mogiljow", antwortete André nach einem Schluck Bier.

„Wusste ich's doch, dass Sie Deutscher sind. Aber Sie sprechen so sonderbar, weder reußisch, noch preußisch. Der Herr dürfen mir schon glauben, ich war auch einmal nett anzuschaun. Meinen ersten Mann habe ich aus Liebe geheiratet. Er war Offizier, genau wie Sie. Drei Kinder habe ich ihm geboren. Aber, er hatte ein Laster, nicht? Karten zunächst, dann das Kasino. Glücksspiel, mit einem Wort. Er hat in seinem Wahn alles verspielt. Bekommt sein Gehalt und trägt es hin. Verliert und kommt am morgen heim, ganz abgerissen, betrunken, mit so einem traurigen Hundeblick. Aber das wäre nur halb so schlimm gewesen. Dann fing er an, sich bei Wucherern Geld zu leihen. So verschuldet hat er sich, dass wildfremde Leute kamen, ihm drohten und ihn ständig verprügelten. Manchmal kam er ganz zerhauen zu mir gekrochen, so erbärmlich und klimper-klimper mit den Augen. Vergib mir Elendem, Katerina, sagt er! Ja, genau, Katja ist mein Name. Ich kann doch nichts tun gegen mein Laster. Und wir hatten nur ein winziges Zimmer. Drei Kinder, wie die Orgelpfeifen. Und alle hungern. Kein Geld da, nicht? Und die Kleinste brüllt die ganze Zeit vor Hunger. Und er, der Schuft, fällt auf die Knie und schaut mich an wie der Ochs am Berg. Und ich kann nicht mehr an mich halten, brülle ihn an: Wo ist das Geld? Hast du wieder alles verschleudert, du Aas! Und ich pack ihn an den Haaren, und quer durch das Zimmer, und er freut sich auch noch, kriecht mir auf allen Vieren nach und schreit: Und das ist mir eine Lust! Und das ist mir eine Lust!

Sie halten sich doch von den Karten fern?" Die Dame nahm einen Schluck, angelte sich ein gekochtes Ei von Andrés Teller, pulte es ab und stippte es in das Salztellerchen.

„Lebesjatnikow, das Dreckschwein! Hat mich vor einem Monat halbtot geprügelt! Fertig gemacht hat er mich, gepeinigt bis aufs Blut, und dann war er eines Tages plötzlich weg. Also richtig weg! Verschollen! Ging morgens zum Dienst und kam nicht wieder! Ich also zum Kommandeur der Einheit. Nein, nicht zu Lebesjatnikow. Die Grenzwache unterstand Oberst Iwan Iwanytsch Klopstock. Ich zu ihm so und so, wo ist mein Mann? Sagt er – was denn? Gestern war er da, ist nach Dienstende gegangen und heute noch nicht aufgetaucht. Am nächsten Tag ist er auch nicht gekommen, und auch nicht am übernächsten. Überhaupt nicht mehr gekommen ist er! Verpassen Sie auch nicht Ihren Zug?"

Die Dame nahm sich das Würstchen von Andrés Teller und fuhr fort, ohne seine Antwort abzuwarten:

„Na wunderbar! Mein zweiter Mann hat mich mit den drei Kindern genommen. Ein hoch anständiger Mensch! Ebenfalls in Diensten, hier beim Zoll. Freilich viel älter als ich, aber wer nimmt einen schon mit den Dreien. In meiner Lage kann man nicht wählerisch sein. Er hat gefragt, und ich bin mit. Nicht doch, nicht doch, wo denken Sie hin! Ich war ja schließlich auch einmal, nicht? Habe in Petersburg die höhere Schule mit dem roten Diplom abgeschlossen! Russische Literatur unterrichtet. Aber ich habe eben das Laster von meinem ersten Mann geerbt, nicht? Nein, nicht die Karten! Ab und zu einen kleinen Wodka. Kein Geld, Armut, die blanken Nerven, wissen Sie? Da kippe ich ein Gläschen und schon geht alles leichter. Mit einem Wort, ich bin an die Seuche geraten! Ich weiß ja, dass es schlecht ist, aber ich kann nichts dagegen tun! Wie ein Wurm, der inwendig an einem nagt! Sie sehen ja, wie der Parasit mich ausgehöhlt hat, ganz abgemagert bin ich!"

„Du warst doch immer schon dürr wie ein Schrubberstiel!", tönte es aus dem Türrahmen.

„Sehen Sie sich die Vettel an! Wie die aus dem Leim gegangen ist. Passt nicht mal mehr durch die Tür. Weil sie kein

Gewissen hat, deshalb! Das Gewissen ist doch der Wurm, der am Menschen nagt. Wenn er in dir sitzt, und du dich schwer versündigt hast, dann frisst er dich auf, frisst so lange, bis bloß noch eine leere Hülle von dir geblieben ist. Und diese Diebin, schauen Sie sie an, klaut hier jeden Tag zwei Taschen voll und treibt noch Zwischenhandel damit. Erst unlängst habe ich ihr meine Uhr verpfändet. Und was denken Sie, hat sie mir dafür gegeben? Es hat nicht einmal für drei Radziwills gereicht. Und sie kriegt es ständig reingesteckt! Bald passt sie auch seitwärts nicht mehr durch die Tür! Dann muss man sie mit dem Kran aus dem Fenster heben!"

Die Dame stippte das Würstchen ins Salz und biss die Hälfte ab. Erst jetzt fiel André der kalligraphisch verschnörkelte Schriftzug auf dem Etikett ihrer Weinflasche auf: *Schatz der Radziwills*.

„Lebesjatnikow, das Dreckschwein! Passen Sie auf, mein Herr, was ich Ihnen erzähle! Zuerst hat mein neuer Mann mir noch Geld gegeben. Er geht zum Dienst, ich mache den Haushalt – einkaufen, Essen kochen für ihn und die Kinder. Und unterwegs kehre ich in der Schnapshandlung ein, auf dem Rückweg noch einmal. Je länger, je mehr. Es kam so weit, dass ich das ganze Geld vertrank. Er bringt es vom Dienst heim, nach ein paar Tagen, schau an, ist nichts mehr da. Da hat er das Problem erkannt und selbst eingekauft. Für mich gab es nur noch Kleingeld. Dann gab es gar nichts mehr. Aber ich arbeite ja nicht. Drei Kinder, Sie verstehen schon. So habe ich heimlich die ersten Kleinigkeiten aus dem Haus getragen. Dann kommt er von der Arbeit, setzt sich aufs Sofa und fragt: ‚Katjuscha, wo ist denn die Vase hin, die gestern noch hier stand?' Aber von der Vase, längst keine Spur mehr. Da gibt er mir eins aufs Auge, zack! Ein andermal kommt er und sagt: ‚Katja, das Bügeleisen ist wie vom Erdboden verschluckt!' Und, rums, mir mit der Faust in den Magen! Kurz, der Gute fing an mich zu schlagen. Recht hatte er! Ich weiß ja, dass ich ein undankbares Miststück bin. Aber ich kann nichts dagegen tun. Eines Tages kommt er vom Dienst, setzt sich aufs Sofa um fernzusehen, sieh an, kein Fernseher mehr da!"

Katerina schob sich die zweite Hälfte des Würstchens in den Mund, seufzte und fuhr fort:

„Ich war also dabei, die Wohnung leer zu räumen. Bücher, Bettwäsche, Geschirr, die Dostojewski-Gesamtausgabe, die Gardinen, sogar seine Schuhe habe ich versoffen. Und dann, mein Herr, konnte er mich schlagen und dabei vor sich hin murmeln: Das ist für die Vase, du Russenhündin! Und das für das Bügeleisen! Das für den Holodomor! Und das für Fjodor Michailowitsch! Mein Mann war auch ein gebildeter Mensch, nicht? Mit einem adligen Namen: Sapegow. In Minsk hat er studiert, an der Universität. Und als die Grenzen kamen, hat man ihn zum Zoll gebeten. Und die Zeiten heute, Sie wissen es ja selbst. Im Dienst lässt er sich nichts anmerken. Aber wenn er von der Arbeit kommt, hält er sich das Radio ans Ohr und hört den ganzen Abend in der Küche *Swaboda* und murmelt vor sich hin: Elende Besatzer, ich werde euch noch euer Orscha bereiten! Und sein Radio nimmt er immer mit zum Dienst, aus Angst, dass ich auch noch seine *Swaboda* aus dem Haus trage."

Die Dame verstummte, bediente sich an Andrés Zigarettenschachtel und fragte:

„Sagen Sie, mein Herr, waren Sie schon einmal in der Verlegenheit, fünf Nächte hintereinander auf dem Brester Bahnhof zuzubringen? Bei mir ist jetzt der fünfte Tag. Die Wohnung habe ich leergeräumt. Da ist nichts mehr auszuräumen. Er ist zum Dienst gegangen auf sein Amt, da habe ich das letzte Stück geholt, seine Galauniform vom Kleiderbügel genommen und versetzt. Nicht doch, wo denken Sie hin, nicht hier! In einer anderen Pelmennaja, in der Krassnoflotskaja. Diese Ratte hier hätte mir nicht so viel dafür gegeben."

„Ratte nennst du mich? Komm du noch mal mit besoffenem Kopp zu mir! Auf den Knien wirst du mich anwinseln! Die Ratte merk ich mir!" Diesmal hatte sich die Dicke in ihrer Empörung mit ihrer gesamten Leibesfülle durch die Türöffnung geschoben und einen Lappen gepackt, mit dem sie nun hektisch und schlampig die klebrigen Tische im Schankraum wischte. Als sie an dem Tischchen mit dem langen Kerl und dem besoffenen Teleskop angekommen war, sah sie ersteren finster an und bellte:

„Was gibt es da zu grienen? Mach den Mund zu, du Idiot, sonst verschluckst du noch eine Fliege!" Mit diesen Worten entriss sie ihm den Plastikbecher und stieß dabei versehentlich das Teleskop um. Es stürzte zu Boden, stöhnte laut auf und ruderte hilflos mit den Extremitäten wie eine Riesenkrabbe, die es auf den Rücken gedreht hatte.

„Heee ... Du! Lass ma annnziehnnn", blökte der Lange plötzlich seltsam gedehnt.

Mit einem Blick auf Katerinas leeren Teller sagte André:

„Na dann, ich muss mal wieder!"

„Was denn? Warten Sie doch, mein Herr! Ich habe doch noch gar nicht zu Ende erzählt!"

Zurück am Bahnhof fand André eine freie Bank, auf der blieb er sitzen, bis der Zug eintraf. Als er eingefahren war, setzte André sich auf seinen Platz und versank bei allem Trubel ringsum bis zur Ankunft in Minsk in tiefem Schlaf.

BELAJA RUS

„Boah, was für ein Vieh! Wie der das Maul aufsperrt!"
„Wahrscheinlich Soldat. Unterwegs in den Heimaturlaub!"
„Woher denn? Ist doch nicht unsere Uniform!"
„He! Aufstehen! Wir sind da!"
„Ganz schön hinüber, der Ärmste! Nicht wach zu kriegen!"
„Ein Deutscher, oder was?"
„Ein Deutscher und so schlecht rasiert? Das ist ein Franzose!"
„He! Parlewufrangsä? Wir sind da! Minsk!"
Er schlug die Augen auf und erblickte die beiden Zugbegleiterinnen, die sich über ihn gebeugt hatten.
„Steh auf! Sonst fährst du noch bis Moskau weiter! Ha ha ha!"
André rappelte sich auf, versuchte schlaftrunken zu begreifen, wo er war, und bewegte sich in Richtung Ausgang.

Auf dem Bahnsteig in Minsk war es kalt, dunkel und ungemütlich, deshalb begab er sich ohne Raucherpause auf direktem Weg in die Unterführung. Die Stadt an der Oberfläche hatte sich vollkommen verändert, sie begrüßte ihn im Funkeln der Abendbeleuchtung mit dem pompösen Glanz des Torplatzes. Unmittelbar vor André ragten im Neonlicht zwei symmetrische Türme auf. Auch sie hätten seine Zwillingsbrüder werden können, hätte man ihnen seinerzeit noch Köpfe mit Turmnadeln verpasst. So erinnerten sie eher an zwei üppig dekorierte aristokratische Rümpfe mit Orden, Bändern, Rüschen und Manschetten, die man nach ihrer Begegnung mit der Guillotine auf den Torplatz gepflanzt hatte, wo sie die Gäste der Hauptstadt feierlich empfangen sollten.

André pflegte ein ambivalentes Verhältnis zu Minsk. In ihrer schwülstig imperialen Schönheit hatte die Stadt für ihn etwas Heidnisches. Das imperiale Gebaren von Paris, Berlin oder Wien war logisch und einleuchtend. Es ließ sich akzeptieren, erklären und verdauen. Im Falle von Minsk aber entstand der Eindruck, das Imperium habe die Stadt in einem Anfall geistiger Umnachtung errichtet, als es, überzeugt von seiner Allmacht, vollständig übergeschnappt in wilde, architektonische Tänze verfiel, in eine Mischung aus Krakowiak, preußischem Marsch, Wiener Walzer, Polka, Kalinka, noch einem preußischen Marsch und einem Beerdigungsritus aus der Zeit Ramses' II.

Der kleine Zeiger der Turmuhr bewegte sich auf die Zehn zu, aber das Bahnhofsviertel war noch immer voll von Herumtreibern, die sich wie üblich zu dieser Stunde aus allen Ecken der Stadt hier zusammenfanden, um zwischen all den 24-Stunden-Schnapsläden, Restaurants, Kasinos und Weinhandlungen hin- und herzutingeln. André ließ die aristokratischen Torsi mit ihren im gelblichen Licht schimmernden Kräuselkragen, den Rüschen, Achselschnüren und aufgesetzten Taschen hinter sich und bog in die Kirow-Straße ein.

Sie begann mit zwei langgezogenen, ebenfalls symmetrischen Gebäuden, die zusammen eine tiefe, steinerne Schlucht bildeten. Am Fuße dieser Schlucht wuselten angetrunkene Minderjährige, zu fast allem bereite Mädchen, alte Weiblein und Bahnhofspenner herum, insgesamt ein buntes Völkchen. Es wollte nicht so recht mit der pathetisch aufgeladenen Architektur harmonieren, es glich eher dem Einfall der Barbaren in die Piazze, Vie und Palazzi des Alten Rom. Als er am dritten Feinkostladen vorbeikam, vor dessen Schaufenstern sich ein Grüppchen angeheiterter Hunnen tummelte, fand André, er könne schlecht mit leeren Händen zu Besuch kommen und betrat das Geschäft.

In dem hohen, schummrig beleuchteten Saal mit den monströsen korinthischen Säulen und dem stechenden, bittersüßen Kolonialwarengeruch, klemmte sich André hinter einen kurz geschorenen Schädel in der langen Schlange zur Spirituosenabteilung.

Weil sich die Schlange nur langsam vorwärts bewegte, wollte André sich eben aus Langeweile in den runzligen Nacken seines Vordermanns vertiefen, nachdem er die Bestückung des Ladentisches schon vorwärts und rückwärts studiert hatte, als er plötzlich einen durchdringenden, stechenden Blick in seinem Rücken spürte. Zunächst maß er ihm keine größere Bedeutung bei und versuchte, sich mit den fleischigen Segelohren zu zerstreuen, aber das seltsame Gefühl wollte nicht weichen. Irgendjemand hinter ihm durchbohrte ihn geradezu mit seinen Blicken. André wurde von einer diffusen Unruhe ergriffen. Nach ein paar Minuten hielt er es nicht mehr aus und drehte sich um ...

Vierzehn Augen starrten ihn wortlos an. *Pft, diese Idioten!*, brummelte er, als er wieder auf den Runzelnacken eingeschwenkt war. *Sollen sie lieber den Ladentisch anglotzen. So viele Leckereien hat man für euch angerichtet!* Die Schlange kam nach wie vor kaum voran. Die junge Verkäuferin an der Ausgabe war offenbar über den Tag dermaßen verkümmert, dass sie sich nur noch wie im Halbschlaf bewegte. Neben dem bitteren Kolonialwarengeruch konnte André nun auch noch eine Modernote erschnuppern. Weiter hinten im Raum war ein ebenfalls kümmerlicher Polizist auszumachen, der mit provinzieller Langeweile im Blick bald den abgewetzten Mosaikfußboden ansah und bald ihn. André hätte am liebsten alles hingeworfen, kehrt gemacht und wäre gegangen, aber nun, da er schon bis in die Mitte der Schlange vorgerückt war, wollte er sie dann doch nicht einfach verlassen.

Das unangenehme Gefühl verlor sich nicht, es wurde im Gegenteil mit jeder Minute stärker, schwoll an und zog ihn immer heftiger in sein Bermudadreieck undefinierbarer Unruhe. Es schien größer zu sein als die Summe vierzehn neugieriger Augen. Unter ihnen musste es zwei ganz spezielle Augen geben, die für dieses widerwärtige Gefühl verantwortlich waren. André konnte buchstäblich im Nacken spüren, wie sie ihn mit ihren gemeinen, übersinnlichen Bohrern löcherten und ins Innere des Helms vorzudringen versuchten.

Er musste sich noch einmal umdrehen. Nun sah er dreiundzwanzig alkoholgetrübte Augen auf sich gerichtet. Vom Ende der Schlange schielte ihn ein Kerl mit Kopfverband aus einem Auge an. André musterte nacheinander die Gesichter der Hunnen hinter ihm. Dort schwankte ein besoffener Opa, dahinter drei Jungs, eine Tante mit stattlichem Dutt, noch eine ziemlich angeschlagene Type, eine Oma, dann ein Veteran, zwei Jungfern, noch ein Opa und, wie konnte es anders sein, er hatte ihn sofort, ein Arschloch im grauen Anzug. Er wandte als einziger den Blick nicht ab, als André ihn ansah, sondern ließ seine unangenehmen, bösen Augen weiter bohren.

Bah, was für ein Ekelpaket! Warum schaut der mich so an? Und warum trägt er einen grauen Anzug?, fragte sich André verunsichert. *Er sieht nicht aus wie die anderen Hunnen. Und wieso sagt keiner was. Scheißstille. Und dann noch der Zyklop. Hat nur noch ein Auge und glotzt immer noch. Teufel noch mal. Und das stinkt hier!*

Es wurde immer unerträglicher. Aber als sich zwei gut betankte Burschen in die Schlange einreihten und der eine laut grölte: „Alter, voll der Kaiser!", war André mit den Nerven am Ende, und Wallenrod brüllte los:

„Was glotzt ihr so, ihr Hunde! Habt ihr noch nie einen Kaiser gesehen?"

Da war die Schweigemauer gefallen, und die Schlange lärmte, heulte, bellte und schnatterte mit zwei Dutzend zischenden, pfeifenden, betrunkenen, nüchternen und heiseren Stimmen auf einmal los:

„Bei uns in der Klapse hat einer sich auch immer Kaiser genannt. Immer nur: Ich bin Otto von Bismarck!"

„Der ist ja auch aus der Klapse! Sieht man doch! Hat in Nowinki ein paar Tage Freigang bekommen!"

„Ich würde so einen ja nur mit Maulkorb rauslassen!"

„Nein, der ist nicht aus der Klapse! Das ist ein Clown! Aus dem Zirkus!"

„Was denn? Fetziger Typ!"

„Wir haben solche Typen seinerzeit erschossen!"

„Ja, einen Stalin brauchen wir! Was die sich erlauben!"

„Die sind ja nicht mehr ganz sauber! Jetzt rennen sie schon im Faschistenhelm durch die Stadt! Dabei haben die jeden Vierten hier auf dem Gewissen!"

„Das gibt es nur in der Hauptstadt! Bei uns in Marjina Horka hätten sie dem sofort das Horn abgeknickt!"

„Wieso denn Faschist? Der ist Fußballfan! Die haben gern solche Hornhelme auf!"

„Diese Fans kennen wir! Haben gerade erst in Moskau auf dem Tscherkisowo-Markt ein Gemetzel veranstaltet und fünfzehn Aserbaidschaner plattgemacht!"

„Ich wohne ja neben dem Stadion! Da hab ich im Hof letztens Bettwäsche aufgehängt, und irgendwelche Hornochsen haben sie geklaut!"

„Heute musst du überall eine Alarmanlage dranhängen! Und am besten noch Strom drauf! Wenn einer ankommt und hinlangt – wuff, liegt er flach!"

„Bei uns auf der Datsche hat das einer so gemacht. Dass ihm keiner die sauren Gurken klaut, hat er eine Flasche Wodka auf dem Tisch stehen lassen, irgendein Insektenpulver reingerührt und ist zurück nach Minsk gefahren. Drei Mistkerle sind durchs Fenster eingestiegen, haben sie leergetrunken, wuff, lagen sie flach. Der hat acht Jahre dafür gekriegt!"

„Ich hätte ihn freigesprochen! Geschieht den Suffköppen doch recht! Die Chinesen wissen, wie es geht: Wer klaut, bekommt die Hand abgehackt!"

„Nicht die Chinesen, die Türken!"

„Nein! In der Türkei wird der Dieb in einen Kübel voller Scheiße gesetzt. Und davor steht ein Janitschar! Einmal die Minute schwingt der Janitschar seinen Säbel! Wenn der Dieb da seinen Kopf nicht in die Scheiße taucht, dann fetzt er ihn weg!"

„Recht so, dass Bazka die Feinde jagt! Was die sich erlauben! Heut wieder auf dem Oktoberplatz! Ein richtiger Aufstand! Sogar der Prospekt war gesperrt! Der OMON hat drei Stunden gebraucht, die zu vertreiben!"

„Halt's Maul, du alter Sack! Wegen solchen wie dir hocken wir selber im Scheißekübel!"

„Wer soll hier ein Hund sein?"

„Was wollten sie denn, diese Dreckshändler? Spekulantenfressen! Sollen sie halt in der Fabrik arbeiten! Im Traktorenwerk! Oder in der Kolchose! Der OMON hat heute viel zu wenig draufgehauen!"

„Ja, genau! Pack! Lausige Flöhe – das hat Bazka ganz richtig gesagt! Der mit dem Helm ist auch einer von denen! Nationale Front, sieht man gleich! Die haben alle solche Helme auf!"

„Lausige Flöhe gibt es nicht in der Natur. Oder hat hier jemand schon mal einen Floh mit Läusen gesehen?

„Genau! Von Amerika haben sie diese Helme! Dass sie durch die ganze Welt fahren und unser Land in den Dreck ziehen. Die sind noch schlimmer als die Spekulanten! Und Pasnjak ist der allerschlimmste!"

„Wirklich jetzt, wen hat er hier einen Hund genannt?"

„Wenn die Laus einen Floh bespringt, dann hast du deinen lausigen Floh! Ha ha ha!"

„Neulich stand in der *Komsomolka*, dass in Moskau jetzt Menschenfresser-Ratten aufgetaucht sind! Groß wie Schweine, und sie leben in der U-Bahn! Drei Schaffner und zwanzig Fahrgäste haben sie schon aufgefressen, heißt es! Das muss man sich mal vorstellen, so riesig, und böse, abgrundtief böse!"

„Ja, ja, hab ich auch gehört! Die haben angeblich schon eine ganze Division Scharfschützen da runter geschickt, die diese Ratten fertig machen sollen! Aber sie konnten noch nichts ausrichten! Die haben auch solche Helme bekommen! Weil die Ratten die Menschen zuerst angreifen! Da geht er so durch den Tunnel und das Schwein von oben auf ihn drauf, hops! Deswegen haben die auch keine normalen Helme, sondern welche mit so Spritzen oben drauf, dass die Ratten gleich aufgespießt werden wie ein Schaschlik!"

„Wenn es da welche gibt, tauchen sie bald auch hier auf! Alle Ratten kommen aus Moskau zu uns gekrochen!"

„Vielleicht ist der auch aus Moskau? Und macht jetzt hier Erfahrungsaustausch!"

„He! Nehmen Sie auch was?"

„Eine Flasche *Belaja Rus* und zwei *Drushba*-Schmelzkäse!"

André versenkte die Flasche im Rucksack und verließ den Laden. Die letzten Worte, die er noch hörte: „Wie jetzt, Moment! Wen hat er einen Hund genannt?", stammten von dem Einäugigen, der wie versteinert dastand und durch seine eine Linse verständnislos einen unsichtbaren Punkt fixierte. Nur der Kerl im grauen Anzug hatte die ganze Zeit kein Wort gesagt. Am Ausgang begegnete André noch einmal seinem Blick, der ihm so unheilvoll erschien, dass ihm zahllose flohige Läuse und lausige Flöhe den Rücken hinunter liefen.

Von der Kirow- bog er in die Swerdlow-Straße ein und steuerte auf den Leninplatz zu. Der sonderbar lastende Blick ließ ihm keine Ruhe. Die innere Unruhe wollte sich einfach nicht verflüchtigen. Es fühlte sich an, als folgten ihm die bohrenden Blicke immer noch.

Auf halbem Weg zum Leninplatz schwenkte er in die Marx-Straße ein, blieb nach zweihundert Metern stehen und wandte sich um. Dunkel war es hier und ziemlich leer. Auf der Terrasse des Café *Grunwald* saß eine Handvoll Gäste, aus dem Restaurant des Schach- und Schaschki-Palastes drang Musik, hier und da ging ein Pärchen unter den Linden spazieren, und zwei Betrunkene kamen aus dem *Traktir*, aber insgesamt war alles ruhig.

Ein paar Minuten später wandte André sich erneut um. Er konnte keine nennenswerten Veränderungen feststellen, aber vielleicht zweihundert Meter entfernt fielen ihm zwei männliche Gestalten auf, die in seiner Richtung unterwegs waren.

Weiß der Teufel! Schon wieder Paranoia! Leise Zweifel machten sich in seinem Kopf breit, aber er beschloss dennoch, sich eine weniger einsame Straße zu suchen. An der Ecke

Komsomolskaja trat er auf den Boulevard und strebte auf den Prospekt zu. Hier herrschte deutlich mehr Betrieb. Auf den Bänken um das Dsershinski-Denkmal saß eine lautstarke Truppe Jugendlicher und trank Bier aus großen Plastikflaschen. Immer wieder erfüllte ihr fröhlich-heidnisches Lachen den Boulevard.

An der Ecke Komsomolskaja, vor dem Palast der Staatssicherheit, wandte sich André abermals um und musste feststellen, dass die beiden Gestalten aus der Marx-Straße ihm immer noch folgten. Er spürte ein Stechen in seiner Brust: *Quatsch! Unmöglich! Ein dummer Zufall!* Aber für alle Fälle legte er einen Schritt zu. Als er den Prospekt entlang bis zur Lenin-Straße gegangen war, blickte André noch einmal zurück und …! Die beiden Typen waren ihm immer noch auf den Fersen!

Er tauchte schnell in die Unterführung ab und stand im nächsten Moment vor McDonald's. Vorbei am Zentralny-Supermarkt mit den minderjährigen Goten, die sich dort verlustierten, kam er zum Oktoberplatz und wollte fix hinunter zur Internationalnaja, um von dort durch den Park zur Krasnaja abzukürzen. Da meldete sich die Einsicht, dass es in seiner Lage ziemlich riskant wäre, allein durch den menschenleeren Park zu gehen, und er entschied sich, auf dem Prospekt zu bleiben.

Nachdem er den Oktoberplatz schnellen Schrittes hinter sich gelassen hatte, wandte er sich erneut um. Auf dem Platz war nicht viel los. Große Plüschteddys vergnügten sich, schwergewichtige Bierflaschen in der Hand, in Grüppchen unter den gigantischen Säulen des Palastes der Republik. Die Schatten aus der Marx-Straße klebten immer noch an ihm! Entsetzen und Panik ergriffen André. Er hastete weiter den Prospekt entlang, rannte aber nun fast. Vorbei an den Säulen des Gewerkschafts-, des Offizierspalastes und eines namenlosen Prunkbaus erreichte er das Zirkus-Kolosseum. Dahinter begann der Gorki-Park mit der stadtbekannten Hundertmeterstrecke, an der die Nutten ihr Gewerbe trieben. André hörte, wie eine ihm glucksend zurief:

„Na, mein kleiner Soldat! Wie wär's mit einer barmherzigen Schwester?"

Aber ihm war nicht nach Lachen zumute. Die Panik trieb ihn weiter und weiter. Ohne auf die Fußgänger, die Nutten oder den Weg zu achten, rannte er an der Stuckbalustrade mit den mannshohen weißen Vasen entlang. In vielleicht fünfhundert Meter Entfernung leuchtete ihm bereits der Platz des Sieges entgegen. André brauchte sich nicht mehr umzudrehen, er spürte, dass die Schatten aus der Marx-Straße hinter ihm her waren. Würde er zurückschauen, würden sie zum Sprung ansetzen, die Hundemäuler weit aufgerissen.

Am Ende der Balustrade bog er vor dem Ewigen Feuer ab, ließ das Museum der Ersten Sitzung der Russischen sozialdemokratischen Arbeiterpartei links liegen und schoss die Kommunistitscheskaja entlang auf die Krasnaja zu. Zu seiner Linken türmten sich die Baumkronen des dunklen Parks. Hinter den Granitplatten der Uferbefestigung schimmerte im Mondlicht stumm die Swislotsch. Auf der Straße war keine Menschenseele zu sehen. Das steigerte Andrés Entsetzen noch einmal. Während er die spärlich von den Straßenlaternen erhellte Straße hinabrannte, glaubte er, in seinem Rücken den bronzenen Hufschlag seiner Verfolger auf dem Pflaster zu hören.

Das rettende Ufer war jetzt nur noch einen Katzensprung entfernt. Hinter den massigen Säulen des Fernsehpalastes konnte man schon die Turmnadel des Hauses in der Krasnaja erkennen. Dort angekommen, stürzte André auf das massive Stucktor zu und hinein in einen großen, gänzlich leeren Innenhof. Der perfekte Ort, um mit ihm abzurechnen. Aber er hatte keine Wahl. Eben hier wartete seine Rettung.

Mit letzter Kraft hetzte er durch die Dunkelheit, sprang in einen Hauseingang und stand auch schon vor der richtigen Wohnung. Ächzend und schnaufend und überzeugt, die Verfolger müssten jeden Moment das Treppenhaus erreichen, drückte er auf die Klingel und hämmerte mit Händen und Füßen gegen die Tür. Als sie endlich aufging, stürzte er ohne ein Wort hinein, schlug sie hinter sich zu und schob umgehend alle vorhandenen Riegel vor.

„Was ist los? Platzt hier rein wie ein Wahnsinniger!"

„Sie sind hinter mir her!"

„Na, wird aber auch Zeit! Ein Reiter auf dem weißen Ross?" Vor dem kopflosen Gast stand im Satinmantel Jegor, der Wohnungsinhaber.

„Zwei Tpyen in grauen Anzügen! Zwei Gespenster aus der Marx-Straße!" André drückte Swjatopolks Schnauze in die kunstlederne Türbespannung und lauschte ins Treppenhaus. „Lass uns reingehen, vielleicht stehen sie schon vor der Tür! Den einen hab ich im Nachtladen in der Kirow-Straße gesehen. Wo der andere herkommt, weiß ich auch nicht! Hat ihn wahrscheinlich draußen abgepasst! Ich weiß nicht, was sie von mir wollen, aber sie sind schon seit dem Bahnhof an mir dran!"

„Na, vielleicht waren es ja Karl Marx und Friedrich Engels höchstselbst?", fragte Jegor spöttisch mit einem ungläubigen Seitenblick auf seinen Gast. „Du hast nicht zufällig darauf geachtet, ob die Herrschaften zwei prachtvolle Rauschebärte trugen?"

„Hol die Gläser raus! Ich muss Stress abbauen!" Schwer atmend holte André die Flasche *Belaja Rus* aus dem Rucksack.

„Ah!!! Jetzt weiß ich auch, was ihnen so sauer aufgestoßen ist! Klar, das ist doch ein Preußenhelm! Wissen Sie denn, Andrej Nikolajewitsch, wie Karl Marx und sein ewiger Kampfgefährte Engels zum deutschen Imperialismus standen?"

„Ganz ausgezeichnet standen sie dazu! Waren ja selbst Imperialisten! Sie fanden, es sei die Mission der Germanen, die slawischen Stämme zu zivilisieren. Lies mal deinen Berdjajew!"

„Ach was! Kann nicht sein!"

Jegor verschwand und kam kurz darauf mit einem schmalen Bändchen in die Küche zurück. Er schlug es aufs Geratewohl auf und las:

„Der Hauptmangel alles bisherigen Materialismus – den Feuerbachschen mit eingerechnet – ist, dass der Gegenstand, die Wirklichkeit, Sinnlichkeit, nur unter der Form des Objekts oder der Anschauung gefasst wird; nicht aber als menschliche sinnliche Tätigkeit, Praxis, nicht subjektiv. Daher geschah es, dass die tätige Seite, im Gegensatz zum Materialismus, vom Idealismus entwickelt wurde – aber nur abstrakt, da der Idealismus natürlich die wirkliche, sinnliche Tätigkeit als solche nicht kennt."

„Und was hat das mit dem deutschen Imperialismus zu tun?"

„Keine Ahnung! Hab ich selber nicht kapiert!", antwortete Jegor. „Aber wenn du willst, geh ich raus und frage Karl und Fritz direkt! Die stehen jetzt bestimmt mit verknoteten Bärten und großen Ohren vor der Tür und hören zu, was wir hier reden! Sollen sie uns doch erklären, was sie sich da zusammengeschrieben haben!"

„Mir ist grad nicht nach Lachen zumute", brummte André und ergänzte, als er wieder etwas zu Atem gekommen war: „Weißt du, ich müsste mir mal die Haare waschen."

„Wo ist das Problem? Da ist das Bad – geh rein und wasch dich!"

„Aber ich brauche ein Klistier!"

Jegor starrte André verblüfft an.

„Ich hätte nicht gedacht, dass du den Imperialismus so auf die Spitze treiben würdest! Aber auch dazu gibt es ein Marx-Zitat."

„Hör mir bloß mit diesem Imperialismusgedöns auf! Ich muss mir die Haare waschen, ohne den Helm abzunehmen! Deshalb das Klistier!", unterbrach ihn André unwirsch.

„Ich hab aber nur eins für einen Liter", erwiderte Jegor leicht gekränkt.

„Das reicht, mehr brauche ich nicht!"

Jegor holte zwei Schnapsgläser aus dem Büfett, schenkte ein und brachte den ersten Toast aus:

„Also gut, Andrej Nikolajewitsch, wie ich sehe, sprühen Sie nur so vor neuen kreativen Ideen! Möge Ihre zivilisatorische Mission von Erfolg gekrönt sein!"

Er trank, biss anschließend lautstark in eine eingelegte Gurke und fuhr in ernsterem Ton fort:

„Die letzten Tage ist einiges los hier! Die Kioskverkäufer machen Stunk. Bazka hat wohl mal wieder einen Erlass rausgehauen, und jetzt ist Schicht bei ihnen. Auf dem Oktoberplatz haben sie heute den ganzen Tag demonstriert. Überall schnüffeln die Spürhunde rum, Rädelsführer schnappen. Vielleicht waren deine beiden Gespenster aus der Marx-Straße auch aus der Behörde. Die dachten, da ist ein Aufständischer aus dem Ausland heimgekehrt."

„Genau, wie Wladimir Iljitsch! Kommt mit finanzieller Unterstützung des deutschen Generalstabs heimlich angefahren, um Revolution zu machen!", antwortete André gereizt.

„Das ist nicht dein Ernst!" Jegor horchte auf. „Du bist mit dem Zug gekommen? Wie Lenin, mit dem Zug? Aus Deutschland? Aus Deutschland! Die finanzielle Unterstützung des deutschen Generalstabs steht dir ins Gesicht geschrieben, ach was, auf die Stirn! Jetzt stell dir mal vor, da stiefelt so ein Geheimer durch die Stadt, und plötzlich – zack! Riesenglück! kommt ihm Uljanow höchstselbst entgegen, frisch vom Zug und auf dem Weg in eine konspirative Wohnung! Verkleidet als Obersturmbannführer, kehrt unterwegs noch im Nachtladen ein, ein Fläschchen Wodka kaufen für das fröhliche Wiedersehen mit den Parteigenossen. Was dachtest du denn? Dass sie sich nicht an dich dranhängen? Tja, Väterchen, dieser konspirative Treff ist nun verbrannt!"

André trank aus, warf ein Stückchen *Drushba*-Schmelzkäse hinterher und sagte mit dem kratzenden Lenin-R:

„Ja, Genosse Jegokh, da haben Sie vekhflucht noch mal Khecht! Schkheiben Sie einen Aufkhuf an die Akhbeitekh! Genossen! Die Macht dekh Satkhapen ist so schwach wie nie zuvokh! Kommt mit Handtuch, Shampoo und Klistiekh!" Mit diesen Worten ging er ins Bad und rief noch ein „Vekhzögekhung bedeutet Tod!" hinterher.

Das Haarewaschen gestaltete sich schwieriger als gedacht. Zuerst beugte André sich hinunter und goss sich eine ordentliche Menge Wasser unter den Helm. Dann richtete er sich wieder auf und ließ es zurücklaufen. Dabei wurden allerdings seine Kleider nass, und er musste sich ausziehen. Nachdem er die Prozedur mehrfach wiederholt hatte, nahm er das Klistier zur Hand und füllte es mit Shampoo. Er spritzte sich die Ladung unter den Helm und drehte den nun von Hand um seinen Kopf, bis die Haare richtig eingeseift waren. Dann wusch er in mehreren Durchgängen den Schaum wieder aus und bat Jegor um einen Fön.

„Hast du etwa vor, mit deinem Helm durch die Stadt zu laufen?", fragte Jegor, als André zurück in die Küche kam.

„Ja, habe ich."

„Ach, Väterchen, ich fürchte, das Proletariat wird euch nicht verstehen!"

„Ich pfeif drauf, was es versteht und was nicht", erwiderte André grollend.

Sie saßen noch eine Weile in der Küche zusammen, dann legten sie sich schlafen. Seit einer Woche war es das erste anständige Bett für André, in dem er ausschlafen durfte. Als er sich endlich ausgezogen hatte, schob er das Kissen beiseite, legte sich so hin, dass der Helm sich nicht ins Kopfende des Bettes bohren konnte und schlief auf der Stelle ein.

„Da ist er!"

„Wo?"

„Na da! Mit dem Helm! Schnapp ihn dir! Das Schwein haut ab!"

Als André sich umdrehte, sah er in vielleicht fünfzig Meter Entfernung die beiden Typen von gestern, die Jagdhunde in den grauen Anzügen! *Verzögerung bedeutet Tod!*, schoss es ihm durch den Kopf, und er nahm die Beine in die Hand!

Er rannte über den Platz, auf seinem Helm schlugen die vor Angst verstummten Löwen Purzelbäume, unterm Helm seine Gedanken: *O Gott! Wieso musste ich hierher kommen! Wieso ausgerechnet auf den Oktoberplatz! Ich wusste doch, was hier los ist! Mehr Geheime als Demonstranten! War doch klar, dass gleich alle eingesackt werden!*

Er stürzte durch den Torbogen auf der Engels-Straße und rannte durch den Hof zum gegenüber liegenden Ausgang. Hinter sich hörte er die lockeren Sprüche seiner Verfolger:

„Ein Arschloch von der schnelleren Sorte! Egal! Den kriegen wir auch noch!"

Der Hof war voll von Bussen und Menschen mit Gesichtsmasken und schwarzen Schutzwesten. Vom Platz waren die Rufe tausender Demonstranten zu hören und das heitere Volkslied *Ich bette mich sanft am trauten Pfad*, das eigens gespielt wurde, um die Redebeiträge zu übertönen. Die Megafone verkündeten zum hundertsten Mal:

„Bürger, die Versammlung ist nicht genehmigt! Lösen Sie sie unverzüglich auf! Sonst werden wir sie gewaltsam auflösen!"

Am Torbogen stieß André mit einem Penner zusammen, der plötzlich mit zwei Netzen leerer Flaschen aus der Kellertoilette aufgetaucht war. Das eine fiel zu Boden, und das Leergut verteilte sich klirrend auf dem Gehweg.

„Du dämliche Schwuchtel!", hörte André noch, hatte aber keine Zeit, sich gegen diese Unterstellung zur Wehr zu setzen. Von der Lenin-Straße wollte André zurück auf den Prospekt, musste aber feststellen, dass der abgeriegelt war. Der OMON stand doppelreihig auf dem Gehweg und ließ niemanden vom Oktoberplatz weg. Ihm blieb nur noch die Flucht in Richtung Internationalnaja. Auf dem Weg dorthin sah er, dass die gesamte Straße mit großen olivgrünen Militärlastern zugestellt war, also rannte er weiter in Richtung Revolutionnaja.

Beim Rathaus hielt er sich links und kam gerade noch vor einer Kolonne großer, schwarzer Transporter über die Lenin-

Straße. Es waren Gefangenentransporter für die Demonstranten, die immer auffuhren, wenn in der Stadt zu viel los war. Auf der Revolutionnaja konnte André aus dem Augenwinkel erkennen, dass die Verfolger ein wenig zurückgeblieben waren. Die grauen Jäger standen noch auf der anderen Straßenseite und mussten warten, bis die Kolonne der vergitterten, plattschnäuzigen Kisten vorbeigerollt war.

Das brachte ihm einen kleinen Vorsprung ein. Kurz entschlossen stürzte er in die nächste Einfahrt und fand sich in einem engen, hohen Gang wieder. An dessen Ende sah er eine offene Tür, auf die er instinktiv zu rannte. Nach ein paar Stufen treppab und einem kurzen Korridor stand er in einem kleinen, dunklen Raum.

Sein Herz schlug ihm bis zum Hals. Die Lungen nahmen begierig die Luft auf, und dennoch fühlte er sich wie ein großer Fisch am Strand, der krampfhaft mit den Kiemen zuckt, ohne zu Atem zu kommen.

Als er sicher war, die Verfolger abgehängt zu haben, schaute André sich um. Der Raum war fensterlos. Von der Decke hing eine nackte Glühbirne, die zwar etwas Licht gab, den Raum aber nicht erhellen konnte. An der Wand stand ein alter Schreibtisch, daneben ein Stuhl und mehrere große Kartons. In der Ecke hinter dem Schreibtisch war eine weitere Tür zu erkennen. Die Wände, die offenbar schon lange nicht mehr gestrichen worden waren, wiesen nach einem Wasserschaden bizarre Muster auf. Hier und da hingen Poster mit vollbusigen Schönheiten, Kätzchen im Körbchen und aus unerfindlichen Gründen auch ein Porträt des Präsidenten. Er hing direkt über dem Schreibtisch, den prächtigen Schnauzbart weit ausgebreitet und blickte André aus gütigen Sammetaugen an.

Plötzlich ging die Nebentür auf, und ein untersetzter Mann mit dunkelblauem Schurz und hoher Stirn kam herein. Er schien keineswegs überrascht, André dort vorzufinden, sondern fragte nur:

„Sie kommen Kartuschen auffüllen?"

„Ja, ja! Kartuschen auffüllen! Sofort, ich muss nur noch kurz verschnaufen!", krächzte André und setzte sich auf ein Bänkchen. Erst jetzt fiel ihm auf, dass in den Kartons, die überall herumstanden, riesige Kartuschen lagerten. Er hätte nie gedacht, dass es die auch in solchen Größen gab.

So vergingen zehn Minuten. Der Mann im Schurz blätterte am Schreibtisch irgendwelche Papiere durch, ohne André weiter zu beachten. Kein Laut war zu hören. Die Riesenkartuschen funkelten geheimnisvoll im gelben Dämmerlicht. Nur ab und zu störte ein knisternd umgeschlagenes Blatt den sonderbaren Werkstattfrieden. Als André sich wieder einigermaßen gefangen hatte, überlegte er, dass die Straßen jetzt sicher zu unsicher waren, die Verfolger lauerten bestimmt noch in der Nähe. Deshalb würde er sich durch die Höfe schlagen bis zum Bahnhof, von dort mit dem Trolleybus zum Ostbahnhof fahren und dann weiter mit dem Bus nach Mogiljow.

Er zog die Warschauer Krupnik-Flasche aus dem Rucksack, nahm ein paar Schlucke und ging zur Tür:

„Auf Wiedersehen!"

„Machen Sie's gut! Kommen Sie morgen wieder vorbei!", erwiderte der Mann ohne aufzublicken.

„Ja, sicher, auf jeden Fall."

Zurück im Hof flankte er über ein Ziegelmäuerchen und steuerte auf den Ausgang zur Komsomolskaja zu. Vorsichtig spähte er auf die Straße. Alles war friedlich. Beängstigend war eigentlich nur, wie sonderbar leer diese Straße war, auf der sonst um diese Tageszeit so viel Betrieb herrschte.

André überquerte die Straße rasch und schlüpfte in den nächsten Hof, der bis auf eine alte Frau in gelbem Kittel, die die Beine aus dem Fenster baumeln ließ und Zeitung las, ebenfalls leer war. Im nächsten Hof stieß er auf einen Polizisten, der unter der Motorhaube eines Autos herumkramte. Im Schutze der Ausfahrt sah er sich um und stellte fest, dass das Auto keine Räder mehr hatte und flach auf dem Bauch lag. *Der repariert hier nichts, der baut sich was aus*, dachte André und trat auf die verwaiste Straße.

Als er gerade den Gorodskoi Wal überqueren wollte, bemerkte er in einiger Entfernung eine Kolonne Militärtransporter mit Soldaten. Sie kamen beim Palast der Staatssicherheit um die Ecke und krochen langsam auf ihn zu. Der einzige Weg zum Bahnhof führte nun noch über das Pistschalow-Schloss. Er blickte auf zu dem finsteren Gemäuer des historischen Stadtgefängnisses und sah zu seinem Entsetzen, dass mehrere Stockwerke des monumentalen Archivgebäudes des Innenministeriums neben dem Schloss in Flammen standen. Aus den Fensterreihen, die zusammen ein exaktes Quadrat bildeten, quoll dichter, schwarzer Rauch.

Etwas Furchtbares musste sich in der Stadt abspielen. Wieder wurde André von Panik ergriffen. Er nahm alle Kräfte zusammen und rannte die Straße hinauf. Wie der Wind fegte er den Berg hinauf, vorbei an dem stummen, in beißenden Rauch gehüllten Schloss. Als er bei den Säulen des Russischen Theaters angelangt war, flogen plötzlich die Türen auf und ein Strom chassidischer Juden ergoss sich auf die Straße. Männer mit grauen Bärten, schwarz gekleidet und mit breitkrempigen Hüten diskutierten auf der Treppe über etwas in einer Sprache, die er nicht verstand. *Seltsam*, dachte André, *ich wusste gar nicht, dass sie hier wieder eine Synagoge aufgemacht haben.*

Als er an der Menge vorbei gerannt war, hörte er plötzlich das Getrampel unzähliger Füße hinter sich, und als er sich umwandte, verschlug es ihm fast den Atem. Die Chassiden liefen ihm schreiend und mit wehenden Schläfenlocken nach.

„Das ist er, der Schlemihl! Holt ihn euch!", rief einer von ihnen und schwenkte drohend einen siebenarmigen Leuchter, wie er in Fjodors Berliner Atelier gestanden hatte.

André machte einen Satz wie eine Katze, der plötzlich ein geifernder Hund vor die Füße fällt, und lief in Richtung Prospekt davon. Doch da entdeckte er an der Straßenecke die

Typen in den grauen Anzügen. Sie standen vor dem Kasino des Hotel Minsk mit ein paar Mädchen und rauchten.

„Da ist er ja! Der Kreuzritter, der noch was auf die Fresse kriegt!", brüllte der eine.

André raste quer über den Prospekt und dann die Wolodarski-Straße hinunter. Bis zum Bahnhof war es nicht mehr weit. Er rannte auf dem schnellsten Weg über den kleinen Platz, aber als er auf die Kirow-Straße kam, sah er plötzlich eine mannshohe, breite Sperre quer über die Straße, die den Zugang zum Bahnhof komplett abschnitt. Er saß in der Falle. Also stürzte er durch die nächstbeste Tür und fand sich auf einmal wieder in dem Geschäft, wo er tags zuvor den Wodka gekauft hatte. Auch diesmal drängte sich hier die Kundschaft. Die besoffenen Hunnen, die er am Abend gesehen hatte, standen unverändert in der Schlange zur Spirituosenabteilung. Nur war der Laden jetzt rauchgeschwängert. Offenbar hatten die Hunnen die ganze Nacht gequalmt und auf ihn gewartet. Dichter Zigarettenrauch verschwamm mit dem trüben Licht, das durch die verstaubten Glasfenster einfiel, stieg zur Decke auf und verbarg die Säulenkapitelle in giftigen Nebelschwaden.

„Lassen Sie mich vor, ich werde verfolgt!", rief André und drängte in Richtung Tresen.

Die Hunnen fingen laut an zu schimpfen, aber André ignorierte sie einfach und arbeitete sich zielstrebig vor. Als er schließlich alle beiseite geräumt hatte und am Tresen angelangt war, erblickte er dahinter zu seinem Erstaunen nicht die kümmerliche Verkäuferin, sondern drei stattliche Mannsbilder mit wallenden, grauen Bärten. Karl und Friedrich erkannte er auf Anhieb, der Dritte im Bunde war aus unerfindlichen Gründen ein Pope im orthodoxen Gewand mit einer hohen Haube im fettigen Haar. Alle drei sahen ziemlich mitgenommen aus, sie mussten ebenfalls die ganze Nacht durch geraucht und gebechert haben.

„Eine Flasche Wodka und zwei *Drushba*-Käse! Aber

schnell!", rief André und streckte Marx einen Zehntausenderschein hin.

„*Drushba* willst du?!" Karl zog die Brauen zusammen, funkelte den verschreckten Swjatopolk böse an und kreischte plötzlich mit bebendem Bart: „Und einen Haufen Scheiße willst du nicht zufällig?"

„Nein, Nein! Sie haben mich falsch verstanden! Ich bin doch einer von Ihnen! Ich bin der Verbindungsmann aus dem Generalstab!", rief André fast hysterisch. „Ich habe das Manifest gelesen, Goethes *Faust*, die Thesen über Feuerbach, und ich bin auch für die Gespenster, die in Europa umgehen!"

„Hat es auf das Heilige abgesehen! Deutschenpack! Dreckskerl! Ich schließe dich aus der Kirche aus, du Ratte!", drohte Marx mit einem Seitenblick zu Engels.

Friedrich sah etwas gutmütiger aus. Er bedachte André mit einem sibyllinischen Lächeln, strich sich den prächtigen Bart glatt und fragte streng:

„Du: Hast du einen Faschisten getötet?" Aus dem Dreieck des Freimaurerrings, der an seinem Daumen prangte, blitzte unheilvoll das Brillantauge.

Da er einsehen musste, dass er auch hier kein Verständnis finden würde, wandte er sich flehend an den Popen:

„Batjuschka! Ich habe nicht getötet! Er ist mir selber in die Arme gelaufen! Helfen Sie mir! Die Chassiden sind hinter mir her! Geben Sie mir eine Flasche *Belaja Rus* und zwei *Drushba*-Schmelzkäse!"

Doch der Pope hatte wie Marx nur böse Blicke für ihn übrig, und er begann mit abgrundtiefem Bass und seltsamerweise auf Deutsch zu singen:

„Mordest du nicht? Nimm den Helm ab, Heide!" Sprach's, zog einen Filzstiefel unterm Tresen hervor und zog ihn Wallenrod übers Maul. Der schüttelte sein Haupt und brüllte wütend zurück: „Russenschwein!", aber der Pope holte schon wieder aus und schlug nun noch fester zu.

Die Hunnen in der Schlange hinter ihm, fingen nun aufgebracht an zu lärmen, sie zogen aus irgendwelchen Taschen Filzstiefel hervor, gingen damit auf André los und brüllten: „Faschist! Zionist! Freimaurer! Usurpator!" Er wollte zurück zur Tür, aber sein Rückzugsweg war abgeschnitten. Mit dem Gedanken: „Wo sind bloß die Typen in Grau? Sollen besser die mich mitnehmen!", wich er zurück zur Wand. André wurde blass. Der Pöbel drang auf ihn ein, die Filzstiefel im Anschlag. Da sprang der Kerl mit dem Kopfverband vor und krakeelte hysterisch: „Wen hat er einen Hund genannt!?", holte aus und ...

„Scheiße! Wahnsinn! Mann! So ein Schwachsinn! Nicht zu fassen! Wie kann man sich nur so einen Ballawatsch zusammenträumen!" André saß senkrecht im Bett. Draußen wurde es schon langsam hell. Im Zimmer war alles ruhig, nur die Standuhr auf dem Tisch störte die Stille mit ihrem gleichförmigen, einschläfernden tick-tack-tick-tack ...

Und wo kamen die Filzstiefel her? André war fassungslos.

Er hob das Kissen vom Fußboden auf. Die Erinnerungen an die Geschichte in Berlin brachen wieder über ihn herein. Er wälzte sich hin und her, dachte an den idiotischen Faschisten und fand erst gegen Morgen mühsam in den Schlaf.

Am folgenden Tag beschloss er, sich nicht länger in Minsk aufzuhalten. Er verabschiedete sich von Jegor, lugte aus der Einfahrt, sah sich nach allen Seiten um, ohne etwas Verdächtiges zu bemerken und machte sich auf zur Bushaltestelle. Unterwegs schaute er noch ein paar Mal zurück, aber er war ohne Schlepptau unterwegs.

Die Stadt wirkte heute einladender als tags zuvor. Die Sonne schien, in den Straßencafés saßen friedliche Gäste, und auf dem Oktoberplatz war von Demonstranten keine Spur mehr zu sehen. Der Palast der Staatssicherheit erstrahlte wie gewohnt in gleißendem Festtagsgelb, auf den Bänken um den Eisernen Feliks tranken Jugendliche Bier aus Plastikflaschen, und das Hochhausarchiv des Innenministeriums neben dem hingekauerten Pistschalow-Schloss zeigte keinerlei Anzeichen des Feuers aus seinem Traum.

Auf dem Torplatz verabschiedeten die beiden kopflosen, aristokratischen Rümpfe mit ihren Achselschnüren, Orden, Strumpfbändern, aufgesetzten Taschen und Klöppelspitzen die Reisenden. Glücklich am Ostbahnhof angekommen, konnte André über seine gestrigen Ängste nur noch lachen, er kaufte sich eine Karte für den nächsten Bus, eine *Komsomolka* als Reiselektüre und fuhr weiter nach Mogiljow.

KRYŽAČOK

Unterwegs schlug das Wetter um, und als der Bus sich den Außenbezirken von Mogiljow näherte, ging ein unangenehmer, klebriger Nieselregen nieder. Beim Anblick der Brachflächen und der leerstehenden Neubauten wurde André schwermütig: *Warum liebe ich eigentlich diese Stadt? Im Herbstregen sehen diese absurden Viertel mit ihren Häusern ohne irgendeine Spur von Architektur noch trostloser aus. Das da zum Beispiel. Kann man denn glücklich sein, wenn man in so einem Kasten haust? Es muss wohl eine heidnische Liebe sein. Du siehst so eine Brache mit einer einsamen Säule, und es wird dir weh ums Herz. Als wäre das keine Brache mit Säule, sondern ein Götzentempel.*

Die Wohnung, in der André mit Schwiegermutter Maria Prokopjewna, Ehefrau Swetlana und den beiden Töchtern lebte, lag relativ nahe am Zentrum. Freilich gehörte die Wohnung nicht ihm, sondern der Schwiegermutter, Prorektorin der Universität und eine Frau, die man hier in der Stadt kannte und schätzte. Er selbst besaß keine Wohnung. Früher hatte er mit seiner Mutter im Familienwohnheim des Kombinats gewohnt. Nach ihrem Tod war er hierher gezogen. In Maria Prokopjewnas Gegenwart hielt er sich ungern zu Hause auf; er verbrachte also viel Zeit in seinem Atelier. Das hatte er von ihrer Universität bekommen, weil er den Studenten zweimal die Woche Zeichenkurse gab.

Auch wenn das Atelier, ein geräumiger, fensterloser Luftschutzbunker, nicht viel hermachte, fühlte sich André darin doch viel wohler. Er übernachtete auch gerne dort, besonders während länger anhaltender Bombardements, wenn ihm zu Hause wegen seines nicht vorhandenen Geldes wieder eine Szene nach der anderen gemacht wurde. Da er auch jetzt eine neurotische Reaktion seiner Frau auf den Helm befürchtete, wollte er nur rasch das Nötigste zusammenpacken und sich vor ihr in seinem Atelier in Sicherheit bringen.

Zum Glück war niemand zu Hause. Er strich ziellos durch die mit teuren, aber geschmacklosen Möbeln voll gestellte Wohnung, setzte Teewasser auf und fing an zu packen. Kurz darauf schnappte das Schloss an der Wohnungstür auf. Im Flurspiegel erkannte er Swetlana.

„Auch mal wieder da? Wo hast du dich rumgetrieben? Die Universität hat schon ein paar Mal angerufen. Glaubst du, weil meine Mutter Prorektorin ist, kannst du hier die Stunden schwänzen?" Sie legte noch auf der Schwelle los, ohne auf eine Erklärung seinerseits zu warten. „Was hast du mitgebracht? Hast du die Stiefel gekauft? Und für die Kinder? Was ist das denn?" Mit dem Kinn deutete Sweta auf den Helm.

„Willst du alles auf einmal wissen oder der Reihe nach?" André bedauerte schon, dass er nicht gegangen war, bevor seine Frau nach Hause kam. „Ach weißt du, Heinrich und ich haben bei der Vernissage ein bisschen was getrunken!"

„Was denn schon wieder für ein Heinrich? Dass du Alkoholiker bist, weiß ja die ganze Stadt! Aber wie du es immer hinbekommst, in jedem Land der Welt Saufkumpane von deinem Kaliber aufzutun?!"

Sweta wusste alles über Alkoholismus und konnte sich stundenlang darüber auslassen. Sie hatte sich Fachliteratur zum Thema besorgt und konnte jedermann diagnostizieren, unfehlbar – auf den ersten Blick. Dabei erhob sie nur höchst selten jemanden nicht in den Stand eines Alkoholikers ersten, zweiten oder dritten Grades. Selbst in Kindern erkannte sie potentielle Schluckspechte, da sie Alkoholismus als Erbkrankheit betrachtete, die ein Kind schon kurz nach der Geburt an den Tag legte.

„Ich bin kein Alkoholiker, ich trinke nach der Fjodor-Michailowitsch-Methode. Das weißt du doch!" André versuchte ruhig zu bleiben.

„Du und dein Fjodor Michailowitsch, ihr seid beide Alkoholiker! Und zwar von der schlimmen, verwahrlosten Sorte! Was der sich da zusammengeschrieben hat, kann ja nur von einem richtigen Abstinenzler kommen!"

„Warum sprichst du denn so über die Klassiker? Willst du wissen, wie es weiterging? Oder führen wir heute mal wieder das Alkoholismus-Gespräch?"

„Wo sind die Stiefel?", fragte Sweta unvermittelt, offenbar wollte sie sich nicht alles der Reihe nach anhören.

„Hier!" André zog den Stiefel aus seinem Rucksack.

„Was, hier? Wo ist der andere?"

„Weißt du, Schatz, in Berlin haben mich die Faschisten überfallen, und dann ist ein Stiefel auf dem Platz zurückgeblieben."

„Ach ja? Wie viele waren es denn?"

„Wie viele was?"

„Faschisten! Eine Division oder zwei?"

„Na ja, ich konnte es nicht richtig erkennen. Aber nicht mehr als eine!"

„Auch Panzer? Luftstreitkräfte? U-Boote? Und hatte die Division auch einen Namen? Totenkopf vielleicht?"

„Na ja …"

„Was faselst du denn da? Was denn für Faschisten in Deutschland? Die sind doch längst alle hier! Und du bist der Oberfaschist! Wie konnte ich nur auf dich hereinfallen! So viele Jahre vergeudet! Ich Idiotin!"

„Ach komm, Swetotschka, jetzt übertreib mal nicht! Idiotie ist übrigens der Normalzustand des Menschen!" Da André erkannte, dass Swetlanas unkontrollierbare psychoneurotische Reaktion kurz bevorstand, beschloss er seiner Frau ein wenig nach dem Mund zu reden, um sie wieder zu beruhigen.

„Sag lieber gleich die Wahrheit! Du hast gesoffen wie ein Loch und einen Stiefel unterwegs verdummbeutelt!"

„Ja, ja, ja! Du hast völlig Recht! Fjodor und ich haben uns die Birne weggesoffen und den einen Stiefel in der Spree versenkt! Wie Mumu! Du weißt doch, *Mumu* von Tschechow! Ich weiß auch nicht warum! Kann ich selbst nicht erklären!"

„Weil du ein Schwachkopf bist! Der nicht mal weiß, dass Turgenjew *Mumu* geschrieben hat!"

„Ja, ja, entschuldige, natürlich Turgenjew!"

„Habt ihr einen großen Stein dran gebunden?"

„Wo dran?"

„An den Stiefel!"

„Zwei Ziegel. Mit Gaffaband."

„Und wo hattet ihr das Boot her?"

„Wir haben ihn von der Brücke geworfen. Diese kleine Brücke beim Bode-Museum, weißt du?"

„Und Gerassim war auch dabei?"

„Gerassim konnte nicht, der war weggefahren."

„Und warum habt ihr den zweiten Stiefel nicht auch noch versenkt?"

„Haben wir nicht mehr geschafft. Da kam schon die Polizei, und wir mussten schleunigst verschwinden!"

„Also gut. Und was weiter?"

„Dann habe ich die Burka übergezogen und bin schnell aus Berlin abgereist!"

„Was denn für eine Burka?"

„Diese hier!" André zog die Burka aus dem Rucksack.

„Ach! Diese! Sehe ich das richtig, dass du mir dieses Kleid mitgebracht hast?"

„Na ja, also, wenn es dir gefällt, klar!"

„Und wie es mir gefällt! Es ist ganz wunderbar! Ich werde es unbedingt für meine nächste Vorlesung in der Universität anziehen! Die Kolleginnen werden vergehen vor Neid. Und Boris Fadejitsch ist sicher ganz aus dem Häuschen! Ich sehe schon vor mir, was er für Augen macht, wenn er mich in der Burka sieht!"

„Und dieses bescheidene Geschenk hat, wenn ich recht sehe, Andrejka sich selbst gemacht?" Sweta deutete mit dem Kinn auf den Helm.

„Swetotschka, das ist doch kein Geschenk! Das ist mein Kunstprojekt. Mein Manifest, sozusagen. Ich habe beschlossen, ihn nie mehr abzusetzen. Er wird mir die Tür zu einem neuen Leben aufstoßen."

„Aha, Kunstprojekt! Manifest! Großartig! War sicher nicht ganz billig, das gute Stück."

„Der Typ in Bonn wollte fünfhundert Euro, aber ich habe ihn auf vierhundertachtzig runtergehandelt!"

„Vierhundertachtzig! Das ist ja ein richtiges Schnäppchen!"

„Schau doch, wie er glänzt! Eine gut erhaltene preußische Pickelhaube! Echte Wertarbeit, beginnendes zwanzigstes Jahrhundert!"

„Und für uns fängt jetzt wirklich ein neues Leben an? Wir gehen samstags auf der Lenin-Straße spazieren? Ich in der Burka, und du in deiner prächtigen Pickelhaube?"

„Ja sicher, und die Mädchen nehmen wir auch mit, und Maria Prokopjewna!"

„Und Maria Prokopjewna zieht ihren linken Stiefel an? Und die Sonne scheint, und die Vögel tirilieren?"

„Ja! Und die Rosen blühen! Und die Schmetterlinge flattern! Die großen, weißen! Und der Himmel ist so himmelblau wie auf den Bildern von Bujan!"

„Von wem?"

„Ach, egal!"

„Und wir gehen zum Eisstand und kaufen uns fünf Eis am Stiel mit Schokoglasur?"

„Und dann setzen wir uns raus ins Sommercafé! Ich kaufe euch Limo und Crème brulée und mir ein schönes kühles Bier! Und alle werden uns beneiden und sich zuflüstern: Was für ein hübsches Paar!"

„Parasit!!! Blutsauger!!! Mistkerl!!! Du bist doch nicht ganz sauber!", brüllte Sweta plötzlich los. „Du hast Geld für Stiefel und Geschenke mitbekommen! Wo ist es?"

„Hier! Hier ist es!" André deutete mit dem Zeigefinger nach oben.

Sweta wurde puterrot und kreischte mit weit aufgerissenen Augen:

„Bist du noch zu retten? Du hast vierhundertachtzig Euro für diesen Dreck ausgegeben?"

„Jetzt übertreib mal nicht! Das ist kein Dreck, sondern eine wunderbare preußische Pickelhaube! Bestens erhalten, im Übrigen!"

„Und da traust du dich noch hierher?! Du hättest dich besser selbst in der Spree versenkt und dir Gerassim um den Hals gebunden und deinen Fjodor gleich mit!" Sprach's und prügelte mit dem Stiefel auf André ein. Als der Stöckel gegen den Helm knallte, brach er ab, und Sweta ging mit den Fäusten auf ihn los, schrie aber, nach einer schmerzhaften Kollision mit Wallenrods Schnauze auf, hielt sich die Hand und sank aufs Sofa.

„Dass du ein Alkoholiker und Schwachkopf bist, wusste ich ja. Aber dass du so dreist sein kannst! Du bist ein Schmarotzer! Nichts hier gehört dir! Das hat alles meine Mutter gekauft! Du bringst ja kein Geld heim, sondern machst nur deine dämlichen Kunstspielchen! Kunstprojekt?! Das ist alles für'n Arsch!"

„Schluss jetzt!!! Mir reicht's!!! Ich will nicht länger der Dummbeutel sein, den die beiden fiesen Lehrerinnen ständig fertigmachen! Mach doch deine Studenten fertig! Ich bin kein Schuljunge! Ich bin Künstler! Und das ist mein Manifest! Ich will nicht länger der Dreck unter euren Stiefeln sein! Haut ab mit euren Stöckeln, ich hab jetzt selber einen! Einen großen! Goldenen! Einen Stöckel, so groß wie mein Kopf! Und ich setze ihn nie wieder ab! Hörst du? Nie wieder!!! Macht doch alle, was ihr wollt! Nie wieder!"

„Raus aus meiner Wohnung, du Schwachkopf! Wenn du schon nicht an mich denkst, dann denk wenigstens an die Mädchen! Wer will sie denn heiraten mit diesem Idioten von Vater, der mit einem Stöckel auf dem Kopf durch Mogiljow marschiert? Zum Teufel mit dir! Und lass dich hier nicht wieder blicken mit diesem Dreck auf dem Kopf! Raus!!! Idiot hoch zu Ross! Raus!!! Blutsauger! Raus hier!!! Möchtegerngenie!"

Swetas Abschiedsgruß prallte schon im Treppenhaus von seinem Kopf ab. Die Porzellanvase zerschellte am Helm, die Splitter flogen über den Treppenabsatz. André fegte sich Scherben von der Schulter, klemmte die verstörten Löwen unter den Arm und verließ erhobenen Hauptes das Haus.

In seinem Atelier machte sich André gleich fertig für's Bett. Er musste am nächsten Morgen früh aufstehen für seinen Kurs an der Uni. Die Arbeit wurde nur symbolisch entlohnt, und André mochte sie nicht besonders, zumal die meisten Lehramtsstudenten vom Dorf kamen und keinerlei Interesse für sein Fach mitbrachten. Zeichnen war für sie eine lästige Pflicht, für die sie in ferner Zukunft vielleicht mal in den unteren Klassen Verwendung haben würden. Was ihn aber bei der Stange hielt, war sein Luftschutzbunker, sein Atelier in den Katakomben der Universität.

Swetlanas Reaktion auf den Helm war vorhersehbar gewesen, das konnte ihm die Laune nicht verderben. Er war sogar ganz zufrieden mit sich. Zum ersten Mal seit Jahren war es ihm gelungen, sie in Verlegenheit zu bringen. Sweta war immer schnell dabei, ihn als dummen Jungen zu behandeln, jede neue Gelegenheit dazu erfüllte sie mit unerklärlicher Genugtuung. Je tiefer er fiel, desto größer ihre Begeisterung. Seine Erniedrigung war ihre Lust. Sie hätten sich schon längst trennen können, doch die seltsame Perversion, die Sweta sich nicht eingestehen wollte, band sie an ihn wie das Atelier André an die ungeliebte Arbeit. Zur Peitsche zu greifen und ihn moralisch zu geißeln, war Swetas geheime Leidenschaft. Ein Anlass fand sich immer. Gab es keine konkreten Vorfälle wie Suff oder Treuebruch, konnte sie jederzeit auf seinem ewig leeren Geldbeutel oder seinen brotlosen Kunstversuchen herumhacken.

In ihrer Pein war sie nicht Sweta, sondern fast eine Heilige, die ihr Leben für einen Schuft hingab. Ihre Ehe war zwar eine

Qual für sie, so gesehen konnte man Swetlana durchaus als Masochistin bezeichnen, doch im Rausch ihrer Qualen lag immer auch die süße Vorfreude. Sie hatte ihren Orgasmus nach Sonnenuntergang, nach seinem nächsten tiefen Fall. Dann verwandelte sie sich von Swetlana Georgijewna in Sankt Georg, der auf sein Pferd sprang, zur Rachelanze griff und den Drachen in den Höllenschlund zwang. Sie erniedrigte ihn auf besonders sadistische Weise, indem sie die süßen Minuten der Rache mit ihrer gesamten gepeinigten Seele bis zuletzt auskostete. Ihn einfach sitzen zu lassen, war ihr nicht möglich. Der Schmerz war ein Teil von ihr geworden. Ihre Mutter, die diese Perversion nicht nachvollziehen konnte, wunderte sich nur, warum sie ihn nicht in die Wüste schickte. Aber Swetlana brauchte seine Fehler wie der Junkie den nächsten Schuss. Deshalb konnte nur er sie sitzen lassen. Aber dazu hatte sich André nie aufraffen können. Nun, da er sich den Helm aufgesetzt hatte, war der erste Schritt getan.

Hätte er das Schwiegermuttergeld einfach versoffen, unterwegs herumgehurt und wäre dann abgerissen, verdreckt und erbärmlich nach Hause gekommen, hätte ihre Heiligkeit wieder triumphiert. Er wäre noch tiefer gesunken, wieder er der Teufel und sie die Heilige. Aber André hatte etwas getan, womit sie nie gerechnet hätte: Er hatte aufbegehrt.

Am Morgen kroch André aus dem Untergrund ans Licht und ging zur Arbeit. Sein Erscheinen an der Universität schlug ein wie eine Bombe. Da die Annalen der Provinzhochschule nur selten große Ereignisse zu verzeichnen hatten, ging die Kunde vom Dozenten mit der Pickelhaube wie eine Detonationswelle durch sämtliche Hörsäle, zog Studenten in großer Zahl in Mitleidenschaft und wurde zum alles beherrschenden Thema in Gesprächen, Mutmaßungen, Gerüchten und Lästereien.

Zuerst erfasste die Welle die Studenten in seinem Kurs. Sie waren sprachlos, trauten sich nicht zu fragen, kicherten nur oder zogen Grimassen hinter seinem Rücken. In der Pause nach der ersten Stunde, als André nach draußen ging, um eine zu rauchen, folgte ihm wie zufällig eine ganze Schar von Schaulustigen, die plötzlich frische Luft schnappen und in den blauen Himmel blicken wollten – vielleicht war ja im wolkenlosen Blau schon eine Staffel Junkers-Maschinen im Anflug.

In der zweiten Stunde schoben sich immer wieder neugierige Köpfe durch die Tür, entschuldigten sich und verschwanden wieder. Irgendwann hatte André die Nase voll, klemmte den Schrubber hinter die Türklinke und erklärte den ganz Naseweisen in seinem Kurs, das Prachtexemplar mit den goldenen Löwen auf seinem Kopf stehe symbolisch für den neuen Geist, und von nun an werde die pädagogische Arbeit im Zeichenunterricht geprägt sein von preußischer Ordnung und militärischer Disziplin. Und wenn sie, Kolchosenkinder, selbst Kolchosbauern und Väter und Mütter der nächsten Generation von Kolchosgewächsen, sein Fach weiterhin für nebensächlich befänden, würde er sie auf den Platz der Universität treiben und sie dort mit ausgestreckten Gänsehälsen vor den Fenstern des Dekanats antreten lassen.

Nach Unterrichtsschluss begegnete André auf dem Gang plötzlich Algerd Bronislawowitsch, einem liebenswürdigen Greis und Inhaber des Lehrstuhls für Kunst. Der begrüßte ihn und fragte sogleich:

„Andrej Nikolajewitsch, mein Lieber, ist Ihnen nicht gut?"

„Ja, wissen Sie, irgendwie fühle ich mich schon seit ein paar Jahren nicht recht wohl. Aber machen Sie sich keine Gedanken, Algerd Bronislawowitsch. Wie Sie sehen", hier deutete er vielsagend auf den Helm, „bin ich schon auf dem Wege der Besserung."

Algerd Bronislawowitsch hakte André unter redete beflissen auf ihn ein:

„Andrej, mein Bester, Sie wissen doch, was ich von Ihnen halte. Jeder hat seine Schrullen. Dass Sie als einziger im gesamten Lehrkörper Ihren Unterricht auf Belarussisch halten, ist mir persönlich äußerst sympathisch. Aber ich bitte Sie von

Herzen, werden Sie schnell wieder gesund und legen Sie diesen Gegenstand ab! Wir sind doch immer noch eine Lehranstalt. Wir bilden zukünftige Pädagogen aus. Deshalb kann ich bei aller Zuneigung zu Ihnen nichts für Sie tun!"

André rückte noch näher an den Greis heran und flüsterte ihm verschwörerisch zu:

„Keine Angst, Algerd Bronislawowitsch, unsere Leute sind schon unterwegs!"

Der Tag ging langsam zur Neige, und André musste sich Gedanken machen, wie er wenigstens an ein bisschen Geld kommen sollte. Zurück in seinem Luftschutzbunker entkleidete er eine angefangene Skulptur und überlegte, wie er sie möglichst schnell fertig kriegen könnte. Ein Grabschmuck, die Büste einer jungen Frau, die er schon vor seiner Abreise nach Deutschland in Angriff genommen hatte. Eine Vorauszahlung hatte er schon bekommen, aber er wollte den Auftraggeber um einen weiteren Vorschuss bitten. Er rief ihn an, bat dringend um ein Gespräch und machte sich an die Arbeit.

André hasste es, die Büsten von Toten zu modellieren. Das schienen auch die Toten zu spüren, entsprechend widerspenstig gebärdeten sie sich. Nach Fotos zu arbeiten war schwierig. Die Aufnahmen waren meist klein und unscharf, so dass er viele Details auf gut Glück erfinden musste. Manchmal gelang ihm das sogar, und die Skulptur sah dem Toten ähnlich. Meist jedoch war zwar eine gewisse Ähnlichkeit vorhanden, das Gesicht aber durch eine hässliche Grimasse entstellt. Nur eine falsche Rundung, eine verrutschte Linie, und statt des Verstorbenen grinste einen dessen entfernt verwandte Missgeburt an. Dann wurden die Auftraggeber wütend und beschimpften André. Die meisten hätten ihn sowieso nicht angefragt, aber seine Preisliste war sein Trumpf – niemand in Mogiljow war so günstig wie er. Manchmal konnte er das Porträt noch einmal bearbeiten und dem Original etwas näher bringen. Aber häufig wurden die Missgeburten nur noch unansehnlicher. Dann wollten die Auftraggeber die Skulpturen nicht mitnehmen, und sie blieben bei ihm im Atelier.

Auf den Müll schmeißen wollte André sie dann doch nicht, also hatten sich über die Jahre knapp drei Dutzend tönerne Tote bei ihm angesammelt. Wenn er in seinen Luftschutzbunker hinab stieg, glotzten ihn die verstaubten Büsten mit Spinnweben verhangen aus allen Winkeln an. Aber er hatte sich inzwischen schon so an sie gewöhnt, dass er ihre Gegenwart gar nicht mehr wahrnahm. Wenn jedoch ein Fremder hier auftauchte, musste er sich vorkommen wie in einem Gruselkabinett. Deshalb deckte André die Köpfe seiner Untoten mit Zeitungen ab, bevor ein neuer Kunde vorbeikam. Aber nach ein paar Tagen rutschten die Zeitungen wieder herunter, und die Missgeburten stierten ihn erneut aus ihren irren Augen an.

Die Büste, an der er aktuell arbeitete, befand sich in einem Stadium, in dem sich noch schwer sagen ließ, ob daraus etwas Brauchbares werden würde oder ein weiteres Stück für seine Debilen-Sammlung. Bislang ging ihm die Arbeit jedenfalls nicht von der Hand. André betrachtete das vergilbte Foto, nahm einen Batzen Ton und führte ihn zur Nase, um die richtige Rundung zu erwischen. Aber sie entwischte ihm. Bald hatte er keine Lust mehr. Er fand, heute sei nicht sein Tag und er sollte das bisherige Werk besser nicht vor dem Besuch seines Kunden verschandeln. Lieber in die Stadt gehen und ein bisschen entspannen.

Pläne für den Abend hatte er nicht, bis auf den einen: irgendwo Geld auftreiben. Er überlegte, wen er am besten anpumpen könnte, schlug die Ateliertür zu und machte sich auf zur Bushaltestelle.

Im Gegensatz zu Bonn konnte man Mogiljow beim besten Willen nicht mit einem Sanatorium verwechseln. Noch vor dreihundert Jahren hatte es den Charme einer europäischen Stadt versprüht – Barockkirchen, Schlosstürme, Rathaus, schmale Gassen mit Häusern unter spitzen Ziegeldächern. Doch dann war Swjatopolk gekommen, und die Stadt war in grauer Provinztristesse versunken. Die Kirchen wurden abgetragen, Rathaus und Schloss zerstört, die Häuser umgebaut, die spitz zulaufenden Dächer gegen flache und die Ziegel gegen Bleche ausgetauscht, kurzum, aus der blühenden Stadt wurde ein höchstens mittelmäßiger Absteiger, der irgendwo im fernen Hinterland des Russischen Reiches sein Dasein fristete. Original sind wohl nur noch die Flussläufe und der Dnjepr, der seit jeher durch die Stadt fließt und ursprünglich, wie er ist, das Auge erfreut.

Die Häuser in der Innenstadt hatten so gar nichts von den Bonner Schatzkästlein, eher erinnerten sie an Schuhkartons, in die man rechteckige Fenster geschnitten, hier und da ein einfallsloses Muster aufgepinselt und sie dann entlang der chaotisch verknoteten Straßen zu beiden Seiten des Dnjepr abgeworfen hatte.

Und trotzdem mochte André diese Stadt. Nicht einmal, weil er hier geboren war und die Stadt der Kindheit einem bekanntlich die liebste ist. Ihre Provinztristesse verschaffte ihm einfach ein unerklärliches Wohlgefühl. Es war vielleicht den Gefühlen vergleichbar, die er für die verstaubten Missgeburten in seinem Atelier hegte. In der Armseligkeit misslungener Schöpfung erkannte er die wahrhaftige Seite des Lebens. Sie erschien ihm ehrlicher, aufrichtiger und vollkommener als die Perfektion der schönen, pompösen Prachtstädte. Denn gerade darin, dass der Schöpfer die Welt gezielt als Missgeburt und Fehlversuch geschafften hatte, als armseligen Krüppel, erkannte er den göttlichen Gedanken. Weshalb Gott das getan hatte, blieb André ein Rätsel. Doch in allem Streben nach Vollendung sah er stets das Wirken jener anderen Kraft, die im ewigen Widerstreit mit Gott der Offenbarung des Armseligen die Macht der Proportion entgegensetzte, der aufrichtigen Disharmonie die Symmetrie und die die Wahrheit des Gottesnarrentums mit der Strahlkraft des Schönen in den Schatten zu stellen suchte.

André kam in der Innenstadt an, stieg am Leninplatz aus und ging zu Fuß weiter zu Witeks Wohnung. Sie hatten sich vor gerade mal einem Jahr in einem Linienbus kennengelernt. Witek hatte, absichtlich in Lumpen gekleidet, den finster dreinblickenden Mitfahrern laut und leiernd vorgelesen, aus Augustinus: *Vom Gottesstaat*. An der dritten Haltestelle wollten die finsteren Männer, die das Geleier nicht länger ertragen konnten, dem Vorleser das Maul stopfen, aber André ging dazwischen und zerrte ihn aus dem Bus. Dann fand er heraus, dass der Prophet kein Verrückter war, sondern einfach ein Künstler.

Zum Glück war Witek zuhause, und er begrüßte André, kaum dass er die Tür geöffnet hatte, mit einem erleichterten Seufzer:

„Uff, Gott sei Dank, ich dachte schon, der Abschnittsbevollmächtigte!"

In der Küche eröffnete er ihm dann:

„Heute morgen hat deine Frau angerufen und gesagt, du hättest eine Alkoholpsychose. Ich soll dir also unter keinen Umständen Geld geben, und wenn du auftauchst, bettelst, randalierst und auf dem hohen Ross reitest, soll ich sofort die Brigade mit der Zwangsjacke kommen lassen und dich in die Klapse stecken lassen! Ha ha ha! Tee? Ich hab deine Swetlana noch nie so außer sich erlebt", fuhr Witek fort und machte sich am Herd zu schaffen. „Vielleicht hat sie ja die Scheißpsychose? Aber woher denn? Sie trinkt ja nicht. Sie hat nur von dir geredet. Du hättest in Berlin gesoffen und dann die ganze Kohle in irgendeinen antiken Helm gesteckt. Den da, nehm ich mal an! Dann, sagt sie, bist du durchgeknallt und hast mit einem Fjodor Stiefel in der Spree versenkt. Ha ha ha! Was für ein Schwachsinn! Ziegel drangebunden und versenkt! Dann hast du ihr eine Burka als Geschenk gekauft! Alter, ich lach mich krank! Und sie soll damit durch die Stadt laufen! Und du willst den Helm nie wieder absetzen, sagt sie. Und wenn du abkratzt, passt du in keinen normalen Sarg rein, dann müssen sie ein Loch ins Kopfende bohren! Und dann sagt sie noch, du hättest deiner Schwiegermutter aus Deutschland einen Stiefel von der

Müllkippe mitgebracht! Ich piss mich gleich ein! Wenn ich dich nicht kennen würde, hätte ich gedacht, das hat sie aus dem Feuilleton! Sie meint also, du bist endgültig durchgeknallt wegen deinem hoffnungslosen Alkoholismus und du gehörst auf dem schnellsten Weg in die Klapse."

Witek war ein wenig jünger als André. Er verstand sich als Begründer und wichtigsten Vertreter der lokalen Schule des radikalen Aktionismus. Schüler hatte er nicht besonders viele – Rosa und Clara, zwei exaltierte Revoluzzerinnen, die ihm seit seinem ersten Ruf verfallen waren und ein paar langhaarige Jugendliche. Allerdings wurden ihre radikalen Aktionen in der Stadt kaum wahrgenommen. Die Lokalpresse schrieb nicht darüber. Galerien oder Kritiker, die das Banner der Aktionskunst in Mogiljow hätten hochhalten können, gab es nicht. Nur das Stammpublikum kannte sie – die Polizei. Als Witek aus Solidarität mit Ales Puschkins Aktion in Minsk vor das hiesige KGB-Gebäude einen Haufen Mist karrte, wurde er im Gegensatz zu Puschkin nicht einmal eingesperrt. Die Bullen haben ihn einfach zusammengeprügelt, ihn für eine Nacht im Käfig behalten und am nächsten Morgen wieder rausgeschmissen. Als er dann noch mal zu demselben Gebäude kam und mit Scheiße SCHEISSE an die Hauswand schrieb, haben die Bullen das wieder nicht als Kunstwerk verstanden und ihn für fünfzehn Tage wegen ungebührlichen Benehmens weggeschlossen.

Was Witek auch unternahm, die Aktionskunst in der Stadt zu etablieren, es endete immer in Scherereien mit der Polizei. Den Polizisten galt seine Kunst als Belästigung der Allgemeinheit, zufällige Zeugen seiner Aktionen sahen darin eine empörende Schweinerei, die bestraft gehörte. Als er in ein eigenhändig geschneidertes Hasenkostüm stieg und damit ohne Fahrschein Bus fuhr, setzten ihn die Kontrolleure vor die Tür und riefen die Polizei. Als er beim Bäcker in Unterhose als Prediger zur Frömmigkeit aufrief, fauchten ihn die alten Weiber an und prügelten ihn mit ihren Gehstöcken auf die

Straße hinaus. Nachdem er als Serientäter im Namen der Kunst wiederholt eine Nacht auf der Wache verbracht hatte, wurde er etwas vorsichtiger. Seine Kuratoren, Kritiker und Galeristen von der Bezirksverwaltung für Inneres zogen ernsthaft in Erwägung, ihm eine Einzelausstellung in der örtlichen Klapse zu organisieren.

Deshalb führte Witek im letzten halben Jahr seine radikalen Aktionen nur noch im kleinen Kreis und in seiner Wohnung durch. Doch sein Stammpublikum spürte, dass etwas in der Luft lag und schickte regelmäßig den Abschnittsbevollmächtigten vorbei. Was immer in der Stadt vorfiel, ob Awdotja Nikititschna die Bettwäsche geklaut, im Kiosk an der Bushaltestelle eingebrochen oder ein Geldtransporter überfallen wurde, Witek gehörte stets zum engeren Kreis der Verdächtigen. Er war die Aufmerksamkeit seines Publikums dermaßen leid, dass er ernsthaft überlegte, nach Moskau zu ziehen. Dort könnte er sich aber nur mit einem neuen radikalen Projekt präsentieren. Obwohl er unablässig daran werkelte, wollte ihm einfach nichts Ordentliches einfallen. Als er nun André zuhörte, wie der von seinem Manifest erzählte, verfiel er in eine Mischung aus höchster Begeisterung und schierem Neid.

„Hammer, Alter, Oberhammer!", ächzte er, als André fertig war. „Du weißt noch gar nicht, wie Hammer das ist! Wahnsinnsidee! Aber du musst von hier verschwinden."

Witek war so aufgewühlt von dem eben Gehörten, dass er die stille Reserve – eine halbe Flasche Port – aus dem Schränkchen holte und auf den Tisch knallte.

„Diese Penner hier machen dich alle, verstehst du?" Er goss den Portwein in zwei Teetassen. „Bist ja auch kein Kind von Traurigkeit!"

„Witek, ich brauche Geld."

„Nein, du hast es noch nicht kapiert! Wenn nicht die Bullen, dann packt dich deine olle Swetlana in die Klapse. Das darf die als Ehefrau. Dann kommt das Wägelchen mit der Brigade aus dem Irrenhaus und, weißt du, irgendetwas sagt mir, dass sie ihr glauben werden! Und dann hast du noch den Faschisten kaltgemacht!"

„Vielleicht ja auch nicht. Fjodor wollte eine Nachricht schicken."

„Wohin denn? Zu dir nach Hause? Willst du, dass Swetka das auch noch mitbekommt?"

„Ich geh auf die Post. Und sage denen, sie sollen mir meine Briefe persönlich aushändigen."

„Und ich sage dir, du musst verdammt noch mal nach Moskau verschwinden!"

„Also was ist nun mit der Kohle?"

„Was denn für Kohle? Du siehst doch, dass ich mir nicht mal eine ganze Flasche Port leisten kann!"

Maria Prokopjewna galt in der Stadt als einflussreiche Person, die auf der richtigen Seite stand. Sie war vielleicht kein großes Licht, war aber auf der Karriereleiter stetig vorgerückt und hatte jedes neue Sternchen auf den Schulterklappen pünktlich eingeheimst. Sie wusste immer genau, wann sie wem was wie sagen musste. Sie war rechtzeitig zum Komsomol gegangen, dann in die Partei und später zur Perestroika, und als der orthodoxe Atheismus offiziell zum rechten Glauben erkoren wurde, sagte sie sich, es gebe wohl einen Gott, band sich ein zwiebelförmiges Haarteil auf den Kopf und ging feiertags in die Kirche.

Ihr Dienstbuch las sich mustergültig: Leutnant-Lehrerin, Hauptmann-Studiendekanin, Major des Komsomol, Oberstleutnant RAVB (Rayonabteilung für Volksbildung), Oberst für Technische Dienste. Langsam aber stetig hatte sie sich mit den nötigen Kontakten zu ihresgleichen umgeben. Sie war schon für den Generalsrang im Gespräch, den Rektorenposten, und hätte ihn auch beinah bekommen. Aber da kam Fadejitsch vom Himmel gefallen, ein Mann ohne jegliche Verdienste, einfacher Hauptmann, vormals Direktor einer kleinen Dorfschule. Man erzählte sich allerdings, er sei persönlich mit dem Präsidenten bekannt, sie wären Nachbarjungs gewesen und hätten sogar zusammen Fußball gespielt. Deshalb kam Fadejitsch zwar zeitlebens nicht über den Hauptmann hinaus, wurde aber, als sich sein ehemaliger Mannschaftskamerad plötzlich an ihn erinnerte, auf den Generalsposten gehievt.

Nachdem sie sich anfangs geärgert hatte, erkannte Maria Prokopjewna bald, dass die Fortuna launischer Natur war, schließlich brauchte die Armee keine Emporkömmlinge, sondern Leute wie sie, zumal nicht alle Generalsposten mit Fußballkollegen besetzt werden konnten. Sie nahm Fadejitsch geschickt an die Kandare, und schon bald ließ sich kaum mehr sagen, wer von den beiden nun eigentlich regierte. Boris fällte keine Entscheidung ohne sie. Sie war seine Testamentsvollstreckerin, sein Alter Ego, seine Wirtschafterin, und sie legte ihm die Tarotkarten. Es hieß sogar, es gebe zwischen den beiden noch engere Bande. Aber als alleinstehende Frau störte das Maria Prokopjewna in ihrem Dienst nicht im Geringsten.

Etwas anderes war ihr ein Dorn im Auge – ihr verkorkster Schwiegersohn. Sie hielt ihn für einen Nichtsnutz, Faulenzer und Säufer. Aber solange alles im Rahmen blieb, nahm sie es zähneknirschend hin. Schließlich war es in ihrer Stadt durchaus nicht ungewöhnlich, ein Säufer und Nichtsnutz zu sein. Aber was er nun angerichtet hatte, sprengte ohne jeden Zweifel den Rahmen. Es war nicht einfach unverschämt, er hatte ihrer Reputation einen Schlag versetzt, ihr direkt in die Seele gespuckt. Er hatte sie in den Schmutz gezogen, sie zum Gespött der Leute gemacht. Dass er ein Idiot war, wussten alle, aber lachen würden man nun über sie, einen respektablen, in allen Belangen korrekten Menschen. Sie hatte sich hochgearbeitet, war Prorektorin, künftige Rektorin und vielleicht noch mehr, und ihr Schwiegersohn hatte sich eine Pickelhaube aufgesetzt. Das war eine Aggression, ein heimtückischer Überfall, ja, letztlich eine Kriegserklärung an sie. Er hatte eigentlich nicht sich selbst, sondern ihr den Helm aufgesetzt. Denn in den Augen der Leute würde nun nicht er, sondern sie, Maria Prokopjewna, in der Pickelhaube durch die Stadt gehen.

Dieser Gedanke raubte ihr den Schlaf. Es war, als hätte sich der Helm auf ihrem Kopf materialisiert. So fuhr sie sich am Morgen von Zeit zu Zeit durchs Haar, um wirklich sicherzugehen, dass er nicht da war.

Maria stand schon vor der Tür, als der Friseur öffnete. Normalerweise trug sie eine üppige goldene Zwiebelkuppel, aber die könnte nun für Zweideutigkeiten sorgen. Um auch den geringsten Bezug zur Schande ihrer Familie auszuschließen, ließ sie sich die Haare schneiden, radikal schwarz färben und dazu eine Kaltwelle verpassen.

Als Maria Prokopjewna in der Universität auftauchte, hatte sie mit dem neuen Haarschnitt etwas von einer Furie, während ihr Gesichtsausdruck an einen Kugelblitz erinnerte, der im Gewittersturm durch das geöffnete Lüftungsfensterchen fährt. Die Studenten, die ihr auf ihrem Weg ins Rektorat begegneten, wagten nicht einmal, sie zu grüßen und schlugen eilig die Augen nieder, um bloß nicht von ihrem Zorn getroffen zu werden.

„Boris, du musst das unverzüglich unterbinden!", verkündete sie schon auf der Schwelle. „Eine Schande ist das! Ein Schlag in mein Gesicht! Du musst alle Kräfte mobilisieren! Polizei, Veterinäramt, Veteranen, OMON, wen du willst, von mir aus auch Eduard, aber reiß ihm diesen Dreck vom Kopf!"

„Ich hab mir schon gedacht, dass die Avantgarde nichts Gutes bringt!", sagte Boris Fadejitsch und blickte von seinen Papieren auf.

Er war natürlich auf dem Laufenden, hatte der Sache aber zunächst keine größere Bedeutung beigemessen. Da er André für einen harmlosen Spinner hielt, ließ er ihm einiges durchgehen. Nicht etwa, weil er seine Absonderlichkeiten guthieß, sondern weil er Maria Prokopjewnas Schwiegersohn war. Dass er ausgerechnet mit Pickelhaube zum Unterricht erschienen war, fand er zwar ein wenig befremdlich, hatte aber zugleich auch ein gewisses Verständnis dafür. Boris Fadejitsch war selbst in den Partisanenwäldern groß geworden, deshalb hatte er eine Schwäche für Trophäen und Kriegsgeschichten. Er las eigentlich nichts anderes. Der Große Vaterländische Krieg war seine Leidenschaft. Noch als Junglehrer an der Dorfschule hatte er Pfadfinder zu Partisanenstätten geführt. Sie hatten Erdbunker ausgegraben, von Farn überwucherte Schützengräben, namenlose Gräber, und bald hatte er eine stattliche Sammlung deutschen und sowjetischen Kriegsgeräts beisammen. Manche hielten ihn sogar für einen Plünderer, aber als er zum Schuldirektor berufen wurde, übergab er den Großteil der Schätze dem Schulmuseum, das sein ganzer Stolz und sein Seelentrost in der tödlichen Langeweile auf dem Lande war.

Bei seinem Umzug nach Mogiljow hatte er die besten Stücke mitgenommen. Er machte zwar in der Universität kein Partisanenmuseum auf, begeisterte sich aber für das hochschuleigene Theater, dem er seine Trophäen vermachte. Es brachte freilich mit dem Segen des Rektors ausschließlich Kriegsstoffe über die Deutschen und die Partisanen auf die Bühne, aber Fadejitsch war mächtig stolz auf sein Lieblingskind bzw. dessen Requisiten. Einen Helm, wie André ihn jetzt trug, hatten sie natürlich nicht im Fundus, deshalb hatte er zuerst kurz überlegt, ob er ihn nicht gegen eine alte Walther P38 mit Holster oder eine PPSch-41 ohne Magazin eintauschen könnte. Da er nun aber sah, wie sich Maria Prokopjewnas Kugelblitzgesicht mit dem irritierenden Kaltwellenrahmen bedrohlich durch sein Büro wälzte, wurde ihm klar, dass die Sache ernst war, und er fragte besorgt:

„Mascha, wo ist denn dein Dutt hingekommen?"

„Bist du wirklich so dumm, Boris? Kapierst du denn nicht, was hier vorgeht? Das ist Sabotage!" Der Kugelblitz stand ihm nun so unmittelbar vor Augen, dass er erschrocken zurückfuhr und ausrief:

„Was für eine Sabotage?!"

„Ideologische natürlich! Kannst du dir vorstellen, was passiert, wenn sie dort davon erfahren?" Maria Prokopjewna deutete auf das große Präsidentenporträt, das über dem Rektorensessel hing.

Boris erbleichte. Auch Maria Prokopjewna verlor plötzlich an Farbe. Ein wahnhafter Anfall von Paranoia brach erneut über sie herein: Sie meinte zu spüren, wie das strenge, alles sehende Auge des Porträts sie gerade mit Pickelhaube auf dem Kopf wahrnahm und korrigierte hektisch ihre Frisur.

„Vielleicht das Militärkommissariat, oder? Schicken wir ihn zu den Partisanen", wagte Fadejitsch einen ersten Vorschlag.

Maria Prokopjewna wusste nun, dass sie die richtige Saite in Boris zum Klingen gebracht hatte. Im Unterschied zu ihr gehörte Fadejitsch nicht zu den Tadellosen. Er trank gerne mal einen und ging dann den Weibern schon mal an die Wäsche. Er war sentimental, phasenweise gewissenhaft, abergläubisch und neigte deshalb zu Angst- und Schweißausbrüchen. Seine Vergnügungen waren zwar im Grunde nicht zu beanstanden, aber trotzdem irgendwie sonderbar und untypisch für ihre Kreise. Vor allem aber hatte er nicht den festen Boden unter den Füßen, den sie jederzeit spürte. Er verdankte seinen Posten einem bloßen Zufall. Und weil er darum wusste, fürchtete er sich umso mehr, ihn wieder zu verlieren. Anfangs hatte er sogar Gewissensbisse und fühlte sich als Usurpator, als Pseudodmitri, aber als er sich dann in der Traditionslinie von Mogiljow sah – alle Pseudodmitris kamen von hier – beruhigte er sich.

Über die Jahre hatte er sich so an die Rolle des Paschas auf Staatskosten und die damit verbundenen kleinen Annehmlichkeiten wie sein Haustheater gewöhnt, dass er nur mit Schrecken daran denken konnte, was es bedeuten würde, das alles zu verlieren. Maria Prokopjewna vertraute er blind, und das nicht einmal, weil er ihr einmal im betrunkenen Zustand unter den Rock gefahren war und sie auf seinem Schreibtisch genommen hatte. Obwohl seither viele in der Universität von ihrem Verhältnis wussten, sogar seine Ehefrau, wenn sie es auch nicht zu erkennen gab.

Maria Prokopjewna war für Fadejitsch inzwischen eine Art geistiger Vater geworden, oder eher eine geistige Mutter.

Manchmal nannte er sie sogar scherzhaft „du meine Mutter, Jungfrau Maria". Früher einmal, als sie noch RAVD-Abteilungsleiterin war, hatte sich Maria Prokopjewna mit Astrologie beschäftigt, dann auch mit weißer Magie. Mit der Zeit hatte sich die Magie zu ihrer heimlichen, aber durchaus nützlichen Leidenschaft entwickelt. Ihre Künste waren so weit gediehen, dass sie Fadejitschs Katerkopfschmerzen verschwinden lassen, ihm seine Träume deuten oder ihm vor Personalentscheidungen die Karten legen konnte, um vorherzusehen, ob der betreffende Kader, Sechser oder Bube, zum Wohle aller beitragen würde. Oder ob er ihnen Scherereien mit dem Fiskus oder sonstigen Ärger einhandeln könnte. Fadejitsch traf keine Entscheidung mehr, die nicht mit Maria abgestimmt war. Sie konnte die Zukunft nicht nur aus Karten lesen, sondern auch aus Eierschalen, Gänsedaunen, Wachs, Milch und Pantoffelwürfen.

In entscheidenden Situationen besonderer Art, vor Dienstreisen nach Minsk etwa, wenn Fadejitsch schon Tage vorher nicht mehr schlafen konnte und aus Angst vor seiner Amtsenthebung mehr trank als sonst, hielten sie eine spiritistische Sitzung. In der Regel war der Hochschulkurator des Komitees für Staatssicherheit Eduard Walerjanowitsch mit von der Partie, ein krankhaft dürrer und hochgewachsener Mann, der teilweise an einen Schrubberstiel, teilweise an den Eisernen Feliks erinnerte, den mystischen Dingen aber sehr zugetan war, außerdem Algerd Bronislawowitsch, Inhaber des Kunst-Lehrstuhls und Roerich-Verehrer, sowie Marias Tochter Swetlana, die an der Universität Geschichte unterrichtete.

In der Regel riefen sie zu Fadejitschs Beistand die Geister des vergangenen Krieges, Shukow, Konew, Woroschilow. Aber weil sich Boris vor den Marschällen etwas fürchtete, zog er ihnen die lokalen Geister, die Kommandeure der Partisaneneinheiten vor: Shurba, Kirpitsch, Schubodjorow, Kossoi, Zherdjai. Doch das tiefste Vertrauen hatte er in den beinamputierten Flieger Meressjew. Er mochte ihn schon als Kind, seit er in einem der Kriegsbücher gelesen hatte, wie ihm nach einem Abschuss durch die Deutschen im Wald die Beine abgefroren waren, er sich aber trotzdem wieder in die Luftstreitkräfte eingliederte. Sein unbändiger Heldenmut hatte sich in Boris Fadejitschs Bewusstsein tief eingeprägt, andererseits konnte er ihnen ohne Beine auch nicht ernsthaft gefährlich werden.

Maria sah die Angst in Fadejitschs Augen und kam seiner Frage zuvor:

„Nicht nötig, Boris. Auch ohne Karten ist klar, dass dieser Mensch uns ins Verderben stürzt, wenn du ihn nicht zwingst, diesen Dreck abzusetzen!" Sie kontrollierte sicherheitshalber noch einmal ihre Frisur.

„Keine Sorge, Maria Prokopjewna", gab sich Fadejitsch auf einmal offiziell. „Wir werden diesem Mondrian sein Stalingrad bereiten." Er hob den Telefonhörer ab: „Lisa, sei so gut, schick mir mal Eduard Walerjanowitsch her."

Tags darauf erhielt André überraschend Besuch vom Brandmeister der Universität. André wunderte sich über dessen plötzliches Interesse für seinen Luftschutzbunker, hatte er sich doch zuvor nicht ein einziges Mal hier blicken lassen. Nachdem der Brandmeister mit ernster Miene im Bunker auf- und abspaziert war, alle Missgeburten eingehend studiert und festgestellt hatte: „Ja, sehr hübsch, ich könnte das nicht! Ist nicht jedem gegeben, so ein Talent!", fing er schließlich an, ihn über die Brandschutzbestimmungen aufzuklären.

In einer Ecke entdeckte er ein Altpapierlager, einen Stapel alter *Sowjetskaja Belarus*-Ausgaben und sagte:

„Das geht nicht, das muss weg! Im Brandfall fangen die als erste Feuer!"

Dann empfahl er, die beiden Schränke auseinanderzurücken. Wenn der eine in Flammen aufgeht, könnten die nämlich schnell auf den anderen übergreifen. Überhaupt wären Schränke hundsgefährlich – man wisse nie, was sich Teuflisches darin verberge. Anschließend brütete er lange über der

Tonwanne, konnte aber einfach nichts finden, was er daran zu beanstanden hatte. Das alte Sofa mit der zerschlissenen Matratze stimmte ihn ebenfalls sorgenvoll. Aber in wahre Aufregung geriet der Brandmeister, als er in der Truhe den Strohmenschen entdeckte. Er redete etwas von einer Riesensauerei und wollte ihn am liebsten sofort auf dem Müll entsorgt sehen. André fragte nach, ob er die Sauerei im künstlerischen oder im brandschutztechnischen Sinne zu verstehen habe, worauf der Brandmeister antwortete: „In beiden", sich eine Zigarette anzündete und sich auf dem Sofa niederließ.

Doch André hatte von Anfang an gespürt, dass er sich weder für den Strohmenschen in der Truhe interessierte, noch für den Haufen alter Zeitungen, sondern allein für ihn, bzw. seinen Helm. Als er es sich richtig bequem gemacht und ein paar Mal an der Zigarette gezogen hatte, rückte er endlich heraus mit der Sprache.

„Darf ich mal ganz neugierig fragen: Was haben Sie da auf dem Kopf?"

„Na, was wohl! Das sehen Sie doch, einen Feuerwehrhelm!"

„Sehr gut! Das kann ich nur gutheißen! Sehr umsichtig!", lobte der Brandmeister ihn eifrig.

„Na endlich. Verzeihung, wie war gleich der Name?"

„Pjotr Jewlampijewitsch."

„Endlich, Pjotr Jewlampijewitsch. Sie sind der erste Mensch in dieser Stadt, der meine Entscheidung unterstützt!" André zündete sich ebenfalls eine Zigarette an.

„Und Sie haben den also immer auf?", fragte Pjotr Jewlampijewitsch weiter.

„Das muss ich Ihnen doch nicht erklären, Pjotr Jewlampijewitsch. Sie wissen doch, in was für brandgefährlichen, ja, ich scheue mich nicht zu sagen hochexplosiven Zeiten wir leben! Es ist wie im Krieg: Jede Minute kann ein Feuer ausbrechen! In Moskau haben sie kürzlich in der Metro einen Zug in die Luft gejagt! Da sitzt du und fährst und dann, zack, überall Feuer!"

„Ja, ja, Sie haben ganz recht", pflichtete ihm Jewlampijewitsch sorgenvoll bei. „Gefährliche Zeiten sind das! Bei uns hier im Raum Tschaussy ist vor einem Monat in einer Nacht eine ganze Schweinefarm abgebrannt!"

„Wie furchtbar! Und noch was, stand gerade in der Zeitung. In Minsk hat sich ein Mann splitternackt beim Siegesdenkmal neben die Ewige Flamme gesetzt! Dann ist ein Kriegsveteran vorbeigekommen und wollte sich erkundigen, was denn passiert ist. Er spricht ihn an. Keine Reaktion. Spricht ihn noch mal an. Schweigen. Da ist der Veteran noch näher hingegangen und hat ihm die Hand auf die Schulter gelegt. Da springt dieser Nackte auf wie ein Irrer, packt den Alten bei der Schulter und schmeißt ihn in die Ewige Flamme! Stellen Sie sich das mal vor, Pjotr Jewlampijewitsch, einen Kriegsveteranen, mitten rein in die Ewige Flamme, ins Höllenfeuer sozusagen! Lieber Gott, wenn das nicht ein Teufel war!"

„Ja, entsetzlich!" Der Brandmeister hatte nun endgültig Vertrauen zu André gefasst.

„Oder noch so ein Fall! Kürzlich sind in Minsk drei Stockwerke vom Archiv des Innenministeriums abgebrannt!"

„Was Sie nicht sagen! Das wusste ich noch gar nicht!"

„Na ja, nur im Traum! Und Träume sind Schäume, nicht wahr?"

„Aaa, verstehe. Aber dass Sie auf einen Brand vorbereitet sind, das finde ich gut!"

„Immer bereit!", rief André den Pioniergruß und legte die Hand an den Helm.

„Wissen Sie was?", fragte Pjotr Jewlampijewitsch plötzlich. „Ich habe in meinem ganzen Leben noch keinen Brand gelöscht."

André blickte ihn erstaunt an: „Was haben Sie denn sonst gemacht, wenn es gebrannt hat?"

„Wissen Sie, wie soll ich sagen, als kleiner Junge wollte ich Feuerwehrmann werden, und seit ich es bin, habe ich nur noch mit Papier zu tun. Ich renne hierhin, dorthin, instruiere und verstehe langsam, dass ich eigentlich gar nicht Feuerwehrmann werden wollte, sondern Künstler! Und so etwas Schönes hervorbringen!" Dabei tippte Jewlampijewitsch die Büste der missratensten aller Missgeburten an.

„Vielleicht sollten Sie sich zur Truppe versetzen lassen?" schlug André teilnahmsvoll vor.

„Wer nimmt mich denn jetzt noch? Ich komm doch keine drei Sprossen mehr hoch und bin schon außer Atem. Nein. Künstler will ich sein."

„Dann seien sie einer!", brach es plötzlich aus André heraus.

Er sprang auf, holte einen großen Kasten mit Ölfarben aus dem Schrank, warf ein paar Pinsel dazu und hielt ihn Jewlampijewitsch hin.

„Sie wollen Künstler sein? Dann seien Sie einer! Hier! Fangen Sie heute noch an!"

„Wie denn, das ist für mich?" Der überrumpelte Brandmeister war wie vom Donner gerührt.

Er machte eine abwehrende Geste, aber André bestand darauf und drückte ihm den Kasten kategorisch in die Hand. Pjotr Jewlampijewitsch war so gerührt, dass er fast in Tränen ausbrach und die ganze Geschichte seines verpfuschten Lebens vor André ausbreitete. Er erzählte von seiner Leber und der Diabetes, seiner Frau, die ihn vor fünfzehn Jahren verlassen hat. Dass er seither allein mit seiner alten Mutter und seinem lieben Chihuahua Belotschka lebt, der ein krankes Bein hat. Dass Hunde eigentlich die besseren Menschen sind und die eigentlichen Hunde die Männer vom E-Werk wären, die den Graben vor ihrer Einfahrt seit zwei Jahren nicht zugeschüttet bekommen, weshalb Belotschka und er beim Gassi gehen immer drüberspringen müssen. Als Jewlampijewitsch fertig war und erkannte, dass er mit seiner langen, wirren Geschichte André allmählich auf die Nerven ging, stand er auf, ging zur Tür und sagte:

„Ich will Sie nicht länger von der Arbeit abhalten! Bringen Sie das Ewige hervor! Und rücken Sie die Schränkchen doch besser ab! Es wäre ein Jammer, wenn soviel Schönheit zugrunde geht!"

Auf der Schwelle wandte sich Pjotr Jewlampijewitsch noch einmal um und fragte André betont liebenswürdig:

„Sagen Sie, wo haben Sie diesen Helm eigentlich her?"

„Aus Ostpreußen, musste lange danach suchen!"

„Sehen Sie, ich hätte da eine große Bitte an Sie! Vielleicht könnten Sie mir nächstes Mal aus Ostpreußen auch so einen mitbringen? Ich schreibe Ihnen meine Nummer auf! Ich hätte zu gern auch so einen Helm, wirklich zu gern!"

Am Morgen schaute André noch vor Unterrichtsbeginn bei der Post vorbei, um nachzusehen, ob er nicht einen Brief aus Berlin bekommen hätte. Da er nicht fündig wurde, bat er darum, jegliche an ihn adressierte Korrespondenz nicht an die alte Adresse weiterzuleiten, sondern einzubehalten und ihm persönlich auszuhändigen.

Als er das Universitätsgebäude von neuem betrat, wollte das Feixen der Studenten, die ihn abgepasst hatten, kein Ende nehmen. Während des Zeichenkurses mussten sich seine Studenten das Grinsen verkneifen, bekamen aber gleichzeitig vor Angst den Mund nicht auf. In den Pausen bildeten sich wieder Trauben von Gaffern im Hof. Seine Dozentenkollegen schlugen verschämt die Augen nieder oder wandten sich mit nie dagewesenem Interesse der dekorativen Propaganda in den Universitätsfluren zu. Noch bevor die nächste Doppelstunde zu Ende war, schaute Algerd Bronislawowitsch bei ihm im Hörsaal vorbei. Mit bedauernder Miene murmelte er irgendwelche Unverständlichkeiten, um André sodann mitzuteilen, dass der Rektor ihn erwarte.

„Hör mal, was soll denn dieser Zirkus?", fragte der Rektor finster, als André in sein Büro kam. „Du enttäuschst mich! Du hast mich böse auflaufen lassen, Sperling! Ich hab dir doch das Atelier in der Universität besorgt, hör mal, und dich in der heißen Prüfungsphase zu Ausstellungen fahren lassen. Dabei hab ich schon gespürt, dass die Rumtreiberei in Europa böse enden wird!"

Er erhob sich aus seinem protzigen Rektorensessel, nahm die Karaffe vom Schreibtisch, schenkte sich ein und stürzte das Glas auf einen Zug hinunter. Dann füllte er es gleich noch einmal und goss die Ficuspflanzen auf dem Fensterbrett.

In all seinem Prunk stand das Rektorenzimmer dem Pomp vieler Büros in der Hauptstadt in nichts nach, womöglich übertraf es sie noch. Boris Fadejitsch hatte eine ausgeprägte Vorliebe für das verschnörkelt Imperiale. Das Universitätsgebäude war zwar ein Neubau, aber in diesem einen weitläufigen Raum wuchsen plötzlich römische Säulen aus der Wand. Auch die Möbel glänzten durch Schwulst. Sie waren sämtlich aus erlesenen Hölzern geschnitzt, der Rektorensessel selbst erinnerte eher an den Thron irgendeines Ludwigs. Sein Kopfstück wurde von zwei vergoldeten Gipslöwen gekrönt. Als Swjatopolk und Wallenrod ihre falschen Brüder auf dem Thron erblickten, schauten sie finster drein und reckten stolz das Kinn, stießen dabei aber sogleich auf den gestrengen Blick des Präsidenten auf seinem Porträtbild an der Wand.

„Verzeihung, Boris Fadejitsch, womit habe ich Sie auflaufen lassen?", fragte André in die längere Pause hinein, die sich nach der Wässerung der dritten Steinvase eingestellt hatte.

„Also hör mal, das erklär ich dir sofort!" Er war hörbar bemüht, seiner Stimme jetzt mehr Pathos zu verleihen. „Mir ist hier verschiedentlich zu Ohren gekommen, dass du durchgeknallt bist. Vor lauter Avantgarde wären dir die Sicherungen rausgeflogen! Du brauchst einen Arzt, und der schüttelt dich wieder zurecht! Ich glaube aber, du bist gar nicht plemplem! Du betreibst diese ideologische Sabotage ganz gezielt! Du hast dir diesen Soldatenhelm einer feindlichen Armee mit Absicht aufgesetzt! Während unser Land von Feinden umzingelt ist, die nur darauf lauern, es an sich zu reißen und zu verschlingen, während ringsum die Imperialisten stehen, Amerika, NATO, Gazprom, orangene, feindliche Stimmen, Kreml-Oligarchen …, betrittst du die mir anvertraute Einrichtung mit dieser Sabotage auf dem Kopf! Sag mir doch mal, wer das ist?"

Fadejitsch zeigte mit dem Finger auf Wallenrod. „Wem gehören diese Löwen, hör mal? Den Engländern? Den Franzosen? Den Deutschen? Oder vielleicht den Russen? Du willst unsere gesamte Lehranstalt in den Schmutz ziehen! Dass es in Minsk heißt, ich brüte hier den Staatsstreich aus und ziehe mir die Carbonari heran! Dass sie mich um meine Arbeit bringen! Hör mal, mit einem Wort, pass auf!" Er stellte die Karaffe ab, ging zum Schrank und öffnete eine Tür.

In den Schrankfächern lagen der SSch-40-Stahlhelm eines russischen Befreiungskriegers und das Nachfolgemodell SSch-60 neben einer ganzen Sammlung militärischer Kopfbedeckungen: eine lederne Panzerhaube mit Brille, ein Barett, eine Fellmütze mit Ohrenklappen, ein gefütterter Sommerhelm der Roten Arbeiter- und Bauernarmee, eine Tellermütze mit Mützenband „TS-Boote der Schwarzmeerflotte", die Gala-Schirmmütze eines MGB-Offiziers, eine Papacha der Kuban-Kosaken, eine Obersten-Papacha, eine lederne Schirmmütze, eine Feldmütze, eine Budjonowka für Infanteristen nach dem Modell von 1927 und noch einiges mehr.

„Hättest du einen Helm der Roten Armee aufgesetzt, hätte ich nichts weiter gesagt! Also ..." Fadejitsch betrachtete liebevoll seine Sammlung. „Such dir eine aus! Hör mal, wie wär es mit der? Hier, ich reiße sie mir aus dem Herzen!" Er streckte André die graue Budjonowka mit dem roten Stern „RKKA-Panzertruppen" nach dem Modell von 1932 hin. „Schau mal, wie die erhalten ist, wie neu. Wenn es sein muss, lauf mit ihr durch die Universität! Hat auch dieselbe Form. Aber setz dieses imperialistische Drecksding ab! Oder schreib ein Kündigungsgesuch auf eigenen Wunsch! Du hast die Wahl!"

Fadejitsch legte André einen leeren Bogen Papier hin. Nach einer Pause fügte er hinzu:

„Hör mal, kündigen können wir dir auch ohne Gesuch. Du hast mehrere Stunden ohne triftigen Grund verabsäumt."

André warf dem aufragenden Filzmorchel der RKKA-Panzertruppen noch einen bedauernden Blick zu und griff dann zum Kugelschreiber. Als er fertig war, streckte er Fadejitsch das Blatt hin. Der nahm es entgegen und überflog es brummelnd:

„… da unser Staat von Feinden umzingelt ist … bedroht von Amerika, NATO, UNO, Gazprom, Ölkartellen … dringende Notwendigkeit zur Massenproduktion eines Erzeugnisses gegeben, Schalom genannt … mit dem Ziel … den unerschütterlichen Geist des Volkes … allen Geiferern zum Trotz … überzeugt dem ihm allein bekannten Ziel entgegenstrebt.

… mit seinem emporgereckten Gruß eine Provokation … sei es zielführend … Pickel zu ersetzen … stilisierten Mittelfinger … Bezeichnung Fuck-Schalom … anderen Sprachen ‚Frieden' … Sinn des Erzeugnisses … der ganzen Welt den Mittelfinger …

… Volk würde allen zeigen … Spielchen herzlich am Arsch vorbei … Machtansprüche der Ölkartelle … trotz alledem … unerreichte Höhen vordringen.

… mein Vorschlag … nicht auf Verständnis gestoßen … Dagegen verwahre ich mich … protestiere ich kategorisch … So, so! Ich verstehe!"

Boris Fadejitsch zückte sein Schnupftuch und trocknete sich die schweißnasse Glatze.

„Du willst also weiter deine Faxen machen, du Clown! Aber ich hab jetzt die Faxen dicke!"

Er griff erneut nach der Karaffe, schenkte sich ein und leerte das Glas. Offenbar hatte er tags zuvor ordentlich gebechert und litt daher ordentlich an Durst. Noch einmal sah er André in die Augen, wurde plötzlich puterrot und brüllte:

„Raus hier! Schwachkopf! Kasper! Du hast drei Wochen, das Atelier zu räumen!!! Am nächsten Ersten bist du mit deinem ganzen Gelumpe spurlos verschwunden!!!"

André saß schon seit einigen Tagen im Luftschutzbunker – er ging nicht mehr in die Stadt und kam nur noch nachts an die

Oberfläche, wenn er nicht schlafen konnte. Dann warf er sich den Mantel über und rauchte im leeren, dunklen Innenhof eine Zigarette. Manchmal begegnete ihm gegen Morgen der Nachtwächter und nebenamtliche Hausmeister der Universität Gawrilow, der ihn demonstrativ nicht grüßte, sondern mit finsterer Miene stoisch das Laub zusammenkehrte.

Lebensmittel, Geld und Zigaretten gingen zur Neige. André fand im Schrank noch ein Tütchen Machorka, das er sich für schwere Zeiten zurückgelegt hatte und rauchte Selbstgedrehte. Die einzige Möglichkeit, noch zu Geld zu kommen, war die verkorkste Büste. Er arbeitete jetzt jeden Tag an ihr und versuchte, sie irgendwie fertig zu bekommen, bevor sie ihn aus dem Atelier warfen. Sollte ihm das gelingen, hätte er mit dem Honorar für eine Weile die Chance, ein Zimmer zu mieten. Von dort aus könnte er auf Arbeitssuche gehen.

Am Nachmittag sollte der Auftraggeber kommen. Es ging ganz gut voran, gegen drei war er bereits ein ordentliches Stück weiter gekommen. Um fünfzehn Uhr zwanzig stellte er fest, dass sein Besuch in zehn Minuten eintreffen würde und bedeckte mit ein paar Zeitungen aus dem Stapel, an dem Jewlampijewitsch Anstoß genommen hatte, sorgsam die Missgeburten.

Pünktlich um halb vier stieg ein etwas kurz geratener Mann um die fünfzig in Anzug, weißem Hemd und mit deutlich hervorspringendem Bäuchlein in den Bunker herab. Arseni Kasimirowitsch war ein ortsansässiger Mittelständler, dem mehrere Kioske am Bahnhof, auf dem Bychowski-Markt und an irgendwelchen Haltestellen gehörten.

Er warf seine Ledermappe auf das Sofa und vertiefte sich in die halbfertige Büste seiner Frau, die vor etwa einem Jahr bei einem Autounfall ums Leben gekommen war. Er mäkelte an der großen Nase, den zu weit abstehenden Ohren und den zu vollen Lippen herum, sah dann plötzlich André an und fragte:

„Sagen Sie mal, Andrej, modellieren Sie das Porträt meiner Frau etwa in diesem Helm?"

„Ja, haben Sie damit ein Problem?"

„Ich habe kein Problem, ich möchte nur, dass Sie ihn während der Arbeit absetzen."

Kasimirowitsch runzelte die Stirn und fuhr fort:

„Ich betrachte das als Verspottung meiner verstorbenen Gattin! Ich möchte nicht, dass sie von dort", er hob den Zeigefinger zur Decke des Bunkers, „sehen muss, wie ein ihr unbekannter Mann sie in einem Helm mit erigiertem, himmelwärts gerichteten Phallus porträtiert."

„Sehen Sie darin den Versuch, ihren mentalen Leib zu verführen?"

„Ich mag solche Anspielungen nicht. Wenn Sie eine Fellmütze mit Ohrenklappen tragen wollen – bitte sehr. Aber Sie haben sich ein Glied auf den Kopf gepflanzt. Entweder setzen Sie es ab, oder ich suche mir einen Bildhauer ohne Kopfglied. Diese Bedingung ist meinerseits nicht verhandelbar!"

André wurde nervös. Diese letzte mögliche Einnahmequelle zu verlieren, käme jetzt einer Katastrophe gleich. Er dachte kurz nach, bevor er einen letzten Versuch unternahm, sie doch noch abzuwenden:

„Wissen Sie, Arseni Kasimirowitsch, ich sehe doch, dass Sie ein Mann von Welt sind und offenbar einer seriösen, wissenschaftlichen Tätigkeit nachgegangen sind, bevor Sie Ihre erste Produktionsgenossenschaft für Kunststoffserviettenspender und Fliegenklatschen auf die Beine gestellt haben. Daher ist Ihnen sicherlich bekannt, dass jeder wahre Künstler ein Medium ist, ein bloßer Leiter verborgener Gedanken, denen er in seinen Werken Gestalt verleiht. Glauben Sie mir, dieses phallusförmige Objekt ist lediglich ein Instrument, das eine bessere Verbindung zu anderen Welten ermöglicht. Sie interpretieren es jedoch so, als hätte ich mir ein Glied im Sinne eines hoch erhobenen Medius' aufgesetzt, eines Mittelfingers, der der ganzen Welt sein *Fuck you all!* zuruft, darunter auch Ihnen, Ihrer und meiner Frau, Boris Fadejitsch, Karl und Friedrich, dem Popen im schwarzen Gewand, den Imperialisten, den

Globalisierungsgegnern, den Scheißparteien, den Ölkartellen, den bebrillten Kuratorinnen und der Schwiegermutter mit ihren Stiefeln! Aber glauben Sie mir, dieser Phallus ist ganz bestimmt kein Zeichen der Erregung angesichts Ihrer Frau, und ich peile gewiss keinen astralen Geschlechtsakt mit ihr an. Ich brauche ihn nur für den spiritistischen Kontakt, um Verbindung zu ihrem Geist aufzunehmen und das Werk, an dem ich arbeite, besser zu verstehen."

Arseni Kasimirowitsch blickte André missbilligend und argwöhnisch an.

Nach einer ausgedehnten, nichts Gutes verheißenden Pause, versuchte er es noch ein letztes Mal: „Wenn Sie aber durchaus darauf bestehen, kann ich auch ein Präservativ über den Phallus ziehen! Eine Art Empfängnisverhütungsmittel. Hier, sehen Sie!"

Er nahm ein Holzklötzchen zur Hand, bohrte ein Loch hinein, setzte es auf die Spitze des Pickels und strahlte seinen Auftraggeber mit einem leicht debilen Grinsen an.

„Ich halte Ihren Spiritualismus für Scharlatanerie", bekannte Arseni Kasimirowitsch nach kurzem Nachdenken. „Ich weiß nicht, was Sie mit meiner Frau im Astralen anstellen. Aber mir wäre wohler, wenn nicht ein Medium mit Glied auf dem Kopf sie porträtiert, sondern ein normaler Bildhauer. Leben Sie wohl! Den Vorschuss können Sie behalten!"

Kasimirowitschs Abgang hätte André eigentlich zutiefst erschüttern müssen, aber nichts dergleichen geschah. Er spürte sogar eine bösartige Freude in sich aufsteigen. Als hätte er noch eine Bürde von sich geworfen. „Genug davon!", sagte er sich. „Zum Teufel mit den Auftraggebern, zum Teufel mit den Toten! Das Zeitalter der Missgeburten ist Geschichte!"

Er tigerte wie aufgezogen durch sein Atelier, hob dann behutsam die unvollendete Skulptur von der Werkbank und gesellte sie zu den anderen staubgrauen Krüppeln. Dann kramte er in seinen Büchern herum, fand die alte Ausgabe einer Zeitschrift, die sich französisch *pARTisan* nannte und fing an, darin zu lesen. Das Blatt war das Presseorgan der hiesigen Kunst-Partisanen. Im Leitartikel zog ein unter dem Pseudonym Moisej Molotow schreibender Autor die Bilanz der vergangenen Feldzüge. Sichtlich unzufrieden mit den Ergebnissen rief Molotow dazu auf, sich im Zeitraum zwischen der nächsten Aussaat und der Herbstschlacht zur gemeinsamen Ernte zusammenzuraufen und endlich „die Brücke zu sprengen". Die Sprengung der Brücke war freilich als Metapher zu lesen, die in etwa besagen sollte, die Ära der Privatveranstaltungen und des Untergrunds gehe zu Ende und es sei nun an der Zeit – hier griff Molotow gleich zur nächsten Metapher –, den „Schienenkrieg" auszurufen und an allen Fronten radikal anzugreifen.

Ein weiterer Autor mit dem Pseudonym Emmanuil Lebjodkin polemisierte dagegen und meinte, die Sprengung der Brücke sei noch verfrüht und würde nur einen Gegenschlag provozieren, der den Untergrund niederbrennt. Er hielt eine andere Taktik für angezeigt, nämlich die aktive Unterwanderung der feindlichen Strukturen mit den eigenen Leuten. Erst wenn die Zahl der eingeschleusten eine kritische Masse erreicht habe, sei die Möglichkeit einer Revolution in der belarussischen Kunst gegeben.

Wenjamin Schatow, ein dritter Autor, rief dazu auf, dem Kollaborationismus eine Absage zu erteilen. Eine verfrühte Sprengung der Brücke lehnte er ebenso ab wie jede Form der Zusammenarbeit, von welchen hehren Zielen sie auch immer geleitet sei. Langatmig ließ er sich über moralische Verantwortung, die Nichtkorrumpierbarkeit wahrer Kunst und die Reinheit der Idee aus. Welcher Idee konkret, war André nicht recht ersichtlich, so dass er nach einer Stunde, erschöpft von den vergilbten Neuigkeiten der belarussischen Gegenwartskunst das Heft beiseite legte.

Es gab nichts mehr zu essen. Auf dem Tisch, der mit einer alten Zeitung bedeckt war, lagen ein paar Zwiebeln und ein letzter Kanten Brot. Die beiden großen Schränke blickten ihn

Schulter an Schulter aus rechteckigen Augen an. In der hintersten Ecke raschelte eine Maus.

André nahm die Taschenlampe und begab sich durch die Hintertür in die Katakomben. Hier begann ein weit verzweigtes, leeres Labyrinth, das sich unter sämtlichen miteinander verbundenen Universitätsgebäuden erstreckte. Es war ursprünglich als Erweiterung des Luftschutzbunkers für den Fall eines unvorhergesehenen Weltuntergangs gebaut worden. Von Zeit zu Zeit spazierte André ganz gern durch die dunklen, nach Moder und Kriegsausbruch riechenden Hallen. Und bisweilen fand er etwas Brauchbares für seine Arbeit – einen alten Koffer, einen Stapel Bücher oder einen Teddybär mit abgerissenem Ohr.

Diesmal entdeckte er ein Paar abgetragener Filzstiefel und ein kleines, noch leidlich funktionierendes Metallwägelchen. Er fragte sich wieder einmal, wer diese Sachen hier abstellte, warf die Stiefel auf das Wägelchen und fuhr es in sein Atelier, bereitete sich aus Zwiebel und Brotkanten ein bescheidenes Nachtmahl und legte sich schlafen.

„Swetlana Georgijewna, ich würde gerne mit Ihnen über Ihren Mann sprechen."

Als sie sich umwandte, blickte Sweta in das ausgemergelte Gesicht von Eduard Walerjanowitsch.

„Vielleicht gehen wir am besten in mein Büro." Er lud sie mit einer Geste ein, ihm zu folgen.

Sie gingen hinab in den ersten Stock und blieben am Ende eines langen Universitätskorridors vor einer unbeschilderten Tür stehen. Eduard schaute sich um, drehte den Schlüssel und ließ der Dame den Vortritt.

In der Mitte des geräumigen, halbleeren Zimmers stand ein blankpolierter Tisch mit zwei ordentlich daran ausgerichteten Stühlen. Die schweren Vorhänge vor den Fenstern waren komplett zugezogen, deshalb schien hier, obwohl draußen noch helllichter Tag war, schon der Abend angebrochen. An der

Wand stand ein sperriger Büroschrank, ihm gegenüber ein altes Sofa mit hölzernen Armlehnen und über die Jahre nachgedunkelter Polsterung. Über dem Sofa hing ein Porträt von Feliks Dsershinski, der mit stechendem Blick eine Wasserkaraffe auf dem Tisch fixierte.

„Alles in Ordnung, ich glaube, uns hat keiner gesehen", sagte Walerjanowitsch und schloss von innen ab.

„Eduard, du musst dem ein Ende setzen! Das macht mich noch ganz krank!" Sweta setzte sich aufs Sofa und knöpfte sich hektisch die Bluse auf. „Waschlappen! Dreckskerl! Er hat mich mein Leben lang betrogen! Und jetzt habe ich den Beweis! Kunst! Arschloch! Gesoffen hat er und rumgehurt bei seinen Ausstellungen!"

„Beweis? Was für einen Beweis?", fragte Eduard Walerjanowitsch, während er zwei Laken und ein Kissen aus dem Schrank holte.

„Einen Brief. Ich habe einen Brief aus Berlin bekommen, von irgendeinem Fjodor. Noch so ein Schnapsbruder! In jedem Wort drei Fehler." Sweta streifte den Rock ab und warf ihn unter Feliks' hellwachen Augen auf den Tisch neben die Karaffe.

„Haben Sie ihn mit?" Eduard ließ die Hose fahren, legte sie akkurat in den Falten zusammen und hängte sie über die Stuhllehne.

„Hier." Sweta griff in ihre Handtasche, aber Eduard hielt sie zurück.

„Lassen Sie, hinterher." Er setzte sich ebenfalls aufs Sofa und knöpfte sich das Hemd auf.

Eine halbe Stunde später trat er, selige Erschöpfung im Gesicht, an den Tisch, trank ein Glas Wasser, schob die Vorhänge zurück und bat Sweta, ihm den Brief zu zeigen. Er war von Hand geschrieben, in einer krakeligen, aber doch gut lesbaren Schrift. Über dem eigentlichen Brief stand ein sonderbarer Kurzsatz mit drei Ausrufezeichen:

Der Faschist lebt!!!
Weiter hieß es:
Grüß dich, Andrjucha!
Das wichtigste zuerst: Der Scheißkerl lebt! Du hast ihm da irgendwas in der Gurgel durchbohrt, die Wunde war aber ein Witz. Ich hab für alle Fälle Ingrid ins Krankenhaus geschickt, nachsehen, ob es auch wirklich er ist. Der spaziert also in ein paar Tagen wieder auf der Oranienburger rum. Also freu dich, du hast ihn nicht umgebracht, sie können dir keine Totklatsche anhängen. Der Kassiber kostet dich einen Kasten Schnaps und eine Panzerfaust für Bujan.
Was macht die Front? Wann wieder Berlin? Bei uns alles lässig. Ich hab hier ein bisschen rumverhandelt, wir können bei den Albanern Deckung kriegen. Dann haben wir keinen Stunk mehr mit den Faschos. Dafür müssen wir natürlich was abdrücken, aber in unserer Kunst ist ohne Kurator, also ohne Deckung nichts zu wollen, weißt du ja selbst. Also mach dich bereit fürs Frühjahr. Bujan hat sich gestern zur Feier des Tages volllaufen lassen, heute trötet er den ganzen Tag ins Horn, er übt. Er nimmt das zweite Wägelchen. Ach, Andrjucha, das wird ein Leben! Pass gut auf dich auf. Komm heil von der Front zurück. Wir brauchen dich hier gesund und munter. Alle hier lassen grüßen. Bujan, Amigo, Ingrid. Sie hat sich hier gut eingelebt. Ich wollte dir keinen Kummer bereiten, aber du bekommst es ja sowieso mit. Wie soll ich sagen, kurz und gut, du kennst sie ja, die Weiber. Sie ist also jetzt mit Bujan zusammen. Nicht ärgern, komm vorbei, wir treiben dir eine andere Braut auf. Also, wir warten!
Drück dich, Fjodor.
„Ich nehme den Brief an mich", sagte Eduard und steckte ihn in den Umschlag zurück.
„So ein Arschloch, oder?", fauchte Swetlana. „Hat hier Familie und Kinder und da irgendeine Schlampe sitzen!"

Für den Abend hatte Witek zu einer radikalen Aktion im kleinen Kreis in seine Wohnung geladen: „Die Vertreibung eines konkreten Bullen". Der konkrete Bulle war der Abschnittsbevollmächtigte Gawrjuchin, der Witek nun schon seit einem halben Jahr erbärmlich auf die Ketten ging. Seines Kellerexils überdrüssig, wollte André in die Stadt gehen, bei seinem Kumpel vorbeischauen und nebenher noch zwei Aufgaben erledigen: bei irgendwem zumindest ein bisschen Geld lockermachen und verabreden, dass er die wertvollsten Bestände aus seinem Atelier anderswo zwischenlagern konnte.

Obwohl die Aktion nur im kleinen Kreis stattfinden sollte, war die Wohnung ziemlich voll. Als André auftauchte, waren sämtliche Plätze auf Sofa, Chaiselongue und Bänken schon belegt, auch auf dem Boden hockten einige Leute. Tschibis, Drosd und Sidor, drei ausgehungerte konkrete Poeten, tunkten in der Küche Krabbenstäbchen in Mayonnaise und gossen Wodka nach. Witek saß splitternackt mitten im Zimmer am Tisch. Vor sich hatte er zwei Flaschen Wein und eine bauchige Metallschüssel.

Punkt sechs Uhr klingelte es an der Tür, und ein Polizist kam herein. Einige wurden schon unruhig, aber André erkannte sofort, dass das nicht der Abschnittsbevollmächtigte sein konnte – einen vollbärtigen Polizisten hatte er in Mogiljow noch nie gesehen. Außerdem war unter dem angeklebten Bart deutlich das aufgedunsene Gesicht einer von Witeks Verehrerinnen zu erkennen. Die stark geschminkten Lider und die prallen roten Lippen verrieten sie. Aber der Bart reichte aus, die Botschaft verständlich zu machen: Der Wichser mit den Schulterklappen war in die Wohnung gekommen und setzte sich nun Witek gegenüber an den Tisch. Der Bulle zog das erste Blatt einer Klopapierrolle aus dem Dekolleté, schrieb etwas darauf, riss es ab, steckte es sich in den Mund und fing an zu kauen. Nach einer Weile spuckte er das durchgekaute Protokoll in die Schüssel, zog die Rolle ein Blatt weiter, schrieb wieder etwas und steckte sich das Blatt in den Mund.

Dieses Prozedere wiederholte sich insgesamt zehn Mal, bis Witek die Flaschen nahm und die Protokolle in der Schüssel mit Rotwein übergoss. Er hob die Schüssel an und trank daraus, fischte ein im Wein aufgequollenes Papierbällchen heraus und stopfte es unter aufmunternden Rufen aus dem engen Kreis dem Abschnittsbevollmächtigten in den Mund.

Dieser kaute wieder darauf herum, besudelte seinen Bart mit Rotwein und schluckte das Bällchen dann mühevoll herunter. Das nächste Protokoll machte weniger Schwierigkeiten. Witek hob die Schüssel dem Bullen an die Lippen und ließ ihn trinken, nahm sich selbst das aufgeweichte Toilettenpapierbällchen und aß es auf. Nach etwa zehn Minuten waren beide sichtlich angeheitert. Der Bärtige nahm noch einen Schluck aus der Schüssel, knöpfte sich den Kittel auf, bis eine üppige, weibliche Brust heraushing, über die sich sogleich der Rotwein ergoss. Sehr zur Freude des Publikums zog sich der Abschnittsbevollmächtigte weiter aus, und bald darauf saß dem nackten Witek eine füllige, nackte Bartträgerin mit Polizeimütze gegenüber.

André hatte von Anfang an geahnt, dass diese Allegorie auf biblische Gleichnisse mit Sex enden würde. Die Bärtige kroch unter den Tisch und versuchte Witek einen zu blasen. An dieser Stelle trat eine gewisse Verzögerung ein. Sie lutschte und leckte wohl zwanzig Minuten lang, aber Witek wollte einfach nicht die Schleusen öffnen. Das bislang durchaus angetane Publikum, begann sich nun etwas zu langweilen. Die Poeten zogen wieder in die Küche, um die Krabbenstäbchen mit Wodka alle zu machen. Weitere zehn Minuten später hatte dann auch André genug und ging in die Küche eine rauchen.

Er trank Wodka mit den Poeten und hatte gerade in sein erstes Krabbenstäbchen mit Mayo gebissen, als Applaus aus dem Wohnzimmer erklang. André wusste nun, dass Witek gekommen war und trank noch einen Wodka. Nach Beendigung der Aktion hatte es das Publikum nicht eilig, nach Hause zu kommen. Hier und da wurden mitgebrachte Weinflaschen ausgepackt, bald erfüllten Stimmengewirr, Gelächter und Zigarettenrauch die Wohnung. André trank munter weiter, versuchte bei Bekannten Geld zu schnorren, stellte aber schnell fest, dass er in diesem Kreis nicht auf Verständnis stieß.

Punkt neun Uhr klingelte es. Es war der Abschnittsbevollmächtigte Gawrjuchin. Witek machte nicht auf, aber alle schrumpften sofort etwas zusammen und wurden eher verdrießlich. Eine dreiviertel Stunde später, als Witek sicher wusste, dass der Bulle gegangen war, öffnete er die Tür, und das Publikum verließ nach und nach in Zweier- oder Dreiergrüppchen die Wohnung.

André hatte keine Eile, in seinen Luftschutzbunker zurückzukehren, deshalb beschloss er, die „ansehnlichere" Bekanntschaft abzuklappern und dort etwas aufzutreiben, was ihn über die nächsten Tage bringen würde. Alle waren bereits über den Helm im Bilde. Swetlana hatte in weiser Voraussicht überall herumtelefoniert und allerlei Absonderlichkeiten über ihn verbreitet. Manchen hatte sie erzählt, der Dreckskerl sei zu den Satanisten gegangen, die ihn gezwungen hätten, eine Pickelhaube zu tragen. Andere wussten zu berichten, dass ein Teil der Berliner Mauer auf ihn gestürzt wäre und er, der noch nie besonders helle war, nun als komplett Debiler im Helm durch die Stadt rannte, aus Angst, ein Ziegel könnte ihm auf den Kopf fallen. Wieder andere hatten gehört, Schuld an allem sei eine Faschistenschlampe namens Fjodor, die der Schweinehund wegen eines Kastens Schnaps beinahe abgestochen hätte. Und manche wussten, dass die Albaner hinter ihm her waren, weil er einem gewissen Bujan, ihrem Obermacker, eine Panzerfaust schuldig war, und dass dieser geschworen hatte, das Aas in der Spree zu ertränken, weshalb sich das Aas jetzt hier versteckte, aber immer im Helm und unter dem Helm die Alkoholpsychose, deshalb bloß kein Geld geben, der Hornochse versäuft es ja doch bloß.

André machte sich nicht die Mühe, diese Geschichten zu widerlegen. Aber er schmückte sie alle noch weiter aus und erzählte, wie es wirklich war. Über die Satanisten erzählte er, er habe einen sehr vorteilhaften Vertrag mit Luzifer unterzeichnet. Die Zeremonie habe nachts unter einer Brücke stattgefunden – sie hätten ihm einen Damenstiefel in einem Zuber gekocht und ihn gezwungen, den aufzuessen. Die Berliner Mauer wies er zurück und erklärte, es sei eine Säule aus der Fassade des Pergamonmuseums gewesen, bei einem Abendspaziergang auf der Museumsinsel, während er die Polonaise *Abschied vom Vaterland* vor sich hin pfiff.

Über den Faschisten Fjodor führte er aus, er habe ihn nicht abgestochen, sein ehemaliger Mitbewohner habe sich selbst im Fluss ertränkt, mit einem Stein um den Hals wegen einer unerwiderten Liebe. Als der Leichnam geborgen wurde, trug er hochhackige rote Stulpenstiefel. Auf die Frage, wann er denn seine Orientierung geändert habe, antwortete er, dass sei auch für ihn überraschend gekommen, als er mit dem Faschisten Fjodor nach einem handfesten Besäufnis bei irgendeiner Vernissage unter einer Decke geschlafen habe.

Den Albaner Bujan nannte er einen ausgemachten Schurken, der schon so manchen Hund in der Spree ersäuft habe, deshalb hätte er ihn mit der Panzerfaust abgeknallt, was er auch keineswegs bedaure. Außerdem verriet er noch unter vier Augen, dass Bujan und nicht etwa Gerassim der Hausmeister in jenem Haus am Kanal war, wo die ermordete alte Wucherin gelebt hatte. Und dass nicht die Albaner, sondern Bujans Busenfreunde Koch und der Student Pestrjakow Rache geschworen hatten, weshalb er nun tatsächlich in Mogiljow untergetaucht sei und den Helm Tag und Nacht trage.

Besonders unangenehm für André war aber, dass ihm niemand Geld leihen wollte, jedenfalls nicht nennenswert. Alle zogen sich auf vorübergehende finanzielle Engpässe, bevorstehende Geburtstage der Ehefrauen oder Datschenbaustellen zurück und hatten zum Trost und zur Linderung der Alkoholpsychose nur etwas zu trinken für ihn übrig. So kehrte er spät nachts, ohne recht zu wissen wie, sturzbetrunken in sein Atelier zurück, wo er mit leeren Händen über seiner Matratze wegknickte.

Die Ereignisse der folgenden Tage werden größtmöglicher Authentizität halber direkt aus Andrés Tagebuchaufzeichnungen übernommen, die er in den Wochen zwischen seiner Kündigung und der Vertreibung aus dem Luftschutzbunker angelegt hat.

17. Oktober. Samstag. 14 Tage bis zur Vertreibung
Bin heute Morgen mit einem furchtbaren Kater aufgewacht. Gestern war ich den ganzen Abend unterwegs und habe wohl ganz schön auf die Kacke gehauen. Ich hätte sicher bis in den Mittag geschlafen, aber am Morgen hat mich der Abschnittsbulle geweckt. Er musste lange klopfen, bis ich wach war. Oberleutnant Mamaryga, so stellte er sich vor, lief dann im Atelier herum und begutachtete die Missgeburten. Er fragte, ob ich keine Angst hätte, bei denen zu übernachten. Nicht mehr, sagte ich, höchstens mit besoffenem Kopf. Außerdem würden wir Avantgardisten extra lernen, unsere Werke nicht zu fürchten. Dann wollte er allen möglichen Quatsch wissen: ob ich viel trinke, ob ich häufig trinke. Zu allem Überfluss sah ich ziemlich übel aus, als hätte ich mich gerade erst von Freund Wodkin verabschiedet. Ich rannte ständig zum Wasserhahn und trank wie blöde. Das Arschloch dachte sicher, ich bin der letzte Alki. War überhaupt eine extrem unangenehme Erscheinung, der Typ. So kleine, fiese Augen. Wenn ich das gewusst hätte, hätte ich nicht aufgemacht.

Er fragte nach dem Verhältnis zu meiner Frau. Nach den Eltern. Ob mein Vater getrunken hätte. Bestimmt, antwortete ich, aber ohne mich. Ich habe ihn nie trinken gesehen. Er wollte wissen, ob ich noch weitere Verwandte hätte. Ob ich häufig außer Landes bin. Was ich dort treibe. Das geht Sie einen Feuchten an, sagte ich. Überhaupt verschwinde ich bald aus seinem Abschnitt, soll er doch anderen Idioten ins Hirn scheißen.

Er schaute in die Truhe. Sah den Strohmenschen darin. Fragte, was das ist. Mein Vormieter, sagte ich. Hat er nicht kapiert. Dann öffnete er die Schranktüren und wühlte in meinem Kram. Er fand ein Heftchen mit nackten Weibern. Ob ich pornografische Schriften verbreite, wollte er wissen. Ob ich Drogen nehme. Ob ich bei der ambulanten Suchtbetreuung geführt werde. In der Psychiatrie. In einer Oppositionspartei. Ob ich vorbestraft bin. Ob ich Verwandtschaft im Besatzungsgebiet hatte. Ob ich vielleicht Jude bin. Ob ich Kleber schnüffle. Ob ich schwul bin. Ob ich immer Belarussisch spreche. Womit ich meinen Lebensunterhalt verdiene. Wo ich am 28. Februar um drei Uhr früh war. Ob ich vielleicht die Bettwäsche neben dem Stadion geklaut habe. Warum ich den Helm trage.

Ich antwortete, ich hätte eine Erscheinung gehabt: Die Jungfrau Maria hätte mir befohlen, den Helm auf- und nie wieder abzusetzen. Dann sag ich, keine Angst, war ein Witz. Eigentlich habe ich ihn immer auf, seit mich ein Pope im Schnapsladen mit dem Filzstiefel abgewatscht hat. Da fragte er nach meiner Konfession. Ob ich häufig in die Kirche gehe. Ich antwortete, ich gehe überhaupt nicht hin und mag die Popen nicht. Er wollte wissen, wo ich den Helm her habe. Ich sagte: ein Stipendium des deutschen Generalstabs. Er wollte wissen, was ein Stipendium ist. Ich habe es ihm erklärt. Daraufhin teilte er mir mit, ich hätte jede materielle Zuwendung aus dem Ausland einem Sonderkomitee anzuzeigen und eine entsprechende Verwendungszusage einzuholen. Außerdem müsste ich beim Finanzamt eine entsprechende Erklärung einreichen und eine Gebühr an staatliche Stellen abführen.

Zuerst hatte ich mich noch bemüht, Mamaryga gegenüber höflich zu sein, aber da bin ich ausgerastet und habe ihm erklärt, dass mich seine Komitees und Ämter mal gern haben können, dass ich mir heute nicht mal was zu beißen kaufen kann und ich schon gar nicht irgendwelche Gebühren abzudrücken gewillt bin. Er hat sich furchtbar aufgeregt und mit rechtlichen Konsequenzen gedroht. Ich habe gesagt, er geht mir auf die Nerven. Wenn er was Konkretes will, soll er mit Zeugen und einem Durchsuchungsbescheid antanzen und nach seiner Bettwäsche fahnden. Wenn nicht, soll er sich schnellstens verkrümeln, bevor ich die Löwen loslasse. Das ist hier noch kein Besatzungsgebiet, sondern meins.

Als der Amtmann gegangen war, überlegte ich, wo ich Geld auftreiben könnte. Gestern war ja nur Kleinkram zusammengekommen. Die Stadt ist total auf den Hund gekommen. Und meine Bekannten, Künstler und Dichter, alles Hungerleider, nicht ein einziger mittelständischer Kioskbesitzer. Ich dachte auch schon an die Sache mit dem Wägelchen. Möchte ich hier aber nicht ausprobieren. Nur im äußersten Notfall. Ich ging zur Haltestelle und kaufte mir einen Liter Bier. Als er ausgetrunken war, verzog ich mich in die Katakomben unter der Universität. Da will ich meinen Krempel verstauen. Ich brauche nur noch ein lauschiges Plätzchen und einen Zugang von draußen, nicht über das Atelier.

18. Oktober. Sonntag. 13 Tage bis zur Vertreibung
Nachmittags bin ich in die Stadt gefahren. Kaiserwetter! Die Sonne brutzelt wie wild. Dürfen wir uns alle doch noch mal aufwärmen vor dem langen Winter. Im Trolleybus bin ich an eine Kontrolleurin geraten. Ich habe gesagt, ich habe kein Geld und zahle keine Strafe. Sie wollte mich rausschmeißen, aber bis sie sich ausgegackert hatte, waren wir schon an meiner Haltestelle. Ich bin dann zum Dnjepr runter und am Ufer entlang spaziert. Habe eine interessante Stelle unter der Brücke am Puschkinprospekt entdeckt. Jetzt geistert mir die schräge Idee im Kopf herum, dorthin umzuziehen. Ist natürlich gesponnen. Aber ich will mich auch bei niemandem einladen. Bei wem denn auch? Außer Witek habe ich hier keine Freunde mehr. Nur noch Bekannte. Die würden mich nur ansehen wie einen Irren und mir einreden, den Helm abzusetzen. Von wegen Wohnung muss ich mir schnell was einfallen lassen. Mit Witek ist besprochen, dass er die wertvolleren Sachen bei sich unterstellt.

Die Leute auf der Straße gucken. Sie gehen vorbei, als wär nichts, dann bleiben sie stehen und schauen mir nach. Idioten!

Die Stelle unter der Puschkinbrücke hat wirklich etwas. Schau ich mir morgen noch mal an.

19. Oktober. Montag. 12 Tage bis zur Vertreibung
Noch einmal unter der Brücke gewesen. Alles gründlichst inspiziert. Es ist die erste Pfeileröffnung auf der Seite zur Bolschaja Grashdanskaja. Ein geschütztes Plätzchen, vor allem eines am Abhang. Da kommen keine zufälligen Gaffer vorbei, weil man erst die Betonschräge hochklettern müsste. So eine Art Schwalbennest mit Brücke. Wenn ich es frech einzäune und mir eine große Kiste hinstelle, könnte ich im Schlafsack sogar dort übernachten. Da fahren über einem zwar rund um die Uhr die Busse, aber das macht nichts, die stören nicht. Unter dem Helm juckt es wieder, ich müsste noch mal zu Witek, duschen.

An der Ecke Boulevard der Unbesiegten haben mich neben dem Feinkostladen zwei abgewrackte Saufbrüder angemacht. Drei Häuserblocks sind sie mir nachgezuckelt und haben mich vollgenölt, ich soll sie mal den Helm aufsetzen lassen. Dann hat ihn einer mit seinen dreckigen Pfoten angegrapscht. Da musste ich ihm eins zwischen die Beine verpassen, und solange er sich auf dem Boden gekrümmt hat, habe ich den anderen an den Haaren gepackt und seine Visage an einen Baum geklatscht. Das ist für dich, Proletarierfresse, habe ich gesagt. Gut, dass keine Bullen in der Gegend waren.

20. Oktober. Dienstag. 11 Tage bis zur Vertreibung
Am Abend ist die Schwiegermutter im Luftschutzbunker aufgetaucht. Hatte ich nicht erwartet. Sie hat sich verändert: schwarze Dauerwelle. Früher sah sie aus wie eine Gestapo-Ermittlerin, jetzt bloß noch wie eine Parteinutte. Sie sagte, wenn ich den Helm absetze, kriege ich den Job in der Universität und das Atelier zurück. Ich sollte an die Kinder denken. Und sie würde mir sogar die Stiefel und meine anderen Sünden verzeihen. Darauf ich: „Wollen Sie mir jetzt die Kom-

munion erteilen, Schwiegermutter Maria, dass Sie mir die Sünden vergeben? Glauben Sie, ich liege schon im Sterben?" Da droht sie mir: „Wenn du den Helm nicht absetzt, lass ich dich in der Kloake verfaulen!" Ich zu ihr: „Ach was, Matuschka, im Krieg verfaulen wir alle früher oder später in den Schützengräben." Dann zog ich den Schwiegermutterstiefel hervor, schlüpfte hinein und tanzte, angefeuert von den feixenden Missgeburten auf einem Bein durchs Zimmer.

Maria sprang auf und rief noch, während sie fluchtartig das Atelier verließ, ich wäre ein Gottesnarr und gehörte draußen auf die Kirchentreppe. Der Gedanke gefiel mir. Nach ihrem Abgang holte ich das Wägelchen, das ich in den Katakomben gefunden hatte und nahm es genauer in den Blick. Ich werde es wohl doch probieren müssen, Geld habe ich ja immer noch nicht.

21. Oktober. Mittwoch. 10 Tage bis zur Vertreibung
Es ist beschlossene Sache! Ich ziehe um! Unter die Brücke! Einen besseren Ort werde ich in dieser Stadt nicht finden. Ich habe schon angefangen zu packen. Heute Morgen war ich in der Universitätsgarage und habe den Kleinbus für morgen reserviert. Gerätschaften und Bildbände kommen zu Witek, den Rest nehme ich mit unter die Brücke oder verstecke ihn in den Katakomben.

Ich habe den ersten Schrank auseinandergenommen. Kaum hatte ich mit dem zweiten angefangen, tauchte plötzlich der Schrubber auf. So nennen sie ihn hinter seinem Rücken, weil er so lang und dürr ist und sein Anzug an ihm hängt wie an einem Schrubberstiel. Bin ihm in der Universität schon mal beggnet: Eduard Walerjanowitsch, der Mann aus den Diensten. Wirbt Studenten an, dass sie die Profs und sich gegenseitig denunzieren.

Zuerst wollte er wissen, was ich da tue. Ich zu ihm: „Sehen Sie das nicht? Ich nehme die Schränke auseinander. Ich gehe in den Untergrund und die Möbel kommen mit." Der Schrubber war nicht so dämlich wie Mamaryga. Er lachte nur und fragte, was ich im Untergrund mit den Schränken anfangen wollte. Da sage ich: „Was wohl?! Haben Sie *Heldentaten eines Kundschafters* nicht gesehen? Der slawische Schrank! Die Losung. Damit mich meine Mitstreiter erkennen."

Dann fragte er mich über meine Auslandsreisen aus. Wohin? Zweck der Reise? Wen getroffen? Und er fragte nach meinen politischen Ansichten. Da sage ich: „Ganz die alten!" Und er: „Welche Alten?" „Na, welche wohl", sage ich, „ich mag Karl und Friedrich, und Wladi war auch ein feiner Kerl! Allerdings macht Karl mir in letzter Zeit etwas zu schaffen. Kürzlich wollte er mir nicht mal eine Flasche Wodka und zwei Schmelzkäse verkaufen. Obwohl ich ihm erklärt hatte, dass mir die Thesen über Feuerbach bekannt sind, und ich es eilig hatte, weil ich verfolgt wurde, übrigens waren das zwei der Ihren. Daraufhin hat er mich als Imperialistenschwein beschimpft! Ist total durchgeknallt der Alte! Und wussten Sie eigentlich, dass Friedrich Freimaurer ist? Ich habe mit eigenen Augen den Ring an seinem Finger gesehen, als er hinter der Weintheke stand!"

Der Schrubber antwortete nicht. Aber so wie er das Gesicht verzog, war deutlich zu erkennen, dass er Karl und Friedrich nicht mochte. Woher denn auch?! Der war ja noch jung, sicher nicht Pionier! Dann sagt er zu mir: „Na gut. Dass Sie ein Anhänger der marxistischen Lehre sind, habe ich verstanden. Aber warum tragen Sie dann eine Pickelhaube? Als Kommunist müssten Sie eine andere Kopfbedeckung tragen."

Da antworte ich ihm süffisant: „Wissen Sie, mein Lieber, ich bin nicht nur Marxist, ich bin imperialistischer Marxist. Ich predige die absolut ursprüngliche, ungetrübte, noch von keinem Revisionisten verschandelte Lehre! Ist Ihnen eigentlich klar, guter Mann, dass Karl Marx der imperialistischste aller deutschen Imperialisten war?" Dann zog ich das Berdjajew-Buch hervor und gab dem Schrubber einen Auszug aus den *Geistigen Grundlagen der Russischen Revolution* zum Besten. Und weiter: „Sehen Sie, mein Bester, als wahrer orthodoxer

Marxist bin ich mit einer großen Mission in Ihre Stadt gekommen – ich will die slawischen Stämme zivilisieren. Und jetzt muss ich weiter an der Umsetzung dieses marxistischen Auftrags arbeiten und Schränke auseinandernehmen, und Sie halten mich davon ab."

Da sagt er: „Die Mühe können Sie sich sparen. Diese Stämme lassen sich nicht zivilisieren. Das hat nicht einmal das Christentum geschafft. Und der Marxismus hat es schon versucht, Sie wissen ja mit welchem Ergebnis: Gulag." Ich zu ihm: „Ich muss mich doch sehr wundern, Eduard Walerjanowitsch, solch ketzerische Reden aus Ihrem Munde zu hören." Und er zurück: „Ich muss ja wohl wissen, mit welchem Material ich hier arbeite. Absolut gottlos, dabei in tiefster Seele alles Götzendiener. Wenn sie wenigstens mit ihren Götzen irgendeinen Zauber veranstalten würden, aber die haben sie ja auch verraten. Wissen Sie, warum bei den Slawen hier immer nur Murks herauskommt?" Warum, frage ich ihn. Da sagt er: „Haben Sie nicht vom Fluch des Götzen gehört? Ist schon tausend Jahre her, als Wladimir die Rus getauft hat. Er ließ sämtliche Götzenbilder in Stücke hauen, Perun sollte besonders geschmäht und erniedrigt werden. Sie haben ihn einem Pferd an den Schweif gebunden und ihn unter Spottgesängen zum Dnjepr geschleift. Als sie ihn in den Fluss geworfen haben, hat er in den Wellen des Dnjepr einen Finger emporgereckt und das Volk verflucht." „Einen Finger?", fragte ich hoch erfreut. „Welchen denn? Doch nicht etwa den hier?!" Und ich zeigte ihm den Stinkefinger. „Vielleicht auch den. Spielt keine Rolle", antwortete Eduard Walerjanowitsch. „Wichtig ist nur, dass der Fluch so mächtig war, dass seit Tausend Jahren die Slawen immer alles gegen die Wand fahren. Was sie auch anfassen, es wird immer Murks!"

Bevor er ging, wollte Eduard noch wissen, wie ich zum Präsidenten stehe. Ich sagte ihm, dass mir sein Porträt sehr gut gefällt, besonders das im Büro von Boris Fadejitsch. Er sah mich irgendwie ungut an und fragte plötzlich: „Und warum haben Sie den Faschisten getötet?" Da wäre ich fast zusammengeklappt. Habe natürlich versucht, keine Miene zu verziehen. Aber ich glaube, das Aas hat trotzdem mitbekommen, wie mir kurz die Züge entgleist sind. Ich flüchtete mich in einen Scherz. Wenn es ein Faschist war, dann wird man ihn doch wohl noch umbringen dürfen, sagte ich. Und er: „Hören Sie auf. Es geht mir nicht um politische Korrektheit. Denken Sie darüber nach. Denken Sie gut darüber nach!" Und dabei schaute er aus unerfindlichen Gründen starr auf meinen Helm, drehte sich dann um und ging ohne ein Wort.

Den ganzen Tag und noch bis tief in die Nacht habe ich meine Sachen gepackt und darüber nachgedacht. Woher konnte er das wissen? Sollte er tatsächlich den Brief abgefangen haben?

22. Oktober. Donnerstag. 9 Tage bis zur Vertreibung
Am Morgen bei der Post vorbei, um zu fragen, ob ein Brief für mich gekommen war. Nichts Genaues in Erfahrung zu bringen. Sie sagen, sie haben hunderte solcher Briefe, da könnten sie nicht nach jedem einzelnen schauen. Dann habe ich meine Siebensachen abtransportiert. Wie erwartet passte nicht alles ins Auto. Den übrigen Plunder muss ich im Bus nachholen. Die wertvolleren Skulpturen und die Instrumente habe ich bei Witek abgeladen. Die zerlegten Schränke, den Sessel, das Tischchen, Geschirr, Teekessel, Bretter, Platten und anderes brauchbares Material habe ich unter die Brücke gefahren. Außerdem einen kleinen Elektrokocher. Mal sehen, vielleicht kann ich ihn an eine Straßenlaterne anklemmen. Fünf Missgeburten habe ich auch mitgenommen. Mehr haben nicht reingepasst.

Unter der Brücke angekommen, stellte sich die Frage, wie das alles die Böschung hoch bekommen. Ich musste alles verschnüren und am Seil hoch schleifen. Hat ordentlich Zeit gekostet.

Am Nachmittag habe ich die Schränke wieder aufgestellt. Ich habe sie nebeneinander mit der Rückwand an den Betonpfeiler gelehnt. Im einen wollte ich mir ein Bett bauen, es wurde aber nicht besonders gemütlich, ich konnte die Beine nicht ausstrecken. Also musste ich ein Loch zum Nachbarschrank sägen und den Spalt zwischen den Schränken mit Latten zunageln, dass es nachts nicht so zieht. Ist eine respektable Zweiraumwohnung heraus gekommen. Im einen Schrank das Schlafzimmer, im anderen Wohnküche, Ankleidezimmer und Bibliothek. Die Büsten meiner Missgeburten kamen auf die Schränke oben drauf. An die Türen habe ich Überfallen geschraubt und Bügelschlösser davorgehängt, damit nicht jeder Penner seine Nase reinsteckt, wenn ich mal nicht da bin.

Mit dem Tischchen hatte ich auch zu kämpfen. Erst wollte es auf der Böschung nicht grade stehen. Da musste ich ihm zwei Beine kürzen. Aber alles in allem ist ein schickes Nest draus geworden. Über dem Kopf rauscht zwar alle fünf Minuten ein Trolleybus vorbei und ständig grölen irgendwelche Slawen auf der Brücke herum, aber dafür ist die Aussicht ganz hübsch. Ob du nun rechts oder links an dem Pfeiler vorbeischaust – überall hast du den Dnjepr vor dir!

Ich war erst spät zurück im Atelier. Morgen sind die Katakomben dran. Da wird das zweite Nest versteckt.

23. Oktober. Freitag. 8 Tage bis zur Vertreibung
Morgens bin ich los in die Katakomben. Bin alles abgelaufen und hab mich genau umgesehen. Entschieden habe ich mich dann für einen Raum in einer abgelegenen Sackgasse, weiter weg von den großen Hallen. Er hat bloß keine Tür, ich muss eine aus dem Atelier umhängen und ein Schloss davorsetzen.

Ich habe auch einen Einstieg ausgetüftelt. Es gibt da ein passendes Fensterchen nach draußen, von innen verrammelt. Ich habe die Nägel gezogen und einen Spezialriegel eingebaut, so dass ich es von außen öffnen kann.

Nachmittags habe ich die Tür umgehängt und wollte gerade meinen Krempel rüberschaffen, als plötzlich ein Pope im Atelier aufschlug. Den hätte ich nun als letzten hier erwartet. Sicher von der Schwiegermutter geschickt. Die hat in letzter Zeit angefangen zu frömmeln.

Der kam nun reichlich ungelegen, die Uhr tickte und es gab noch ohne Ende zu tun. Aber, sag ich mir, komm, soll er doch, ist immerhin geistlicher Würdenträger, also bekommt er wenigstens einen Tee angeboten. Da sagte der Pope nicht Nein, setzte sich und hatte sich auch schon mit Tünche vollgeschmiert. Ich zu ihm: „Obacht, Batjuschka, es ist schmutzig hier bei mir, Sie versauen sich noch die Kutte!"

Daraufhin redete er auf mich ein, ich solle doch in mich gehen und den Teufelshelm schleunigst loswerden. Teufelszeug wäre das alles, und der Böse stecke dahinter, ein Horn habe er schon gezeigt. Es könne nur noch schlimmer werden! Da frage ich: „Was denn, wächst mir auch noch ein Schwanz?" Und er: „Du wirst im ewigen Feuer schmoren! In den Höllenflammen!" Darauf ich nur, danke, Batjuschka, für die Vorwarnung, aber vor ein paar Tagen war der Brandmeister da und hat mich in Sachen Feuer aufgeklärt.

Und der Pope weiter: „Siehst du, der Satan ist schon Herr über deine Zunge! Du weißt nicht mehr, was du für Reden führst! Du bringst schon Gehenna und Feuer durcheinander!" Und ich zu ihm: „Sagen Sie mal ehrlich, glauben Sie denn selber an Gott?" Und er: „Blasphemie! Sei reumütig! Setz diesen Teufelshelm ab!" Da frage ich ihn: „Batjuschka, welchen Dienstgrad haben Sie eigentlich? Hauptmann oder noch Oberleutnant? Hat das Komitee Sie hierher geschickt oder hat Maria Prokopjewna darum gebeten?"

Er wird wild, fängt an zu fluchen und verfällt plötzlich ins Rotwelsche. Da sage ich zu ihm: „Danke für die Predigt, Batjuschka, aber wir brauchen keine Mittler für die Verbindung zu Gott! Wenn er was zu meckern hat, denk ich mir schon selber was aus! Außerdem will ich Ihnen keine Gebühren abdrücken! Und jetzt entschuldigen Sie mich, die Katakomben warten! Sollten Sie mir mehr über's ewige Feuer erzählen wollen – ich bin morgen bei Ihnen auf der Kirchentreppe, Almosen betteln, da können wir weiterreden!"

Der Pope trollte sich zerknirscht und murmelte sich etwas von „Teufelszeug" in den Bart. Ich nahm das Regal auseinander und baute es an seinem neuen Ort wieder auf. Dann transportierte ich auch noch die Missgeburten und allen möglichen Kleinkram dorthin.

Am Abend präparierte ich das Wägelchen, umwickelte die Türklinken mit Lappen, um mich gut von der Straße abstoßen zu können und einen überzeugenden Beinamputierten abzugeben. Auf den Holzarm verzichtete ich. Den wird es hier wohl nicht brauchen. Nichts mehr zu beißen. Heute die letzten Reste gegessen.

24. Oktober. Samstag. 7 Tage bis zur Vertreibung
Am Morgen habe ich zwei Missgeburten auf das Wägelchen gewuchtet und sie unter die Brücke gekarrt. Vor Ort sah ich mich genau um, ob auch niemand hier gewesen ist. Schien alles sauber zu sein. Ich muss mir was ausdenken, wie ich die Betonböschung so rutschig hinkriege, dass niemand hochkommt. Im Winter wird das einfacher, da reicht ein Schwung Wasser, und für mich bastle ich eine Holzleiter und verstecke sie im Gebüsch.

Die eine Büste stellte ich auf den Schrank, die zweite passte nicht mehr hin, also stellte ich sie daneben. Sie erinnert mich stark an einen Philosophen der Antike, so ein Opa mit Rauschebart. Aber mit säuerlicher Miene, als passte ihm was nicht. Die Missgeburten, die seit gestern auf den Schränken standen, hatten die Tauben schon vollgekackt. Offenbar sind ihre Nester direkt über meinem. In ein paar Monaten ist hier wohl alles bis zur Unkenntlichkeit zugeschissen.

Dann kroch ich noch mal in den Schrank und nahm Maß, wie ich schlafen würde. Eigentlich ganz in Ordnung. Wenn ich mir noch eine Strippe von der Laterne herziehe, hätte ich Licht und könnte mir eine Heizung reinstellen.

Ich schloss die Schränke zu und machte mich auf zur Nikolaus-Kathedrale. In vielleicht hundert Meter Entfernung zum Haupteingang setzte ich mich auf das Wägelchen und stieß mich mit den umwickelten Klinken ab. An der Kirchentreppe angekommen, warf ich die Kappe vor mir auf den Boden und peilte die Lage. Kaum Publikum, und durchweg alte Weiber. Endlich kamen ein paar Weibsen in schwarzen Kutten aus der Kirche, und ich lege gleich los: „Ihr Menschen rechten Glaubens, gebt einem armen Krüppel, Veteran des Ersten Weltkriegs eine Gabe für die Fahrkarte nach Brandenburg!" Sie sahen mich an wie einen Aussätzigen und stoben davon.

Zwei Stunden saß ich da. Nur ein bisschen Kleingeld. Vor allem mitfühlende Omas kommen an, die es selber kaum bis zur nächsten Rentenzahlung schaffen und legen mal hundert, mal zweihundert Rubel ein. Eine ist gekommen und hat gefragt: „Oi, wo kommst du denn her, du Ärmster?" Ich antworte: „Von der Front, Mütterchen! Bei Smolensk hat es mir die Beine weggerissen, und ich komme einfach nicht mehr nach Hause!" Da sagt sie: „Aber der Krieg ist doch längst rum!" „Für euch ist er das, mich wirft es immer noch von Front zu Front!" Da fragt sie: „Wohin musst du denn, mein Junge?" Nach Hamburg, sage ich ihr. Und sie: „Wo liegt denn dieser Hamburger?" „Na ja, eigentlich hier im Kiosk um die Ecke. Aber ich hab sowieso kein Geld!" „Eiwei, du Ärmster!" Und wirft mir dreihundert Rubel in die Kappe.

Ich saß noch eine Stunde herum und wollte gerade ablegen, da kam doch tatsächlich noch ein Krüppel im Wägelchen angeholpert, direkt auf mich zu. Er sah mich finster an und sagte: „Verzieh dich, Nazisau, das ist mein Platz!" Darauf ich, noch ganz ruhig: „Was? Es gibt doch noch mehr Kirchentreppen. Die haben doch jetzt ohne Ende Kirchen gebaut!" Und er wieder: „Dann hau du ab an den Stadtrand! Die Kirchen sind eh leer, alles Scheiß-Atheistensäcke hier, die Gläubigen reichen nicht mal für einen! Und du bist ein verdammter Hochstapler!

Deine Drecksbeine sind zu sehen! Du bringst einen echten Krüppel um sein Brot, du Wichser! Ich bin in echt ohne Beine aus Afghanistan zurückgekommen!"

Da schlug er seine Decke zurück, und ich konnte sehen, dass er wirklich keine Beine mehr hatte. Nur zwei kümmerliche Stummel ragten aus seinem Rumpf. Also sag ich zu ihm: „Komm, lass uns beide hier sitzen, die Treppe ist groß genug, die reicht für zwei." Aber der Krüppel wird fuchsteufelswild und flucht wie ein Rohrspatz: „Hast du es immer noch nicht kapiert, Scheiß-Ausländer? Das ist unsere Treppe! Geh doch in den Zügen betteln! Lass dich hier nie wieder blicken!" Dann stieß er auf zwei Fingern einen Ganovenpfiff aus. Sofort kamen zwei weitere Beinlose auf ihren Wägelchen um die Ecke gerumpelt und hielten auf mich zu. Sie griffen mich von drei Seiten an und zogen mir schimpfend ihre Krücken über den Rücken, die Arme und den Helm. Wallenrod und Swjatopolk bekamen ordentlich etwas ab.

Da hatte ich die Nase voll, sprang auf, entriss einer der Missgeburten die Krücke und verdrosch sie von oben herab wie die Kinder. Nicht zu fest, mehr zur Abschreckung. Die alten Weiber auf der Treppe fingen an, schrill zu kreischen. Daraufhin kam der Pope von gestern aus der Kirche gerannt und brüllte los: „Elender Heide, Perun soll dich strafen! Verzieh dich, räudige Götze!"

Ich schleuderte die Krücke zu Boden und rief ihnen zu: „Da habt ihr euren Krückstock, ihr Hunde! Zum Henker mit euch! Ich hatte sowieso keine Lust! Nichts als Armut hier, da kann ja kein Mensch was verdienen!" Dann klemmte ich mir das Wägelchen unter den Arm und zog stolz von dannen.

Mit leerem Kopf kam ich zurück ins Atelier. Ich trank einen Tee und wollte dann das restliche Gelumpe in den Katakomben verteilen. Aber ich war mit den Kräften am Ende. Die beinlosen Teufel hatten mich die letzten Reserven gekostet. Ich muss einfach schlafen gehen.

25. Oktober. Sonntag. 6 Tage bis zur Vertreibung
Bin immer noch mies gelaunt. Den ganzen Tag auf dem Sofa gelegen. An Berlin gedacht. Der siebenarmige Leuchter steht sicher immer noch auf Fjodors Tisch, er selbst daneben, mit Farbe bekleckert, über ein neues Bild gebeugt, brummelt etwas vor sich hin und malt. Der einzig glückliche Mensch auf Erden. Er hat sich schon lange seinen unsichtbaren Helm aufgesetzt und braucht keine andere Welt. Und was macht Ingrid? Ist sie zurück nach Hannover oder immer noch in Berlin?

Abends war ich in der Stadt. Auf dem Rückweg hat mich eine blöde Schlampe einen Idioten genannt. Als ich beim Bäcker in der Schlange stand, ist mir ein Hundertrubelschein aus der Hand gerutscht. Ich beuge mich runter und will ihn aufheben, da drückt sie ihr fettes Hinterteil gegen den Helm und spießt es auf den Pickel. Und dann macht sie ein Riesengeschrei, ich hätte ihr mit Absicht das Horn in den Arsch gerannt! Darauf ich zu ihr: „So ein Arsch geht auf kein einzelnes Horn. Auf ein Nashorn vielleicht." Und sie: „Hornochse! Flegel! Lustmolch!" Teufel auch, ich bin runter mit den Nerven! Hab die elenden Krüppel mit dem Krückstock verdroschen! Und den Popen einen bärtigen Hund genannt.

Ach! Alles hinschmeißen und nach Berlin fahren!

26. Oktober. Montag. 5 Tage bis zur Vertreibung
Eduard Walerjanowitsch hat doch recht, hab ich heute gedacht. Die Leute hier haben Christus nicht angenommen und die eigenen Götter geschändet. Deshalb sind sie gegen keine Idee immun. Alles, was kommt, ist wie die Pest. Kommunismus – Pest. Kapitalismus – Pest. Und dann noch die eigene Pest. Und niemanden, den man um Schutz bitten könnte. Die Götter hier sind ziemlich schlecht auf sie zu sprechen.

27. Oktober. Dienstag. 4 Tage bis zur Vertreibung
Am Morgen besserer Stimmung. Mit einem Bügeleisen, einem Satz Schraubenzieher und ein paar Bildbänden im Rucksack

bin ich zum Bahnhof gegangen, wie der Beinlose gesagt hat. Im Zug habe ich die Internationale geschmettert und gerufen: „Bürger, gebt dem Gespenst des Kommunismus Geld für eine Fahrkarte, dass es nach Europa zurück kann!" Ich hätte keine Lust mehr, bei ihnen hier in der Pestbaracke zu sitzen und wolle zurück in meine historische Heimat. Die Leute im Waggon glotzten mich an und sagten kein Wort. Endlich meinte ein Witzbold: „Wieso hast du dich dann in den falschen Zug gesetzt? Du musst Richtung Ossipowitschi fahren, nicht nach Orscha!" Ich zu ihm: „Sehr witzig! Gib mir lieber Geld! Oder kauf mir das Bügeleisen hier ab!" Ich ziehe das Bügeleisen aus dem Rucksack, führe es vor, noch ganz neu, sage ich, und günstig abzugeben. Da ruft irgendwo eine Frau: „Ein Bügeleisen? Her damit! Ich brauche eins!"

Ich fuhr über zehn Stationen mit, aber sooft ich auch die *Marseillaise* und *O du lieber Augustin* sang, so sehr ich auf die Bürger einredete, es wäre nur in ihrem Interesse, mich möglichst schnell loszuwerden, zusammenzulegen und mich heim ins Reich zu schicken, es zeigte keine Wirkung. Wieder nur Kleingeld. Als ich Bügeleisen, Schraubenzieher und Van Gogh verkauft hatte, stieg ich aus und nahm einen Zug zurück nach Mogiljow.

Diesmal zog ich die Mundharmonika aus der Tasche und stimmte Oginskis Polonaise *Abschied vom Vaterland* an. Dann rief ich: „Bürger Heiden, eine Spende für einen belarussischen Partisanen im Kampf gegen die Besatzer! Wie lange wollen wir noch dulden, dass man sich über unsere Götter lustig macht?" Alle schauten aus dem Fenster und taten, als hätten sie nichts gehört. Da kam der Kontrolleur und fragte: „Wo ist Ihr Fahrschein?" Ich zu ihm: „Haben Sie den Erlass des Gauleiters nicht gelesen? Partisanen haben jetzt freie Fahrt in den Vorortzügen." Da fragt er: „Was bist du denn für ein Partisan?" Einer von uns natürlich, sag ich. „Und woher soll ich das wissen, dass du einer von uns bist? Du siehst eher wie ein Nazi aus." „Das ist nur Tarnung", erkläre ich. „Sehen Sie die beiden Omas mit den Kohlköpfen da in der Ecke? Verkleidete FSB-Agenten! Die sind schon seit Orscha an mir dran." Da musste er lachen. „Ist ja schon gut. Mein Großvater hat auch gegen die Besatzer gekämpft. Aber lass mir die Schienen ganz und den Waggon heil!"

28. Oktober. Mittwoch. 3 Tage bis zur Vertreibung
Heute bin ich mit Filzstiefeln, einem Dürer und einer Tischlampe auf den Bychowski-Markt. Nach drei Stunden hatte ich Lampe und Dürer verkauft. Plötzlich höre ich hinter mir: „Was kosten die Filzstiefel bei Ihnen?" Ich drehe mich um – Eduard Walerjanowitsch. „Die sind noch gut", sage ich. „Und günstig zu haben. Hier. Nie ohne Filzstiefel an die Front." Er: „Der Dürer war zu billig." Woher wissen Sie das, frage ich. „Ich beobachte Sie schon lange", sagt Eduard und meint noch: „Also, wie lautet ihre Entscheidung?" „Wenn Sie die Götter meinen, dann gebe ich Ihnen recht. Wir sollten in uns gehen und zu unseren Göttern zurückkehren." Er darauf: „Was soll der Quatsch? Wissen Sie eigentlich, wer ich bin, und was ich mit Ihnen anstellen kann?" „Ja, ich weiß seit langem, dass Sie der Liebhaber meiner Frau sind." „Und ich weiß, dass Sie einen Menschen umgebracht haben! Hier ist ein Brief für Sie aus Berlin. Ihr Kumpan hat Sie versehentlich verraten." Eduard zog einen Brief von Fjodor aus der Tasche. Da war mir alles klar. Ich wollte ihn lesen, aber er ließ mich nicht, das sei nicht im Interesse der laufenden Ermittlungen. Und dann sagte er noch, wir könnten ganz offen sprechen, es bliebe ja gewissermaßen in der Familie. Es hänge nur von ihm ab, ob er die Sache ins Rollen bringe oder nicht, und es wäre ihm herzlich egal, ob ich in Berlin irgendeinen Faschisten abgemurkst hätte, ihn interessiere nur das Hier und Jetzt. Und ich hätte keine Wahl. Wenn ich den Helm abnähme und meinen beschissenen Zwergenaufstand einstellte, würde er den Brief vergessen, ihn vielleicht sogar eines Tages verbrennen. Wenn nicht, würde er mich als Freund der Familie fertigmachen. Ich stand da wie

vom Donner gerührt. „Sie sagen ja gar nichts. Ah, verstehe, wir sind alle verderbte, gottlose Heiden, und Sie sind der Heilige! Wenn Sie so heilig sind, vollbringen Sie doch ein Wunder! Das können Sie nicht? Soll ich Ihnen die Wunderheilung eines Blinden vorführen?"

Er wandte sich um, ging auf einen blinden Mann zu, der vor dem Fischgeschäft bettelte, nahm einen kleinen Schein aus dessen Hut und verließ den Markt. Der Blinde hatte plötzlich sein Augenlicht wieder, sprang auf, rannte hinter Eduard her und schrie: „Gib das zurück, du Hund!"

29. Oktober. Donnerstag. 2 Tage bis zur Vertreibung
Den halben Tag auf dem Sofa und überlegt, wie weiter? Also wie aus der Chose herauskommen, den Helm würde ich ja sowieso nicht abnehmen. Ich muss verschwinden, abtauchen, ganz tief. Nach Moskau will ich nicht, da hatte ich ja auch niemanden. Höchstens den Hund-Menschen. Aber dem war ich noch was schuldig. Er hatte mal den Strohmenschen in der Truhe für ein Projekt bei mir in Auftrag gegeben. Ich hatte den Vorschuss genommen, den Menschen aber nie fertig gekriegt. Und der Hund ist auch nicht mehr derselbe. Reich und berühmt ist er geworden. Wer bin ich denn? Der arme Verwandte aus der Provinz? Nein, ich muss mich so verstecken, dass mich keiner mehr findet.

Ich stand auf, nahm das Sofa auseinander und verfrachtete es in die Katakomben. Dort legte ich mich wieder drauf und überlegte weiter, was tun. Plötzlich hörte ich ein Scharren vor der Tür. Ich wurde ganz Ohr und hörte es klopfen. Erst leise, dann immer lauter. Ich tat keinen Mucks, dann sagte jemand: „Andrej Nikolajewitsch, machen Sie auf." Ich machte auf, da stand Pjotr Jewlampijewitsch im Feuerwehrhelm. Einem alten Helm aus den Dreißigern mit Kamm und gekreuzten Äxten in der Kokarde.

Er zu mir: „Keine Angst, ich sag auch nicht weiter, dass Sie sich hier verstecken." Darauf ich: „Wie haben Sie mich gefunden?" Und er: „Ich bin doch der Brandmeister, ich kenne hier jeden Winkel. Ich möchte Ihnen etwas zeigen." Er kam in mein Kämmerchen und breitete ein paar Skizzen auf Karton vor mir aus. Geklecksel übelster Sorte. Ein Kirchlein und Birken auf freiem Feld. Aber ich wollte ihn nicht kränken. Ich lobte ihn. Sagte, er hätte Talent. Da strahlt er förmlich vor Glück. „Sie haben mir die Augen geöffnet. Ich war blind und bin sehend geworden. Ich male jetzt jeden Tag, und es gefällt mir so gut. Sehen Sie, ich habe mir sogar einen Helm aufgesetzt."

Schon im Gehen schob er mir ein eingerolltes Zeitungsbündel rüber. Ich wickelte es aus, zwei Heringe, Brot und eine Flasche Wein.

30. Oktober. Freitag. 1 Tag bis zur Vertreibung
War erst morgens zurück im Atelier. Gestern hab ich es nicht mehr ausgehalten und bin mit Schlafsack und Kissen raus unter die Brücke, ausprobieren, wie es sich da so schläft.

Im Schrank hab ich mir mein Bett eingerichtet. Konnte lange nicht einschlafen, hab mich hin und her gewälzt. Ist doch noch zu hart, und die Ellbogen stoßen dauernd an.

Irgendwann war ich es leid, bin rausgegangen, hab mir den Sessel mit Blick auf den Dnjepr aufgestellt und die Flasche Wein geöffnet, die von Jewlampijewitsch. Himmlische Ruhe, nur ab und zu ein letzter Bus auf der Brücke. Und vor mir ausgebreitet – der Dnjepr. Nachts ist das Wasser schwarz, flüstert vor sich hin und trägt seine Geheimnisse langsam zum Schwarzen Meer. Das hier ist der slawische Bruder des Rheins, musste ich denken. Das Rückgrat der Region hier. Der Dnjepr erinnert sich noch an den Götzen, der die Slawen mit seinem Fluch belegte. An seinen Ufern ist die Kultur hier groß geworden. Wie schön das alles ist, so feierlich, als sei es nicht der Dnjepr, sondern ein Archont, der seine Wasser der Unterwelt zuträgt. Ich musste an meine Mutter denken. Den einzigen Menschen in dieser verrückten Welt, die mich akzeptiert und verstanden hätte, mir vergeben, mich beherbergt hätte. Furchtbar einsam ist es ohne sie. Ich muss mal auf den Friedhof gehen. Wurde ganz traurig, trank den Wein aus und legte mich schlafen.

Nachts rief ein Vogel im Park. So ein durchdringender Schrei, wie ein Lockruf. Hab mehr gedämmert als geschlafen. Als am Morgen oben wieder die Busse rauschten, bin ich aufgestanden, habe den Schrank abgeschlossen und bin zurück in den Bunker.

Den ganzen Tag habe ich noch die letzten Reste in die Katakomben getragen. Ist eine nette Höhle geworden. Da kann ich schlafen, wenn es richtig kalt wird. Muss nur nachts heimlich einsteigen. Tagsüber schnappen sie mich sofort und stöbern dann meinen Bau auf.

Eben ist Witek gekommen. Mit zwei Flaschen *Kryžačok*. Bah, wie ich es hasse, dieses Glyzerin! Aber wir müssen schon trinken auf das Ende dieser Spielzeit. Muss jetzt den Tisch decken, Zwiebeln und Brot schneiden …

31. Oktober. Samstag. Null. Feuer!
…

Hier brechen Andrés Aufzeichnungen unvermittelt ab. Das lag jedoch nicht allein daran, dass er an jenem Abend wieder kräftig gesoffen hatte. Dabei ist bekanntlich eine Flasche für zwei manchmal genug, zwei Flaschen für zwei sind aber immer zu wenig. Also gingen Witek und er, als die beiden Flaschen geleert waren, in den Nachtladen, um Nachschub zu besorgen. Aber weil in Mogiljow nach neun keine härteren Alkoholika mehr verkauft werden dürfen, mussten sie mit Bier vorlieb nehmen. Und da nun lag der Hund begraben. Denn wie jeder Profitrinker weiß, darf man anderthalb Liter Glyzerin nicht mit derselben oder womöglich einer noch größeren Menge Bier vermischen. Sonst kann sich Nitroglyzerin bilden, ein hoch explosiver Sprengstoff, und die Folgen können verheerend sein. Selbst wenn es nicht zum Äußersten kommt, ist einem jedenfalls ein kolossaler Brummschädel am nächsten Morgen sicher.

Doch der nicht vorhandene Tagebucheintrag hatte noch einen anderen Grund. André tauchte nämlich an jenem ersten, nasskalten Novemberabend an keinem der Orte auf, an denen er ihn hätte verfassen können. Er übernachtete weder im Luftschutzbunker, noch in den Schränken unter der Brücke, noch in den Katakomben. Auch in den Wohnungen seiner Bekannten war er nicht anzutreffen.

Er verbrachte diesen Herbsttag im Flug. Jenem Flug, den du im Grunde immer erwartest und der dann doch überraschend kommt. Eigentlich bist du vom Kopf her darauf vorbereitet, aber wenn die weißen Engel kommen, rufst du ihnen dennoch zu: „Nein! Lasst mich! Ich will nicht mit euch fliegen!" Doch die Engel scheren sich nicht mehr um deine Wünsche. Sie nehmen dich unter ihre weißen Fittiche und erklären dir gleichmütig, dass dieser Körper dir nicht mehr gehört.

Vielleicht hätten sie an jenem Abend nicht so viel getrunken und nichts wäre geschehen, wenn sie nicht die großen Fragen gewälzt hätten: Was tun? Und wie weiterleben? Als Witek von Andrés Gespräch mit dem Schrubber erfuhr, wurde er ganz aufgeregt. Er meinte, André müsse den Helm unbedingt absetzen, sonst komme er wegen des Faschistenmordes in den Knast, und dort würden sie ihm das Stück ohnehin abnehmen. In Russland könnte er sich auch nicht verstecken, weil man ihn überall an seinem Preußenpickel erkennen würde. Die einzige Lösung sei, den Helm einem Freund zu schenken. Ihm.

Bis spät in die Nacht flehte Witek André an, ihm das Projekt zu überlassen. Er sah sich schon als Triumphator, als Bezwinger Moskaus in der goldenen Pickelhaube über den Roten Platz marschieren. Er schwor, bis ans Ende seiner Tage würde er sie nicht mehr absetzen, bot ihm schwindelerregende Summen, die er in Zukunft irgendwie erarbeiten würde, und wenn er die ausländischen Touristen vor der Basiliuskathedrale anbetteln oder sich von Larry Gogosjan, dem Paten der Kunstmafia, unter Vertrag nehmen lassen müsste. Aber André ließ sich nicht erweichen. Gegen Morgen kriegten sie sich sogar in die Haare, als Witek, sturzbetrunken und der fruchtlosen Überredungsversuche überdrüssig, versuchte, das Projekt mit Gewalt an sich zu reißen. Der Kampf war kurz aber hart. Mit einem gezielten Faustschlag verpasste André Witek ein Veilchen, dass dieser in die Ecke flog, anschließend schlossen sie Frieden und tranken weiter Bier.

Als sie zur Mittagszeit auf einem Lumpenberg im Bunker erwachten, hatte sich in ihren geborstenen Kesseln etwas zusammengebraut, was mit Katzenjammer nur unzulänglich beschrieben wäre. Unter Andrés Helm lag ein zwei Pud schweres Bleigewicht, das er beim besten Willen nicht von der Matratze zu bewegen vermochte. Es lastete auf den Schläfen, drückte die Arterien ab und hatte Swjatopolk und Wallenrod plattgemacht, sodass sie leblos dalagen wie zwei krepierte Kater, die unter die Dampfwalze gekommen waren. Alles drehte sich, die Augen waren aus ihrer Umlaufbahn gesprungen, und es bedurfte einer übermenschlichen Willensanstrengung, das Bleigewicht in die Vertikale zu bringen. André erkannte sofort, dass es an einem Tag wie diesem nicht nur sinnlos war, den Sonnenuntergang abzuwarten, sondern regelrecht gefährlich.

Witek war in einer ähnlichen Verfassung, allerdings war sein Organismus nicht in dem Maße vom Hunger zermürbt wie der Andrés, weshalb er sich auch in den nächsten Laden aufmachte, um ein Fläschchen der Medizin zu besorgen, die sie jetzt so bitter nötig hatten.

Hätte André trotz allem auf die Stimme Fjodor Michailowitschs gehört, die laut wurde, kaum dass Witek den Bunker verlassen hatte, wäre ihm der Adlerflug über das Kuckucksnest womöglich erspart geblieben. Aber er hörte nicht auf sie. Er fing sogar an zu diskutieren und erklärte, die Idee der Vervollkommnung durch Leiden sei an sich schon unzulänglich! Denn wenn das Leiden gottgegeben sei und die Vollkommenheit des Teufels, dann gehe die Welt ja offenbar zum Teufel!

Als Witek mit dem Gebräu zurückkam, stürzte André sich mit den Worten, er anerkenne keine Autoritäten mehr und kein Fjodor Michailowitsch hätte ihm zu verordnen, wann er anfangen dürfe zu trinken, auf das Bier und goss gleich eine ganze Flasche in die Mundöffnung der Bleikugel. Dann nahmen sie sich jeder 200 Gramm *Kryžačok* zur Brust.

Der Therapieerfolg stellte sich auch unverzüglich ein – Munterkeit und Lebensfreude kehrten zeitweilig zurück. André wurde wieder lustig, das Blei in seinem Kopf schmolz zu Äther, zu diesem Destillat, das dein gesamtes Wesen ungeahnte Leichtigkeit empfinden lässt, fast eine Euphorie, da die Welt wieder freundlich, lieb und nett erscheint. Auch die Löwen auf dem Helm erwachten zu neuem Leben. Ihre platten Bälger füllten sich mit Helium und sie fassten sich, schwerelos wie zwei Luftballons, bei den Pranken, um auf Andrés Kopf einen Kryžačok zu tanzen.

Das Gefährliche an dieser Gemütsverfassung ist nun, dass sie zu Unternehmungen verleitet, die man an einem solchen Tag besser unterließ. Wahrscheinlich hätte André noch einmal 100 Gramm trinken und sich dann schlafen legen sollen. Aber in einem Anfall von Übermut befand er, er müsse unbedingt noch die drei letzten Büsten unter die Brücke schaffen. Bei drei Fahrten mit dem Trolleybus sollte das bis zum Abend genau hinhauen. Witek wollte nach den gescheiterten Verhandlungen auch schnell verschwinden, deshalb trank jeder noch schnell ein Bier, und sie machten den restlichen *Kryžačok* nieder. Dann schnappte sich André eine schielende Männerbüste und schleppte sie zur Haltestelle.

Bald trudelte auch ein Bus ein, der ihn in Richtung Innenstadt brachte. André musste bloß ein paar Stationen fahren, und wäre er nur zehn Minuten später im Bunker aufgebrochen, wäre das gehörnte Höllenmühlrad wohl an ihm vorbeigerollt. Aber er hatte nun ausgerechnet diesen Bus genommen und fiel so der bösen Moira in die Hand, die ihn an der übernächsten Haltestelle abpasste.

Er erkannte die Falle zu spät. Der Bus hielt an, und die Kontrolleure kamen von drei Seiten zugleich. Das wurmte André ein bisschen. Er hatte natürlich keinen Fahrschein, weshalb er sich darüber ärgerte, dass er nun aussteigen und auf den nächsten Bus warten musste.

Den Kopf seiner tönernen Missgeburt fest im Arm stand er ganz hinten, als sich die Kontrolleurin, eine Matrone mit bedrohlich aufgetürmtem Haar, zu ihm durchschlug und streng fragte:

„Ihr Fahrschein?"

Die Ätherdämpfe in seinem Kopf hatten sich noch nicht wieder in Blei zurückverwandelt. Er war heiter gestimmt, wollte sich nicht streiten, schaute deshalb der Kontrolleurin fröhlich in die Augen und sagte:

„Madame! Ich habe keine Fahrschein! Und kein Geld für die Strafe!"

Madames Miene hellte sich schlagartig auf und sie rief zur vorderen Tür:

„Sina! Wir haben hier einen Hasen mit Speer auf dem Kopf! Und er will keine Strafe zahlen!"

„Schmeiß ihn raus! Makarytsch wird es richten!", krähte Sina vom anderen Ende des Busses.

„Verzeihung, Madame! Das muss eine Verwechslung sein! Ich bin kein Hase, sondern ein Löwe! Und wieso denn gleich Makarytsch? Hasen werden nicht einfach erschossen!" André spürte, dass sich etwas zusammenbraute und wurde leicht nervös.

„Ich bin keine Madame! Und Sie sind kein Löwe! Aussteigen, Hase! Mann, was für eine Fahne!" Die Matrone mit dem Haarturm wedelte vor ihrer Nase herum.

André sah zur Tür. An der Haltestelle stand ein ausgewachsener Makarytsch mit einer kleinen Makarytsch im Holster, um die Trolleybushasen in Empfang zu nehmen.

„Los, los, aussteigen! Ich will Sie nicht an den Löffeln rausschleifen! Ist ja sowieso nur noch einer übrig!", lachte sie.

André musste einsehen, dass er hier nicht weiterkam. Mit einem mulmigen Gefühl ging er zur Tür.

„Der da! Sagt, er ist ein Löwe und will keine Strafe zahlen!", rief die Matrone über seinen Kopf hinweg dem Polizisten an der Haltestelle zu.

„Der will nicht? Der muss! Steigen Sie hier in den Bus, Bürger!", bellte Makarytsch. Erst jetzt bemerkte André den Kleinbus neben der Haltestelle, der alle Löffelohren aufnahm.

„Werden wir noch sehen, was Sie für ein Löwe sind!" Makarytsch nahm ihn am Arm und schob ihn zur Bustür.

Drinnen saßen bereits einige verschreckte Hasen und ein Polizist in Hauptmannsuniform, der alles zu Protokoll nahm. André sank auf das braune Kunstleder und wartete, bis er an der Reihe war.

Zu allem Überfluss verwandelte sich der Äther in seinem Kopf nun in Nitroglyzerin zurück. André stellte zu seinem Entsetzen fest, dass sich sein Körper, seine Bewegungen und seine Sprache in ihre Bestandteile auflösten und zerfielen. Aus der Euphorie wurde blanker Stumpfsinn. Sein Bewusstsein nahm die Realität nur noch als willkürliche Ansammlung von Bruchstücken wahr. Dazwischen herrschte gähnende Leere, die ihn in zutiefst verwirrte. In seinem Kopf verschwamm alles und ging wild durcheinander – Statuen, die Schränke unter der Brücke, Fahrschein, Bus, die Matrone mit dem Haarturm, der helle Tag vor dem Fenster, der Protokollant an seinem Tischchen.

Kurz darauf fand er sich selbst an dem Tischchen wieder, vor sich eine Schirmmütze mit Kokarde. Zwei dunkle Augen unter dichten Brauen. Fleischige, bläuliche Lippen, die etwas zu ihm sagten.

„Ein Löwe, und dann fahren Sie ohne Fahrschein?"

„Wisssssn Se, ich binnnich ausm Sssoo. Ich wollt bloß hier den Innokennnti wegbrinnnng …"

„Makarytsch, guck mal, der ist ja völlig breit! Ruf mal die Kollegen! Der muss aufs Revier!"

„Neeeeee, nich uffs Revieeeer …"

„Hier Null-Drei, Null-Fünf, bitte kommen, Null-Fünf! Einmal den Käfig an die Halte! Wir haben einen hackedichten Hasen hier. Friedensprospekt, Ecke Kosmonauten. Gut. Wir warten …"

„Meister, keine Kosmonaun … bin doch nich vom Maaaars … will kein Käääfig … will nich in Sssoo …"

„Setz den wieder hin und bring mir den nächsten …"

Wieder die Bank mit dem braunen Kunstlederbezug … eine Frau vor dem Schirmmützenmann … zwei Bullen kommen rein.

„Der da. Nehmt ihn mit."

Ein Metallgehäuse. Kleines Gitterfenster. Gegenüber ein schmaler Ein-Mann-Sitz. Türenschlagen. Abfahrt. Schlaglochgehoppel. Kurve … noch eine … der Käfig geht auf.

„Da wären wir! Aussteigen!"

Ein Raum. Tisch. Holzbank. An den Wänden halbhoch Hartfaserplatten. Dann Farbe. Salatgrün.

„Was hast du da für einen Kopf?"

„Innokenti Petrowitsch … Meine Arbeit …"

„Bist du Künstler oder was?"

„Bildhauer …"

„Gib ihn her! Du zerdepperst ihn noch …"

„Nein. Lasst mich raus …"

„Wo soll der mit dem Kopf hin?"

„Erstmal ins Affenhaus! Aber nimm ihm den Helm ab."

„Nicht den Helm … Sie haben kein Recht …"

„Hände weg! Nicht!"

„Sieh mal an! Der wehrt sich! Halt ihn mal fest!"

„Was soll die Scheiße?"

„Jetzt tritt das Arschloch auch noch!"

„Pfoten weg, du Schwachkopf!"

„So, ein Schwachkopf bin ich? Iwan, komm her! Hilf mir mal!"

„Scheiße!!! Der Kopf is hin! Innokennnti Pet …"

„Drecksack! Greift mich hier an! Los, los! Mit dem Schlagstock!"

„Die Arme!!! Dreh ihm die Arme um! Scheiße, ist der stark! Die Arme auf den Rücken, auf den Rücken!"

„Schwachköpfe!!! Faschisten!!! Was soll das?!"

„Na warte! Du machst mir heute noch den Adler!"

„Los!!! Schnell!!! Die Handschellen! Hau noch mal drauf!"

„Den Adler! Mach den Adler! Halt die Beine fest! Und jetzt den Gurt stramm ziehen! Guten Flug, du Arschloch!"

„Gestapo!!! Schweine!!! Dafür werdet ihr bezahlen!"

„Hau ihm eins in die Fresse! Schnauze halten!"

„Schlepp ihn ins Affenhaus! Noch ein Stück! Jetzt beißt er auch noch!"

„Gib ihm noch ein paar mit! Einen Schuss Tränengas! Und guten Flug!"

„Mann, ist das ein Gestank! Schnell die Tür zu!"

Das letzte, woran André sich, zusammengekrümmt und die Arme hinterrücks an die Beine gefesselt, erinnern konnte, war die Kälte des Betonfußbodens an seiner Wange. Die Handschellen schnitten sich in Knöchel und Handgelenke, und aus seinen Augen quollen erbsengroße Tränen. Bittere Tränen wegen des ätzenden Gases und wegen seines stummen Protestschreis. Der Helm saß nicht mehr auf seinem Kopf ...

DER GÖTZE IST WIEDER DA

André kam wieder zu sich, als ihn jemand gegen die Schulter knuffte. Als er die Augen aufschlug, sah er ein affenähnliches Wesen über sich gebeugt. Es war ein auffällig klein gewachsener Mann, kurze O-Beine, dunkle Haut und aus irgendeinem Grund splitterfasernackt. Sein finsteres Gesicht erinnerte an verhutzeltes, von Runzeln zerfurchtes Trockenobst. Kaum hatte die Erscheinung mitbekommen, dass er aufgewacht war, fuhr sie zusammen, hüpfte mit linkischen Trippelschritten und baumelndem Familienerbe zu einer dunklen Metalltür und hämmerte mit den Fäusten dagegen.

Wo bin ich? Warum? Wer ist das?, schoss es André durch den Kopf. André versuchte sich aufzurichten, musste aber zu seinem Entsetzen feststellen, dass Arme und Beine irgendwo angebunden waren. Nackt bis auf die Unterhose und nur mit einem Laken bedeckt, lag er in einem schmalen, ihm unbekannten Zimmer auf einem Bett. Fieberhaft durchsuchte er seine Erinnerung, bis die Ereignisse vom Vorabend mit stechendem Schmerz über ihm hereinbrachen. Der Helm saß nicht mehr auf seinem Kopf! Dieses Wissen drückte ihn so brutal zu Boden, dass er aufheulen musste wie ein verwundeter Löwe. In diesem Heulen lag so viel Verzweiflung, Hass und Wut, dass der Affenähnliche von der Tür abließ und ihn erschrocken anstarrte.

Da ging die Metalltür plötzlich auf und zwei Weißkittel traten ins Zimmer.

„Was brüllst du so?", fragte der eine missmutig. „Und du, was willst du?" Er funkelte den Affen an der Tür streng an.

„Pissen will ich!"

„Bring ihn raus!", nickte er dem zweiten Kittel zu.

„Wo bin ich?", fragte André gepresst.

„Na wo wohl? Im Himmel! Ha ha ha! Und wir sind die Erzengel!" Er blinzelte dem anderen zu. „Der war ordentlich dicht! Weiß nicht mal mehr, wie er in den Himmel gekommen ist!"

„Warum bin ich gefesselt?"

„Weil du randaliert hast! Du bist uns schon als Adler zugeflogen!"

Da grunzte jemand auf einem Bett hinter André laut und leidend.

„Und was willst du?" Der Mann in Weiß trat an das Bett. „Lieg still, sonst wirst du auch verschnürt."

„Binden Sie mich los!", bat André leise.

„Wir binden dich los, wenn es so weit ist!" Der Erzengel verließ das Zimmer und warf mit einem Knall die Tür hinter sich zu. Eine Minute später öffnete sie sich noch einmal kurz, der Affe kam auf nackten Sohlen reingetrippelt und hüpfte in sein Bett.

André drehte den Kopf so weit es ging, um herauszufinden, wo er gelandet war. Das Zimmer war schmal aber ziemlich lang. An der Wand standen hintereinander aufgereiht niedrige Metallbetten. Wie viele noch hinter ihm folgen mochten, konnte er nicht erkennen. Aber das Bett vor ihm war nicht belegt. Rechter Hand neben der Tür befand sich ein großes Fenster. Die Scheibe war von innen vergittert und fast vollständig weiß gestrichen. Nur die Lüftungsklappe oben war frei geblieben, und die Dunkelheit draußen ließ darauf schließen, dass es gerade Nacht war oder später Abend. Wer außer ihm im Zimmer war, konnte André nicht erkennen. Mit Sicherheit wusste er nur von dem Affen und dem Grunzer.

Als André die Hände zu rühren versuchte, bemerkte er, wie taub seine Finger waren. Die Hände waren mit zwei Schnüren stramm an die Seitenwände des Bettes gebunden. Er lag furchtbar unbequem in dieser Position, sein Mund war vollkommen ausgetrocknet, er musste unbedingt etwas trinken. Sein Durst, die körperlichen, die seelischen Qualen, alles verband sich zu einem großen, unerträglichen Schmerz.

Wo bin ich?, fragte sich André noch einmal. Der Kerl in Weiß hat gesagt, im Himmel. Sieht mir aber gar nicht nach Himmel aus, eher nach Fegefeuer. Ist bestimmt so ein Vorhöllenwitz. In der Hölle bin ich jedenfalls nicht. Da ist es heiß. Der Pope hat immer mit dem ewigen Feuer gedroht, und hier ist es eisig kalt. Die Lüftungsklappe steht offen, da zieht es ganz erbärmlich rein. Doch, doch. Das muss das Fegefeuer sein. Gleich kommen die Erzengel und bringen jeden dorthin, wo er hingehört. Mich wohl eher in die Hölle. Vor der Himmelspforte dürften die Menschen kaum ans Bett gefesselt werden. Der Affe kommt sicher ins Paradies. Kein Wunder, läuft er hier schon nackt herum. Und sie lassen ihn zum „Pissen" raus. Ein echt unschuldiges Gottesgeschöpf. Wahrlich eine Missgeburt von Mensch, naiv, nicht von Verstand getrübt, schlicht wie ein Holzscheit – gottgefällig eben.

Und über den Grunzer ist wahrscheinlich noch nicht entschieden. Sie wissen noch nicht, wohin mit ihm, also heult er und seine Seele quält sich. Welcher von den beiden wohl Michael war und welcher Raphael? Sicher ist der nettere Raphael. Der lacht immer. Und der bedrohliche ist wahrscheinlich Michael. Der Fachmann für die Teufel. Sicher macht er bei den Höllenkandidaten die Visite höchstpersönlich.

Aber noch einmal: Wo bin ich? In der Klapse? In der Gummizelle? Aber warum bin dann nur ich angebunden? In der Klapse kriegt man Abendessen. Schwestern gehen rum mit Tabletten und Spritzen. Bebrillte Psychiater. Die beiden Typen sahen nicht wie Psychiater aus. Hackfressen waren das. Vielleicht bin ich im Knast? Aber wieso dann Betten und weiße Laken? Und wo ist der Kübel? Kein Knast ohne Kübel! Teufel auch, wann binden sie mich endlich los? Mir ist kalt!

Da ging auf einmal die Tür auf, und die Erzengel standen wieder auf der Schwelle.

„Und? Machst du keinen Radau mehr?", fragte Michael.

„Binden Sie mich los!"

„Pass bloß auf! Sonst wirst du gleich wieder verschnürt!" Er trat an sein Bett heran und löste die Schnüre.

„Wo bin ich?"

„Na, wo wohl? In der Ausnüchterung!"

„Und wo ist mein Helm?" André richtete sich auf.

„Was denn für ein Helm?"

„Ein goldener, mit Löwen!"

„Hör dir das an, Raphi. Der war so voll, dass er nicht mehr weiß, wo er seine Haube verloren hat. Ha ha ha! Keine Ahnung! Wenn sie dich rauslassen, kriegst du deinen ganzen Plunder wieder zurück."

„Aber ich bin schon wieder nüchtern! Lassen Sie mich raus!"

„Jetzt nicht! Am Morgen kommt der Arzt und untersucht, dann lassen wir dich raus!"

„Hören Sie ..."

„Nein! Ende der Ansage!"

„Dann lassen Sie mich wenigstens pissen gehen!"

„Okay! Pissen ist in Ordnung! Los!"

Zurück im Zimmer erkannte André hinter seinem Bett noch drei Metallpritschen, auf denen außer dem Paarhufer und dem Primaten noch ein undefinierbares Säugetier schlief. André kroch wieder unter sein Laken, kauerte sich frierend zusammen und versuchte einzuschlafen, um den hoffnungslos düsteren Gedanken wenigstens eine Zeit lang zu entkommen.

Er wurde von lautem Klopfen geweckt. Nun stand der Allesfresser mit dem zerzausten Schopf in Unterhosen vor der Metalltür. Wackelig auf der Stelle tänzelnd wummerte er gegen die Tür, und an seinen unkontrollierten Bewegungen war zu erkennen, dass Bacchus ihn noch in den Armen hielt. An Schlaf war nicht mehr zu denken. André warf sich von einer Seite auf die andere, konnte aber die zudringlichen, stocknüchternen Gedanken nicht vertreiben. Aus finsteren Verliesen seines Bewusstseins stiegen sie auf und quälten ihn.

Hast du es geschafft? Was ist jetzt mit deinem Projekt? Konzept kaputt? Der Welt den Stinkefinger – und wo bist du jetzt? Liegst hier auf der Säugetierstation. Rechts ein Affe, dahinter ein Paarhufer. Und selbst? Wolltest sein wie der Hund-Mensch? Auf den Hund gekommen bist du jedenfalls! Jetzt kannst du winseln wie ein abgerissener Straßenköter!

Du glaubst, du wärst noch in der Vorhölle? Nein, das ist nicht das Fegefeuer. Du bist schon in der Hölle. Dumm gelaufen? Was dachtest du denn? Dass du zu Lebzeiten ins strahlend weiße Himmelreich kommst? Geld, Ruhm und Ehre abgreifst? Und? Hat es geklappt? Im Fegefeuer warst du vorher schon. Deine kümmerliche, graue Welt – das war die Vorhölle. Aber du musstest ja gegen das Grau anrennen und ihm den Krieg erklären. Das lässt sich das Grau nicht bieten. Also hat es dich in die schwarze Welt hinabgestoßen, in die Hölle.

Pech gehabt? Alles ein großer Unsinn? Ja, auch das Grau ist unsinnig. Aber du musstest ja mit deinem Konzept das unsinnige Grau ganz und gar ad absurdum *führen! Unsinn im Quadrat, sozusagen. Jetzt kapierst du vielleicht, dass es anderer Hirne bedarf, wenn man sich dem Unsinn in zweiter Potenz annähern will! Sein bloßes Erscheinungsbild zerschreddert dir das Hirn! Typen wie du sind zum Unsinn ersten Grades verdammt. Ihr knallt euch mit Zeitungen, Fernsehern, Weibern, Politik, allem möglichen Scheiß zu, um unter allen Umständen jeden Gedanken an den Sinn sofort abzuwürgen! Und du, wer wolltest du sein? Der Übermensch? Hochgradigen Unsinn wolltest du haben! Alle, die vor dir diesen Weg gegangen sind, haben entweder als Napoleon in der Klapse geendet, oder sind tatsächlich Napoleon geworden, was auch böse ausging. Nietzsche hat seinen Hymnus auf den Übermenschen gesungen, den Blick in den Abgrund getan und ist darüber im Irrenhaus gelandet.*

Hör nicht auf sie! Jetzt einen Rückzieher zu machen – das wäre der eigentliche Unsinn! Nicht nur in zweiter, sogar in dritter Potenz! Stell dich gegen das Grau! Schick diese kranke Welt zum Teufel!

Was bleibt dir denn noch? Den Schienenkrieg zu erklären? Die Aussaat von der Ernteschlacht zu scheiden? Die Brücke zwischen ihnen in die Luft zu jagen?

Wenigstens die Brücke! Du hast zwei große Schränke direkt unter dem Pfeiler stehen!

Idiot! Und wo willst du dann übernachten? Schlaf lieber! Bevor du dich völlig versteigst!

Wie? Du kannst nicht einschlafen? Zähl bis hundert!

Zweiundzwanzig, dreiundzwanzig, vierundzwanzig, fünfundzwanzig, sechsundzwanzig ...

André rollte sich auf die andere Seite und versuchte sich mit den Zahlen wenigstens für kurze Zeit die unerbittlichen Gedanken aus dem Kopf zu schlagen.

Zweiunddreißig, dreiunddreißig, vierunddreißig, fünfunddreißig ...

„... und die Fotze hier, gleich die Bullen gerufen! Ich so zu ihr – eins sag ich dir! Wenn ich rauskomm, reiß ich dir die Beine aus! Kröte!"

„Gib mal 'n Schluck Wasser!"

André schlug die Augen auf. Es dämmerte bereits. Durch die geöffnete Lüftungsklappe war der quadratische Ausschnitt einer roten Backsteinmauer zu sehen. Affe und Paarhufer saßen sich auf ihren Betten gegenüber und redeten.

„Gluck, gluck, gluck ... Aaa! Das läuft rein!"

„Also ich hab da die Tage ein Ding gebaut. Gesoffen hab ich, reinen Sprit. Am Morgen geh ich so ins Bad, Wasser trinken an der Wanne. Häng mich unter den Hahn, sauf, und hab voll den Aussetzer in meinem besoffenen Kopf! Zack, kopfüber rein in die Wanne! Aber da drin hat Muttern grad das Bettzeug eingeweicht! Ich geh unter, schnapp nach Luft, komm nicht mehr raus! Da hätt ich echt bald die Hufe hochgenommen! Gut, dass Muttern nebenan in der Küche war! An den Füßen hat sie mich rausgezogen! So ein Ding war das gewesen!"

Plötzlich ging die Tür auf, und auf der Schwelle stand ein Mann im weißen Kittel. Nachdem er alle kurz mit seinem Blick gestreift hatte, nickte er André zu:

„Aufstehen! Abflug!"

Als ihm eine Stunde später seine Sachen ausgehändigt wurden, seufzte André erleichtert auf – der Helm war noch da. Er setzte ihn auf, trat ins Freie und stellte fest, dass es Winter geworden war. Aus dem bleigrauen Himmel taumelte in großen Flocken der erste Novemberschnee.

Auf einmal spürte André eine unerklärliche Leichtigkeit. Es gab kein Projekt mehr, keine Kunst und kein Konzept, keine Kuratoren, keine Kritiker, kein Verlangen nach Ruhm. Etwas anderes hatte begonnen, das weitaus wichtiger war.

Zurück im Luftschutzbunker räumte er den endgültig leer, hinterließ das Atelier besenrein, verschloss die Tür, hängte draußen den Schlüssel an einen Nagel und verschwand …

Wenige Tage später betrat Maria Prokopjewna das Atelier und erblickte mitten in dem großen, leeren Raum einen einsamen Strohmenschen. Um seinen Hals hing eine Tafel mit einer in Fraktur gehaltenen Aufschrift: ACHTUNG! MINEN!

Das unverzüglich an Ort und Stelle einberufene SoKo, das Sonderkonzil, bestehend aus dem Rektor Boris Fadejitsch, Brandmeister Pjotr Jewlampijewitsch, dem langen Schrubber, Maria Prokopjewna und Hausmeister Gawrilow, beriet lange darüber, was nun zu tun sei, kam aber schließlich überein, keine Minenräumer anzufordern.

Fadejitsch ging spontan von einem dummen Scherz aus, einem Geschenk von Maria Prokopjewnas bekloppten Schwiegersohn zum Tag der Oktoberrevolution. „Wenn die Minenräumer anrücken, erfährt die ganze Stadt davon." Der Lehrbetrieb müsste ausgesetzt werden, die Studenten evakuiert – das würde man garantiert auch in Minsk zur Kenntnis nehmen. Dann käme irgendeine blöde Kommission ins Haus, sie würden herumschnüffeln, die Verschwörer im System suchen, ihm anhängen, er hätte sich BNF-Chaoten im Keller gehalten, ihm auf die Finger klopfen, ihm ein hartes Urteil mit Aktenvermerk stricken, ihn aller Ämter entheben und auf eine Schweinefarm in der Provinz abschieben. Deshalb, so Fadejitschs Fazit: die Kirche im Dorf lassen, beziehungsweise die Strohpuppe im Keller, keine Minenräumer holen, selber entminen.

Der Schrubber war ganz seiner Meinung und ergänzte, er würde ebenfalls Feuer unterm Hintern bekommen, wenn das feindliche Element in einer behördlichen Einrichtung dem gesamten Agenturnetz durch die Maschen gegangen war. Nach einigem Geflüster verständigte man sich darauf, den Hausmeister als das minderwertigste SoKo-Mitglied zum Minenräumen vorzuschicken. Doch Gawrilow stellte sich auf einmal quer und erklärte, für dieses lächerliche Gehalt würde er sein Leben nicht riskieren. Er scheiße auf die Bombe, und wenn sie ihn nun feuern würden, fände sich auch anderswo eine Arbeit, bei der er Hundescheiße vom Asphalt kehren könne. Und dann blaffte er Fadejitsch an, zum Minenräumen müssten die mit dem dicksten Gehalt. Worauf Fadejitsch erwiderte: „In dieser stürmischen Phase ist nicht der Zeitpunkt, die Kommandobrücke zu verlassen." Überhaupt verdiene er gar nicht so gut, er käme geradeso über die Runden, bekomme sein Landhaus im Grünen jetzt schon seit zwei Jahren nicht fertig, und er habe noch das Studium seiner Tochter in London zu finanzieren.

Der Schrubber erklärte, Minenräumdienste fielen nicht in sein Aufgabengebiet an der Universität, das sei Sache des Rektorats. Daraufhin kreischte Maria Prokopjewna mit großem Gefuchtel, die Entschärfung von Bomben sei die vornehmste Aufgabe des Zivilschutzministeriums, dessen einziger Vertreter in dieser Runde Brandmeister Pjotr Jewlampijewitsch sei. Kreuzbrav und dümmlich wie er war, wusste Jewlampijewitsch nichts darauf zu erwidern, er zückte nur sein Schneuztuch, um sich der Schweißpfützen zu erwehren, die seine Glatze überfluteten. Später fiel ihm dann noch ein, dass Belotschka ein krankes Bein habe und er ohne Helm sowieso nicht in den Keller ginge.

Glücklicherweise hatte Boris Fadejitsch eine prächtige Requisite aus seinem Studententheater zur Hand. Er zauberte einen Stahlhelm der Wehrmacht und ein lackiertes Shostowo-Tablett mit Blumenmuster aus dem Hut, das Jewlampijewitsch sich vor den Bauch halten sollte. Sie bekreuzigten ihn drei Mal, schubsten ihn in den Bunker und schlossen zur Sicherheit hinter ihm die Tür.

Pjotr Jewlampijewitsch ging ein paar Schritte in den Raum hinein und betrachtete, ohne ihn zu berühren, ausführlich den Stroh-Menschen, dessen zerfallenden Leib er nach herausstehenden Kabeln oder verborgenen Höllenmaschinen absuchte. Da er nicht fündig wurde, ging er dazu über, die Vogelscheuche mit einem langen, metallenen Ladestock an verschiedenen Stellen vorsichtig zu durchbohren. Manchmal trat der Stock am Rücken wieder aus, manchmal stieß er auf etwas Festes. Ob das nun die Bombe war oder ein Holzgerüst, vermochte Jewlampijewitsch unmöglich zu sagen.

Lange quälte er sich mit dem Ladestock ab, trieb ihn schweißgebadet wieder und wieder ins Stroh, bis die Nerven der Anspannung nicht mehr standhielten, etwas in ihm zerknackte und er den Strohmenschen beherzt bei der Taille nahm und mit „Aaaaa!!!" und „Ruuuunter!!!" aus dem Bunker stürmte. Die übrigen SoKo-Mitglieder, die vor der Tür gewartet hatten, stoben, von diesem Manöver völlig überrumpelt, in alle Richtungen davon. Am schnellsten lief Eduard Walerjanowitsch, der sich hinter die Mülltonnen rettete. Fadejitsch, der das Sprinten verlernt hatte, stolperte dem Schrubber nach, fiel über einen Busch und blieb laut fluchend liegen.

Der Brandmeister aber schoss mit der Vogelscheuche über den Hof und warf sich hinter der ersten Ecke mit ganzem Körpereinsatz auf den Gefährder. Eine Sekunde verstrich, zwei, drei, doch die Explosion blieb aus. Auch nach einer

Minute lag Jewlampijewitsch immer noch wie gelähmt auf dem Stroh-Menschen. Erst Maria Prokopjewna konnte ihn aus seiner Erstarrung befreien. Sie schimpfte:

„Sie sind ein Idiot! Sie haben Boris Fadejitsch das Bein gebrochen!"

Jewlampijewitsch erhob sich, schleuderte das Tablett zu Boden, nahm plötzlich Haltung an und rief provozierend:

„Nein, Pardon, ein Idiot bin ich nicht! Ich bin Künstler! Und Sie, Maria Prokopjewna, Sie …" Jewlampijewitsch rang nach Worten „Sie … unmenschlicher … Sie Stinkstiefel, Sie! Ich wünsche, Sie nicht mehr zu kennen! Ich empfehle mich!"

Die Studenten, die von den Schreien angelockt worden waren, klebten an den Fenstern und verfolgten die sonderbare Szene: Ein Feuerwehrmann im deutschen Stahlhelm belehrt mit großer Geste die Prorektorin. Der lange Schrubber war beim Rektor zu Gange, der auf der Erde saß. Und in der hintersten Ecke des Hofes wuselte der Hausmeister hektisch um eine brennende Strohpuppe herum. Als sie vollständig verbrannt war, stocherte er mit der Stiefelspitze in den Überresten herum, kehrte dann die Asche sorgsam auf eine Schaufel und kippte alles in die Mülltonne.

„Genosse Meressjew, sind Sie schon da?"

„?"

„Ja! Da ist er! Still!"

Aus einer Ecke des Büros kam ein schwaches Knarren, als fahre ein Rollstuhl über den Boden. Es kam langsam näher, verstummte für einen Moment und wurde dann von einem Klopfen unter dem Tisch abgelöst. Alle fuhren vor Schreck zusammen.

„Ja! Ja! Er ist hier! Schnell, die Fragen!" flüsterte Maria Prokopjewna.

„Genosse Meressjew, wer ist er?", fragte Fadejitsch angespannt.

Aller Augen richteten sich auf den in Trance befindlichen

Schrubber. Der saß erst reglos da, spreizte sich aber plötzlich wie ein Gockel, so dass der Bleistift in seinen Fingern kaum merklich in Bewegung kam.

„Er schreibt! Er schreibt! Er schreibt schon!", eiferte sich Fadejitsch. „Lest doch, was da steht!"

„о…н…он…"

„он? Er hat он geschrieben! In welchem Sinne он? ‚он' heißt ‚er'. Maria Prokopjewna, klären Sie uns auf, was dieses ‚он' zu bedeuten hat!"

„Vielleicht ist es auch gar nicht Kyrillisch. Vielleicht sollen das lateinische Großbuchstaben sein: O und Ha. Eine chemische Formel?"

„OH? Wasserstoff, oder was? Eine Wasserstoffbombe? O Gott! Schon wieder eine Bombe! Wie furchtbar!"

„Jetzt werden Sie nicht gleich panisch, Boris Fadejitsch, Wasserstoff ist H, Wasser ist H_2O. OH muss etwas anderes sein."

„Swetlana Georgijewna, hör mal, schnell die Formelsammlung Chemie! Im Schrank, auf dem Regal!"

„Ein Hydroxylradikal – das hochreaktive, kurzlebige OH-Radikal besteht aus einem Sauerstoff- und einem Wasserstoffatom", las Swetlana, als sie die richtige Seite gefunden hatte. „In der Biologie zählt das Hydroxylradikal zu den reaktiven Sauerstoffverbindungen und zeichnet sich durch besonders hohe Aktivität bei der Verursachung oxidativen Stresses aus."

„Hab ich doch gleich gesagt! Ein starkes, hochreaktives Radikal! Kurzlebig, zum Glück, aber hochaktiv bei oxidativem Stress! Genosse Meressjew, sehen Sie nur, was er uns hier für einen Stress verursacht hat!", jammerte Boris Fadejitsch. „Hier mein Bein, hör mal! Gips! Ich habe kürzlich die Universität entmint. Aber der Bastard gibt keine Ruhe. Gestern hat der Wachmann Gawrilow nachts ein Weib im schwarzen Umhang auf dem Hof bemerkt, es gestellt und ihm den Umhang heruntergerissen, da war es dieser O-Ha, das reaktive Pickelhauben-Radikal. Und, ob Sie es glauben oder nicht, er hat sich umgedreht und Gawrilow mitten in die Fresse gehauen. Und außerdem will dieser Wasserstoff-O-Ha die ganze Stadt in die Luft jagen. Vorgestern ist die Ehrentafel mit den Bestarbeitern vor der Autowerkstatt umgefallen. Das war bestimmt auch er. Das müssen Sie sich mal vorstellen, die stand da dreißig Jahre, und plötzlich fällt sie um!"

„Boris Fadejitsch, hören Sie auf zu jammern", fuhr ihm Maria Prokopjewna über den Mund. „Solange Eduard in Trance ist, müsst ihr Fragen stellen. Lange hält er nicht mehr durch!"

„Ja, ja, sofort. Genosse Meressjew, könnten Sie nicht konkretisieren, welche Schweinereien wir noch von ihm zu erwarten haben?"

Wieder rührte sich der Bleistift in Eduard Walerjanowitschs Hand und schrieb auf den Zettel: „Kümmert euch um die Ficusse."

„Was für Ficusse? Was denn bitte für Ficusse? Hör mal, meint er die Ficusse in meinem Büro?"

„Ich habe ja gleich gesagt, wir sollten Roerich anrufen", flüsterte Algerd Bronislawowitsch dem Rektor ins Ohr. „Meressjew redet nur herum, wie im Nebel."

„Hört auf! Schnell, die nächste Frage!"

„Genosse, Meressjew, ist es eigentlich schwer, ohne Beine ein Flugzeug zu steuern?"

„Er schreibt ..."

„Was denn?"

„Nacht ... Frost ... Brücke ... Überall Faschisten ... Die Beine sind im Wald geblieben ..."

„Swetlana Georgijewna, was fragen Sie ihn denn so einen Unsinn? Ein Flugzeug hat doch keine Pedale!"

„Und wie bremst er dann?", fragte Swetlana staunend.

„Genosse Meressjew, wann kommen unsere Leute?", platzte Algerd Bronislawowitsch plötzlich dazwischen.

„Hör mal, wer sollen denn bitte unsere Leute sein?", brüllte Fadejitsch erbost.

„Leise, leise, die Herren! Ich wollte nur das Gespräch am Laufen halten. Der Schrubber hört doch sowieso nichts!"

Da kam wieder Bewegung in die Hände des Mediums, und auf dem Zettel erschienen weitere Worte:

„Dnjepr ... Am Donnerstag ... kommt der Götze zurück ..."

„Was denn für ein Götze?"

„Wahrscheinlich der, den die Slawen in den Dnjepr geworfen haben."

„Was sollen denn jetzt auch noch die Slawen hier?"

„Das war, als die Heiden getauft wurden", erklärte Swetlana. „Der Legende nach soll der Götze auf dem Dnjepr geschwommen sein und sie verflucht haben. Der Schrubber, also Eduard Walerjanowitsch sagt, seither ist bei den Slawen alles Murks!"

Alle blickten den Schrubber ungläubig an. Der saß vielleicht zwei Minuten lang bleich und reglos da, erzitterte dann, und der Bleistift hüpfte wieder über den Zettel, auf dem er nacheinander die folgenden Worte hinterließ:

„Fluss ... Schrank ... Slawen im Trolleybus ... Taubenkacke ..."

„Kacke, hör mal ...", sagte Fadejitsch nachdenklich. „Ja, bei den Slawen ist alles Murks! Genosse Meressjew, ich hätte noch eine große Bitte an Sie. Bitte erzählen Sie weder Shukow, noch Schubodjorow, Kirpitsch oder Zherdjai, was hier passiert ist. Und dann begießen wir das Ganze!"

Eine große, zähe Stille erfasste das ganze Büro. Dann klopfte es plötzlich wieder unter dem Tisch. Wieder schreckten alle hoch, der Schrubber machte einen Satz auf seinem Stuhl, ließ den Bleistift fallen und stürzte ohnmächtig zur Seite.

„Nein, dieser spinnerte Bastard! Hat er doch die Verbindung abgebrochen, hör mal! Verzeihung, Genosse Meressjew! Sehen Sie nur, mit welchem Personal wir hier arbeiten müssen! Fliegen Sie wieder mal hier vorbei! Ist uns immer eine große Freude!" Fadejitsch packte die Wasserkaraffe, setzte sie an die Lippen und trank sie gierig zur Hälfte leer.

Nachdem Fadejitsch den Schrubber wieder zu Bewusstsein gebracht hatte, geleitete er Algerd Bronislawowitsch, da dieser nicht zum engsten Kreis gehörte, aus seinem Büro, holte anschließend eine Flasche Cognac aus dem Stressabbau-Schrank und hielt mit den Verbliebenen Kriegsrat. Es galt nun, entschieden durchzugreifen.

Als erster ergriff Fadejitsch selbst das Wort. Wie Feldmarschall Kutusow schlurfte er mit seinem Gipsbein durch den Raum und erläuterte die Strategie für den bevor stehenden Feldzug. Aus seiner Rede ging hervor, dass OH, die Gegenseite, das erwähntermaßen hochreaktive Radikal, zwar von den Mauern der Universität zurückgeschlagen worden war, gleichwohl aber noch immer eine Bedrohung für sie darstelle und daher in der finalen Schlacht geschlagen werden müsse.

Die Prokopjewna rückte ihre Frisur zurecht und ergänzte, OH sei nach wie vor ihrer aller Schande, sie fordere ein radikales Vorgehen und schlage im Übrigen vor, den Schrubber anzuhören. Der erklärte, ihr Spielraum sei begrenzt. Die Geschichte mit dem Faschisten habe nicht verfangen, Veterinäramt und Polizei wären wohl auch keine Hilfe und ernst zu nehmendes kompromittierendes Material liege nicht vor. Deshalb wäre es am einfachsten, ihm den Helm mit Gewalt abzunehmen. Das könnte er, Eduard Walerjanowitsch, in die Wege leiten, er hätte da ein paar zuverlässige Männer an der Hand. Wo OH sich versteckt halte, sei ihm bekannt, unter der Dnjepr-Brücke, Puschkin-Prospekt, da sei nachts niemand unterwegs, es würde also keine Zeugen geben.

Doch nun erwachte überraschend der Heilige Georg in Swetlana Georgijewna. Sie verkündete, sie wollte persönlich der Exekution beiwohnen und das Ungeheuer eigenhändig mit der Lanze durchbohren.

„Swetlana Georgijewna", sagte Eduard und sah ihr in die Augen. „Sind Sie sich bewusst, dass die gewaltsame Entfernung einer Kopfbedeckung im öffentlichen Raum ein strafrechtlich relevanter Vorgang ist, der umgangssprachlich als

Diebstahl bezeichnet wird? Sind Sie sicher, dass Sie dabei sein wollen?"

„Unbedingt!", erklärte sie kategorisch.

„Aber OH wird sie erkennen!"

„Das wird er nicht! Ich komme in der Burka!"

Schon seit mehreren Tagen stand kein Mond mehr über der Stadt. Eine schwere Wolkendecke lag über dem Himmel, und die Straßen, auf denen André Richtung Dnjepr ging, waren in Dunkel gehüllt. Er verschwand in den schwarzen Höhlen der Höfe, die ihn fast unsichtbar werden ließen. Nur selten, wenn er eine beleuchtete Straße erwischte, blitzte er kurz im Laternenschein auf, um sogleich wieder in die nächste Hofeinfahrt einzutauchen.

Drei Uhr nachts. Ein Hof, der nächste. Eine Straße. Ein kurzer Sprint. Das Laufen fällt schwer. Zwei Dreilitergläser unterm Arm, beide voller Tritol. Bloß nicht ins Straucheln geraten, bloß nicht sich hier schon lang legen, sonst passiert es hier und jetzt, und das wäre schön bescheuert.

André lugte aus einem Torbogen auf die große, beleuchtete Straße. *Kein Mensch zu sehen. Teufel auch, jede Menge Laternen hier!* Er schlüpfte aus dem Dunkel und rannte mit vielen kleinen Schritten zum Torbogen gegenüber. *Gott sei Dank! Keiner hat mich gesehen! Ja, heute ist es so weit. Tritol habe ich genug. Ich hätte es schon längst tun sollen. Wenn einer die Schränke entdeckt ... Der steigt ein und findet die Gläser. Schluss jetzt. Bringen wir es zu Ende. Heute mache ich den Sack zu!*

Der Dnjepr lag nur noch einen Steinwurf entfernt. Gleich hinter der Fußgängerbrücke wartete das rettende Dunkel des Parks. André wollte mit seinem schnellen Trippelgang die Brücke überwinden, bemerkte aber auf halbem Weg, wie in einiger Entfernung ein Polizeiauto um die Ecke bog. Er konnte nicht mehr umkehren. Ohne lange nachzudenken, setzte er die Gläser vorsichtig ab und legte sich der Länge nach auf den Asphalt. Das Motorengeräusch kam näher, wurde lauter, verschwand unter der Brücke und entfernte sich wieder.

André nahm die Gläser wieder unter den Arm und war kurz darauf in einer Nebenstraße des Parks unterwegs. Am Dnjepr angekommen, versteckte er sich im Gebüsch, um auszukundschaften, ob sich während seiner Abwesenheit etwas verändert hatte. Er konnte nichts Verdächtiges erkennen. Die Bäume im Park schienen auf seiner Seite, sie verharrten reglos, damit André auch noch das leiseste Hintergrundrauschen hören konnte. Die Brücke war menschenleer. Die letzten Busse waren vor gut zwei Stunden hier vorbeigekommen. Aber unter der Brücke saß jemand auf einem Stuhl neben den Schränken, einen Gehstock in der Hand.

Teufel auch! Der schon wieder! Egal, soll er halt da sitzen. Wird er eben Mittäter. André schob sich aus dem Gebüsch und dann Richtung Brücke. Er kletterte über seine Geheimleiter die Böschung hinauf, nahm die Vorhängeschlösser ab, ohne sich weiter um den Typ mit dem Gehstock zu kümmern, und kontrollierte, ob noch alles an Ort und Stelle war. Die sauber aufgereihten, mit Tritol befüllten Dreilitergläser blinzelten ihm verschwörerisch zu.

So, an die Arbeit. Bald kommen die ersten Trolleybusse wieder. André wandte sich zu dem Sitzenden und sprach ihn an:

„Fjodor Michailowitsch, mein Bester, hätten Sie die Güte, sich einen anderen Sitzplatz zu suchen? Ich würde nun nämlich gerne die Brücke sprengen. Wenn Sie sich mit Ihrem Stühlchen dreihundert Meter weiter weg platzieren könnten, wäre das sicherer und bequemer für Sie. Zudem dürfte es Ihnen ein größeres Vergnügen bereiten, dem Weltuntergang nicht auf der Bühne beizuwohnen, sondern vom Parkett aus."

Doch Fjodor Michailowitsch gab keine Antwort, er blickte André nur unverwandt an.

„Sehen Sie, das wird gleich eine gewaltige Explosion, ein Weltuntergang, gewissermaßen. Von Ihrem Anzug und dem Stuhl, auf dem Sie zu sitzen geruhen, werden von einem Augenblick zum andern nur noch verkohlte Reste übrig bleiben. Und dann bekommen Sie noch einen Betonpfeiler auf den Kopf! Ich möchte Sie herzlich bitten – setzen Sie sich um! Am besten gleich ans andere Dnjeprufer. Wenn Sie wünschen, können wir uns auch gemeinsam dort im Gebüsch einrichten! Sie dürfen sogar den Hebel der Höllenmaschine umlegen!"

Er holte eine große Kabelrolle aus dem Schrank, fummelte mit klammen Fingern an den Klemmen herum und verband sie schließlich mit einem Hebelschalter.

„Wie Sie wollen! Ich habe Sie gewarnt!" Er kletterte die Böschung wieder hinab und entrollte das Kabel bis zu einem weiter entfernten Gebüsch. Nach etwa einhundert Metern stellte er die angeklemmte Höllenmaschine ab und hetzte wieder hinauf. Er verband das andere Ende mit der Sprengkapsel und wandte sich noch einmal Fjodor Michailowitsch zu.

„Ich flehe Sie an! In einer Minute geht die Welt zum Teufel! Gehen Sie auf Sicherheitsabstand zu den Schränken!"

Fjodor Michailowitsch blieb, den Rücken leicht gekrümmt, mit übergeschlagenen Beinen, die Hände vor dem Knie gefaltet, stumm und reglos wie eine Wachsfigur auf seinem Stuhl sitzen. Lediglich das frühmorgendliche Murmeln des Dnjeprs, das Scharren der Tauben oben und vereinzeltes Aufklatschen ihrer Kacke auf der Wachsfigur untermalten das sanfte Schweigen des Klassikers. André zückte sein Taschentuch, wischte Fjodor Michailowitsch die Taubenkacke von den Schultern und sagte gereizt:

„Ich verstehe … Sie verachten mich … Zählen mich zu den bösen Geistern. Aber wer sind Sie denn? Ein Sumpfmensch! Mit Sumpfgedanken! Ein Sumpfliterat durch und durch! Ihre ganze Sippe stammt aus diesen belarussischen Sümpfen. Und wenn Sie Ihr Leben lang versucht haben, russischer zu sein als ein Bauer aus Nishni Nowgorod, und wenn Sie den letzten Halunken in Ihren Romanen die Swidrigailows und andere hiesige Namen angehängt haben, sind Sie doch ein Sumpfmensch geblieben! Deshalb will ihre Seele zurück in die Sümpfe von Mogiljow."

André steckte den Sprengsatz in eines der Tritolgläser und sah dem Alten noch einmal in die Augen:

„Sie waren es doch, Fjodor Michailowitsch, der die alte Wucherin umgebracht hat! Und Lisaweta haben Sie auch getötet! Ja! Ja! Sie haben Raskolnikow die Axt in die Hand gegeben und damit Ihr geheimes Verlangen befriedigt, Sie haben getan, was Sie niemals gewagt hätten, in Ihrem tiefsten Inneren aber so heiß zu tun begehrten! Der böse Geist sind Sie! Ihr Leben lang haben Sie den bösen Geist in sich in Literatur gebannt und eingeäschert! Sie wollten mit Ihrem versumpften Wesen brechen! Und jetzt sitzen Sie da, ein einziger stummer Vorwurf! Und verachten mich, den Sumpfmenschen! Oder verachten Sie mich gar nicht, sondern beneiden mich um die Tat, zu der Sie sich nie aufschwingen konnten? Bedauern Sie mich womöglich? Wer soll Sie denn verstehen, wenn Sie den Mund nicht aufkriegen? Es ist, wie es ist. Ich habe nichts mehr zu verlieren! Und auch keine Zeit mehr, sinnlos mit Ihnen zu plaudern! Bald kommen die ersten Trolleybusse über die Brücke! Es ist an der Zeit! Leben Sie wohl, Fjodor Michailowitsch!"

André lehnte die Schranktür an und kletterte die Böschung hinab. Zurück in seinem Versteck in den Büschen legte er sich flach auf die Erde, griff nach dem Hebelschalter und schaute ein letztes Mal zur Brücke. Die einsame Gestalt des Alten saß wie zuvor reglos in leicht gebückter Haltung auf dem Stuhl. Der Park um den Dnjepr war in stiller Erwartung erstarrt. Irgendwo von Ferne war wie aus einem früheren Leben das leise Raunen eines Polizeiautos zu vernehmen. Andrés Finger schlossen sich um den kalten Ebonitgriff.

„Na gut, es ist soweit!", sagte er traurig und begann den Countdown: zehn, neun, acht, sieben, sechs, fünf, vier, drei, zwei, eins, null! Feuer!!!

André presste sich mit seinem ganzen Körper gegen den Erdboden, zog den Kopf zwischen die Schultern und riss resolut den Hebel herum ...

Eine Sekunde, zwei, drei, der Geruch von feuchtem Gras in der Nase ...

... aber keine Explosion!

Teufel noch mal! Wieso? Er hob den Kopf und sah zur Brücke. Fjodor Michailowitsch saß immer noch neben den Schränken. *Was ist schief gelaufen? Vielleicht ist die Leitung irgendwo unterbrochen?* Er sprang auf und hastete zur Brücke. Oben angekommen, riss er die Schranktür auf und entdeckte zu seiner Überraschung, dass jemand das Kabel vom Sprengsatz abgetrennt hatte.

„Also wirklich, Fjodor Michailowitsch, das geht zu weit!", schrie er den stummen Klassiker zornig an. „Wenn Sie schon nicht helfen, dann haben Sie wenigstens die Güte, nicht zu stören! Wenn Sie das noch mal machen, sehe ich mich gezwungen, Sie ungeachtet Ihrer Autorität und meiner Verehrung für Sie zu packen und wie eine Melone in den Dnjepr zu werfen!"

Er wollte eben das Kabel wieder mit dem Sprengsatz verbinden, als er spürte, wie der Gehstock des Klassikers leicht aber vernehmlich gegen seinen Helm klopfte. Völlig perplex fuhr er herum und hörte, wie Fjodor Michailowitsch immer noch auf seinem Stuhl sitzend ihm direkt ins Gesicht sagte:

„Idiot!!! Leg den Hebel der Höllenmaschine wieder um! Sonst fliegst du über dem Dnjepr, sobald du das Kabel wieder angeschlossen hast!"

„Verdammt noch eins!!! Das stimmt! Danke schön, Fjodor Michailowitsch! Ich muss den Hebel wieder in die Ausgangsposition bringen!"

André huschte zurück in die Büsche, legte den Hebel um und kletterte wieder die Böschung hinauf. Wieder verband er Kabel und Sprengsatz, schloss die Schranktür, dankte Fjodor Michailowitsch noch einmal für seinen Hinweis und rannte hinab ins Gebüsch. Er warf sich auf die Erde, holte tief Luft wie vor einem längeren Tauchgang, zog den Kopf ein und riss den Hebel herum …

… Sekunden verstrichen, aber die Explosion blieb wieder aus.

Heilandsack! Alter Dickschädel! Jetzt kannst du was erleben! André sprang auf und stürmte die Böschung hinauf. Er öffnete die Schranktür und sah, dass das Kabel wieder abgetrennt worden war. Rasend vor Zorn ging er auf den Alten los. Er wischte ihm mit seinem Taschentuch einen frischen Klecks von den Schultern, den die Tauben hingeschissen hatten, packte dann die Stuhllehne und zerrte Fjodor Michailowitsch mit „Entschuldigung! Selbst Schuld! Ich hatte es ja im Guten versucht!" an den Rand der Böschung. Dann stieß er ihn über die Kante. Der Klassiker kullerte auf seinem Stuhl wie eine große, längliche Melone auf den Fluss zu und verschwand geräuschvoll im Gesträuch am Ufer.

André hatte schon die Kabelenden in der Hand, als ihm glücklicherweise noch einfiel, dass er den Hebel wieder nicht umgelegt hatte. Hals über Kopf rannte er zu seiner Höllenmaschine zurück, brachte den Hebel in Ausgangsposition und wetzte schweißgebadet wegen der Aufregung und der sinnlosen Rennerei zurück zu den Schränken. Noch einmal schloss er den Sprengsatz an und kehrte zurück ins Gebüsch. Er warf sich hin, legte ohne Rückwärtsgezähle oder Durchschnaufen den Hebel um, aber ...

... die Explosion blieb wieder aus. Als er den Kopf hob und zur Brücke schaute, musste er zu seiner Verwunderung feststellen, dass Fjodor Michailowitsch, als wäre nichts geschehen, mit übergeschlagenen Beinen und seinem Gehstock neben den Schränken saß.

Verfluchter alter Trottel! Dir werd ich's zeigen! Wie ein wild gewordener Kater sprang André aus dem Gebüsch, schoss die Böschung hinauf und konnte sich nur mit Mühe beherrschen, Fjodor Michailowitsch nicht gleich an die Gurgel zu springen.

„Die Träne eines unschuldigen Kindes, wie?!!! Das haben Sie doch aus Angst geschrieben! Aus purem Entsetzen über den bösen Geist in Ihnen! Sie waren doch jedes Mal, wenn so ein Kindlein an Ihnen vorbeilief, wie gelähmt von dem finsteren Gedanken, wie es wäre, ihm irgendein schweres Ding auf das zarte Köpfchen zu hauen, nicht wahr? Und Sie, Fjodor Michailowitsch, haben all Ihre Willenskraft aufgebracht, die

Zähne zusammengebissen und diese Raserei verbannt, auf dass Ihre Hand sich bloß nicht ungefragt rührt! Zerstampft haben Sie diesen wahnsinnigen Gedanken, zerstampft, zerstampft! Aber er ist einfach immer und immer wieder gekommen, der Hund, und Ihnen im Kopf herumgespukt!"

„Ach, es ist eine Strafe mit dir!" Fjodor Michailowitsch packte seinen Stock und donnerte ihn Wallenrod mit aller Kraft auf die Schnauze.

„Ha! Jetzt habe ich Sie! Jetzt lassen Sie sich endlich dazu herab, auch mit mir, dem letzten Sumpf-Swidrigailow ein Wörtchen zu reden! Ihre ganze Literatur ist doch das pure Entsetztsein über sich selbst! Der Swidrigailow sind doch Sie! Und Lebesjatnikow, das Dreckschwein, sind Sie auch! Und Raskolnikow! Und Marmeladow! Und Katerina, die Sapegow Bügeleisen, Fernseher und Beamtenrock geklaut hat! Und all die bösen Geister, das sind ebenfalls Sie! Oh, was haben die Sie gequält! Die Seele umgekrempelt! Und dann haben Sie sich Ihren eigenen Ablassbrief geschrieben! In Leiden wollten Sie Ihren Dämon ertränken! In Leiden durchs Fegefeuer! Die Seele läutern! Durch Leiden zu Gott! Dafür liebe ich Sie, Fjodor Michailowitsch! Und nach Ihrem Vermächtnis fange ich erst nach Sonnenuntergang an zu trinken! Aber jetzt lassen Sie mich meine Sache zu Ende bringen! Es wird schon Morgen! Bald kommen die ersten Menschen über die Brücke! Bleiben Sie sitzen, wenn Sie nicht wollen, dass unschuldige Kinder ihretwegen Tränen vergießen!"

Mit zitternden Händen wollte André die Kabel wieder mit dem Sprengsatz verbinden. Doch kaum hatte er sich hinabgebeugt, begann ihn Fjodor Michailowitsch hinterrücks zu würgen. Es kam zu einer wüsten Rangelei. André richtete sich auf, kippte nach vorn und stieß mit Swjatopolk schmerzhaft gegen die Schranktür. Der Schrank kam ins Wanken, und die schwere Büste obenauf stürzte aus zwei Metern Höhe dem Klassiker direkt auf den Kopf. Der eiserne Griff um seinen Hals lockerte sich sogleich und fiel ab.

André nutzte die Gunst des Augenblicks, riss die Schranktür auf und beugte sich über den Sprengsatz, doch da bekam er einen kräftigen Tritt in den Hintern. Er stürzte in den Schrank, knallte mit dem Helm gegen die Rückwand und bohrte sich mit dem Pickel durch das Sperrholz. Als er sich hochrappeln wollte, musste er zu seinem Entsetzen feststellen, dass sein Kopf am Schrank festhing wie angenagelt.

„Setz den Helm ab!!!", rief Fjodor Michailowitsch in seinem Rücken, packte ihn wieder an der Gurgel und riss ihn mit roher Gewalt zu sich heran.

„Ach, du hast mich damals nachts in Petersburg in der Wohnung des Schwarzbrenners gewürgt, als ich den Filzstiefel kaufen wollte! Na warte, dir werd ich's zeigen!", krächzte André wutschnaubend, griff, den Kopf noch immer an den Schrank genagelt, nach den Kabeln und verband sie mit dem Sprengsatz.

Aaaaa!!! Neeeein!!! In Sekundenbruchteilen schoss es ihm durch den Kopf: *Jetzt zerreißt es mich!!! Ich habe ja wieder vergessen, den Hebel umzulegen!!! Die Explosion!!! Gleich gibt es die Explosion!!!*

Aaaaaaaaaaaaaaaaaaaa!!!

„Aaaaaaaaaaaaaaaaaaaa!!! Teufel noch mal! Was für ein Alptraum!!! Scheiße!!! Wahnsinn!!! Fjodor Michailowitsch! Der Weltuntergang! Brücke ... Explosion ... Was für ein Schwachsinn!" André saß da, als hätte er eben den Verstand verloren. Sein Herz hämmerte wie wild.

Ruhig! Nur die Ruhe! Alles ist gut! Das war bloß ein böser Traum! Komm wieder runter! Du bist im Schrank! Im Schrank unter der Brücke! Draußen ist Nacht! Bald ist Morgen und die Trolleybusse fahren wieder! Leg dich hin! Du musst noch ein bisschen schlafen!

André ließ seinen Kopf ins Kissen sinken. Im Schrank war es dunkel und leise. Das sanfte Rauschen hatte wohl zu bedeuten, dass es draußen regnete. Die letzten Tage hatte es fast ununterbrochen gegossen. Alles war in frostige Feuchte getaucht, sie troff von den kahlen Zweigen, tränkte die dicke Wattejacke, kroch unter die Kleider und ließ die Welt ungemütlich erscheinen, flimmernd, glatt und klebrig.

Vorsichtig drehte André sich auf die andere Seite. Die leeren Dreilitergläser im Fußschrank kamen leicht durcheinander und meldeten sich halblaut zu Wort: pling, kling, klang, ding, yin, yang. Er schloss die Augen, doch der Schlaf wollte ihm nicht mehr kommen. Ihm war schwer ums Herz, und er spürte eine große Einsamkeit.

André lauschte, was der Regen ihm zuflüsterte. Er hatte nichts Neues zu vermelden, sondern rauschte wieder nur das gestrige monotone schschschschschschschschschsch …

Schschsch-schoch-schoch-schschsch … André spitzte die Ohren. Ihm war, als hätte er in dem gleichförmigen Rauschen ein neues Nebenmotiv ausgemacht. Schschsch-poch-schoch-poch-schoch-schschsch-poch-schoch-schschsch…

Jetzt konnte er die zusätzliche Stimme deutlich heraushören. Das poch-schoch-schoch stammte offenbar von Schritten draußen vor den Schränken. André setzte sich auf und erstarrte. Das poch-schoch-schoch kam näher. Kurz darauf war es unmittelbar vor der Tür. Jemand strich um seine Schränke herum. Inzwischen waren nicht nur die Schritte deutlich zu hören, sondern auch das angestrengte Schnaufen des Fremden. Andrés Finger tasteten nach dem Prügel, den er unter seiner Matratze bereitgelegt hatte. Er lauerte, sprungbereit. Nur eine schwache Sperrholzplatte trennte ihn von dem ungebetenen Gast.

„Poch! Poch! Poch!" André stand fast im Bett. Der Fremde hatte von außen dreimal gegen die Schranktür geklopft, direkt vor seiner Nase. Er zitterte vor Anspannung, gab aber keine Laut von sich.

„Poch! Poch! Poch!", klopfte es noch einmal.

„Wer ist da?", fragte André leise.

„Schalom!"

„Selber Schalom! Was gibt's?"

„Hör mal, komm raus! Wir müssen reden!", brummte von draußen ein tiefer Bass.

André schob die Tür einen Spalt breit auf und streckte seinen Helm hindurch.

In der Dunkelheit erkannte er einen einäugigen Greis mit Krückstock. Er hatte etwas von einem durch Krieg und Frieden ordentlich mitgenommenen und aus dem Leim gegangenen Lew Tolstoi. Sein wirres, graues Haar und der Rauschebart fielen auf ein langes Bauernhemd, das mit einem Hanfstrick gegürtet war. Unter dem groben Hemd ragte eine weite Leinenhose hervor. Der eine Fuß steckte in einem Bastschuh, der andere war eingegipst und mit Lumpen umwickelt. Das rechte Auge lag unter einer Augenklappe. Mit dem einsamen linken starrte der gezauste Lew ihn unverwandt an.

„Ach, Sie auch hier, Lew Nikolajewitsch! Irgendwie habe ich ständig Klassikerbesuch!", sagte André entnervt, ohne seinen Schrank zu verlassen.

„Was denn für ein Lew? Also hör mal, du Hund!", donnerte der Alte drohend.

„Wer sind Sie denn sonst?"

„Das siehst du nicht? Ich bin Gott!"

Wenn es tatsächlich Gott war, dann entstammte er offenkundig dem Mittelrussischen Landrücken und erinnerte nicht nur an den Schöpfer von *Krieg und Frieden*, sondern auch an den Partisanen Iwan Sussanin, der in der Zeit der Wirren die Polen in den undurchdringlichen Sümpfen in die Irre geführt hatte. Auf der Brust des Alten prangte ein mächtiges, aus unerfindlichen Gründen orthodoxes Kreuz mit großen Kunststoffrubinen. Leicht konsterniert angesichts dieser unerwarteten Begegnung mit Gott, kletterte André der Form halber doch noch aus seinem Schrank.

„Na, wenn Sie schon auf den Hund gekommen sind, dann müssen Sie ja Gott sein. Aber ehrlich gesagt hätte ich nicht erwartet, Sie hier zu sehen, Schöpfer. Obwohl ich Sie mir ungefähr so vorgestellt hatte. Nur der Gipsfuß überrascht mich."

Der Schöpfer schlurfte mit seinem Gipsfuß zwei Schritte auf André zu und sprach mit seinem sonoren Bass:

„Ach, Andrjuscha, du enttäuschst mich. Die bösen Geister haben dich verführt! Bisschen Krieg spielen, wie? Dabei hatte ich früher sogar etwas für dich übrig. Warst doch ein feiner Kerl! Eine gute Seele, deine Frau Swetlana ist ein heller Kopf, wenn sie auch ihre Macken hat. Talent hab ich dir mitgegeben und ein Atelier. Schau doch mal wie viel Schönheit du dort erschaffen hast!" Gott nickte den Missgeburten zu, die ihn von den Schränken herab finster anglotzten. „Hör mal, du und dein Krieg! Der Mensch ist für den Frieden geschaffen. Also, pass auf, ich sag dir was: Setz den Helm ab und geh nach Hause. Wenn du ihn absetzt, Schwamm drüber, ist alles vergeben. Ich habe heute meinen gütigen. Ich hol dich sogar zurück in die Universität. Gebe dir dein Atelier wieder. Du kannst auch mehr Stunden bekommen. Wie viele hattest du? Zweimal die Woche? Hör mal, du kannst täglich unterrichten. Und wenn du wieder Krieg spielen willst, bring ich dich im Universitätstheater unter. Da kannst du dann deinen Helm tragen. Wir spielen auch eigens für dich ein Stück über den Ersten Weltkrieg. Hör mal, ich schau mir doch auch gerne Kriegsfilme an! Ich geh ja fast jede Woche ins Lichtspielhaus *Mir*."

„Ins Kino?", fragte André verdattert.

„Hab ich Kino gesagt?" Gott runzelte die Stirn, als gebe ihm diese Frage zu denken. „Na sicher. Ins Lichtspielhaus *Mir*! Hör mal, was ist denn schon dabei? Mir ist doch die ganze Welt ein Kino oder eher noch ein großer Fernseher. Nur habe ich nicht dreißig Kanäle, sondern eine Milliarde. Ich springe die ganze Zeit von einem zum nächsten. Was dachtest du denn, woher ich alles über dich weiß? Mein Weltfernseher *Mir*! Das ist nicht bloß so ein *Sony*. Wenn ich zum Beispiel was über dich wissen will, krieg ich mit einem Knopfdruck dein ganzes Leben, Tag für Tag, so eine lange Serie."

„Wird Ihnen das nicht langweilig, bei einer Milliarde Kanälen?"

„Sicher, Andrjuscha, sicher, furchtbar langweilig! Hör mal, ich mag doch Kriegsfilme, aber die bringen immer mehr Seifenopern. In letzter Zeit wird auch aller möglicher Schweinkram gezeigt. Furchtbar viel Gewalt! Sex und Gewalt! Ekelhaft! Manchmal würde ich den Fernseher am liebsten hinschmeißen, dass er zum Teufel geht!"

„Und Ihr Fuß? Ist Ihnen da auch der Weltfernseher draufgefallen?", fragte André frech.

„He, hüte deine Zunge!" Gott zog bedrohlich die Brauen zusammen. „Hör mal, vergiss nicht, wen du vor dir hast! Sonst verwandle ich dich in eine Kakerlake. Ich hab sowieso keine Zeit für dich, ich hab zu tun. Dreißig Serien muss ich heute noch schaffen, Spartak gegen Dynamo Kiew, GUS-Gipfel, Teleklub, *7 Tage, 7 Köpfe* und die neue Staffel von *Dr. House*. Also setz den Helm ab! Du kannst ihn mir überlassen. So einer fehlt mir noch in meiner Sammlung. Und du legst dich wieder in den Schrank. Schläfst bis zum Morgen und nimmst dann den Bus nach Hause. Sweta wird dir vergeben. Ich schicke ihr einen prophetischen Traum. Also los! Dein Krieg ist total sinnlos."

„Sinnlos? Aber Schöpfer, wieso haben Sie denn den Menschen erschaffen und ihm keinen Sinn mitgegeben außer dem Fernsehen?"

„Das ist gut gesagt!", erklang es plötzlich aus dem Dunkel. „In seiner Welt gibt es keinen Sinn für euch außer dem Fernsehen! Nur ich kann ihn euch geben!"

André sah sich nach der Stimme um und entdeckte in der Pfeileröffnung der Brücke einen krankhaft dürren, hochgewachsenen Mann. Er erinnerte an einen ausgemergelten Hitler, den man einen halben Meter in die Länge gezogenen hatte. Wäre da nicht der kleine Schnauzbart gewesen, die schwarze, abgewetzte, wie ein Sack an dem Unbekannten hängende SS-Uniform und die unnatürlich tiefe Reibeisenstimme – er hätte für den Schrubber durchgehen können. Hitlers Gesicht war, besonders unter den Augen, bläulichbraun marmoriert. Er sah aus, als hätte er, in diesem Aufzug in den umliegenden Wäldern untergetaucht, immer wieder mit der harten Hand der hiesigen Bauern Bekanntschaft gemacht, die ihn genüsslich vermöbelten und ihm ein Veilchen nach dem anderen verpassten.

„Ach, Sie sind auch hier! Sie habe ich auf Anhieb erkannt, Meister Teufel!"

Der Teufel trat näher.

„Krieg!" Er reckte den Zeigefinger gen Himmel. „Das ist der Sinn! Alle kommen sie damit zu mir! Zu dem da wollen nur die armen Würstchen, und er hat ihnen nichts als Fernsehen und Seifenopernliebe anzubieten. Man sieht ja, wie er von ihnen für diese Liebe was auf die Ohren bekommen hat, sogar ein Auge haben sie ihm ausgehauen. Da lob ich mir den Krieg! Du willst Geld, Macht, Ruhm, die Liebe der Frauen? Hier! Greif zu! Erkämpfe sie dir! Nur der Krieg führt zu ihnen!"

„Hör nicht auf ihn, Andrjuscha. Kehr zurück zum Frieden, und setz den Krieg ab!" Gott schlug mit seinem Krückstock nach dem Teufel. „Du, verschwinde, was willst du hier? Er gehört mir!"

„Ihnen? Ganz sicher? Er hat in Berlin einen Faschisten kaltgemacht! Mord ist eine schwere Sünde!", krächzte Adolf. Offenbar wurde er von den lokalen Bauern nicht nur vermöbelt, sondern auch genüsslich gewürgt.

„Also gehört er jetzt mir! Ich nehme ihn mit." Hitler wandte sich André zu. „Also dann, Andrian Nikolajewitsch, setzen Sie Ihren Helm ab und folgen Sie mir! Sie wollten den Krieg! Den sollen Sie haben! Jetzt wartet der ewige Krieg auf Sie!"

„Wieso soll ich dann den Helm absetzen?"

„Was ist denn das für eine Frage?" Der Teufel starrte ihn fassungslos an. „Weil es heiß ist bei uns! Da brutzeln Sie sich den Kopf weg! Wir wollen ja nicht nach Magadan, sondern in die Hölle. Alle Sünder kämpfen bei uns ohne Helm und sogar ohne Kleidung. Sie sind mir ja ein Vogel! Na, egal, Sie werden es schon selbst sehen. Ich hab immer gesagt: Bloß nicht sein Fernsehen schauen. Sonst hat man irgendwann keine Ahnung mehr, was die Hölle eigentlich ist. Glauben Sie etwa, da brennt einfach das ewige Feuer und Sie liegen gemütlich in der Pfanne und lassen sich braten? Von wegen! Das ewige Feuer gibt es zwar, und unsere Pritschen sind wie Bratpfannen. Nur liegt da keiner drauf, weil alle gegeneinander kämpfen. Ein einziges Hauen und Stechen rund um die Uhr, alle schießen und werfen Bomben, können einander aber nicht umbringen. Es ist ja die ewige Hölle, wie könnten sie da sterben? Sterben ist bei uns verfassungswidrig. Wir haben ein Moratorium für die Todesstrafe verhängt. Die Sünder polieren sich also pausenlos die Fresse. Wer nicht mehr kann, darf sich natürlich in die Pfanne hauen. Aber da hält es keiner auch nur eine Sekunde aus, das sage ich Ihnen. Und Sie wollen mit der Pickelhaube in die Hölle! Die werden Sie schon selbst am Eingang abwerfen. Was wollen Sie denn mit einer glühenden Pfanne auf dem Kopf?"

„Und die Veilchen haben Ihnen auch die Sünder in der Hölle verpasst?", wollte André wissen.

„Ich geh eigentlich nie selber rein, in die Folterkammer. Ist gruselig dort. Manchmal muss es sein, im Zustelldienst. Oder wenn wir einen Sünder in den Karzer umquartieren. Dann springt er aus der Folterkammer und gibt schon automatisch allen eine in die Fresse. Sodom und Gomorrha! Totale Verrohung der Sitten! Kein Respekt mehr vor den Teufeln. Sogar ich, der Generalissimus, bekomme ab und zu eine gelangt! Sehen Sie mal, wie sie mir die Uniform versaut haben, ich kriege das einfach nicht mehr rausgewaschen."

„Wie sieht es aus, Andrjuscha? Willst du mit dem da in den Krieg ziehen? Hör mal, bereue, ehe es zu spät ist! Setz die Sünde ab!"

„Jetzt passen Sie mal auf, alter Herr!", brüllte der Teufel zornig und sprang auf den Alten zu. „Werben Sie mir hier nicht die Kundschaft ab! Ein schöner Vorsteher der Engels-Sowchose sind Sie mir! Ihre Geschöpfe haben Ihnen schon ein Auge ausgeschlagen! Wenn Sie jetzt auch noch Stress machen, reißen sie ihnen das zweite Bein aus! Es würde mich nicht überraschen, wenn Sie demnächst vom Rollstuhl aus fernsehen müssen!"

„Hör mal, bin ich etwa derjenige, der ihnen Stress macht?"

„Ja, Sie! Schluss damit!" Adolf winkte ab. „Ihre Zeit ist um! Noch ein-zwei Jahre, dann sind Sie Ihren Posten los. Von wegen Fußballer! Den Fernseher nehmen sie ihnen auch noch ab. Als Rentner kriegen Sie dann ein einfaches *Horizont*-Modell vorgesetzt, mit Röhre! Sie haben nicht mehr dieselbe Macht wie früher! Die können jetzt auch selber Missgeburten erschaffen! Sehen Sie nur, wie viele Idioten da von den Schränken herabglotzen! Er ist ihr Gott!", rief der Teufel und zeigte mit dem Finger auf André. „Und Sie lassen sich nicht von diesem Kutusow reinreden! Wir brechen auf! Ich kann hier nicht noch lange mit Ihnen schwatzen! Die Liste für heute ist noch lang! Außerdem kacken die Vögel! Die Uniform ist sowieso schon fast durch!"

„Bereust du nun? Ich frage dich zum letzten Mal!" Als wollte er seine Worte bekräftigen, wischte sich der Alte energisch einen frischen Taubenklacks von der Schulter.

„Und? Hab ich's nicht gesagt? Schweigen! Hat einen Faschisten umgebracht und will nicht bereuen! Aber die Bestrafung von Verbrechen ist noch nicht abgeschafft! Ich mische mich nicht in Ihre Seifenopern ein, aber Strafaktionen fallen in mein Ressort! Also, Andrian, überlassen Sie diesem Grabräuber Ihre Montur, und dann gehen wir!"

Nun konnte André nicht mehr an sich halten: „Wissen Sie was, Adolf ... wie war gleich ihr Vatersname? ... Adolf Schicklgruberowitsch. Ich habe keinen Faschisten umgebracht! Mord ist vorsätzliche Tötung. Aber der hat mich angegriffen! Also verschwinden Sie jetzt freundlicherweise von hier! Ich habe nicht vor, mit Ihnen in irgendeinen Krieg zu ziehen. Sie haben Ihren Krieg und ich meinen. Aber eine Hölle haben Sie nicht. Ihr Krieg findet nur hier statt. Aber wozu Geld, Macht, Ruhm und die Liebe der Frauen erkämpfen, wenn dahinter nichts als Leere steht? Leere, jawohl! Es gibt nicht nur kein Paradies, es gibt auch keine Hölle! Da steckt in seinem leeren Fernseher schon weit mehr Sinn! Wenn sich die Seele ohne Ihre Gaben darin in Grund und Boden gesehen hat, erscheint ihr der Tod als Befreiung! Nach der sinnlosen Telefolter ist der Stromausfall das Paradies! Sie aber, Meister Teufel, versuchen die Seele zu binden. Mit all Ihrem wichtigen Zeug – Geld, Macht, Ruhm – bringen Sie sie durcheinander! Leben wie in einem Tele-Traum. Die Leere dort soll für sie der ultimative Horror sein! Aber dann folgt das böse Erwachen! Wenn du zu dir kommst und verstehst, dass die Knochenfrau schon auf der Schwelle steht und du die erkämpften Gaben nicht mitnehmen kannst in die Leere ohne Paradies und Hölle! Es ist doch so: Der Sinn ist Leere! Er existiert nicht!"

Daraufhin wandte André sich dem Alten zu, bremste sich etwas, aber fuhr nicht weniger energisch fort: „Euch darf ich auch bitten zu gehen, Schöpfer. Es gibt Sie nicht. Das Paradies können Sie nur im Fernsehen anbieten. Wenn es Sie gibt, dann nur in meinem Kopf. Die ganze Welt ist nur da drin. Wenn ich Gott denke, gibt es ihn. Aber ich denke Sie nicht! Und wenn doch, wieso sollte ich Sie denken? Vielleicht bin ich ja selbst Gott?"

„Hör mal, du Hund, was redest du denn da? Ich bin Gott!"

„Hund? Ja, ich bin ein Hund! Ich bin Anubis! Der Gott mit dem Hundekopf! Ja, ich bin Gott! Vielleicht nicht für alle. Vielleicht nur für mich! Ein kleiner Lokalgott! Der hiesige Götze, so wie der, den sie in den Dnjepr geworfen haben! Vielleicht gibt es Sie ja auch, aber Sie sind wie alles hier nur ein Ding an sich. Und ich kann nicht vordringen in ihre Bedeutungsinhalte! Und Sie selbst wollen den Sinn nicht offenlegen und können die zentrale Frage nicht beantworten! Deshalb ist meine Welt meine Welt! Und Ihre nur die Ihre! Und Sie sind kein Gott für mich, sondern ein Schrank! Ein großer, schwarzer Schrank mit verschlossener Tür! Sie werden verzeihen, aber ich muss mich jetzt in meinen Schrank zurückziehen! Bald wird es Tag, dann fahren die Slawen wieder über die Brücke.

Sie glauben gar nicht, wie die Trolleybusse im Morgengrauen kreischen, da ist an Schlaf nicht zu denken!"

„Also hör mal, ein Schrank soll ich sein? Wirklich zu schade, Andrjuscha, es geht einfach nicht im Guten!"

„Was soll das Gezerre? Schluss! Aus! Mir reicht's! Da sehen Sie, Sussanin, wohin Ihr liberales Fernsehprogramm geführt hat! Denen ist nichts mehr heilig! Die fürchten weder Gott noch Teufel! Machen wir Schluss mit diesem Andrian!"

„Wie stellen Sie sich das denn vor? Erwürgen? Oder den Fernsehmeister kommen lassen, damit er den Kanal abstellt?"

„Den Meister? Den lass ich gleich kommen! Versager! Kriegt ja nicht mal die Universität ordentlich in die Luft gejagt! Nur für Gawrilow eins in die Fresse, zu mehr reicht es nicht!", schrie Adolf hysterisch. „Den Meister? Der Meister kommt gleich. Und Margarita auch! Ich habe eine Margarita in petto, da legst du dich nieder! Keine Margarita, ein Herzchen, eine Margerite! Eva, Schätzchen! Komm mal her! Wir haben hier einen besonders muffligen Kunden!"

André bemerkte plötzlich eine Frauengestalt in einer schwarzen Burka, die sich aus der Dunkelheit löste. Ihr Auftritt hätte wie ein dämlicher Scherz angemutet, wäre da nicht die lange, scharfe Sense gewesen. Die war echt und alles andere als witzig. Die Eva mit der Sense hätte dem Tod, wie man ihn von alten Stichen kennt, sehr ähnlich gesehen, wären da nicht die Burka und das Gesicht hinter dem schwarzen, halbtransparenten Netz anstelle des Totenschädels gewesen.

„Aha! Der Tod ist auch schon da? Dann sind wir ja komplett! Gott, der Teufel, der Tod und der Soldat! Dass ich nicht schon früher darauf gekommen bin! Wir sind im Theater! Im Marionettentheater! Natürlich, das verfluchte Puppenspiel! Und ihr seid alle nur Marionetten! Aber eine fehlt ja noch! Wo ist die Braut? Wo? In dem Stück hat der Soldat immer eine Braut!"

„Was denn, Andrian Nikolajewitsch, wissen Sie nicht, wer die Soldatenbraut ist?", grinste der Teufel. „Der Tod ist Ihre Braut!"

„Und wieso trägt sie eine Burka? Ah, schon klar, modernes Theater! Adolf geht mit der Zeit! Logisch, die Sensenfrau von heute trägt Burka!"

„Sehr witzig! Lassen wir die Braut nicht länger warten. Sie sind nicht ihr einziger Bräutigam. Wir haben heute noch drei Hochzeiten auf dem Programm. Bagdad, Haifa und London. Also: Entweder Sie setzen den Helm ab oder wir vollziehen hier und jetzt die amtliche Trauung!"

André wandte sich dem Teufel zu und brüllte ihn aufgebracht an:

„Sie werden jetzt von meinem Schrank verschwinden! Mit all Ihrem teuflischen Schnickschnack und göttlichen Unsinn! Und das Weib nehmen Sie auch gleich mit! Diese Braut ist nicht nach meinem Geschmack! Klapperdürr, nichts im Kopf und dann noch im schwarzen Kleid!"

„Das Geschachere können wir uns sparen! Los, Batjuschka, beginnen Sie mit der Trauzeremonie! Und anschließend gleich die letzte Ölung und die Totenmesse! Ich trage so lange die Daten ins Trauregister ein!"

Der Teufel zog einen Notizblock mit Ledereinband aus der Tasche, zückte einen Stift und sagte bissig:

„Nun denn, die Braut, Eva mit Namen! Wollen Sie den Soldaten Andrejka, Andrej, Andrian zum Mann nehmen?"

Wortlos setzte Eva sich in Bewegung und kam, die Sense fest im Griff, langsam auf André zu. Da erkannte er zu seinem Entsetzen, dass er in der Falle saß. Alle Fluchtwege waren abgeschnitten. Von links kam Lew Nikolajewitsch auf ihn zu, rechts stand Hitler, von vorn kam der Tod in der Burka, und hinter ihm standen die beiden Schränke, die kleine Marionettenbühne, die letzte Redoute, in der er sich noch verkriechen konnte. Er wich zurück in den Schrank, griff sich das erste, was ihm in die Finger kam – Kants *Kritik der reinen Vernunft* – und schleuderte es dem Teufel entgegen.

Doch der wich der Kritik aus und sprach keck: „Wird notiert: Der Bräutigam gab sein wortloses Einverständnis!"

Panisch warf André die leeren Einmachgläser nach den Brauteltern. Sie zerschellten klirrend an der Betonböschung, änderten aber nichts an seiner verzweifelten Lage. Das Dreigestirn drang weiter auf ihn ein.

„Bräutigam! Wollen Sie Eva-Margarita-Swetlana, den Tod, die Leere zur Frau nehmen?"

Als diese Frage im Raum stand, waren André die Einmachgläser ausgegangen, dafür bekam er das Bügeleisen zu fassen, das er sogleich nach der Braut warf. Es versank in der Leere, verschwand dort und schlug zehn Sekunden später auf, als wäre es auf dem Grund eines tiefen Brunnenschachtes gelandet.

„Die erfolgte Antwort darf als Zustimmung gewertet werden!"

Nun verlor André endgültig die Fassung. Er riss die Köpfe der inzwischen übergeschnappten Missgeburten von den Schränken und warf sie den Brauteltern und seiner Zukünftigen vor die Füße. Zuletzt schleuderte er den Elektrokocher auf den Popen. Aber der wehrte ihn geschickt mit seinem Krückstock ab, und der Kocher zerschellte an einem Brückenpfeiler. Dann hatte André plötzlich Fjodor Michailowitschs Gehstock in der Hand, mit dem er wild vor dem Dreigestirn herumfuchtelte.

Die Schlinge zog sich zusammen. Es gab kein Zurück mehr. Der Teufel sprang vor, verkrallte sich in André, dass er zu Boden ging und verpasste ihm einen Satz Ohrfeigen. Der Pope ließ sich mit seinem ganzen Gewicht auf ihn fallen und fixierte seine Arme. Die Braut ging von der Seite mit Stiefeltritten auf ihn los, die sie zwischen Teufel und Pope zu platzieren versuchte. Dann wechselte sie auf die andere Seite, packte den Helm und wollte ihn an sich reißen. Als sie einsehen musste, dass ihr dies mit einer Hand nicht gelingen würde, warf sie die Sense zu Boden und griff sich den Pickel mit beiden Händen. Aber das änderte auch nichts. Der Teufel ließ von André ab, um der Braut zu Hilfe zu eilen. Zu zweit zerrten sie an dem Helm, der wie angewachsen auf seinem Kopf saß.

Dem Popen schwante schon Böses, als er aufsprang und sich ebenfalls an den Pickel hängte. André leistete am Boden liegend kaum noch Widerstand, während die drei aus Leibeskräften am Helm rissen. Aber der wollte einfach nicht nachgeben.

Als erster erkannte der Teufel, dass ein Wunder geschehen war. Er ließ plötzlich vom Helm ab, sprang zurück und krächzte leise:

„Ein Wunder! Das gibt es doch gar nicht! Ein echtes Wunder!"

Schweißgebadet und mit hochrotem Gesicht walkte der Pope, der ebenfalls seinen Augen nicht trauen mochte, den im Getümmel abgerissenen Bart in seinen Händen, starrte verständnislos den Helm an und stammelte, da er keine Worte fand:

„Br ... Pf ... Scheiße!"

Nur die Leere wollte das Wunder nicht akzeptieren, sie zog und zerrte weiter wie besessen an dem Helm. André nutzte die Gunst des Augenblicks, sprang auf, stieß seine Braut von sich, hechtete in den Schrank und schob von innen den Riegel vor.

Sein Herz flatterte in seinem Kopf. Es schwirrte im Schrank herum wie in einem großen Holzkäfig. Auf einmal war draußen alles still. Eine endlos lange Minute.

„Poch! Poch! Poch!"

„Wer ist da?"

„*Mir* – die Welt und der Friede!"

„Ich brauche euer *mir* nicht! Mein *mir* ist in mir!"

„Andrjuscha!" Das war wieder der Alte. „Hör mal, ich probiere es ein letztes Mal im Guten! Setz den Helm ab! Such' nicht nach einer anderen Welt! Es gibt keine!"

André schwieg.

„Setzen Sie den Helm ab, Andrian!"

„Putz dir erst mal die Zähne, du stinkst aus dem Mund! Ein schöner Kriegstreiber, ich muss schon sagen!"

„Du elender ... Hiermir ... pfui über euch, Andrej und Eva, Mann und Frau! Ihr dürft euch jetzt küssen!"

Wieder wurde es ganz still. Nur der Regen rauschte immer noch sein monotones schschsch-schschsch-schschsch ...

Der erste Kuss traf ihn zwanzig Zentimeter über dem Ohr. Das Sensenblatt fuhr durch die Sperrholztür, durchschnitt das Dunkel im Schrankinneren und war wieder verschwunden. André schreckte hoch und stürzte zu der Einstiegsöffnung in den Nachbarschrank. Aber schon schlug die Sense erneut ein, diesmal glücklicherweise weit über seinem Kopf. Im Nachbarschrank drückte er sich mit eingezogenem Bauch an die Seitenwand. Der nächste Hieb ging wieder scharf an ihm vorbei. André kauerte sich auf den Boden und kroch zurück.

Panisch sprang er zwischen den Schränken hin und her. Aber seine Frau durchschnitt seine kleine Dunkelkammer mit verbissener Hartnäckigkeit an immer neuen Stellen. Einer der Küsse verfehlte ihn nur knapp, traf dafür aber Wallenrod am Schwanz. Der jaulte metallisch auf, und die Sense zuckte zurück. *O Gott! Was für eine idiotische, hoffnungslose Hochzeit!*, fuhr es ihm durch den Kopf. Völlig verzweifelt warf er sich auf den Boden des Schlafschrankes. Als hätte seine Frau es gespürt, hieb sie das Sensenblatt genau dort in den Schrank, allerdings knapp dreißig Zentimeter zu hoch. Der nächste Schwung saß schon besser. Noch zehn Zentimeter. *Das war's! Der nächste Kuss trifft!* André krümmte sich vorsorglich zusammen. Vor seinem geistigen Auge tauchte aus unerfindlichen Gründen die Bar in Bonn und die Bedienung mit einem Glas kühlen Biers auf ...

... Eine Sekunde verstrich, zwei, drei ...

Plötzlich geriet der Schrank ins Wanken und rutschte ein Stück zur Seite.

„Verflucht, ist der schwer!"

„Der Krückstock, schieb mit dem Krückstock!"

„Dem mach' ich noch die Hölle heiß! Aus dem Mund soll ich stinken, sagt der!"

Der Schrank schrappte mit seinem Sperrholzboden ruckweise über den Beton. Von draußen waren seltsame, aber bis zum Erbrechen vertraute Stimmen zu hören.

„Na warte, du Pfeife, mich nennt niemand ungestraft einen Idioten!" Das hörte sich ganz nach dem Schrubber an. Ihm sekundierte eine Stimme, die derjenigen Boris Fadejitschs zum Verwechseln ähnlich klang:

„Hör mal, einäugiger Fettsack hat er mich genannt, der Kasper! Ich werd dir schon noch beibringen, wer hier das Russenschwein ist! Das wirst du noch lange in Erinnerung behalten, du Clown!"

„Dick und Doof! Recht hat er! Ihr kriegt nicht mal ein kleines Theaterstück über die Bühne, bei euch ist wirklich alles Murks!" Das klang verdächtig nach Maria Prokopjewna.

„Ach komm, Mascha!"

„Was, Mascha?"

„Es ist halt ein Wunder!"

„Ein Wunder? Ich vollbring euch auch gleich ein Wunder! Los, hoch mit dem Schrank! Wir stürzen den Götzen von der Brücke!"

„Von der Brücke! Der ist doch sauschwer! Hör mal, wir kippen ihn einfach über den Anleger!"

„Wollt ihr es schon wieder vermurksen? Von der Brücke habe ich gesagt!"

André spürte, wie der Schrank sich neigte und bergab rutschte. Ein paar Sekunden später stieß er irgendwo an und rührte sich nicht mehr.

„Kommt, wir kippen ihn an! Auf der Kante rücken ist leichter als schieben!"

„Unten, unten musst du anfassen! Hoch damit! Zwei, drei!"

Der Schrank fiel auf die Seite. Dann kippte er auf die Kante und stand im nächsten Augenblick auf dem Kopf. Dann fiel er wieder auf die Seite, auf die Kante, auf den Boden, auf die Seite, auf die Kante, auf den Kopf.

„Dieser Schwachkopf! Hat uns hier richtig bombardiert!"

„So viel Leergut sinnlos verballert! Das waren gut und gerne zehntausend Rubel!"

„Und die ganzen Köpfe zerschmissen! Fast hätte er mir das zweite Bein auch noch abgehauen!"

„Mir hat er die Uniform zerrissen und neben die geschminkten Veilchen noch ein richtiges gepflanzt!"

„Und er hat was gegen die Slawen! Du wirst mir heute noch schön im Dnjepr schwimmen, du Hund! Eine schöne lokale Gottheit haben wir da!"

Der Schrank kippte, stand Kopf und kam wieder auf die Füße. André zappelte wie ein Hamster im Laufrad auf der Suche nach einer Stellung, in der ihm der Kopfstand erspart blieb.

„Eine alte Schreckschraube hat er mich genannt! Die Visage passt ihm nicht! Will lieber eine andere Braut, der Herr! Gut, dass ich mich beherrschen konnte! Sonst hätte ich ihm den Schädel mit dem Bügeleisen auf den Beton getackert! Was will ich denn mit so einem kranken Ehemann!"

„Noch ein Stückchen! Und noch mal! Zwei, drei!"

Der Schrank kippte noch einmal, fiel in den Stand zurück und blieb stehen.

„Rauf auf die Brüstung, ich zähle bis drei!"

„Dann kannst du im Dnjepr schwimmen, Drecksgötze!"

André spürte, dass alles nach oben wanderte, die Welt geriet ins Wanken, verharrte kurz, kippte zur einen Seite, dann zur anderen, schaukelte noch einmal und klatschte dann in etwas schweres, eisiges hinein. Ein Stoß, ein lautes Platschen, und schon drang durch alle Ritzen Wasser in seine Klause – kaltes, sengendes Wasser ... Es füllte den Schrank rasch aus und zog ihn hinab in sein bodenloses Bett. André schnappte noch einmal nach der letzten Luft, die das Wasser noch nicht verdrängt hatte und nestelte mit seinen schlagartig erkalteten Fingern fieberhaft an dem Riegel herum. Da kam plötzlich Leben in den goldenen Fisch in der Kokarde des Helms, er fühlte sich in seinem Element, schlug mit dem Schwanz und verschwand in der schwarzen Brühe des Dnjepr. Swjatopolk und Wallenrod wollten ihm nachstürzen, kamen sich aber sogleich ins Gehege.

„Der Fisch gehört mir!"

„Nein, mir!"

Zuletzt hörte er noch: „Er haut ab, verdammt, er haut ab!"

Übers Brückengeländer und die finstere Dnjepr-Brühe gebeugt, stand Maria Prokopjewna. Tags zuvor hatte sie sich in Erwartung des großen, endgültigen Triumphes noch einmal zum Friseur begeben, die Haare strohblond gefärbt und die goldene Zwiebel wieder aufgesetzt. Als sie nun sehen musste, dass der Pickel mitsamt der Haube auf Andrés Kopf aus dem Wasser auftauchte, kannte ihr Zorn keine Grenzen mehr. Sie heulte den Himmel an, und ihrem tiefsten Inneren entfuhr ein entsetzlicher Fluch. Sie hob einen Stein auf, und schleuderte ihn brüllend ihrem Fluch hinterher. Alle, die sonst noch auf der Brücke waren – Swetlana, Fadejitsch und der Schrubber – packten jetzt ihrerseits Steine, Stöcke, Kippen, leere Zigarettenschachteln und Papierschnipsel und warfen sie unter Flüchen und Verwünschungen in den Fluss.

André schwamm auf dem Dnjepr, verfolgt von unzähligen Flüchen, den heftigen und bösartigen Verwünschungen der Slawen, die ihn von der Brücke aus bewarfen.

Als er schließlich ans Ufer kroch, bemerkte er vier Gestalten – einen Lahmen mit Krückstock, einen langen Kerl in schwarzer Uniform und zwei Frauen –, die in einiger Entfernung am Rande des Parks in Richtung Stadt davonrannten. Die Löwen vom Helm waren verschwunden. Es nieselte. Kälte und Wind gingen durch und durch, aber André war von einer sonderbaren Freude erfüllt. Begierig wie eben einer, der gerade den drohenden Wogen entkommen ist, sog er die feuchte Luft dieses Spätherbstes auf. Und irgendwo in seinem Inneren meldete sich ein vergessen geglaubtes, herzerwärmendes Motiv – des Übermenschen Frühlingsgesang …

Den Slawen, die zu nachtschlafender Stunde mit dem ersten Bus über die Dnjeprbrücke fuhren, bot sich ein denkwürdiger Anblick. Ein Mann mit goldener Pickelhaube reckte die Arme zum Himmel und tanzte einsam im Regen. Weit über den Dnjepr schallte seine kräftige Stimme in der morgendlichen Stille:

„Ich bin wieder da!!! Der Helm!!! Bleibt oben!!! Oooooben!!! Leeeckt miiiiich!!! Aaaaam Aaaaaaaarschschschsch!!!"

ANMERKUNGEN DES ÜBERSETZERS

Kulik
Oleg Kulik (1961), russischer Künstler, bekannt für seine provokanten Performances
Otto Juljewitsch Schmidt
sowjetischer Politiker, Mathematiker, Geophysiker und Arktisforscher (1891 – 1956)
Russo turisto! Obliko morale!
Pseudoitalienisches Filmzitat aus dem Sowjetklassiker „Brilliantowaja ruka" (1968)
Pique Fee
Anspielung auf „Pique Dame" von Puschkin
Und das ist mir eine Lust!
Anspielung auf eine Szene aus dem ersten Teil von Dostojewskis „Verbrechen und Strafe", wo die schwindsüchtige Katerina Iwanowna Marmeladowa ihren Mann vor den drei Kindern an den Haaren durchs Zimmer schleift.
Hört den ganzen Abend *Swaboda*
Radio Swaboda: belarussischer Dienst von Radio Free Europe/Radio Liberty
Nowinki
Stadtteil im Norden von Minsk, stellvertretend für die dort befindliche Psychiatrie
Marjina Horka
20.000-Einwohner-Stadt südöstlich von Minsk
Bazka
belarussisch für „Vater", wird häufig für Lukaschenka gebraucht
Pasnjak
Sjanon Pasnjak, geb. 1944, Mitbegründer der Belarussischen Volksfront (BNF), ging 1996 außer Landes und erhielt politisches Asyl in den USA
Der Hauptmangel alles bisherigen Materialismus …
Zitat aus Karl Marx: Thesen über Feuerbach

Verzögerung bedeutet Tod
Zitat von Lenin
Gerassim
Figur aus Turgenjews „Mumu"
Ales Puschkins Aktion in Minsk
Die Aktion „Ein Geschenk für den Präsidenten" von 1999 (vgl. Klinaŭ: PARTISANEN, Kultur_Macht_Belarus, Berlin 2013, Seite 72)
Eigenhändig geschneidertes Hasenkostüm
Schwarzfahrer werden im Russischen als „Hasen" bezeichnet
Roerich-Verehrer
Nicholas Roerich (1874–1947), russischer Maler und Esoteriker
Shukow, Konew, Woroschilow
Marschälle der Sowjetunion
Meressjew
Alexej Maressjew (1916–2001), sowjetischer Jagdflieger, Held der Sowjetunion, Vorbild für den Roman „Der wahre Mensch" von Boris Polewoi
SSch-40
SSch ist das Kürzel für „stalnoi schlem" (Stahlhelm), eingesetzt ab 1940
RKKA
Kürzel für die Rote Arbeiter- und Bauernarmee
Abschied vom Vaterland
Polonaise von Michael Kleophas Oginski (1794)
Koch und Pestrjakow
Figuren aus Dostojewksis „Verbrechen und Strafe"
Der slawische Schrank
Im sowjetischen Agentenfilm „Heldentaten eines Kundschafters" (1947) lautet die Losung „Haben Sie einen slawischen Schrank zu verkaufen?" (geflügeltes Wort)
Makarytsch
Name einer russischen Gummigeschosspistole

Nino Vetri
MAMAS WUNDERBARES HERZ
Geschichten aus Palermo

Aus dem Italienischen von Andreas Rostek
120 Seiten, Klappenbroschur, 14,90 €
ISBN 978-3-940524-34-8

Erzählungen vom Alltag in Palermo: kleine Leute, kleine Begebenheiten, kleine Geschichten in drei Stories. Weil die von dem ausgezeichneten Beobachter und Erzähler Nino Vetri kommen, sind sie voller Absurdität und Freundlichkeit und Härte. Von netten Nachbarn, der Mafia und von tödlichen Nachbarn.

Artur Klinaŭ
PARTISANEN
Kultur_Macht_Belarus

Essays und andere Texte
168 Seiten, Klappenbroschur, 12,90 €
ISBN 978-3-940524-26-3

Kultur, sagt Artur Klinau, müsse in Belarus erst die Voraussetzung dafür schaffen, dass die Krise des Landes lösbar wird. Welche Funktion spielen also Kunst und Kultur beim Aufbau einer Nation? Kann Kunst bei solcherart Aufbau wirklich helfen? Und: Wie wirkt dabei Klinaus eigene Kunst-Zeitschrift: *pArtisan*?